Ostatni sejm

rzeczypospolitej

Władysław Reymont

Ostantni Sejm Rzeczypospolitej
Copyright © JiaHu Books 2015
First Published in Great Britain in 2015 by JiaHu Books – part of
Richardson-Prachai Solutions Ltd, 34 Egerton Gate, Milton Keynes,
MK5 7HH
ISBN: 978-1-78435-179-3
A CIP catalogue record for this book is available from the British Library
Visit us at: jiahubooks.co.uk

I

Wieczór zapadał upalny, dziwnie duszny i cichy, gdy z Ogrodu
Botanicznego na Horodnicy buchnęła rakieta, pierzastą strzałą
przeszywając ciemności.

Na ten znak wszystkie drzewa i gąszcze jęły zakwitać i mrowić się
różnobarwnymi światłami; nad kolumnadą pałacyku,
wznoszącego się na wyniosłości, rozbłysły cyfry Sieversa w otoku
wieńców dębowych, przeplecionych jego herbowymi barwami, a w
ogromnych oknach zamigotały czerwonymi płomieniami urny
alabastrowe spowinięte w bluszcze.

Rozwarły się nagle wielkie podwoje, fala światła chlusnęła na
taras, pełny wdzięcznie powyginanych bogiń, amorów i waz
marmurowych, i twardym, mocnym krokiem wyszło dwunastu
pajuków w czerwonych, obcisłych czechczerach i kurtach, suto
szamerowanych złotymi galonami; nieśli zapalone pochodnie i
ustawiali się na ostatnim, szerokim stopniu schodów.

Po chwili ukazał się pan Pułaski, otoczony liczną, wielce strojną i
rozbawioną socjetą. Liberia spiesznie wynosiła za nimi krzesła i
ławy, lecz wszyscy skupili się przy balustradzie, obwieszonej
girlandami kwiatów, pilnie obserwując pustą drogę, biegnącą od
strony miasta.

Przycichły nawet szepty i śmiechy, a tylko pan Pułaski kręcił się
nieustannie, poprawiał pasa, odrzucał białe wyloty, dawał jakieś
rozkazy służbie i muzykantom, zebranym w cieniu kolumnady, i
coraz niecierpliwiej biegał oczyma po drodze i uiluminowanych
gąszczach, wołając przy tym co chwila do zgarbionego starca,
chodzącego za nim jak cień:

– Mości Borowski, czy aby się tam nie stało co złego? Borowski
kłaniał się nisko, zamiatając połami kontusza, rozkładał bezradnie
ręce i milczał, nie odstępując go ani na krok. Przyjaciele jęli go
konsolować i żartobliwie spokoić.

– Może jeszcze odpoczywa po podwieczorku pani kasztelanowej.

– Albo wypadło mu jechać do króla jegomości.

– Daję parol honoru, jako wstrzymały go pilne sztafety.

– Nie crimen jeszcze takie opóźnienie!

Zaś kilku dygnitarzy generalności, stojących na stronie,
dworowało sobie z cicha z kłopotów Pułaskiego.

– Najwidoczniej go afrontuje.

– Korona mu z głowy nie spadnie, jak poczeka.

– I tak miał będzie aż nadto honoru.

– Patrzy, jakby ambasador próbował marszałkowskiej cierpliwości.

– Mniemam, jako generalność przyuczona i do gorszych prywacji – zauważył z przemiłym uśmieszkiem młody człowiek o twarzy wyostrzonej niby brzytwa, przybrany w popielaty, ogoniasty frak, srebmawą kamizelę i obcisłe kiuloty.

Dygnitarze jakby nie dosłyszeli, a tylko jakiś z brzuchem srodze wysadzonym i obwisłymi podbródkami próbował żartować:

– Najgorsze, że pieczenie wysuszą się na podeszwy.

– Ale szampańskie będzie lepiej przechłodzone.

– Utrafiłeś w sedno, mości Woyna, bo ledwie już dycham z gorąca i zapowiadam, jako nie ulęknę się i tuzina pękatych flach.

– Brzuch waszmości wstrzyma, lecz czy zapasy wstrzymają?

– Nie frasuj się waszmość o zapasy. Napitków jest w bród. Sam widziałem, jak zajeżdżały przed ekonomię szmirgieltowe bryki, zapchane po same wręby. Na grzeczny fest dzwoniły flaszuchny!

Woyna odgarnął przytrefione włosy, rozdzielone nad czołem i spływające w czarnych puklach na szafirowy kołnierz fraka, i podparłszy wargę złotą gałką laski rzucił niedbale:

– Przepomniałem, że to sąsiedzkie potencje ponoszą ekspensa. Nie zbraknie więc niczego i nikomu.

– Płaci, kto musi, pije, kto ma ochotę – odrzucił grubas i zniżywszy głos zaszeptał konfidencjonalnie:

– Boscamp o dwa kroki!

Woyna nie zmieniając żartobliwego tonu zawołał:

– Niechaj mi tylko płynie burgońskie, a nie dbam o resztę.

– A dla mnie Węgier! – wtrącił jakiś pan z czerwoną twarzą, pływającą w ogromnym halsztuchu niby w białej misie.

– Nie ma jak angielskie piwo, ale w butelkach! – mlasnęły z lubością jakieś wątrobiane wargi, brzuch obwisły, pałąkowate nogi, piaskowy frak i białe pończochy.

– Judica me, Domine, jeślim kiedy zgrzeszył wybredzaniem! – bufonował grubas. – Wszyscy mogą poświadczyć, jako zawsze staję w każdej najcięższej potrzebie i z każdym nieprzyjacielem walczę do ostatniej kropli.

– Toć wiadome są przewagi waszmości pod Kuflewem.

Grubas tylko się zaśmiał i obleciawszy dokoła chytrymi oczyma, ciągnął dalej z krotochwilnym namaszczeniem:

– Nie przebieraj w napitkach i nie pytaj, kto je płaci. Kto ma takie principia i przy tym piękne pragnienie, ten może wiele dokazać na

świecie – prawił wybuchając śmiechem co chwila.
– Podhorski darmo nie robi z siebie błazna – szepnął ktoś z boku.
– Musi w tym być jakowaś kabała.
– Frant na cztery nogi kuty! Buchholtzowy wiernik!
– A ja imaginuję z tego, co mówi o sobie imć Podhorski, że król pruski musi mieć szczodrą rękę, żeby ugasić tak piękne pragnienia... – uciął zuchwale Woyna i poszedł w stronę dam.
– Poczekaj no waszmość! – wołał za nim Podhorski jakimś przyduszonym głosem, bo dosłyszał jego uwagę. – A to woli świszczypała bakę świecić podwikom niźli z nami prowadzić poczciwe dyskursa. Złote to jednak serce! – zapewniał z naciskiem.
– Ale język jaszczurczy.
– I nadto sobie już pozwala. Nie ma w Grodnie człowieka, któremu by nie dokuczył do żywego. Niczego nie uszanuje.
– W jakiejże materii radzą waszmoście? – spytał Pułaski przystając.
Ale uczynił się nagły rumor i ktoś wołał na cały głos:
– Mości panie marszałku, już słychać powozy!
Jakoż zatętniały kopyta i głuche turkoty kół, a po chwili spod obwisłej gęstwy drzew zamigotały pochodnie konnych laufrów pędzących co sił, a za nimi wysunęła się na drogę wspaniała, pozłocista kareta, zaprzężona w sześć białych koni, o farbowanych czerwono grzywach i ogonach, otoczona chmarą cwałujących Kozaków w purpurowych, rozwianych chałatach i wysokich, czarnych czapach.
Zagrzmiała wrzaskliwa fanfara i kareta zatoczywszy wielkie półkole przystanęła pod tarasem. Lokaje spuścili schodki, a pan Pułaski zeszedłszy na ostatni stopień witał czołobitnie wysiadającego Sieversa i powiódł go uroczyście. Szli otoczeni wieńcem pochodni wskroś tłumów, kornie chylących głowy, i trwożliwego milczenia. Za nimi wlókł się ciężko i z nachmurzoną twarzą biskup Kossakowski z panią Ożarowską.
Po długim ceremoniale przedstawień pani kasztelanowa zawołała:
– Panie marszałku, a gdzież ta zapowiedziana siurpryza?
– Za chwilę, a słowo stanie się ciałem.
– Czekamy jeszcze na hrabinę Camelli i resztę towarzystwa.
– Ależ tymczasem poschniemy z ciekawości.
– A takie cuda rozpowiadają o nagotowanych nadzwyczajnościach!
– Bardzo trudno będzie nas dzisiaj zadziwić – zauważył Sievers z uśmiechem, podając tabakierkę Pułaskiemu.

– Istotnie, przeżyliśmy dzień godny uwielbienia.

– Ta oktawa imienin jaśnie wielmożnego ambasadora stanie się w Polsce pamiętna.

– Na zawsze, powiedz waszmość.

– Kroniki przekażą ją pamięci przyszłych pokoleń.

– Szkoda, że nie uwieczni jej Węgierski! – rzucił drwiąco Woyna, ale zagłuszył go chór chwalczych głosów. Słowa pijane zachwytem, frazesy błyszczące niby tęcze, miodne szepty i łaszące się, żebracze spojrzenia spływały ze wszystkich stron na siwą, ufryzowaną w kunsztowne pukle głowę ambasadora, który potakiwał wszystkiemu uśmiechając się wciąż zwiędłym, jakby przyklejonym do wąskich warg uśmiechem pobłażliwej dobrotliwości. Chwilami z lubością dotykał wypieszczonymi palcami szerokiej, niebieskiej wstęgi orderu Św. Andrzeja, który był otrzymał w ostatnich dniach za przeprowadzenie traktatu rozbiorowego, poprawiał machinalnie gwiazdę brylantową, zażywał tabakę i wodząc sennymi oczyma po twarzach zwracał się niekiedy z jakąś suchą uwagą do Kossakowskiego.

Biskup zmuszał się do uśmiechniętej odpowiedzi, ale spozierał coraz mroczniej i niecierpliwie szarpał mantolet podbity purpurą, aż wreszcie zwrócił się cierpko do marszałka:

– Więc czekamy tylko na hrabinę Camelli?

– I na imci posła pruskiego.

– Ksiądz biskup nie uwielbia naszej zachwycającej Eurydyki – szepnął Sievers, dotknięty jego lekceważącym tonem.

Kossakowski jął dworacko i z takim zapałem sławić głos i wdzięki hrabiny, że przejednany ambasador wziął go przyjacielsko pod ramię i odprowadził na stronę, nie zważając na hałaśliwą kawalkatę powozów, która nareszcie wypadła z gąszczów i leciała drogą w krwawych tumanach pochodni, wśród rzechotu dzwonków, tętentu galopujących koni, krzyków i siarczystego palenia z batów.

Niby rozhukana burza wpadały na podjazd powozy, kariolki, wiski, karety i długie, dziwaczne wisawisy, i skłębiona zawierucha rozbawionych pań i panów runęła na schody i rozsypała się po tarasie.

Naraz wszyscy poczęli opowiadać przekrzykując się nawzajem i wybuchając śmiechami. Hrabina Camelli wraz ze słynną z urody księżniczką Czetwertyńską, baronówną Heyking i szambelanową Rudzką opadły panią Ożarowską, rozpowiadając o jakimś niesłychanie komicznym zajściu.

– ...i potem gitarę rozbił o głowę lokaja! – wołała z emfazą wielce śmieszną hrabina. – A myśmy na złość temu dzikusowi śpiewały nie przerywając ani na chwilę. Myślałam, że zacznie nas bić ze wściekłości. I gdyby nie szambelanową, to kto wie, co by się stało. Już zgrzytał zębami – wykrzykiwała podkreślając każde słowo śmiechem i namiętną gestykulacją.

– Hrabino, twój głos to skarb ludzkości. Trzeba go ochraniać – strofował ją ojcowsko Sievers, zarzucając na jej obnażone piersi szkarłatny szal. – Któż to był ten dziki człowiek?

– Książę Cycjanow, nasz szlachetny rycerz i obrońca – przedstawiała baronówna, dygając ironicznie przed niskim, srodze dziobatym panem o nieokreślonym wieku i skośnych oczach.

– A który przy tym nie umie powozić – śmiała się księżniczka.

– Zgoła niesłuszne suspicje! – szepnęła szambelanowa.

– Cóż miałem robić, kiedy konie bały się brzęku gitary i co chwila ponosiły. Mogliśmy się pozabijać. A panie na moje prośby odpowiadały tylko śmiechem – tłumaczył się wielce zgniewany.

– I miałeś nas ochotę bić? Proszę teraz o prawdę! – przypierała hrabina zaglądając mu w mętne, jakby ugotowane oczy.

– Byłbym cię, pani, raczej pożarł! – zawarczał, ogarniając lubieżnym spojrzeniem jej biust, zaledwie przyprószony szkarłatem.

– Czy i mnie, co? – pytała natarczywie baronówna.

– Książę nie jest Herodem i nie pastwi się nad niewiniątkami – bronił wesoło Sievers i naraz odwrócił się gwałtownie, szepnął coś hrabinie i odszedł z nią ku bocznemu zejściu, jakby umyślnie unikając Buchholtza, który właśnie przedzierał się ku niemu, obrzucany nienawistnymi spojrzeniami. Imć poseł pruski przystanął, rozglądając się dosyć bezradnie, ale wnet znalazł się przy nim Podhorski, marszałek, paru jeszcze konfidentów i z najgłębszą ostentacją sprowadzali go ze schodów, bo już muzyka grała poloneza i towarzystwo wysypywało się do parku.

Las krwawych, rozmiotanych pochodni oświetlał im drogę.

Woyna szedł samotnie, obserwując spod oka jakiegoś młodzieńca, który już od pewnego czasu plątał się koło niego. Naraz obaj przystanęli, zajrzeli sobie z bliska w twarze i Woyna zawołał z ironiczną czułością:

– Zali to naprawdę oczy moje znowu mogą uwielbiać imci porucznika, Sewera Zarębę?

– Woyna! Kazio Woyna! – odkrzyknął zdumiony, rzucając się w otwarte ramiona. – Śmierci bym się raczej spodziewał!

– Uszanuj, nieźwiedziu, chociaż moją koafiurę.

– Takie spotkanie! Ledwie wierzę własnym oczom.

– Sprawdziłeś na moich żebrach! – śmiał się, rozcierając sobie boki.

– Iżbym cię mógł spotkać w Grodnie, ani mi postało w myśli!

– Człowieku, a gdzież indziej mogłem być?

– Rozumiałem cię bawiącym w Warszawie lub na wsi.

Woyna zagwizdał melancholijnie.

– Jeszcze na wiosnę przegrałem do Miączyńskiego ostatnią żywą duszę z Zatorów. Wszystko diabli wzięli, cum assistentia militari, jak pisał mój mecenas. A w Warszawie także nie miałem co wysiadywać. Tam już cuchnie trupem i zostały tylko stare kwoki na dewocji przy prymasie, rozjęczeni wierzyciele Teppera i hultajstwo miejskie. Mówię ci, pustynia! Dukat jest tam taką rzadkością, jak cnota panieńska w Grodnie. Chyba że się go szuka u Igelströma, ale i ten po wyborach nie taki już szczodry. Imaginuj sobie, jako w końcu u Jaszowicza nie chciano mi borgować ani jednej butelki więcej! O tempora, o mores! jak jęczy nasz dobry Staś, kiedy mu Sievers odmawia awansu. Przeto rzuciłem niewdzięczne miasto i teraz oto zabawiam się w tym raju grodzieńskim.

– Mówiono mi, żeś został konsyliarzem generalności.

– Nie lubię ochłapów ni trzymania się pańskiej klamki. A przy tym – głos mu zabrzmiał smutkiem – czyż mógłbym się pastwić nad matką rodzoną? Żyję więc po dawnemu i jak zawsze uwielbiam kobiety, wino i złoto. Właśnie obiecuję sobie dobrze zjeść na chwałę opiekuna i jak się da, wygrać w faraona nieco dukatów.

– Więc to feta na cześć Sieversa?

– Pytasz, jakbyś wracał z antypodów.

– Przyjechałem dopiero dzisiaj rano, spałem cały dzień, a o zmierzchu zabrał mnie dawny towarzysz spod chorągwi, przywiózł tutaj, sam się gdzieś zapodział, spotkałem ciebie i nic więcej nie wiem.

– Kiedy tak, to zakonotuj sobie w pamięci: oto dzisiaj oktawa imienin Sieversa. Na jego to cześć i na oddanie wdzięczności za szczęśliwe przeprowadzenie aliansowego, jak się głośno prawi, traktatu będziemy się cieszyli do świtania. Zapamiętaj dobrze ten czwartek l sierpnia 1793 roku.

– A któż się tak żarliwie ekspensuje na te festy?

– Pułaski, wicemarszałek targowicy i poseł wołyński, ale nie obawiaj się, nie narwie się szlachcic, odbierze wszystkie ekspensa i ze sutą nawiązką ze szkatuł ambasadorskich. Dygnitarze generalności są zawsze bardzo hojni, ale z cudzego...

– Rad się jednak napatrzę personom konfederackim.

– Cóż, kiedy samego trifolium już nie zobaczysz. Podobno z domu, który ma się zawalić, najpierw uciekają ptaki. Może i dlatego Szczęsny Potocki w Hamburgu cieszy się drogo zapłaconą Wittową, Branicki w Petersburgu wyciera antyszambry Zubowowskie, a Rzewuski zakopał się na wsi; naucza karczmarzy sztuki łacniejszego rozpajania chłopów i pisze uczone ustawy dla swoich ekonomów, jak mają łupić ze skóry poddanych. Czasem zjawia się w Grodnie, zwłaszcza gdy mu pogrożą egzekucją wojskową, nawytrząsa się Prusakom i królowi, nawyrzeka się na upadek wolności, a udobruchawszy Sieversa, znika. Ale drobiazgu targowickiego nie brakuje, zobaczysz, roją się niby pszczoły nad miodem ambasadorskim. Fakcja to dzisiaj najliczniejsza.

– Nie brak jeszcze poczciwych w Rzeczypospolitej – zawołał tak gorąco, że Woyna spojrzał uważniej i szepnął mu do ucha:

– Bacz, byś się z czym zbytnio szczerym nie wyrwał przy ludziach. Tu ściany mają uszy. Zwłaszcza osoby opiekuna i aliantki są nietykalne. Każde słowo doniosą. Może ja tylko jeden mam privilegium gadania, co mi się spodoba, bo mnie znają kosterą i pijakiem. A wielu już nieostrożnych przepadło potem gdzieś bez śladu...

– Mówisz nie do wiary! A gdzież wolność? Gdzie prawa kardynalne?

– Tymczasem w zastawie u Sieversa. Chodźmy prędzej, żeby nam co lepszych miejsc nie zabrali.

Dopędzili towarzystwo zebrane nad Horodniczanką i rozentuzjazmowane nieoczekiwanym zgoła widokiem.

Bowiem nad poszarpanym dziko i obrosłym krzakami jarem, na którego dnie bełkotała rzeczułka, wznosił się turecki kopulasty namiot w żółto–zielone pasy, podbity karmazynową kitajką i tak wspaniale zastawiony, że wielki stół uginał się pod ciężarem sreber, porcelan, kryształów i świateł, uwięzionych w alabastrowych urnach. Zaś wpodle niego, na pofalowanym brzegu i w różanych boskietach sztucznie nasadzonych, stały pękate pagody chińskie o wywiniętych dachach ze słomy zielonej, wsparte na wyzłacanych smokach, okręconych wieńcami kwiatów. Każdy był przygotowany tylko na dziesięć osób i mienił się niby rozłożony sepet od sreber, kandelabrów ze złoconego brązu i farfurów marcypanową, augsburską robotą, zdobiących stoły.

– Zaiste, aspekt zgoła niezwyczajny! – chwalił sam Sievers, a za
nim drudzy na prześcigi sławili szczęśliwy pomysł marszałka.
Pułaski, wielce rozradowany zadowoleniem powszechności,
odrzucał raz po raz białe wyloty i szerokim gestem zapraszał do
stołów, sam usadzając damy i co przedniejszych gości. Na
pierwszego pod namiotem usadził Sieversa, a dokoła zajmowali
miejsca ambasadorowie ościennych potencji, znaczne panie,
biskupi, ministrowie Rzeczypospolitej i co ważniejsi posłowie
sejmowi. Reszta gości zajęła pagody, stowarzyszając się wedle
upodobań, związków i przyjacielstwa.

Woyna wprowadził Zarębę między znajomków i zasiadł przy nim,
by swobodnie pogawędzić, ale nie uchronił go od natarczywych
spojrzeń kobiecych i zaczepnych uśmieszków.

– Przepowiadam ci wielkie powodzenie u kobiet – szepnął ze
szczerą admiracją, ważąc jego męską, zuchwałą urodę.

– Dbam o to, niby o śnieg zeszłoroczny.

Zarumienił się jednak.

– Więc piękna Iza jeszcze nie zapomniana?

Sewer ściągnął boleśnie brwi, jakby ugodzony pod żebro.

– Piękna szambelanowa – ciągnął Woyna – siedzi pod namiotem,
między posłem angielskim a Moszyńskim. Nie zauważyłeś?

– Nie ciekawym – odparł przez zaciśnięte zęby.

– To mój druh serdeczny, mościa pani podkomorzyno
dobrodziejko! – przedstawiał go Woyna wspaniałej damie,
zajmującej obok miejsce.

Karłowaty Murzynek, podobny do czarnej małpy, stanął za jej
krzesłem, dźwigając szal i różne uzupełnienia tualetowe.
Podkomorzyna wachlowała się przez chwilę, obserwując zarazem
Sewera z uwagą i niemałym znawstwem. Pani była nieco w leciech
posunięta, ale jeszcze bardzo piękna, bujnie rozkwitła i tak
gruntownie obnażona, że Zaręba nie wiedział, co zrobić z oczyma.

– Wdowa, parę tysięcy dusz w kordonie cesarskim, całe życie w
amuretkach i hojna dla swoich amis – objaśniał go szeptem Woyna
bawiąc się jego skłopotaniem.

– Potrzymaj mi waszmość!

Głos miała niski, prześliczny i francuszczyznę o akcencie
berdyczowskim. Z trwogą wziął narzędzie wiatry czyniące, z
koronek całe, dzierganych złotem. Po chwili rzuciła mu białe
rękawiczki, malowane w miniaturowe a wielce frywolne sceny
mitologiczne i wziąwszy od Murzynka balsaminkę, drążoną w
agacie, srebrne zwierciadełko i osypaną drogimi kamieniami

puszkę z pudrem, obieliła sobie twarz, skropiła się wonnościami i rzekła cicho:

– Nie spotkałam waszmości na żadnych asamblach.

– Bom zaledwie dzisiaj przyjechał – odparł, zdumiony jej tualetowym ceremoniałem i obcesowością. Uśmiechnęła się błyskając olśniewającymi sznurami zębów i pytała wpierając w niego oczy silnie podczernione.

– Waszmość spod jakiej chorągwi?

Dziwił się jej przenikliwości odwłócząc jednak odpowiedź.

– Poznaję żołnierza pod każdym przebraniem i nigdy się nie pomylę. I jakąż szarżę waszmość piastuje? – napierała.

Zbywał ją krotochwilnym kluczeniem, gdy Woyna znowu zaszeptał:

– Uprzedzam cię, jako te lube i obszerne terytoria, dające tak słodkie intraty, są już cum boris, lasis et graniciebus w chwilowej arendzie.

Parsknął na zakończenie wesołym śmiechem.

Podkomorzyna ściągnęła brwi sobolowe, podejrzliwie nastawiając uszy, obciążone olbrzymimi diamentami, ale na szczęście powstał znaczny rumor, gdyż ukazał się imć Borowski, a za nim biało przybrana kohorta kuchcików, dźwigająca potężne srebrne półmiski, wazy brzuchate, rondle i blaty okryte wonnymi parami; zaś drudzy, w zielonych strzeleckich kurtach, ciągnęli z winami we flaszach, konwiach, dzbanach starożytnych i omszałych gąsiorach, poznaczonych na lakach czarnymi krzyżykami; trzeci, w pąsowych frakach, białych pończochach i z utapirowanymi perukami, nieśli pozłociste puzdra, pełne likworów, zaprawnych wódek i smakowitych antypastów na przegryzkę; a w ostatku jawili się olbrzymi pajucy i stanęli za krzesłami w karnym ordynku z ręcznikami na podorędziu. Imć Borowski, jako wódz wielce sprawny w swym dziele, dał niemy znak i rozpoczęła się uczta.

Muzyka ściszonymi falami napływała gdzieś z oddali wraz z zapachami siana i więdnących kwiatów.

Wieczór był bardzo ciemny i upalny, szło jakby na burzę, niebo zwisało ciężką, ołowianą taflą i na zachodniej stronie przewijały się krótkie, blade błyskawice, gdzieś od Łososny dochodziły piania kogutów, a co pewien czas głuche, dalekie grzmoty targały powietrzem, niekiedy zrywał się suchy, gorący wiatr i miotał drzewami, aż szemrały gałęzie i przygasały światła iluminacji.

A na tle tej ciemnej, niespokojnej nocy kopulasty namiot wznosił się rozgorzały niby świątynia, w której zdały się odprawiać jakieś tajemnicze misterie. Rozpalone urny i kryształy siały dokoła tęczowy opył, w którego brzaskach ludzie i rzeczy nabierały zarysów widmowych. Wszystko jawiło się być nieopowiedzianie cudnym majaczeniem. Spojrzenia miotały się błyskawicowymi lśnieniami, a twarze i obnażone ramiona kobiet były jakby z perłowej konchy, pobryzganej turkusami, zaś barwy strojów przycichły, stapiając się w ściemniałe rozlewy rubinów, szmaragdów i złota, potrzęsionych tu i owdzie srebrzystymi pianami koronek. Nawet biel obrusów miała barwy mydlanych baniek, a porcelanowe figury, poustawiane w pośrodku stołu roztańczonym korowodem muz, zdały się w tym świetle czarodziejskim poruszać tajemniczo.

Sievers, siedzący na fotelu wyzłacanym jak tron, zdał się być groźnym bóstwem, ku któremu pełzały wszystkie korne spojrzenia, kłoniły się wszystkie głowy i płynęły wszystkie westchnienia. Nawet samo milczenie zdało się być nabrzmiałym trwożliwą czcią i niepokojem.

Bowiem pod namiotem panowała niezmiernie surowa powściągliwość. Rozmawiano niewiele i szeptem, ważąc przy tym każde słowo, każde spojrzenie i każdy ruch.

Nawet brzęki farfurów i sreber były ściszane, a liberia przesuwała się lękliwie na palcach, niby cienie ledwie dojrzane.

Nudzono się też uroczyście i z wielką dostojnością.

Natomiast w altanach zgoła inny duch panował.

Z początku i owszem ściszano głosy, bacząc na persony ucztujące pod namiotem, ale gdy minęło kilka dań i przedzwoniły pierwsze kielichy, przepadła wszelka wstrzemięźliwość i humory jęły się zrywać z wędzideł. Szlachta jadła i piła dając folgę przyrodzonej wesołości.

Dowcipy strzelały niby race i krążąc z ust do ust wraz z pucharami jak wino nieciły powszechną wesołość. Posypały się pieprzne dykteryjki o księżach. Znalazł się nawet, drukowany na niebieskawym karteluszku, wielce nieprzystojny wierszyk na Buchholtza, obleciał wszystkie stoły i wznieciwszy szalone wybuchy śmiechów przepadł gdzieś, bez śladu. Zabawiano się też coraz weselej. Liberia niestrudzenie czuwała nad kielichami, wino lało się strumieniem, rumieniły się twarze, uskrzydlały się fantazje, błogość przejmowała serca i rosła ochota. Oczy kobiet jarzyły się niby gwiazdy, a ich wilgne uśmiechy i obnażone ramiona mąciły już w głowie niejednemu. Za rozmiotanymi wachlarzami wiązały się ściszone dialogi, rwały się namiętne westchnienia i falowały piersi.

Ale gdy zabawa stawała się zbyt szumna i zbyt siarczyście strzelały grzmoty śmiechów, pojawiał się tu i owdzie zgarbiony zarys imć Borowskiego i nastrój jakoś dziwnie posępniał; ściszano natychmiast rozmowy, twarze chmurniały, opadały bezsilnie wachlarze i ukradkowe, trwożne oczy leciały ku namiotowi.

– Zabawiają się, jakby odprawowali stypę – ktoś cicho zauważył.
– Gdzie za wielu celebransów, tam nudne nabożeństwo.
– Niech się nudzą, ale czemu to my mamy śpiewać Gorzkie żale?
– Mówił Borowski, jako ambasador wielce dzisiaj niedomaga...
– I koń by ustał, żeby go tak przez cały dzień fetowali.
– Tylko pani Ożarowska niestrudzona...
– Wypościła się po Stackelbergu, to musi zabiegać o następcę! – wyrwał się jakiś zuchwały głos.

Odpowiedział mu ogólny śmiech i rozmowy w tej materii potoczyły się tak zjadliwe i naszpikowane towarzyskim, złośliwym delatorstwem, aż Zaręba smutnie zauważył:

– W Polsce lepiej być z ludźmi w wojnie niźli w przyjaźni.
– Utrafiłeś rzetelnie! – potwierdził Woyna. – Nie mógł się u nas zrodzić Kastor, bo Polluks sprzedałby przyjaciela za lada jaki koncept. Ale tak lubo dworować z bliźnich! – zaśmiał się cynicznie.
– Spojrzyj no, jak nam tamten godnie panuje! – dodał wskazując oczyma siwą głowę Sieversa, widną ponad wszystkie przez rozchylone na przestrzał skrzydła namiotu.
– Iz takimi dla nas prowentami, jak buty Karola XII Szwedom.
– A że tak samo nas tratują, więc je uwielbiamy. Pomyśl tylko: nigdy i nikomu Rzeczpospolita nie czyniła takich honorów. Nawet sejm zalimitowano do soboty, aby nie przeszkadzać awantażom. Więc też satysfakcjonujemy go ze wszystkiej mocy. Cały ten tydzień imieninowy nosimy go na rękach, obrzucamy kwiatami, wielbimy niby prawdziwego zbawcę. A już dzień dzisiejszy spędzamy najpracowiciej! Wiesz, rano odprawił mszę na jego intencję biskup Skarszewski. Zabawne, co?
– Że to go piorun nie trzasnął przy ołtarzu! – mruknął Zaręba.
– A szkoda! Widowisko byłoby wcale efektowne. Zaś w południe nuncjusz dał obiad na sześćdziesiąt osób; nie brakowało tam szampańskiego ni toastów. Piliśmy liczne zdrowia, i jego córek, jego wnuczków, a może nawet i jego lokajów. Czegóż Polak nie uczyni, skoro go poniesie ochota! Później pojechaliśmy na podwieczorek z niespodziankami; wyprawiała go pani Ożarowska. Siurpryzy były przednie i spektakl niezrównany. Odegrano Le

Proverbe. Popisywały się w nim najpiękniejsze panny i nieposzlakowana francuszczyzna. W antrakcie zaśpiewała boska Camelli, a jej brat grał na gitarze. Potem słodka, cnotliwa Jula Potocka, jak zawsze, w otoczeniu swoich dzieci, odtańczyła wściekłego kozaka. Boże, jakie tam były prysiudy i wierzgania! Wpadliśmy w szał uwielbień, płakaliśmy ze szczęścia i szampańskie tryskało fontannami. A na zakończenie odbyła się jakby gloryfikacja dostojnego solenizanta. Sztuczka była pod psem, wiersze kulawe, francuszczyzna haniebna i za grosz sensu, ale że sławiła pod niebiosa naszego męża opatrznościowego, znaleźliśmy ją zachwycającą i nie szczędzili rzęsistych aplauzów autorowi. A wymozolił to arcydzieło w niemałym czoła pocie były poseł kurlandzki, baron Heyking, a śliczna baronówna...

Przerwał, gdyż zahuczała nagle muzyka, rozległy się grzmiące wiwaty i wszyscy podnosili się od stołów.

– Co się stało?

– Pułaski wzniósł toast na cześć króla jegomości.

– Niech mu pójdzie na zdrowie! – szepnął trącając się z najbliższymi.

– Otóż śliczna baronówna – ciągnął dalej – na zakończenie odegrała zachwycającą Marquerie. Imaginuj więc sobie, jakeśmy używali!

– Ale dlaczego takie awantaże?

– Spytaj się tamtych – wskazał namiot. – Ja tylko wiem, że zabawiałem się po królewsku i wyjątkowo sprzyjała mi fortuna.

Zaręba miał na ustach jakieś kąśliwe słowa, lecz odwrócił się gwałtownie, dosłyszawszy żałosny głos podkomorzyny:

– Waszmość nie daje mi responsu...

– Bo nie dosłyszy – wyręczył go skwapliwie Woyna. – Nieco już przygłuchł na słodkie słówka – parsknął śmiechem na zakończenie.

– Z waćpana kpiarz niepoczciwy! – syknęła piorunując go wzrokiem.

– Ależ, pani podkomorzyno dobrodziejko.

– Cicho tam! Mości panowie, prosimy o cichość! Pułaski zabiera głos! – podniosły się zewsząd wołania i po chwili zapadło wyczekujące milczenie, pełne tylko bulgotów rozlewanego szampana.

Wszyscy zwrócili oczy na Pułaskiego, który stał naprzeciw Sieversa i podnosząc kielich wołał ogromnym, uroczystym głosem:

– ...Najjaśniejsza imperatorowa jejmość Wszech Rosji i nasza najmiłościwsza aliantka niech żyje!

– Niech żyje! – zahuczał namiot krzykami i brzękiem kielichów.

– Niech żyje! Brawo! Niech żyje! – zawtórowało sto potężnych gardzieli od wszystkich stołów i wraz buchnęła sroga fanfara; miedziane trąby zawyły przeciągle, a po wzgórzach ryknęły armaty i biły raz po raz, aż trzęsła się ziemia i krwawe błyski rzygały w ciemności.

– Pijże! To nie żarty! Patrzą! – zaszeptał Woyna zmuszając Sewera prawie siłą do powstania.

– Trochę gorzkie, ale można się włożyć...

– Nigdy! Nigdy! – bełkotał zgnębiony. Blady był, serce mu biło niby ptak oszalały, pot zrosił czoło, oczy dziko zapłonęły i taki gniew nim zatargał, aż kielich latał mu w ręce bryzgając na wsze strony.

– Poplamisz mi waszmość jupony! – ostrzegła podkomorzyna odsuwając się nieco. Zdrowie jejmości imperatorowej spełniono jednym tchem, skwapliwie podstawiając kielichy pod świeże strugi wina, bo muzyka z nagła umilkła, krzyki ucichły, a pan Pułaski pochylił się nieco nad stołem i wlepiwszy okrągłe, jastrzębie oczy w ambasadora zawołał, jakby do wtóru armatom grającym nieustannie:

– Mości panowie! Pijemy zdrowie naszego solenizanta i przyjaciela! Jaśnie wielmożny, ekstraordynaryjny i pełnomocny poseł najjaśniejszej imperatorowej jejmości Wszech Rosji, Jakub de Sievers, niech nam żyje!

Wspaniałym ruchem odrzucił białe wyloty i wśród okrzyków wiwatowych ruszył ku niemu z kielichem w ręku.

Sievers podniósł się z niejakim trudem i wziąwszy puchar z rąk Ankwicza trącał się ze wszystkimi, dziękując ze szczerym wylaniem za pamięć łaskawą i życzliwość. Powstał tłok dokoła wyzłoconego fotelu.

– Musimy iść ze wszystkimi – szepnął Woyna pociągając przyjaciela.

– Ciżba jak przed ołtarzem.

– Wszechmocnej Fortunie cześć i uwielbienie. To jedyne bóstwo! Ale gdy weszli w krąg światła, które padało spod namiotu, Zaręba drgnął gwałtownie, wstrzymał się na mgnienie i naraz jakby runął w jakieś oczy promieniejące w głębi namiotu.

– Iza!

– Sewer!

Zamigotał krzyk spojrzeń, wyrwanych ze samego dna tęsknoty, i pchnięci niezmożoną siłą ciążenia jęli się przeć ku sobie przez ciżby stłoczone dokoła Sieversa. Byli już blisko siebie, coraz bliżej...

– Spóźniamy się, wezmą to za opieszałość – rzucił Woyna ujmując go silnie pod ramię. Rozwiały się naraz tęcze czarów i rzeczywistość zajrzała mu w oczy swoją szydliwą, bezlitosną twarzą. Zrozumiał i opanowawszy się w jednej chwili, podniósł dumnie głowę, ukłonił się Izie chłodno i wyniośle, trącił kielichem o kielich Sieversa i, nie obejrzawszy się nawet na tamte oczy przygasłe w zdumieniu, wyszedł z namiotu. Szedł krokiem zabitego w szeregu, automatycznie, trzymając niedopity kielich w ręku i nie wiedząc, dokąd zmierza.

Znalazł się pod jakimś drzewem, zastępującym mu drogę, i tam dopiero zupełnie oprzytomniał, trzasnął szkłem o ziemię, wparł się plecami o pień i spróbował ująć rozszalałe uczucia i myśli w żelazną więź woli...

Powrócił po jakimś czasie do socjety, ale pod namiotem i w pagodach mrowiła się tylko liberia przy dopijaniu resztek, a wszyscy byli zebrani na wzgórku za pałacem, gdzie właśnie pani Ożarowska własną ręką zapalała fajerwerek.

Wyrwały się naraz rozplecione warkocze czerwonych płomieni, wzbiły się w górę i opadały z wolna rzęsistym deszczem skier gasnących. Posypały się okrzyki zachwytów i brawa, sam Sievers zaklaskał. A po chwili srogi grzmot zatargał powietrzem i buchnęły w górę olbrzymie wichry zielonych ogni, zaś z ich głębin, niby z głębin rozdartej ziemi, wyniosły się złocistorubinowe cyfry Sieversa; podnosiły się z wolna, majestatycznie, coraz wyżej i coraz ogniściej migocąc, aż zawisły na długie mgnienie w czarnych przepaściach nieba i tak wysoko, jakby nad całą Rzecząpospolitą...

Wkrótce zerwał się za nimi huragan błyskawic i jęły bić w górę ze świstem i trzaskiem tysiące płomienistych rózeg i pióropuszów, otaczając cyfry skłębionym rojowiskiem świateł, dymów i grzmotów.

Wszystkie usta oniemiały w podziwie i wszystkie oczy zawisły, jakby umęczone, na czarodziejskich znakach, rozpiętych w ciemnościach. Naraz w ciszy podniósł się jakiś mocny głos i zawołał ponuro:

– Mane! Tekel! Fares!

Odpowiedział mu śmiech ogólny i wybuch szalonej wesołości. Zerwały się siarczyste brawa i wiwaty na cześć Sieversa, tłoczono się przy nim i zasypywano entuzjastycznymi okrzykami. Gorętsi chcieli go nawet podnosić w górę, że ledwie temu przeszkodził Pułaski obawiając się jakowejś przygody. Ale natomiast zjawili się hajducy z potężnymi gąsiorami, zabrzęczały kielichy, pito nowe zdrowia, wiwatując coraz ogniściej. Zahuczały znowu mosiężne trąby fanfar, zagrzechotały salwy karabinów i przemówiły armaty basowym, ważkim głosem, aż uczynił się z tego harmider jakby srogiej bitwy i mordów zaciekłych. A gdy cyfry zgasły, wtedy cały park i wzgórza rozmiotały się burzliwie i niby wulkany jęły raz po raz wyrzucać grzmoty i ślepić błyskawicami. Co chwila bowiem wylatywały strzeliste smugi płomieni, buchały fontanny, podobne w cudności do drzew koralowych, rozkwitały nagle niepojęte kwiaty wszelakich barw, jawiły się gwiazdy wirujące zawrotną zręcznością, leciały kaskady szmaragdów, zacinały złote deszcze i rubinowe grady. Tysiące ogni wylatywały naraz z wrzaskliwym zgiełkiem, niby stada różnobarwnego ptactwa.

Towarzystwo, zachwycone tym wspaniałym widokiem, snuło się oniemiałe, niby cienie pól Elizejskich. Bo chwilami już się zdało niejednemu, jakoby Olimp zeszedł na ziemię z niedosięgłych wyżyn i oto w tych gajach czarodziejskich, pełnych błyskawic i grzmotów, błądzą wespół ze śmiertelnymi boginie, nimfy i dryjady w cichym rozmarzeniu szczęsnych upojeń. Niekiedy bowiem greckie tuniki, piersi obnażone i bose nóżki wyłaniały się nagle w świetlistych brzaskach, niby zawieszone w obłokach. Niekiedy tylko snuły się bladymi zarysami, jakby w gorączkowym majaczeniu, a chwilami wszystek kształt ludzki przepadał i panowały jeno ślepiące mioty barw płomienistych i cieniów.

Widowisko było tak piękne, że kiedy dano znak odwrotu, opuszczano wzgórza z żalem, odwracając tęskne oczy na dogasające cudowności.

– Dwa tysiące dukatów ekspensu na dym i smród! – wyznał się ktoś głośno.

– A król co parę dni żebrze przez Boscampa o awane! – zaszeptał drugi.

– Zaś nie płacone, bose i głodne wojsko rozłazi się do domów, chociaż nieprzyjaciel w granicach Rzeczypospolitej – dołożył Zaręba przysuwając się nieco, ale tamci zamietli wystraszonymi oczyma i pierzchnęli.

– Idziemy tańcować! – Woyna zjawił się niespodzianie. – Gdzieżeś się podziewał? Podkomorzyna obligowała, abym cię do niej przywiódł. Szybko awansujesz w jej łaskach.

– Nic mi po takiej szarży! – mruknął niechętnie. Poszli wraz z drugimi ku pałacowi, który już z dala gorzał wszystkimi oknami. Obok nich, wspierając się na młodym księżyku, wlókł się w ponurym milczeniu biskup Kossakowski.

– Przyszła mi genialna myśl – zwrócił się nagle Woyna do biskupa, który podniósł na niego chmurne i złe oczy – jako powinniśmy dać Polsce nowego defensora.

Biskup wstrzymał się na chwilę.

– Mamy bowiem dla Korony Stanisława; Litwa cieszy się swoim Kazimierzem, więc byłoby słuszną rzeczą dać Rusi – Jakuba! Kossakowski parsknął śmiechem, ale milcząco słuchał krotochwili.

– Biskup Skarszewski – ciągnął dalej całkiem poważnie – dowiedzie czarno na białym i bardzo uczenie, jakie to cuda dzieją się w Polsce za sprawą nowego patrona! W jaki to nadziemski sposób rozmnaża się dobro poniektórych współobywateli, jak to koronne osły przemieniają się w mędrców i dygnitarzów! I jakich to rubel zdobywa sobie żarliwych prozelitów.

Nie spisać tych zasług i na wołowej skórze. Nuncjusz nas poprze w Rzymie, jejmość imperatorowa nie sprzeciwi się wyniesieniu swojego sługi, a Rzeczpospolita godnie nagrodzi szczerego przyjaciela. Wszak wciąż zapewnia, jako wszystko, co czyni – czyni tylko dla naszego dobra. Mamyż nie uwielbiać takowej cnoty? Mamyż niewdzięcznością napoić serce tak czułe?

Zaręba buchnął śmiechem, ale biskup pogroził.

– By waści pierwej nie przycięto języka!...

– Złożę go wtedy jako wotum na ołtarzu niewdzięcznej ojczyzny.

– Waszmość ze wszystkiego czynisz krotochwilę.

– Zali nie krotochwili wszystko godne?

Biskup milczał, dopiero gdy wchodzili na taras, rzekł przyjaźnie:

– Proszę do mnie na obiad. Rad cię zobaczę, choćby zaraz jutro. Woyna skłonił się dziękczynnie i odprowadziwszy go do drzwi pałacu wziął Zarębę pod ramię i zaszeptał żywo:

– Trzeba ci wiedzieć, że on nie cierpi Sieversa i szyje mu buty na wszystkie sposoby. Nienawidzą się obaj, chociaż stroją do siebie wdzięczne miny jak w tańcu. Połknął mój haczyk, już ja go pociągnę.

– Nienawidzą się, ale obaj zgodnie pracują dla Semiramidy...

– Jeden trudzi się dla swojej pani, a za to ten drugi rwie, co się da, dla siebie i swojej głodnej familii. Nienasycony człowiek i przeto straszny! Wielu rzeczy się tutaj nauczysz, miej tylko uszy i oczy.

– Nie po tom ja wprawdzie przyjechał – odparł ostrożnie Zaręba.

– Szukasz fortuny? – postawił pytanie bez ogródek.

– Pragnę odzyskać utraconą szarżę. Jak pamiętasz, nie jestem statystą, lecz żołnierzem i obce mi są wszelkie inne materie.

– Będziesz więc, rycerzu spod Dubienki, zwyciężał w Grodnie różne podkomorzyny, a legniesz śmiercią walecznych na zielonym polu faraona. Ja w tym, aby ci nie zbrakło okazji. A nuż skusisz fortunę!

– Trzeba się z nią spróbować.

– Admiruję rezolutne principia. Ale się wyznaj, czyś naprawdę przyjechał tentować tylko o powrót pod chorągiew? – zagadnął znienacka.

– Tak, i liczę, że mi w tym wuj dopomoże.

– Kasztelan zabije karmnego wołu na powrót marnotrawnego i obleje łzami czułe pojednanie. A cóż powiedzą twoi dawni socjusze?

– Wszak powracam w służbę Rzeczypospolitej.

– Właściwie generalności. Widziałem twój podpis na manifeście.

– Ale teraz nolens volens muszę zrzucić pychę z serca i prosić absolucji.

– Król jej łacno udzieli, może ci nawet obieca coś, gdzieś, kiedyś. Nikt go przecież za obietnice nie pozwie. Z tego jednak miarkuję, jako ci serdecznie obmierzło liczenie ojcowskich kop i ujadanie się z pejzanami.

– Zgadłeś, wolę już swoich gemejnów i egzercerunki – zaśmiał się swobodnie, wielce rad, że Woyna nie przypiera go pytaniami.

– Cóż tam u was doma? – rzucił Woyna od niechcema.

– Aktualnie to nie bardzo wiem – zmieszał się srodze – bom teraz nie wstępował. Weszli do antyszambry. Z przyległych boków, przerobionych na gotowalnię, rozchodziły się kobiece głosy i śmiechy.

– Radź sobie, jak umiesz, ja muszę na chwilę odejść – rzekł Woyna i odszedł. Zaręba zwrócił się do złoconych drzwi. Otwarli je przed nim dwaj lokaje w czerwonych frakach i białych perukach. Ogarnęło go ciepło, przejęte mdłym zapachem perfum, świec woskowych, gwarem i brzękliwymi głosami nastrajanych instrumentów.

Stanął w podziwie wspaniałej sali, była bowiem wielka jak kościół, obita czerwonym adamaszkiem i zakończona chórem, wspartym na czterech białych kolumnach, spod których złocone drzwi wiodły do komnat rozwartych na przestrzał. Złota, szeroka listwa obiegała górą ściany, pocięte w podłużne pola białymi pilastrami z marmurów, a w każdym połyskiwało starożytne, owalne lustro z zapalonymi świecami, kowane w srebrze. Przez wyniosłe okna świeciły czerwono płonące urny. Okrągłe zwierciadła w ramach porcelanowych, dźwigane przez pucołowatych amorów, patrzyły tu i owdzie mętnymi oczami. Wielkie pająki posiewały senne brzaski świec i tęczowe migoty kryształów. Wskroś błękitów stropu pierzchały mdlejące Hory przed zwycięską Aurorą, pędzącą w orszaku bogiń i amorów, napinających srebrne łuki. Parkiety polśniewały niby gładzie lodowe, spod których przezierały cudne arabeski z drzewa różanego i cisu. Długie ławy, obciągnięte czerwoną trypą, zdały się drygać lubieżnie pod ścianami na pokrętnych, złoconych nogach kozłów, a pod oknami i przy drzwiach stali nieruchomo czerwoni lokaje, gotowi na każde skinienie.

Zaś na tle tych wspaniałości snuła się rozbawiona, świetna socjeta. Wszędzie było pełno ludzi, śmiechów, połysku diamentów, obnażonych piersi, strzępiastych loków, greckich tunik, bosych nóg roziskrzonych pierścionkami, migocących wachlarzów, jarzących spojrzeń i cudnych twarzyczek. Piękność, wykwint i przepych panowały społem i niepodzielnie. Rój różnobarwnych fraków, halstuchów do pół brody, wygolonych twarzy, długich kamizel, obcisłych kiulotów i głów zwichrzonych a la Caraciolla zaglądał w oczy, puszył się i nadskakiwał krążąc dokoła z brzękiem pustych słów, szeptań i dyskretnych śmiechów. Czasem przesuwał się bokiem sali jakiś kontusz wojewódzki, podgolona czupryna, wąs zawiesisty, pas złotolity, czerwone buty i ręka na głowni karabeli, to zadreptały białe pończoszki w płytkich, materialnych patynkach, staroświeckie dostatnie robrony z mantyny, staroświeckie twarze i kornety, nawlekane wstęgami, obrzucały struchlałymi oczami półnagie damy i przysiadały zgorszone i wstydne gdzieś w cieniach chóru.

A niekiedy francuski wyżabotowany kawaler z ancien régime'u zatrzepał się w ciżbie niby motyl barwisty i postukując trzciną i czerwonymi korkami schylał wdzięcznie upudrowaną głowę, z harcapem w złotej siatce, szarmancko przed kimś zamiatając kapeluszem, uśmiechem i komplementami.

Albo promenowały leciwe damy, całe w szeleście jedwabiów wzdętych na biodrach, siwe loki spiętrzone na głowach, dekolty spod bujnych piersi aż za łopatki, muszki na wybielonych twarzach, diamentowe wisiory w uszach, treny na pięć łokci, haftowane złotem liliowe pantofelki, maleńkie wachlarzyki, przysłaniające usta mocno naczerwienione i lubieżne połyski podczernionych oczów.

Zaś niekiedy prześlizgiwał się wskroś tłumów jakiś labuś w

mantoleciku i koronkach, z misternie pozawijanymi puklami na skroniach, piękny, upudrpwany, woniejący, ze złotą tabakierką w wypieszczonych rękach, w fioletowych pończochach i trzewikach z diamentowymi sprzączkami, powdzięczył się, tu i owdzie skropił słodkawym uśmiechem, rozdał wytworną jałmużnę słówek pieszczotliwych, spojrzeń i tabaki, przetarł się kocim ruchem o panny i pożerając je lepkimi oczyma gawędził o wcale niewzniosłych materiach.

A wśród wzmagających się gwarów co chwila rozbrzmiewał jakiś nowy język: pieszczone słowa italskie migotały niby szpady z aksamitnych pochew wyrywane; niekiedy szpetnie zawarczał niemiecki, jakoby jeno w dyskursach z psami wypróbowany; angielski zdał się być skrzybotem rozgryzanych kamieni; wdzięczył się akcentami rosyjski, a skakał niespodzianie w prysiudach; polski buchał układną wielce a wrzącą falą lub nagle tętnił i walił grzmotliwie niby ataki skrzydlatej husarii, ale francuski szczebiot lśniący, zimny i obrachowany, najczęściej pryskał szampańską pianą żądliwych dowcipów i ucinków. Zwłaszcza paru Sieversowych oficerów, przybranych wedle ostatnich wzorków, trzymało prym w tych żartach, często nieprzystojnych, i w obcesowych zalecankach. Socjeta bowiem mimo świetnych manier i pozorów była wielce mieszana. Kręciły się w niej jakieś cudzoziemskie persony, gładkie, oświecone, często utytułowane, ale o których nikt nie wiedział nic pewnego. Chyba ambasady, przestające z nimi w zażyłej komitywie. Były nawet i damy, polecane z wysoka i przyjmowane w najcnotliwszych domach, a również podejrzane. Uwijało się też sporo zagadkowych rodaków i nowych nazwisk, pachnących wczorajszą nobilitacją, ale że niewolili złotem hojnie rozsypywanym, że byli mistrzami w kartach, intrygach i hulankach, wiedli rej między młodzieżą, która ich otaczała uwielbieniem i żarliwie naśladowała.

Wszystko to roiło się teraz w ogromnej sali, jakby oczadzone szałem pustej, beztroskliwej wesołości.

Uczta była wspaniała, wina przednie, kobiety piękne, młode, żądne zabawy, a kawalerowie dorodni i tak bujni, że ledwie się mieścili w układnych słówkach, wyuczonych obrotach i sztucznej powściągliwości.

Przebierali też nogami niby popętane źrebce, skrzyła się im w oczach nieokiełzana ochota i coraz niecierpliwiej czekali rozpoczęcia tańców.

Zaręba obzierał ich z niemałym ukontentowaniem i niechybnymi oczyma werbownika obmacywał te bycze karki, spowinięte muślinami halstuchów, rozrośnięte mocarnie gnaty, opięte w przyciasne fraczki, sprężyste, jelenie nogi, żylaste ręce i otwarte, szczere twarze, przerobione na pokaz i modną manierę. I z radością myślał, jak to ktoś władnie krzyknie na całą Rzeczpospolitą:

– Do broni! Na koń! Na wroga!

Jak to w mig obleką z nich barwiste szatki, krew zagra, serca sprężą się męstwem i znajdą się tam wszyscy, gdzie być powinni, w polu, nieustraszenie zastawiając drogę wrogowi. Już widział ich w odmętach bitew, grożących się jak lwy, gdy naraz, spostrzegłszy o parę kroków Izę, utonął spiesznie w ciżbie i prześlizgiwał się niepostrzeżenie do dalszych komnat. W ostatniej, okrągłej, obitej zielonym jedwabiem i zastawionej wspaniałym sprzętem, byli zebrani dokoła ambasadora wszyscy, którzy stanowili sól ziemi, jej radę i zarazem ramię bronne. Sievers siedział w niskim karle i popijając wodę, zaprawioną kwiatem pomarańczowym, włóczył zmęczonymi oczyma po twarzach, rzucając kiedy niekiedy jakimś słówkiem łaskawym. Stali dokoła, tak wpatrzeni w niego, zasłuchani, a przejęci głęboko, że kiedy podnosił głos, wszystkie oczy wpijały się w jego zwiędłe jagody, niby pszczoły znęcone pozorem, a kiedy milknął zażywając tabakę i nie podsuwał jej nikomu, posępniały twarze, grążyli się w niepokoju i trwodze, a kiedy się raczył poruszyć, tłum drgał bezwiednie tak samo i falowały z radosnym szeptem głowy dygnitarzy niby dojrzały łan do nóg gospodarzowi.

Zaczął wreszcie spacerować po komnacie. Rozstępowali się jakby przed Sakramentem, żebracze spojrzenia słały mu się pod nogi, a uniżona podłość czyhała w każdej twarzy na jedno choćby jego słówko, choćby na jeden uśmiech łaskawy.

Zaręba ledwie się już pohamował i opity strasznym gniewem uciekł z powrotem do sali, wcisnął się pod chór i puścił wodze dzikiej modlitwie nienawiści.

– Postronków i kata! – syczał zbielałymi wargami. – O hańbo! hańbo! – powtarzał biczując się aż do rdzenia najgłębszego z bólów.

Naraz zagrzmiały nad nim pierwsze dźwięki poloneza i po sali poszły gorączkowe rumory i wołania:

– Polonez! Miejsca, mości państwo! Miejsca! Polonez!

Jakoż kapela, zestrzeliwszy wszystkie głosy w jedno, powiodła zgodnie tan rozkołysany, górny a uroczysty, dziarski a pełen powagi, radosny a dumny i mocą hartowny, a wspaniałością dyszący.

W złoconych drzwiach ukazał się Sievers, z szarmanckim ukłonem podał rękę pani Ożarowskiej i poszli w pierwszą parę poloneza... A za nimi ruszył długi, migotliwy korowód i płynął po sali rozmigotanym wężem, wśród posuwistych stąpań, wabnych uśmiechów, kornych pokłonów, strzelistych słówek i dźwięków, wznoszących się coraz szerzej, coraz przenikliwiej i coraz ogromniej.

Aż uczyniła się na sali przedziwna cichość. Pary za parami płynęły w uroczystym milczeniu niby wstęga migocąca tęczami, a tylko kapela podawała swoje dostojne i rzewliwe głosy...

...Basy jęknęły niekiedy gędźbą zatroskanych starców, zalśniły się tu i owdzie skrzypce jak oczy dziewic zroszone łzami pożegnań; wiole zaniosły się urywanym boleśnie płaczem; żalił się klawecyn i coś długo szeptał, i za czymś wołał tęskliwie; fletrowersy łkały jakby wśród pocałunków namiętnych i rozstawań żałosnych – gdy naraz trąby zagrzmiały wyniosłą, chmurną pieśń boju i chwały; porwał się górny szum orlich skrzydeł, ciężkie tętenty zadudniły, chrzęsty ciężkich zbroic, dalekie rżenia, głosy, śpiewy...

Pancerni! Pancerni!

Mróz przeszedł kości! Sto serc zabiło i sto rąk padło na głownie szabel. Chodkiewicz na przedzie, tarant pod nim spieniony, las rozszumiałych skrzydeł, wiatr miota chorągwią, kopie migocą grotami, pobrzękują karaceny, huczą jak burza i jak burza cwałują...

Stanęli murem... patrzą nieulękłe, wierne oczy... błyszczą się ryngrafy; koń zaparska, ktoś z cicha westchnie, płyną żarliwe, ostatnie pacierze...

– Jezus, Maria! Bij, zabij! – spadł krzyk ogromny i zakwiliły piszczałki. Runął huragan, strzaskały się kopie, pierś uderzyła o pierś, zadzwoniły pancerze i już biją miecze jak młoty, biją jak błyskawice, biją jak pioruny...

Wrzasnęły mosiężne blachy palącym wichrem boju; rzegocą brzękadła janczarskie, trąby huczą przeciągle niby armaty, skrzypce zacinają świstem tysięcy szabel, piszczałki bodą namiętnie sztychami, bębny zrywają się raz po raz suchym, krótkim warkotem jakby trzaskiem samopałów i czyni się straszliwy zgiełk; wszystko się miota, zmaga, przepiera i kłębi, pijane krwią, mordem i szaleństwem, a tylko basowy głos wciąż

pojękuje głucho i jednako uparcie, mściwie i nieubłaganie huczy:
– Bij, zabij! Bij, zabij! Bij, zabij!
A w pierwszą parę tańczył Sievers z panią Ożarowską.
Z nagła uderzył pod stropy szeroki, tryumfalny śpiew zwycięstwa!
Zaszumiały prawieczne lipy, grzmią wiwaty, stary dwór dygoce,
biją łunami okna, krew gra upojeniem, ręce szukają rąk, żenią się
miłosne spojrzenia, serca pienią się radością niby puchary, prężą
się dusze, ponosi ochota.
Hej, jak cudnie i weselnie na świecie, hej!
– Odbijanego, mości panowie, odbijanego!
Klasnęły dłonie, przechylają się głowy, turkoczą sukienki, czasem
rymną obcasy, zatrzepią się wyloty i brzękną karabele...
...Szarmanckie dygi, posuwiste ukłony, nagłe przyklękania,
oślepiające zawroty, namiętne rapty, ściszone afekty, niespodziane
szlochy, i polonez niesie się, wije i migoce ognistą wstęgą dokoła
sali w powodzi świateł, barw i zawrotnych dźwięków kapeli, która
już swawoli, przekomarza się, przyśpiewką zaniesie, pobaraszkuje,
buchnie śmiechem, czasem hulaszczo utnie, czasem powieje
smutkiem, a coraz cudniej kołysze czarami upojeń i zapomnienia.
A w pierwszą parę tańczył Sievers z panią Ożarowską.
– Jakże się zabawiasz? – pytał Woyna przysuwając się do Zaręby.
– Jakby na teatrum! Cała Rzeczpospolita tańczy przede mną.
– Raczej cała polska kanalia z dostojnym opiekunem na czele.
– Nie widzę tylko Ożarowskiego.
– Bohaterski regimentarz pojechał do Petersburga. Może tam
zabiega o sutszą nagrodę za redukcję wojsk! A może tylko z
przyjaźni dla delegacji, która pojechała z oderwanych województw
składać hołdy imperatorowej.
– Zniewolono ich do homagium...
– Niezupełnie, ale nasi panowie tak wielbią carskie antyszambry!
– Z kim tańczy Pułaski? – zawołał Sewer przyglądając się
tańczącym.
– Z generałową Duninową. Może się spokojnie zabawiać: wszak jej
mąż trzyma pod armatami Grodno i nas wszystkich. Jest tutaj
więcej tych dam obozowych. Wybrana socjeta.
– Ale podkomorzyna znalazła sobie wspaniałego tancerza.
– To hrabia Ankwicz. Pierwsza gęba na sejmie i może pierwszy
rozum, ale niechybnie i pierwszy jurgieltnik. Ma tysiąc pięćset
dukatów miesięcznie od imperatorowej i wielkie prospekta na
przyszłość. Cichy konsyliarz Sieversa! – zaszeptał mu do ucha. –
Jego to głową, dowcipem i zabiegania stanął dzień 17 lipca.

Imaginuj sobie, co za persona!

– Zaiste niepowszednia! – przytwierdził pożerając go oczyma.

– Czekajże, przepowiem ci całą litanię, znam ją na pamięć. Za Ankwiczem paraduje jeszcze lepszy, Miączyński. Piekło wypluło tego łotra z najgłębszych czeluści. Kostera, pijak i parricida. Tysiąc dukatów miesięcznie i prawo bezkarnego łupienia, gdzie mu się da. Gardziel nienasycona, dziurawa kieszeń i robaczywe sumienie. Zawsze gotów na największe łajdactwo. A poza tym niezrównany bibosz, czarujący hulaka, cynik i pierwszy kpiarz na świecie. Zaufany Igelströma, przeprowadził po jego myśli ostatnie wybory w Koronie, naturalnie za osobną dopłatą. Tańczy z panią Załuską, damą serca swojego patrona i przyjaciela, która teraz zabiega o podskarbiostwo koronne dla męża. Wielce dobrana para. Diabeł będzie miał z nich pociechę.

– Prędzej należą się katowi! – syknął Zaręba, lecz dla zatarcia tych słów dodał prędko: – A tego za nimi skądś znam.

– Bieliński, marszałek sejmowy. Tysiąc dukatów miesięcznie na rękę, a drugie tyle wiktem, kwaterą i kochankami. Daję ci słowo! Boscamp musi mu codziennie dawać strawne, bo inaczej nie miałby co jeść ni gdzie mieszkać. Wszystko bowiem przegrywa. Od Kossakowskich też wydębia niemało. I tu strzyże, i tam goli.

– Czy to Moszyński ten rudy? Wspaniale udiamentowany!

– A tak, to nasza droga "percepta", graf Fryderyk. Widocznie mniema, że spod drogich kamieni nie dopatrzą jego garbu i lisiej twarzy.

– Nasz wicekomendant od kadetów, ale ledwiem go poznał. Bardzo się postarzał. Ten chyba nie na jurgielcie? Za bogaty!

– Bogaty, biedny, co to ma do tego! Bierze ten, któremu dają. Nie dają przecież za darmo, dla czyichś pięknych oczu. Otóż "percepta" gotówki nie bierze, ale jest takiego rozumienia o sobie, że niechaj mu błysną podkanclerstwem, a zrobi, co zechcą. Tymczasem już pyszni się tabakierką z portretem imperatorowej, którą dostał za traktat. Ambitna to persona, nieużyty jak kamień i chciwy jak Żyd. Bardzo przy tym oświecony i szczerze pracujący dla Semiramidy i Rzeczypospolitej! Ma dwie gorące pasje: lubi się popisywać tańcem i namiętnie zbiera drogie kamienie. Uważ, jak nimi przypstrzony, niczym sama Luhlli! Jego sprzączki warte są z pięćdziesiąt tysięcy dukatów. A ta, co się tak pociesznie wytrząsa u jego boku niby kobiałka przy chłopskim wozie, to generałowa Rautenfeldowa. Generała sam wkrótce poznasz i pokochasz, czyni bowiem honory sejmowi, asystuje posiedzeniom z zapalonymi

lontami u armat. Cieszy się też gorąco estymą u powszechności.
– Ale dama ma pozór obozowej markietany. Słucham cię dalej z
jednakim podziwem.
– Zwłaszcza nie szczędź podziwu! – uśmiechnął się jadowicie. – Do
końca mamy jeszcze daleko. Widzisz tego w zielonym fraku i
złocistej weście? To hetman polny litewski, Zabiełło. Może go
znasz, ale nie psuj mi przyjemności pokazywania go. Ma oczki
pełne czułości, twarz poczciwca i chód głodnego wilka. Wielce to
godna persona! Złupił rodzonego brata i puścił go z torbami.
Sprawa była głośna na całą Rzeczpospolitą. Kreatura
Kossakowskich i konfident w łupiestwach i wiolencjach
wszelakiego rodzaju. Abyś miał, rycerzu, głębszą estymację dla
hetmana, toć powiem, że on to sprzedał rozpuszczoną brygadę
bracławską Kreczetnikowowi. Mówią jeszcze o tym po cichu, ale
już głośno wiadomo, jako łowił z Kozakami gemejnów i brał za
nich po pięć rubli, za oficerów po pięćdziesiąt, a rynsztunek
sprzedawał osobno. Trzeba dodać, że musiał się dzielić ze swoim
kamratem Złotnickim. Rozumiesz, jako to mąż wielce już
zasłużony sprawie publicznej – dodał z bladym uśmiechem.
  Sewer naraz obejrzał się żywo. Pod drugą kolumną stal Jakub
Jasiński, jego dawny pułkownik, i zdawał się pilnie nasłuchiwać.
– Powiadasz straszne rzeczy! Bałbym się tyle wiedzieć. Spojrzał
trwożnie w stronę Jasińskiego. Woyna zrozumiał jego obawy, ale
zabawiając się przegarnianiem włosów na skroniach rzucił
niedbale:
– Wszyscy o tym wiedzą i zwierzają się pod tajemnicą. Tylko ja nie
zastrzegam jej dochowania. Masz wolę, to rozgłaszaj.
– Nie skorym do powtarzań, zwłaszcza rzeczy prawie nie do wiary.
– Nie wierz, ale jeśli cię to zabawia, słuchaj cierpliwie... Uważaj:
frak różowy w kwiatka, harcap zapleciony czarną wstęgą, włosy
pudrowane, twarz zamarzła, nos czerwony z kapką drogocenną od
tabaki, ruchy rozlazłe, oczy nieprzytomne, toć sam marszałek
litewski, Tyszkiewicz. O nim to kursuje wielce trafiony wierszyk:
  Laskę po izbie nosi,
  Arbitrów na ustęp prosi,
  Wzniosłości cicho wygłasza,
  A głośno Sieversa przeprasza.
  Nienawidzi Kossakowskich, więc bardzo kocha ojczyznę, jeno się
tak obawia z tym wyznawać, że mówi o niej tylko figurycznie i
nazywa ją Dianą. Często się dąsa na Sieversa i po cichu sprzyja
zelantom, ale że ma substancje w kordonie rosyjskim, a

ambasador lubi go po nich łechtać wojskowymi egzekucjami, to godzi się na wszystko. Zacna, chociaż ucieszna figura. Za nim wlecze się niby koń schwacony książę Sułkowski. Pono intymny konfident króla pruskiego. W talarach bierze swoją lafę. Po tym dryga z panią Dziekońską Raczyński, filut, wierny pachoł Buchholtza, lecz nie gardzący i rublami.

Do pełnego kompletu brakuje nam Ożarowskiego. Powiem ca. tylko wierszyk, jaki o nim wykoncypował jeden z zelantów:

Ni z mięsa, ni z pierza,
Nic nie przypomina zwierza;
Lecz wszystko, co czyni,
Daje konterfekt... świni!

Sylwetka znakomicie trafiona! O kimże ci jeszcze powiedzieć?... O biskupie Kossakowskim i jego braciach musisz wiedzieć dosyć. Powszechność słusznie ich kiedyś oceni... A zasługi drugich również czekają jeszcze ujawnienia i nagrody. Takich zaś, jak Podhorski, Łobarzewski, Boscamp i wielu, wielu innych, nie trzeba kredą znaczyć, rozpoznasz ich nawet w nocy, bo już z dala cuchną padliną. Imaginuj więc sobie, co za hultajstwo zebrało się w Grodnie. Ba, dla uciechy trafia się niekiedy i jakiś kontuszowy, poczciwy baran, który niby pozytywka wrzeszczy wciąż jedno: Wolność, równość, wiara i liberum veto! Ale tenor owych wrzasków jeden: bezprawie, samowola i chciwość. Słowem, zwierzyniec ucieszny herbowego tałałajstwa! – dokończył wodząc osowiałymi oczyma po tłumach rozbawionych.

– Czy nie nazbyt strasznie widzisz?

– Jeślim zełgał, niech mi kat wyrwie język! – rzucił porywczo, lecz po chwili ciągnął już dawnym, ironicznym sposobem: – Przy cudzych winach łacniej samemu o rozgrzeszenie. Mówię ci to nie jako moralista, biadający nad upadkiem społeczności, lecz jako srodze znużony człowiek. Rad bym odpoczął po tym łotrowskim karnawale.

– Zali już nie ma życia i cnoty poza tą socjetą?

– Gdzież mi szukać fortuny! Człowiek się wezwyczaja nawet i do błota. Polonez się skończył, muzyka ucichła, natomiast gwary wypełniły olbrzymią salę.

– A do klasztoru nie mam zgoła inklinacji! – podjął po chwili Woyna. – Chyba gdyby mnie było stać na kupno tłustego biskupstwa lub chociaż krakowskiej koadiutorii. Wtedy bym, jak prymas, urządzał rozkoszne causetty dla dam i promenował się z nimi poszóstną karocą i z krucyferem na przedzie. Kryłbym trufle

w ołtarzu przed łakomstwem kapelana, jak Skarszewski.
Kazałbym zdobić srebrem kościelnym powozy i uprzęże, jak
Kossakowski. No i żyłbym wesoło, jak przystało na pasterza.
Jeszcze kościoły nie są ograbione ze szczętem, starczyłoby i dla
mnie. Przednia myśl, nieprawdaż?
Zaręba spojrzał w niego z jakimś litosnym współczuciem.
– Patrzysz niby wrona na zdychającego konia. – Czuł się dotknięty.
– Bo mi cię srodze żal. Ja bym cię jednak ozdrowił.
– Odgaduję nawet, jakim medykamentem. Bóg ci zapłać, nie na mój
smak żołnierka. Nie znoszę zapachu juchtowych butów, kaszy ze
słoniną i karczemnych Wener. Otrząsnął się z obrzydzeniem.
– Może przyjść chwila, że to będzie jedynym medykamentem.
– Może, a tymczasem oczy na kolana! Cud się do nas zbliża!
Zaręba wbił chłodne oczy w wysmukłą szatynkę, która przystanęła
o parę kroków w orszaku świetnych młodzieńców, nęcąc
wszystkie spojrzenia. Wzięła na siebie pozór Diany, gdyż we
włosach, kunsztownie wzburzonych nad czołem i spływających
pokrętnymi lokami, skrzył się wspaniały diamentowy półksiężyc,
zaś złoty kołczan, pełen strzał pierzastych, chwiał się na prawie
nagich plecach. Pajęcza tunika, jakby utkana z turkusów
dzierganych słońcem, sięgała tylko jej łydek, skrępowanych
złotymi wstęgami; na wszystkich palcach bosych stóp migotały
perły, perły również opasywały jej szyję łabędzią i perły,
puszczone na złotej nici, tuliły się między odkrytymi piersiami.
Twarz miała zuchwale piękną, nos orli, brwi czarne i niby łuki
groźnie napięte, oczy ulicznej miłośnicy i krwawe, płonące usta.
– Przeczysta Diana! Biada Akteonowi! – westchnął Zaręba.
– Gdyby nie pragnął jej wielbić. Sfora do szczucia pod ręką.
– Kto to? Ma perły godne królowej.
– Wie o ich cenie Rzeczpospolita! O niej to kursuje wierszyk:
Margrabianka Luhlli;
Od lokajów aż do króli,
Każdego przytuli –
Margrabianka Luhlli.
Wszak to królewska gamratka, no i wielu drugich.
– Margrabianka!
– Tylko Boscamp wie, jak to tam jest z jej tytułem; on ją stręczył
królowi i on ją proteguje. Słyszałem, że szukają dla niej męża.
Muszę cię do niej wprowadzić; jedyny dom w Grodnie, gdzie
można spotkać wszystkie fakcje, wszystkie stany i wszystkie gry,
od lombra do bernardyńskiego ćwika. Bardzo wesoły domeczek.

– I taką przyjmują?

– Szlachetny rycerzu cnoty! Człowieku nadziany szpetnymi przesądami, wrogu wolności! Zakonotuj sobie raz na zawsze, jako w oświeconej powszechności wszelakich nacji panuje i rządzi ta nieśmiertelna maksyma: "Ni Maitre, ni Pretre, ni Dieu."

Zaręba się żachnął i chciał protestować, lecz Woyna go uprzedził:

– Muszę cię wyleczyć z tej parafiańszczyzny, znam bowiem środki i na najzatwardzialsze cnoty. Alę teraz lecę przypomnieć się Dianie.

Zaręba zwrócił znowu uwagę na Jasińskiego, który wciąż stał pod kolumną i chociaż zapatrzony w tańczących, często jednak zamieniał jakieś szepty i znaki z różnymi ludźmi.

– Formuje jakąś kabałę! – pomyślał i nie ośmielając się podejść do niego siadł w głębi na ławie, gdzie już kilka leciwych dam, srodze wyfiokowanych, żarliwie folgowało językom. Muzyka grała drygliwe anglezy, kilkanaście par tańczyło w pośrodku sali, pod wodzą wsławionego mistrza Dauvigny, który w białej peruce, w białym fraku, w białych pantoflach i takichże kiulotach i rękawiczkach, z kapeluszem pod pachą i z laską w ręku, cały w przesadnych dygach i piruetowych ukłonach, prowadził roztańczone zastępy.

Czerwoni lokaje w perukach roznosili srebrne i kryształowe dzbany orszady i bawaruazy.

Dostałe damy zabawiały się coraz serdeczniej; szarpiące spojrzenia lśniły niby sztylety, a złośliwe przycinki, rubaszne określenia i szydliwe śmiechy nieustannie obijały się o uszy Zaręby; siedział jednak mężnie, jakby nie rozumiejąc ich cudacznie łatanej francuszczyzny, zajęty tylko Jasińskim i każdym jego poruszeniem.

Zesuwane lornetki o jednym szkle co chwila podnosiły się mierząc do różnych piękności, a żądliwe języki pracowały bez wytchnienia.

– Niesiołowska! Voile et tunique a la Vestale! Ha! ha! a wygląda jak klucznica, udrapowana w brudne prześcieradła.

– Albo ta Szydłowska! Jej coiffure a l'antique podobna jest do roztrzęsionego wiechcia grochowin. To musi być w guście płockim.

– Ożarowska wygląda dzisiaj niby wysiedziana srodze kanapa.

– I mogła swój obwisły brzuch zostawić w domu. Przykro patrzeć.

– Walewska nie ma nic pod tuniką! Bezwstydna, obnosi swój krostowaty comberek niby monstrację. Pies by zawył na taki aspekt!

– Patrzcie, marszałkowa litewska ma dekolt od pępka do pośladów.

– A drygają za nią, jakby chciały uciekać ze wstydu.

– Byle ich nie zgubiła, jak starościna Wodzińska w Warszawie.

– Luhlli! Jakie perły! Jaki orszak! Paryska pomywaczka!

– Szambelanowa Rudska ze swoją dziobatą małpą. Zaręba drgnął i słuchał uważniej, choć ze ściśniętym sercem.

– To jej nowy ami! Mówią, że już wydał na nią trzydzieści tysięcy dukatów. Sprowadza z Paryża sztafetami suknie i cukry.

– Mówił ktoś pewny, jako ona i drugim nie rekuzuje...

– To z poczciwości, żeby im w kompanii łacniej było podołać ekspensom. Biedna cnotka, pieniądz teraz trudny, a szambelan skąpy.

Zaręba aż się skręcał z bezsilnej wściekłości, ale spostrzegłszy, jako Jasiński zabawia się przekładaniem pierścienia z palca na palec, i to w pewien szczególny sposób, przystąpił do niego i szepnął:

– Jakiż piękny pierścień!

Jasiński podał go z uprzejmym uśmiechem.

Pierścień był złoty, formy zwanej rzymskiego rycerstwa, z napisem "Fidis Manibus", datą 3 Maja i z imieniem wpisanym w środku. Noszono go na pamiątkę konstytucji. Zaręba wyjął z kamizelki taki sam i podsunął mu pod oczy.

– Podobien tamtemu! – szepnął ze drżeniem, oczekując responsu.

– Jak Zdrowaś do Wierzę! – wionął ledwie dosłyszalny głos.

Wtedy Zaręba przysunął się jeszcze bliżej i zaszeptał:

– Pan z tobą...

I wymienił swoje nazwisko.

– Stań do mnie bokiem, przeglądaj pilnie publikę i jakbyś mnie nie znał. Znasz mnie, kadecie? Z której jesteś brygady?

– Z drugiej. Któż by z nas nie znał pułkownika! – powiedział radośnie.

– Szef zapowiedział mi twój przyjazd.

– Już jest w Grodnie? – Rozglądał się po sali, a chociaż dojrzał Izę w pośrodku tańczących, nie poruszył się z miejsca, przejęty ważnością chwili.

– Będzie w tych dniach. Zbiera się Rada. Gdzie Naczelnik?

– Prawdopodobnie już w drodze do Krakowa.

– A szpieguny tropiły za nim po Grodnie i okolicach.

– Był taki zamysł, musiał go wydać Mierosławski. Ostrzegam przed nim; prowadzi jakieś konszachty z targowicą. Miał cale długie sprawy prowadzić. Potrzeba mi czucia z Madalińskim i Grochowskim.

– Jutro dostaniesz planty. Kwateruję w domu hetmanowej Ogińskaej, ale częściej mnie znajdziesz na obiadach u Ożarowskiego lub Kossakowskiego. Nie dziwuj się niczemu – mówił przysuwając się jeszcze bliżej. – Musisz wejść w komitywę z rosyjskimi oficerami. Woyna ci pomoże, on tu za pan brat ze wszystkimi, ale z nim samym ostrożnie: przebiegły i papla, gotów dla dowcipu zaprzedać duszę. Masz pieniądze?

– Bernaux ma dawać, wiele potrzeba.

– Bądź jutro na mszy przeorskiej u Bernardynów.

– Ja tam kwateruję. Czy poczta z Warszawą ustanowiona?

Ale miasto odpowiedzi usłyszał oddalające się kroki, a po jakimś czasie zobaczył Jasińskiego na drugiej stronie sali w orszaku pięknej Luhlli. Prawił jej właśnie jakoweś dusery, już cały w dygach, ukłonach i uśmiechach. Piękna twarz wyraziście odbijała jego wzniosłą duszę, oczy skrzyły się przytajonym ogniem, a pełne usta snadź prawiły wymownie, bo Luhlli spozierała na niego coraz łaskawiej i czulej.

Mówił szybko, często rozgarniając utrefione bujne pukle, spływające aż na kołnierz zielonego fraka i gestykulując prawą ręką, jakby rąbał szablą.

Zaręba patrzał na niego gorącymi oczyma dawnego czciciela i czuł się po tym niespodzianym spotkaniu dziwnie skrzepionym na duchu i nie tak samotnym wśród rozbawionych tłumów.

– Więc i on z nami! Artyleria litewska nasza! – rozmyślał, ledwie hamując radość. Jął rozważać wszystkie dobre następstwa płynące z tego faktu dla sprawy i wiązać je z ogólnymi zamysłami.

– Zatańcujecie wy niezadługo! – zaszeptał mimo woli, goniąc oczyma Sieversowych oficerków jak wilk, drapieżnie i nieubłaganie. – I wnet się skończy to wasze psie wesele! Srożyła mu się dusza, wzburzona tą rozszalałą, bezmyślną wesołością panującą dokoła i widokiem zdradliwych jurgieltników, wyjawionych przez Woynę. Gonił za nimi przyczajonymi spojrzeniami, ważył każdy szczegół ich twarzy i brał w pamięć.

Iza przemknęła obok niego w tanecznym wirze. Nawet się za nią nie obejrzał, ale pierwszy raz w życiu spojrzał na kobiety z nienawiścią.

– Kukły piekielne! Zwodnice! – lał gorzkie słowa i na czułe spojrzenia, jakimi go darzyły, odpowiadał srogimi oczyma wzgardy.

Przystanął jednak w złoconych drzwiach i coraz niespokojniej patrzył na pary wirujące po sali, na obnażone piersi, bose nogi, powiewne tuniki, nie ukrywające niczego, na bezwstydne nagości, pożerane zjurzonymi oczami i na lubieżne skręty ciał wijących się w tańcu.

Dreszcz nim zatargał i krew się wzburzyła, bowiem pierwszy raz zobaczył ten Olimp jakowyś, od którego wiało namiętnym szałem i rozkiełznaną lubieżą.

Sromał się w duszy, a nie mógł oderwać oczu i stał jakby przykuty. Niby sen, pokuszeń pełen i złud czarodziejskich, wirował mu przed zgorzałymi oczyma, snuł się nieskończoną wstęgą i niezmożenie nęcił, upajał i porywał... Jakby korowód cudnie foremnych niebianek, płynący w obłokach pajęczych osłon, wskroś których grały żywe kolory ciał i wszystek zarys ich straszliwej piękności.

Były tam Psychy, o piersiach pąków kwietnych i twarzach jakby z księżycowych promieni; były wyniosłe, dumne i nieprzystępne na pozór Diany, o ustalonej sławie rozpustnic.

Były westalki, spowite w niepokalaną biel eternelów i białym liliom podobne, a zuchwale zamiatające oczami.

Były Cerery, królewskiego majestatu pełne i siejące dokoła dreszcze namiętnych pożądań i szałów.

Były nimfy i dryjady, przybrane całkiem a la sauvage, w kwiaty tylko, pióra, klejnoty i nagą bezwstydność.

Były i dziewczątka zaledwie wyrosłe, zasromane swoją nagością, wylękłe a szalejące niby bachantki.

Było i wiele innych, jedna od drugiej piękniejszych, a każda, gwoli modnym obyczajom, wystawiała wszystko, co tylko było na pokaz i przedanie.

– I czemuż w takiej solitudzie? – zabrzmiał naraz cichy, słodki głos. Odwrócił się. Podkomorzyna stała przed nim z czarującym uśmiechem.

– Zbłąkałem się wśród cudów! – wskazał oczyma na tłum tańczących.

– Mogę być waści Ariadną!

Zwilżyła językiem nabrzmiałe, czerwone wargi, tyftykowa écharpe opadła jej z ramion, że zajaśniała mu tuż przed oczyma, jakby całkiem naga.

Cofnął się nieco skonfundowany bujnością jej wdzięków i palącymi lubieżnie oczyma.

– Zatańczysz waszmość ze mną angleza! – Tknęła go

pieszczotliwie w piersi wachlarzem.

– Jakżem nieszczęsny! Nie odróżniam kozaka od menueta!

– Szkoda, bo z waści chłop na schwał! – strzeliła naraz prosto z mostu, przyglądając mu się z nieukrywaną lubością. Obruszył się srodze i wypalił również porywczo:

– Na nic taksa, bom nie na przedanie.

Skłonił się hardo i odszedł.

Stropiła się nieco podkomorzyna, lecz długo za nim parzała.

A on włóczył się po pokojach szukając samotności, wszędzie jednak było pełno ludzi. W zacisznych bokówkach, gdzie mdłe światełka, umieszczone w urnach alabastrowych, jakby zapraszały do skupionych dumań, taiły się rozełkane szepty amorów lub drzemały utrudzone matrony, zaś w paradnych komnatach, po wyjeździe Sievera i całego koru dyplomatycznego, grano zaciekle w karty. Izby były wprost zatłoczone i mroczne od dymów, palono powiem lulki nie bacząc na damy ni obyczajność. Faraon panował wszechwładnie, stoły były w oblężeniu, nad zielonymi polami schylały się drapieżne głowy, migotały zgorączkowane oczy i roztrzęsione ręce. Raz po raz padały ważkie deklaracje, po których następowały chwile męczących oczekiwań, przejęte suchym szmerem wyrzucanych kart, a tak napięte, że słychać było świszczące sapania i dygoty nóg. Potem zrywały się nagłe wybuchy przekleństw, gwałtowne sprzeczki, brzęki przegarnianego złota i ciężkie, zbolałe milczenia.

I tak szło w kółko, przy coraz innym stole i w innym pokoju.

A przy tym tak niepomiernie pito, że zaledwie liberia nastarczyła podawać i nalewać.

Zaręba miał już dosyć tych aspektów, gdy zjawił się przy nim Woyna. Miał oczy dziwnie błyszczące i wypieki na twarzy.

– Pewnie się zgrałeś?

– Haniebnie, prawie aż do sprzeczek! Pożycz mi, co tylko możesz! Zaręba podał mu dość pękaty worek.

– Z pięćdziesiąt dukatów! – szepnął Woyna ważąc go na dłoni. – Zagrajmy do motii!

– Jak chcesz. Któż cię tak obębnił?

– A ten drogi twój towarzysz, Nowakowski.

– Dobrze, żeś mi przypomniał, muszę się z nim zobaczyć.

– Tylko z nim nie graj, ma zawsze takie szczęście, jakby był w cichym porozumieniu z fortuną. Siedzi w okrągłym pokoju. Mam czuja, że się odegram. Dziękuję ci!

Uderzył się w kieszeń nabrzmiałą i poleciał.

Ale Zarębie odechciało się naraz widoku Nowakowskiego.
Wrócił do sali na dawne miejsce pod kolumnę chóru i chodził
oczyma za Izą. Spacerowała w asyście dziobatego, bladego pana,
który łasił się do niej niby psiak i o coś natarczywie molestował.
Nie odpowiadała wodząc schmurzonymi oczyma dokoła. Kilka
razy poczuł na sobie jej spojrzenie przenikliwe, ale jakby nic
niewidzące.

Przeszła mimo niego nadąsana podkomorzyna – nie zauważył;
przeszedł Jasiński – nie zobaczył; jacyś młodzieńcy tuż za nim
wyznawali sobie jakieś intymne szczegóły o różnych pięknościach
– nie słyszał nawet ich głosów. Ją tylko widział w całej sali, tylko ją
jedną...

Ale nawet nie zapragnął zbliżyć się do niej. Wolał tak z dala
patrzeć i brać na wieczną pamięć cudny kształt jej postaci. Po cóż
mu więcej? Napatrzy się tylko i odejdzie! Postanawiał, nie mogąc
się ruszyć z miejsca. Spostrzegła go i przystanęła zatapiając w nim
badawcze oczy. Zagadkowy uśmiech przewijał się po jej ustach, a
jemu gwałtownie zabiło serce... Odeszła i zginęła w tłumach.
Muzyka znowu zabrzmiała i rozpoczynał się nowy taniec.
Dauvigny, jak biały wiatrak, wymachiwał rękoma, ustawiając
niesforne, rozbawione pary.

Naraz Zaręba się pochylił niby pod ciosem wymierzonym, mróz
przeszył mu serce... Szła ku niemu z jakimś cichym wołaniem, usta
jej bowiem drżały, jakby jego imieniem. Płynęła niby fala,
roztrącając skłębione ciżby z królewską wyniosłością. Czarne loki
poskręcanym rojowiskiem wiły się po jej czole, skroniach i szyi.
Strome, odkryte piersi parły się zuchwale naprzód. Szła ruchem
rozkołysanego kwiatu. Chwilami zatapiał ją roztańczony tłum i
porywał. Czekał w bolesnym dygocie, aż znowu wypłynęła, aż
znowu zalśniła jej złotawa tunika, osypana różyczkami i smukłe,
nagie do kolan nogi. Przyśmiech miała na ustach, przyśmiech
pomieszanej radości, a orzechowe, pocętkowane oczy jęły się
skrzyć niby u zaczajonego tygrysa.

Była coraz bliżej; posłyszał tupot jej sandałów, już go przejął
straszliwy żar, serce biło mu coraz silniej, zapragnął upaść przed
nią na twarz, nie poruszył się jednak i naraz począł się
rozpaczliwie zbroić w obojętność i osłaniać puklerzem drwiącego
uśmiechu.

– Czekałam, że może się ze mną przywitasz.
Zatrząsł się. To ona mówi, wyciąga rękę, orzechowe oczy patrzą w
niego...

– Jakże bym śmiał, pani szambelanowo... jakże bym śmiał? – Urwał, tak własny głos wydał mu się obcym i wstrętnym.

Spojrzała zdumiona i jeszcze oczekująca, lecz nie odezwał się już ani słowa, tylko wpierał w nią nielitościwie zimne oczy.

– Pani szambelanowo, czekamy! – wołał ktoś, podbiegający w tanecznych dygach. Podała mu rękę i odeszła kryjąc gniew.

Zaręba postąpił za nią parę kroków, ale tłum ich rozdzielił i zepchnął go na dawne miejsce.

Olbrzymia sala zakręciła mu się w oczach, wszystko się splotło w jeden wir – i światła, i czerwone obicia, i ludzie, i lśniące zwierciadła, a na czele tego łańcucha biały Dauvigny wciąż wymachiwał laską, przystrojoną we wstęgi, skakał niby pajac za pociągnięciem sznurka i wrzeszczał skrzekliwym, starczym głosem.

Zaręba wparł się mocniej w kolumnę, już ani na chwilę nie spuszczając oczu z Izy. I nie żałował niczego ni dawał się na pastwę tęsknocie. Był zupełnie spokojny, tylko ten triumf nad sobą miał jakiś gorzkawy posmak rezygnacji, bolał go nieco.

A Iza tańczyła teraz jakby tylko dla niego.

Snuła się wciąż przed jego oczyma niby obłok złocisty.

Była jak kwiat, jak zjawa księżycowa i zarazem jak szał.

Twarz jej płonęła, oczy sypały błyskawicami, nabrzmiałe usta migotały krwawą pręgą, wabiły kuszące uśmiechy, wdzięczne przegięcia pragnęły...

Każdy jej ruch był śpiewem tęsknoty, przypomnień i miłości.

– Nie znęcisz mnie! – odpowiadały jego harde, wyzywające oczy. – Nie dam się już na mękę! Zabiłaś moją miłość! – snuło mu się po mózgu wraz z przypomnieniami jakichś przygasłych przysiąg i palących całunków. Odpędzał te zmartwychwstające mary, gonił je precz z pamięci, ale nie potrafił oderwać od niej oczu i odejść, jak postanawiał co chwila. Otrzeźwiał dopiero, gdy ktoś trącił go w łokieć.

– Czego chcesz?

Stał za nim jego famulus i wiernik, Kacper.

– Przyjechał kapitan i jakiś gruby pan – zaszeptał mu do ucha.

– Dobrze, niech Maciej zajeżdża.

– Nie mamy przepustek.

Spojrzał, nie rozumiejąc, o co mu chodzi.

– Po rogach stoją ronty i Kozacy patrolują po ulicach. Każdy musi mieć pozwolenie od komendanta Grodna.

– Jakże się dostaniemy do domu? Trzeba poczekać dnia.

– Trzeba wracać natychmiast, ważna sprawa. Zmówiłem. się już z jednym Bośniakiem. Obiecał nas przeprowadzić.

Jeszcze raz spojrzał na Izę. Tańczyła z oczyma zwróconymi na niego, cała w uśmiechach i niemych błaganiach, cała jak krzyk tęsknej miłości.

Cofnął się gwałtownie za tłumy przypatrujące się tańcom i wyszedł.

Pod tarasem czekał jakiś człowiek, który szepnął:

– Proszę za mną! – I ruszył przodem rozglądając się na wsze strony.

Na wschodzie już się zapalały pierwsze zorze. Park czerniał i zapadał się w gęste mgły, ciągnące od Niemna. Gdzieś od pastwisk dochodziły rżenia koni.

Zaręba obejrzał się na pałąc: świecił wszystkimi oknami, grzmiała kapela, roztańczone tłumy przetaczały się po sali i raz po raz wydzierał się zmieszany gwar śmiechów, tupotów i głosów.

– Kto, mówisz, na mnie czeka? – zapytał, naraz przystając.

– Pan kapitan Kaczanowski z jakimś grubym panem.

Zaręba ruszył tak prędko, że ledwie mu nadążyli.

II

Przed bocznym ołtarzem odprawiało się nabożeństwo.

Kościół był pełen złocistych strug słońca, kadzielnych dymów i przejmujących brzmień organów. Msza bowiem była grana, lecz bez śpiewów i wystawy. Gruby przeor odprawiał ją trochę na pytel, śpieszył się czegoś, a ilekroć odwracał się na kościół, oczy mu ciekawie latały koło dwóch schylonych postaci, ledwie dojrzanych w ławkach i na pozór wielce zagłębionych w medytacjach. Zaś niekiedy, przy jakimś Dominus lub odwracając karty mszału, spozierał ukradkiem i podejrzliwie w twarze pobożnych.

Niewiele się tego dzisiaj zebrało; jakieś bufiaste jejmoście w kornetach rozczapierzyły się w ławkach niby indyczki, to mieszczki w strojnych czółkach i czarnych chustkach pobrzękiwały różańcami, a wreszcie parę krupnych bab, wpatrzonych załzawionymi oczyma w księdza, szeptało półgłosem pacierze.

Kilku kontuszowych starców, jakoby dla ornamentu, klęczało przed ołtarzem, nieco kapot za nimi, a w głębi pod filarami tuliły się oberwane świtki, lipowe łapcie i pospólstwo. A gdy jakowyś dziadyga, postukując kulami, parł się naprzód podtykając pod nosy klęczących żebraczą miseczkę, przeor zmarszczył groźnie czoło i dziw go nie sklął. Niecierpliwiły go też swarliwe, chociaż ściszone, rozmowy mnichów, którzy wraz z chłopiętami, przybranymi po bernardyńsku, stroili wielki ołtarz w kwiaty i dywany. Zdał się być cały w gorączce czekania i daremnych nasłuchiwań.

– Nie – szeptał Jasiński pochylony nad rozłożonym modlitewnikiem. – Mówił mi Tęgoborski, sekretarz sejmowy, jako dzisiejsza sesja będzie salwowana na jutro. Muszą pierwej wygotować plenipotencję dla delegacji, mającej traktować z Buchholtzem. A przy tym Sievers leży w łóżku po wczorajszych fetowaniach. Inni też radzi odpoczną. Zaręba, wsparty łokciami o ławkę i z twarzą ukrytą w dłoniach, słuchał chciwie.

– Dostałem pilną pocztę z Wilna i muszę zaraz wyjechać. Powrócę za parę dni. Zabrzęczały jazgotliwie dzwonki, rozległy się przeciągłe westchnienia i wszyscy pochylili się ku ziemi. Rozpoczęło się Podniesienie.

Jasiński przyklęknął podsuwając równocześnie Zarębie jakiś szary sekstern.

– "Wyjątki z dzieł chińskiego filozofa Good" – zaszeptał ledwie dogłyszalnie. Dopiero gdy ścichły rzegoty dzwonień, a organy ciągnęły dalej swoją przejmującą modlitwę, Jasiński przysunąwszy się jeszcze bliżej zaszeptał:

– To nasz konspiracyjny katechizm. W aneksach znajdziesz klucz do jego zrozumienia i plan rozkwaterowań wojsk rosyjskich w okolicach Grodna. Naucz się ich na pamięć i zniszcz. Szpiegunów pełno na każdym kroku, nie wiadomo już, komu zawierzyć. Miej się więc na baczności. Zelantów unikaj, bo za nimi chodzą czujne oczy. Krzywousty Skarżyński pod dobrotliwą strażą, ruszyć się nie może bez anioła stróża. Rób szałwiłę, pustaka i z takimi tylko przestawaj. Nim podasz suplikę, złóż czołobitność Moszyńskiemu; był in titulo wicekomendantem kadetów i tyle lat nas objadał, to może ci nie odmówi swojej protekcji.

– Rozumiałem, że trzeba pierwej uderzyć do Ożarowskiego, ale on pono wyjechał do Petersburga.

– Bajęda! Nie było go wczoraj na balu, ale siedzi w Grodnie. Wyjechał hetman Kossakowski. Uprzedzam jednak, że Ożarowski chętnie mydli obietnicami, ale spełnia je tylko na rozkaz żony lub Sieversa.

– Jakiż skutek wzięły zabiegi Haumana?

– Plasuje się u Działyńskiego z pułkownikowskim awansem. Parę dni temu na sejmie sam król wnosił za nim gorliwą instancję, a Gosławski, sandomierski, wobec całej izby sławił jego wierność ojczyźnie i męstwo.

– Widziałem, jak sobie poczynał pod Zasławiem. Byłem wraz z moją baterią przy pułku Malczewskiego, którego on wtenczas był podpułkownikiem. Widziałem go i pod Zieleńcami.

– Przeszedłeś całą kampanię?

Zaręba odwinął klapę, spod której błysnął krzyż Virtuti Militari, i rzekł:

– Dostałem go pod Dubienką wraz z porucznikostwem.

– Nie świeć nim! – żachnął się gniewnie Jasiński. – Czy nie wiesz, jako generalność wzbroniła noszenia odznak zdobytych w tej wojnie?

– Mniemałem, że takich sancytów nikt nie posłucha.

– Pewnie, gdyby imperatorowa nie nakazała siłą zrywać z każdego, który się z tym ośmielił pokazać. Wielu już srodze odpokutowało. Zaręba z ciężkim sercem krzyż odpiął i schował do kieszeni.

– Nie masz zwracać na siebie uwagi – dodał z naciskiem. – Tak, Haumanowi się udało, uda się może jeszcze paru, mającym protekcję, ale pozostaną setki z rozpuszczonych brygad, którzy nie chcą służyć wrogowi, a Rzeczypospolitej nie mogą. Tych nam potrzeba przyciągnąć!

– Jestem pewny, że na głos Naczelnika stawią się wszyscy, którzy pozostali wierni ojczyźnie. Gorzej z gemejnami: tysiące się ich włóczy o żebranym chlebie.

– Jakież są względem nich zamierzenia?

– Mam zbierać, co się da, i wyprawiać do pułku Wodzickiego i za kordon cesarski, a reszta rozkwateruje się po dworach i w Warszawie. Tutaj polecono mi zrobić punkt zborny, bo w takim zbiegowisku snadniej ukrywać robotę i komunikować się z drugimi.

– Ale się spiesz z zaciągami. Za Niemnem, pod Tyzenhauzowską karczmą, co dnia warczą bębny, gorzałka się leje i werbownicy jawnie uprawiają swój proceder. Wczoraj nawet widziałem, jak ze sto chłopa pędzili kozacy do swojego obozu. Aż straszno było patrzeć. Mówiono mi, że werbują i dla króla pruskiego. Grodno stało się jarmarkiem mięsa żołnierskiego; kupuje, kto chce, i wywozi niby tuczne barany.

– Kto werbuje w zabranych województwach?

– Kopeć i Wyszkowski. Wkrótce ich tu zobaczysz. Komunikacje z nimi zna Grosmani w Wilnie. Masz kogo sposobnego do werbowania?

– Przyjechał kapitan Kaczanowski. Właśnie śpi na mojej kwaterze.

– Znam. go. Tęgi zabijaka i frant na cztery nogi kuty. Koloryzuje i maści nie gorzej księcia Panie Kochanku. Tylko culagi udzielaj mu skąpe, bo z niego srogi gracz i hulaka.

– Zalecono, bym mu dawał pod cyfrą i na każdą głowę, i konia z osobna.

– On i diabła wyprowadzi w pole. Prawdziwy mirowszczyk, hultaj, obwieś, kostera i szczera dusza żołnierska. Pozdrów go ode mnie. Ale, nie poznałeś na balu księcia Cycjanowa?

– Pierwszy raz słyszę o takim.

– Asystował wciąż pięknej szambelanowej.

– Niski, dziobaty i jakby z zapleśniałymi oczyma. Pamiętam.

– Musisz się z nim zapoznać. On prawie domowy szambelanowej.

– Nigdy moja noga u niej nie postoi! – wybuchnął zawzięcie.

– To jest konieczne dla sprawy! – posłyszał surowy głos.

Rozpacz błysnęła mu w oczach, ale po chwili rzekł mężnie:

– Słucham rozkazu.

– Programat działania dostaniesz później. Mniemam, iż z pomocą szambelanowej wejdziesz z nim nawet w bliższą komitywę. To twoja kuzynka?

– I dawna narzeczona – wyrzucił jakby kawał krwi zapiekłej z bólu. Jasiński zrozumiał jego ciężką sytuację, lecz nie ustąpił.

– Tym snadniej przyjdziesz z nią do porozumienia. Dobrześ u niej zakonotowany. Słyszałem wczoraj, jak się żaliła na ciebie przed Woyną.

– Czy Woyna, z nami? – spróbował przerwać dokuczliwą materię.

– Jeszcze nie. Wymiarkuj go i pociągnij. To człowiek wielce zdatny.

– Do puszczania konceptów i szmermeli! – odburknął złośliwie.

– Dla nas i taka broń nie do pogardzenia. Kąśliwy język dalej sięga niżli kula. Czas mi już odejść. O jakim zmierzchu wśliznę się na twoją kwaterę, to pogadamy obszerniej. Tu niebezpiecznie!

Spojrzał zezem w bok na jakiegoś asana w czarnej kapocie, który jakby strzygł uszami.

– Jedziesz prosto z Paryża? – zaszeptał jeszcze ciszej.

– Zbaczałem tylko na Lipsk i Drezno.

– Zali rewolucja tak straszna, jak o niej piszą?

– Jak odwet, zemsta i zbrodnia. Ale zarazem jak konieczność.

– I mniemasz... – przerwał obserwując te strzygące uszy.

– Że i w Polsce topór winien mieć nie lada pracę.

– Zdasz mi potem obszerną relację. – Powstał zabierając się do wyjścia. – Ale, zjawi się u ciebie ktoś, pokaże znak, to mu zawierz. Świadom naszych poczt i komunikacji z komendami. Nie przepomnij o Cycjanowie.

Zaręba siedział, ogłuszony jeszcze tym dziwnym nakazem.

– Rozkaz, słuchać trzeba! – zadecydował wreszcie prosto i po żołniersku. Poczuł naraz głęboką ulgę, pod którą krzewiła się cicha, tajona radość. – To ten, o którym plotkowały owe damy! Prawie jej domowy! Czuły konfident! – rozmyślał, ale już z czołem zmarszczonym i żądłem w sercu. – I każą mi z nim zawrzeć znajomość? A dobrze! Będę rad z przyjacielstwa! Może się mu czym przysłużę! A dobrze! – snuł z jakimś jeszcze ciemnym zamysłem zemsty. I w tych przeróżnych medytacjach ani spostrzegł, jak się msza skończyła. Ocknął się dopiero, gdy ścichły organy i powstał rumor ustawianych krzeseł przed wielkim ołtarzem. Słychać było powozy zajeżdżające przed kruchtę i szum jedwabiów po kościele. Liberia, odpędzając cisnące się pospólstwo, nakrywała kobiercykami ławki, to niosła poduszki, szale i książki do nabożeństwa. Jakieś wystrojone damy i panowie zajmowali miejsca w prezbiterium, na krzesłach ustawionych w półkole niby na teatrum. Migotały lornetki, częstowano się tabaką i cukierkami, zapach perfum roznosił się niby z trybularzy. Jakiś czarniawy, piękny mnich wdzięczył się białymi zębami, podsuwając damom kropielnicę i pobrzękując skarboną. Robił się asambl, pełen francuskich szczebiotów i dyskretnych uśmieszków, miarkowanych wachlarzami. Przycichło nieco, gdy biskup Skarszewski wyszedł ze mszą, ale nie ustały brzęczeć lotne słówka ni przygasły wyzywające spojrzenia podczernionych oczów. Liberia, stłoczona przy wielkich drzwiach, również sobie folgowała strojąc nieprzystojne żarty z dziadów, zalegających kruchtę, a tak kpinkując pomiędzy sobą, że często gęsto jakieś grube słowo sięgało aż do socjety i ołtarza.

Zaręba wybrawszy stosowną porę wysunął się z ławki i poszedł przez klasztor, ale już w pierwszym korytarzu czyhał na niego przeor i prawie gwałtem zaciągnął do swojej celi.

– Tylko na minutkę, na jeden paciorek, aniele mój złoty! – wołał obejmując go wpół. – Siadajże, waszmość! Józef, daj fotel! No i cóżeście uradzili?

Ale Zaręba nie mógł odrzec ni słowa, gdyż w ogromnej, sklepionej celi powstał niesłychany wrzask, pisk i trzepoty. Zerwały się całe stada kanarków, kosów, zięb i skowronków, jęły fruwać nad przeorem i ze szczebiotem radosnym przysiadały mu na głowie, ramionach i gdzie się mogły czepić.

– Cicho, hołoto! Cicho! – krzyczał opędzając się czerwoną chustką, czym wywołał jeszcze większe wrzaski. – Co ja mam z tym tałałajstwem! Mnoży się, że niech Bóg broni! – narzekał wycierając spoconą, tłustą twarz. – Cicho mi, hultaje! Zrób no z nimi porządek! – zwrócił się do pucołowatego braciszka.

Rozległo się złowrogie krakanie tak udane, aż Zaręba się obejrzał, a ptaki jakby się zapadły pod ziemię.

– To im dał bobu! – zaśmiał się przeor opadając w głęboki fotel przed dymiącą misą, pełną piwnej polewki, gęsto zabielanej. – A może byś waszmość napił się kawy? A może tak po żołniersku, kieliszek i wędlinki? Bardzo proszę, aniele mój złoty! Z łaski Boskiej mamy jakie takie zapasiki. Józef, skocz no do kredencerza, cymbale jeden, w mig... Wprawdzie to dzisiaj piątek...

– Bóg zapłać, ale towarzysze czekają na mnie ze śniadaniem.

– Jeszcze chrapią, aż się rozlega – wtrącił mniszek chowając twarz za przeora.

– Imć Hłaskę znam od dawna. Poczciwie mu patrzy z oczu, ale to niemały zbereźnik i łasy na cnotę niby kot na szperkę. Nie widzi mi się...

– Przyjaciel Prozora i człowiek duszą całą oddany ojczyźnie...

– Prawda, że to bije od niego jakowąś senatorską dostojnością. Prawda. Może wam czego potrzeba na kwaterze? Każę wydać, byście nie wyrzekali na bernardynów, jako was przywiedli do głodu. Hm! konfident pana Oboźnego! – mruczał, głośno pochlipując z misy i zezował na kosa, który wskoczył na stół i czając się rychtował dziób ku kawałkom sera, pływającego w polewce.

– I kiedyż ma się zacząć?... A obwieś jeden! – wrzasnął na ptaka, uciekającego z serem w dziobie. Pogroził mu łyżką.

– O tym wie tylko Rada – odparł cicho Zaręba, spoglądając nieufnie na braciszka, cmokającego ku pochowanym ptakom.

– Czegóż trzeszczysz oczy niby kot na gorącym popiele? – huknął na niego przeor. – Przynieś wody dla ptaszków! – A gdy braciszek wyszedł, rzekł:

– To mój wiernik. Chociaż przezpieczniej o takich zamysłach nie mówić i przy najpewniejszych. Nie będę waszmości brał na spytki. Moja służba ojczyźnie w tym, aby słuchać i robić, co mi rozkażą. Chcę ci teraz, aniele mój złoty, dać człowieka, który wedle mojego rozumienia może się przydać. Na oko nic szczególnego, zwykły bernardyn, ale człowiek po prostu czyste złoto. Głowa otwarta, zna języki, na żołnierce też się rozumie. A ochotny i zdatny do wszystkiego. Prawda, lubi czasem pociągać z gąsiorka, lecz przy tym cale nie leniwy do pracy ni do służby Bożej.

– Czy aby dobry do sekretu?

– Głowę stawię za niego.

– Kiedy tak, rad się z nim zapoznam.

– Józef... Prawdziwa perła!... Gdzież ten cymbał? Józef!

Wpadł wylękniony mniszek i pokornie stanął za krzesłem przeorskim.

– Gdzieżeś się wałęsał? Poproś ojca Serafina.

Braciszek wychodząc dmuchał swawolnie w klatki, poustawiane pod ścianą na długich stołach. Podniósł się wrzask niemały i pisk.

– Skaranie boskie z tymi lactansami! Psie figle im tylko w głowie, a do służby i brewiarza nawet kijem nie napędzisz – wyrzekł przeor i usypawszy na stole długą grobelkę ziarna i okruchów chleba, zagwizdał przeciągle. Ptaki cicho spłynęły na brzegi stołu ważąc się na skrzydłach i trzepocząc.

– Nie rusz! Czekać! Baczność! – zawołał odsuwając się nieco. Ptaszki cisnęły się w szeregi, wszystkie dzioby podniosły się jakby do ataku.

– Naprzód! krokiem, krokiem! Stój! Cel! Pal! – grzmiała komenda, na którą stado rzuciło się na ziarno w karnym ordynku i jęło zawzięcie młócić.

Przeor aż się trząsł od śmiechu, wycierał spoconą twarz i obchodząc stół głaskał po skrzydełkach, całował niektóre i pieścił, nie przestając ani na chwilę burczeć, strofować i grozić chusteczką.

– Z wolna, bratkowie, z wolna! Jadło nie uciekie! A to zatkasz się, chamie jeden, i co? Znowu będę cię lokował! Panie Kosowski, nie tratuj drugich, bo weźmiesz po skórze! A cóż to, panno Skowrońska? Mama cię wybiła, żeś taka osowiała? Czekajże, dam ci osobno! Zgodnie, mili bratkowie! Pani Ziębowa dobrodziejka niech robronami nie zamiata! Cymbale jeden!... – huknął znowu na kosa. – Zjadłeś mi ser, to drugich nie obżeraj! Boże, jakie to hultajstwo łakome, niezgodne, chciwe! Niczym człowieczkowie! Aniele mój złoty! – zwrócił się do Zaręby – a nie dworuj sobie ze mnie.

– Dziw mnie tylko zbiera nad egzercerunkiem tej ptasiej hołoty. Nie lada to była praca!... Wracając do ojca Serafina, czyby nie można z niego zrobić kwestarza?

– Choćby dzisiaj, aniele mój złoty!

– Ale żeby mógł swobodnie wędrować po całym kraju...

– Przedni zamysł! W sam raz dla niego taka robota. O permisję postaram się u prowincjała, zaś tymczasem bierz go waszmość jak swojego. Jeno przypominam, jako to niezwyczajny brus bernardyński.

– Skądże się wywodzi? Może z łyczków?

– Dużo by o tym mówić! Polecę zajrzeć do kościoła, bo biskup pewnie już kończy mszę. In saecula saeculorum. Amen! – rzucił machinalnie na skrzyp otwieranych drzwi. – A otóż i ojciec Serafin!... A teraz, baczność! Na gniazda, bratkowie! Marsz! – zakomenderował powiewając chustką i w mig skrzydlate bractwo rozleciało się po klatkach. – Józef, a to szelmostwo zapstrzyło stół, że niech Bóg broni!

– Kto chowa ptaki z pisku, ten ma łajno w zysku – szepnął Serafin.

– Aniele mój złoty, każdy błazen swoim strojem! – odparł markotnie przeor. Zaręba patrzał ciekawie na spokorniałą twarz mnicha i, po wyjściu przeora przystąpił do niego z wyciągniętą ręką.

– Ksiądz przeor wielce mi ojca polecał.

– Wiem już, o co chodzi. Dawno łaknę pociągnąć świeżego powietrza! Ochotnie pójdę pod komendę – mówił prędko, podnosząc na niego niebieskie, bystre oczy.

Był straszliwie chudy i mógł mieć lat pięćdziesiąt albo trzydzieści. Chodził przygarbiony i habit wisiał na nim, jakby na szaragach; głowę miał krótką, kwadratową, poszytą żółtym, szczecinowatym włosem, czoło wyniosłe i dziwnie białe, nochal drapieżnie zakrzywiony, usta od ucha do ucha, dolną szczękę wystającą i twarz gęsto upstrzoną cynamonowymi piegami.

– Niech ojciec zajrzy do mnie na kwaterę, to pogadamy.

Na odpowiedź mnich pokazał pierścień i szepnął tajne słowa.

– Jakżem rad, bracie i towarzyszu! – wyrzekł Zaręba ściskając go serdecznie.

– Imć Sołtan był moim ojcem chrzestnym...

– Czy przeor wie o tym?

– Nie zdawałem mu relacji, bo szkoda balsamu do kapusty, a różanego olejku na buty – rzucił z przekąsem.

– Poczciwy to człowiek i wielce oddany sprawie.

– Kto czyj chleb je, tego pieśnią śpiewa. Odprowadzę waszmość pana.

– Jakowyś casus, że ojciec nogą zamiata?

– To po dybkach słodkie suweniry! – zaśmiał się błyskając zębami. Zaręba spojrzał z niedowierzaniem.

– Opowie się o tym kiedyś – mruknął wyprowadzając go na korytarz.

Szli jakiś czas w milczeniu. Zaręba obzierał go z ciekawością.

– Więc czekam na ojca dzisiaj z wieczerzą, będzie nam składniej.

– Dziękuję za bedłek, mam doma dość rydzów. Przyjdę, kiedy mi wypadnie pora.

Pociągnął nosem i zawrócił do refektarza na śniadanie.

– Jakiś cudaczny człowiek – szepnął Sewer za nim i powróciwszy do rozmyślań nad poleceniem Jasińskiego, wziął się na lewo, do klasztornego sadu, rozłożonego na skraju wzgórza, gwałtownie opadającego ku Niemnowi.

Dzień był gorący i upał już doskwierał, chociaż dopiero dochodziła dziewiąta; niebo wisiało bez jednej chmurki, niepokalany błękit mienił się atlasową płachtą, jaskółki szalały z przeszywającym świergotem.

Z rozkoszą zanurzył się w cień, sad bowiem był stary i rozłożysty, nad bladymi trawami szarzały rzędy chropawych, spękanych pni, ostro świeciły żółte zatoki mleczów i grały olśniewające płaty słońca. Pod konarami wiał chłód i leżała rozedrgana cisza; dalekie brzmienia organów spływały w słodką melodię pszczół i owadów brzęczących nieustannie. A niekiedy wznosiły się od Niemna przeciągłe wołania flisów lub jakieś kłótliwe, gniewne głosy.

Sygnaturka też raz po raz dawała znać, co się dzieje w kościele, zaś kiedy niekiedy radosne i ogromne głosy dzwonów płynęły od miasta z taką mocą, że wróble bractwa z niemałym wrzaskiem podrywały się z wisien i uciekały na dachy.

Zaręba, po chwilowym błądzeniu wśród ścieżyn zarośniętych, natrafił wreszcie na szeroką drogę, biegnącą grzbietem wzgórza do klasztornych zabudowań. Klasztor dotykał jej szczytami, ulica była wysypana żółtym piaskiem i obsadzona poczwórnym płotkiem bukszpanów nisko przyciętych, spomiędzy których obficie wytryskiwały kwiaty: georginie zwieszały ciężkie, kolczaste i różnobarwne głowy, wdzięczyły się strojne malwy, pachniały róże i lewkonie, maki wybuchały śnieżnymi kwiatami, a nisko krzewiły się jakby z lękiem nasturcje i nagietki. Przygięte, rosochate drzewa kładły przesłonecznione cienie na żwiry ulicy, zaś tu i owdzie ciężarne gałęzie, obwalone zrumienionymi jabłkami, grodziły drogę jakby wyciągnięte ręce, lub źrałe wiśnie koralowymi manelami nęciły usta i oczy, ale Zaręba, ślepy na wszystko, układał w sobie scenę pierwszego spotkania. Już sobie imaginował, jak będzie wobec Izy chłodnym, powściągliwym i nieustępnym. – Tak, nic ponad powinna grzeczność! I ani jednego potrącenia przeszłości. Niech to już będzie pogrzebione w pamięci! – zapowiadał surowo. Przychodziły jednak chwile, w których klął Jasińskiego, lub w których, jak Piłat, umywał ręce zwalając wszystką winę na niego. – Nigdy bym do niej nie przystąpił, nigdy! – narzekał. I tak szarpał się czas jakiś, przemierzając ulicę z końca w koniec, gdy się natknął na jakiegoś mnicha, który nie wiadomo skąd się wziął i szedł wolniutko, macając kijkiem drogę. Zdał się być prawiecznym, tchnęło od niego grobem, oczy miał pokryte bielmem i twarz omszoną niby trup. Przystawał co parę kroków, tykał suchymi palcami kwiaty i uśmiechając się zapadniętą jamą ust włókł się wskroś przepychu słońca i przyrody, niby zbłąkane, rdzawe widmo. Snadź był głuchy, bo na pozdrowienie nie odpowiedział przystając dopiero w miejscu, gdzie w przerwie między drzewami roztaczał się ogromny widok.

– Bardzo cudnie! – zamamlał pociągając nosem. – Bardzo cudnie! Chwałaż ci, Panie, na wysokościach! – I rozglądał się po świecie jeszcze niegdyś zapamiętanym, niby po śnie wiecznie żywym i jednako miłowanym.

Jakoż istotnie było cudnie. Niemen błyskał w dole modrosrebrzystą wstęgą i wił się wśród brzegów wyniosłych. A za nim, trochę z prawa, strzelały wieże i mury Franciszkanów, otoczone wieńcem sadów i szarych, niskich domostw. Szeroka smuga piaszczystej drogi dźwigała się; od Niemna na wzgórza, wymijała klasztor, wlekła się kręto wśród spłowiałych pól, wiosek pochowanych w kępach drzew i ginęła w ścianie borów, czerniejących na horyzoncie. Widok był niezmiernie rozległy. Gdzieniegdzie poruszali się ludzie, zajęci sprzętem zboża, snuły się kopiaste wozy, złociały sterty i słupy kurzawy wisiały nad drogami.

Zaręba przejrzał uważnie cały widomy kraj i nagle skierował lunetę na zarośla, położone na prawo od klasztoru, a tuż nad stromym brzegiem, gdzie bieliły się liczne namioty i grały w słońcu cielska armat.

– Sześć sztuk, cała bateria, na podsypie i wyrychtowana prosto na zamek. Pewnie dwunastofuntówki; mogliby go znieść do czysta! Za namiotami szańczyki. I widety kozackie nad wodą. Brzegi dobrze obsadzone. To nie żartył – dumał chowając lunetę. – Nie czas myśleć o amorach – szepnął surowo, biegnąc do mieszkania. Kwaterował w zabudowaniach klasztornych, oddzielonych od sadu potężnym murem, w domu zwróconym frontem na uliczkę, prowadzącą ku rynkowi. Zajmował w nim dwie ciasne izdebki, przedzielone sienią i jakąś kletkę od podwórza, w której gnieździł się Kacper wraz z kuchnią.

Cały dom, długi, wielce nieforemny i pełen zakamarków, był straszliwą ruderą, przegniłą od wilgoci, odartą z tynków, z powybijanymi szybami i z dachem niby rzeszoto. Przykazano mu w nim zamieszkać, gdyż dom leżał na uboczu i łacniej się było z niego wymknąć do Niemna.

– Cóż, śpią jeszcze? – pytał Kacpra, otwierającego mu drzwi.

– Nie było rozkazu, tom nie budził – wyprężył się po żołniersku.

– Czym przyjechali?

– Pocztą. Na przekładane i prosto z Warszawy.

– To im się należy wypoczynek. Trzeba mi się przybrać. A! – zawołał z uznaniem, spostrzegłszy na łóżku już przygotowaną bieliznę i garderobę. Tualetowy sepet stał otwarty na stole pod oknem, a Kacper brał się do rozrabiania mydła i wecował brzytwy.

– Cóż tam słychać? – rzucił, spiesznie się rozdziewając.

– Bułanka okulała. Kazałem ją zaraz z wieczora przekuć. Nie pomogło. Na szczęście, zajrzał rano do stajni jakiś bernardyn, kazał jej pęciny obwalić maścią, powiada, że do jutra nie będzie znaku.

– Opatrzyć bryki. W zielonej coś chrobotały szprychy. Nie uważałeś?

– Rozeschnięte koła. Już miękną w stawie.

– Cóż tam więcej? – Zarzucił na siebie pudermantel i zasiadł przed sepetem.

– Maciuś znowu się spił.

– Już zdążył? Z kimże sobie wygodził?

– O zmierzchu kręcili się tu jacyś, niby to się przepytując o kogoś, a ryje ich węszyły na wszystkie strony...

– Może jakoweś szpieguny?

– Jeden powiadał się handlarzem koni, przybrany był z waszecia – szeptał, sprawnie namydlając twarz pańską – drugi patrzał na żołnierza. Przepędziłem ich, ale Maciuś się z nimi zwąchał i poszli pod bernardyńską wiechę. Spił się jak nieboskie stworzenie.

– Na drugi raz weźmie pięćdziesiąt odlewanych i powędruje do domu. Jeszcze co kiedy po pijanemu naplecie niepotrzebnego.

– Nie ma strachu. On jest takiej natury, że jak sobie podchmieli, to już ani mrumru, a tylko cięgiem się śmieje! – powiadał goląc sprawnie niby cyrulik.

– Dobre chłopisko i wielka szkoda, że taki dusikufel.

Kacper sprawiwszy się z pańskim obliczem przeodzial Sewera w jedwabny, wiśniowej barwy chałat, suto przetykany złotem i podbity żółtą materią, uprzątnął stół i podawszy ranną kawę stanął z boku wpatrzony w niego wiernymi, oddanymi oczyma. Chłopak był rosły i urodziwy, zielona kurta artyleryjska, tylko bez obszlegów, obciskała jego muskularną figurę.

– Długo tu będziemy popasali? – spytał nieśmiało, podsuwając garnuszek.

– Dokądże ci to już pilno?

– Tak dawno nie widziałem swoich! – westchnął szczypiąc przycięte wąsy.

– Tęskno ci, widzę, do ekonomskich batów.

– Któż by śmiał mnie poniewierać? Żołnierz jestem, mam przecież krzyż od samego księcia!

– Wyprostował się, duma zagrała mu w siwych oczach.

– Już pisałem do ojca, by ci dał wolność, ale z tym będą jeszcze kłopoty.

– Juści, starszy pan lubi robić na sprzeciw, twardy! Mogę się nawet okupić: nie przepiłem tego, co mi panowie oficjerowie nadawali pod Zieleńcami.

– Ani się waż z tym wyznać przed ojcem! Ja w tym, żebyś był wolny.

Kacper schylił się do jego ręki, ale Zaręba nie pozwolił się pocałować.

– Nie opuszczę cię w każdej potrzebie, bądź pewien.

– Ale pan porucznik pozwoli zapytać, czy w ostatnim liście z domu nie stało czego o mojej matce lub o pannie Dosi?

– Tum cię czekał! Ho! ho! panny Dosi ci się zachciewa! Wysoko sięgasz! Kacper, srodze zawstydzony, bąknął coś ni w pięć, ni w dziewięć.

– Nie zamiataj jak liszka, bo i tak znać tropy! – zaśmiał się Zaręba nabijając lulkę. – Już dosyć dawno nie miałem wiadomości z domu.

– Mógłbym skoczyć zasięgnąć języka – szepnął podając ogień. – Wyrachowałem czas: za tydzień byłbym z nawrotem.

Ze drżeniem czekał odpowiedzi.

– Nie przyjechaliśmy tu balować. Zresztą mam dla ciebie ważną robotę.

– Słucham pana porucznika!

Sprężył się, chociaż żałość nim zatargała.

– Gdzieś za Niemnem jest karczma, w której naszych gemejnów z rozpuszczonych brygad łowią jak barany. Karczma zwie się

Tyzenhauzowska. Przewiedz się, czy dużo jest takich w Grodnie, gdzie się zbierają i dokąd ich werbownicy pędzą? Nie żałuj traktamentów.

– Kiepski barszcz bez rury! Udam, jako sam chcę przystać do Rosjan.

– Fortel grzeczny, tylko niech cię naprawdę nie capną i nie popędzą...

– Zje diabła psia mać, jak mnie w pole wyprowadzi.

– I weź się do tego zaraz!

Wysoka kanarkowa kariolka, zaprzężona w angielskie dryblasy, zaturkotała pod oknami. Kacper wypadł przed dom i wrócił z biletem.

– Nowakowski! Ależ proś! proś! – wołał Sewer oglądając ironicznie bilet, na którym w otoku czerwonych ornamentów czerniało nazwisko i trzy wiersze tytułów. Po chwili wpadł wystrojony jegomość w szpiczastym kapeluszu i w szpiczastym, rudym fraku, pobrzękując pieczątkami i dewizkami, na łóżko rzucił kapelusz, laskę na stół, rękawiczki pod piec, rozłożył ręce i sam się rzucił w objęcia Zaręby.

– Jakże się masz? Ledwiem cię odszukał! Co się z tobą stało na balu?

– Nudziłem się jak pies na teatrum i wcześniej wyszedłem.

– Nie zrobiłem tego i żałuję. Woyna obłupił mnie do ostatniego dukata. Dziwnie i wyjątkowo sprzyjała mu fortuna.

Taki szczególny uśmiech zaigrał mu na szpiczastej twarzy, że Zaręba poczuł chęć wyrzucenia go za drzwi, ale tylko zauważył rubasznie:

– Nie graj Wojtek, nie przegrasz... obertelka.

– To pewnie nie wiesz nowiny, o jakiej w tej chwili mówi całe Grodno? Zaręba, chociaż niegłodny nowin, spojrzał pytająco.

– Szambelanowa rozeszła się ze swoim ami!

– Z Cycjanowem?

Ledwie zdołał zapanować nad wrażeniem.

– Tak. Zrobił jej jakąś brutalną scenę, za co piękna pani podobno uderzyła go w twarz wachlarzem. Było przy tym wiele osób.

– Pogodzą się – szepnął pragnąc się więcej dowiedzieć.

– Nie wiadomo. Dla niego nie jest to zbyt wielka obraza, lecz pani lubi zmieniać przyjaciół, a że jest impetyczna i rozkapryszona, załatwia od ręki. W każdym razie otworzył się chwilowy vacat. Królewski to kąsek!

– Tylko dziegciem nieco przejęty – zauważył zgryźliwie Sewer.

Nowakowski się zaśmiał i, odpędziwszy woniejącą chusteczką muchy brzęczące mu nad głową, zrobił ważną minę i powiadał tajemniczo:

– Bal był zgoła nieudany. Za wiele powstało komeraży i mętu. Całe miasto aż się trzęsło od plotek. Bajędy rosną do rozmiarów skandalów.

– Cóż się takiego stało? Ja nic nie zauważyłem – wyrzekł zdziwiony.

– Naturalnie – szepnął z pobłażliwością. – Przede wszystkim Buchholtz odjechał zagniewany prosto od stołu, z nikim się nie żegnając.

– I o cóż się rozsierdziła ta pludracka mość?

– Nie wzniesiono zdrowia jego króla. I w tym miał słuszność. Sam doradzałem, ale marszałek przewidywał, jako przy powszechnej animozji do Prusaków mógłby kto nieprzystojnie zaprotestować. I wyszła przykra kabała!

– Mała szkoda, krótki żal – bawił się jego napuszoną powagą.

– Ale imaginuj sobie, co może z tego wyniknąć!

– Nowa nota pruska do króla jegomości. Można wytrzymać!

– Łacno z wszystkiego czynić krotochwilę! Ja zaś powiadam, że kto nie ma mocy, temu nie wolno zamierzać się nawet palcem – rzucił sentencjonalnie – przewiduję, iż po tym stosunki jeszcze bardziej się zaostrzą.

– I Prusy za taki dyshonor ukradną nam o jedno województwo więcej.

– Jakąś satysfakcję z nas wezmą, to pewna – podniósł głos jakoby na sejmie. – W takim położeniu nie judzić nam wrogów, ale zniewalać ich sobie życzliwością i zabiegami! Tu trzasnął palcem w złotą tabakierkę, zażył z namaszczeniem i skrzywił się do kichnięcia.

– Nie rozumiem się w tej materii, mów mi lepiej o balowych komerażach.

– A dobrze! – spojrzał na niego z politowaniem. – Otóż potem hrabia Ankwicz tak się pogryzł z Kossakowskim, że skakali sobie do oczu. Biskup na pewno dzisiaj pojedzie ze skargą do Sieversa.

– A cóż ma do tego ambasador?

Był szczerze zdziwiony.

Nowakowski zbył wyniosłym uśmieszkiem tę prostaczą nieświadomość.

– Nie przerywaj... Potem pani Platerowa pokazała plecy generałowej Duninowej, pani Narbuttowa hrabinę Camelli nazwała awanturnicą. Słyszało wiele osób. A zadzierżysta jejmościanka Dziekońska zwymyślała na pełnej sali jakiegoś oficerka, który w tańcu coś nieprzystojnego zmajstrował. I jakby tego było jeszcze za mało, piękna Luhlli straciła ogromnej ceny sznur pereł i wśród takich okoliczności, że znowu się to musi oprzeć o Sieversa. Wątpliwe jednak, czy je odzyska.

– Odnajdą się gdzieś nad Wołgą i wśród jakichś rodzinnych pamiątek!

– I srebro stołowe pokradziono z altan! Cukiernik, który je był wypożyczywszy zwiózł z Warszawy, zakłada grube pretensje, do marszałka. Zaś w końcu popite hultajstwo z Bośniakami porżnęło srodze kozaków, z czego .powstał niemały tumult. Summa summarum: bigos, animozje, żale i obrazy powszechne!

– Nie miała baba kłopotu, wyprawiła bal! – śmiał się Zaręba.

– Były wyższe racje i marszałek musiał to zrobić nie szczędząc ekspensów.

– Różnie mówiono, kto je ponosi...

– Niegodziwe obmowy! Kogo one szczędzą? – westchnął boleśnie.

– Doszło do tego, że tacy, jak Skarzyński, Mikorski i drudzy ich kamraci, już publicznie szkalują nawet dygnitarzów o branie jurgieltów. Kłamstwa wyssane z zawiści! Na szczęście, złożono do laski projekt ukrócenia tej swawoli.

– Mało to już kneblów ogłosiła generalność!

– Wszystko za mało! Nie masz pojęcia, ile krąży po rękach paszkwilów, pisanych gazetek, jadowitych wierszyków i zniesławiających świstków. A wszystko szerzy nienawiść, kłamstwa, wzgardę i nieufność do tych nieszczęśników, pragnących ratowania ojczyzny. To Kołłątajowskie szmermele!

 – Czy być może? – zawołał z dobrze udanym zdziwieniem.

– Wiem, co mówię. Przejęto już niejedną ekspedycję tych nikczemnych karteluszków. Ksiądz podkanclerzy, jak i czasu bywszego sejmu, każdą bronią wojuje tych, którzy stoją na zawadzie jego ambicji...

– Poczciwych chyba nie dosięga? – wtrącił dobrodusznie.

– A któż poczciwy dla tych wściekłych jakobińskich wilków! Nie było co odrzec, więc po chwili jął mu prawić dusery.

– Zawszem cię miał za zdatnego, ale teraz mówisz jak prawdziwy statysta.

– Bom nie zalegał pola i zawszem się sposobił do większego! – szepnął z dumą, wspinając się na palce. – Kto ma głowę na karku i pomalućku a z rozwagą się przepycha, temu i do dostojeństw niedaleka droga.

Chełpliwie, a jakby od niechcenia jął się zwierzać ze swoich stosunków i znaczenia. Zaręba słuchał na pół wierząc i w jakimś miejscu mu przerwał:

– Cóż porabia ojcaszek? Jest jeszcze u hetmanowej?

– Teraz już siedzi na swoim kawale ziemi – odpowiedział nieskonfundowany pytaniem. – Ale z tobą, widzę, jakoś kuso! – zmienił przedmiot rozmowy rozglądając się po izbie.

– Po żołniersku! Szablą nie dobiję się kluczów.

– A pan miecznik po dawnemu mieszka z rąk nie popuszcza?

– Zgadłeś! – potwierdził i jął rozpowiadać o swoich nadziejach na odzyskanie utraconej szarży.

– Będzie ciężko! Redukcja wojsk jakby już postanowiona, więc na każdy vacat w pozostających pułkach wisi po stu aspirantów.

– To zła moja sprawa!

– Rrojekt złożony do laski, lada dzień będzie deliberowany i znajdzie większość. – Naraz zniżył głos: – Petersburg go popiera i żąda przyjęcia jeszcze przed traktowaniem z Prusami. A i wyższa racja nakazuje zrobić to czym prędzej dla powszechnej przezpieczności. Już i tak dochodzą słuchy, że poniektóre brygady zamyślają o konfederacji. O to właśnie chodzi, żeby do takowych zamysłów nie dopuścić – wykładał z głębokim namaszczeniem.

– Gdybyś mi jednak nie odmówił protekcji! – prosił puszczając mimo uszu.

– Dla przyjaciela i syna mojego dobrodzieja zrobię, co mogę, chociaż czy moje zabiegi wezmą skutek, nie ręczę. A nie chciałbyś jakiego urzędu? Teraz delegacje będą potrzebowały człowieka zdatnego do pióra; dałoby się coś porękawicznego Boscampowi, no i za resztę odpowiadam. Pozycja nie do pogardzenia, bo strony nie będą skąpiły ni rublów, ni talarów...

– Nie zdałbym się na nic, bo umiem tylko pieczętować łby, i to armatnimi kulami – żartował przystrajając się w żołnierską rubaszność.

– A nie poszukałbyś fortuny w służbie imperatorowej?

Zaręba utonął nagle w kłębach dymu i odparł po dłuższej pauzie:

– Nie znam po tamtej stronie ni żywej duszy.

– Ja w tym, że jak nic weźmiesz kapitańską szlifę. Mógłbyś kwaterować w kordonie, a po jakimś czasie przejść do służby cywilnej, gdzie i łacniej dochrapać się orderu i jakiej królewszczyzny. Mają ich dosyć do rozdania. Już mi niejeden dziękował za dobrą radę.

– Jakże! Służyć obcemu i może naprzeciw ojczyźnie? – wyjąkał, ledwie hamując gniew.

– Powiadają: pan jako chce, a chudzina jak musi. Nigdy nie przyjdzie, by się ta potencja przeciwko nam obróciła; żyjemy w aliansie, a daj Boże, oddamy się całkiem pod jej protekcję. Poznam cię z Rautenfeldem lub z Kastalińskim. Wyrozumiesz ich i postanowisz. Ja ci radzę po przyjacielsku: ratuj się, póki jeszcze pora! A że nie wiadomo, co komu pisane, to możesz trafić i w kawalergardy. W Petersburgu zawsze są w niemałej cenie dorodni oficjerowie! – mrugnął czerwonymi oczkami i zaśmiał się cynicznie. – Fortuna kołem się toczy, a kto w porę za szprychy złapie, tego wyniesie. Ja coś wiem o tym!

Znowu się zaśmiał.

Zaręba cierpiał prawdziwe męki, wstrzymując się od plunięcia w twarz temu rajfurowi, ale na szczęście wszedł Hłasko z Kaczanowskim, więc porwał się ich prezentować.

– Nowakowski! Ależ my się znamy jak łyse kobyły! – huknął Kaczanowski.

– Tak, w istocie, przypominam sobie waćpana gdzieś ze świata – bąkał lodowato, spiesznie zbierając kapelusz, laskę i rękawiczki. Trzymał go przy tym oczyma na taki dystans, że kapitan zapomniał języka. – Ad videndum, mości panowie! Bardzo żałuję! – pożegnał ich łaskawie. Zaręba wyprowadził go przed dom.

– Mieszkam w pałacu hetmana Rzewuskiego; przychodź do nas na obiady: poznasz ciekawą i wesołą kompanię. A względem twoich zamysłów, to sam ci napiszę suplikę. Ale, dawno znasz Kaczanowskiego?

– Poznałem go dzisiejszej nocy.

– Trzymaj się od niego z daleka, to łgarz i oczajdusza – ostrzegał z naciskiem, wdrapując się na kariolkę. Wziął lejce od sztywnego żokiejsa w czerwonym fraku, cmoknął na konie, kiwnął głową i pojechał kolebiąc się na wybojach.

– A to mnie cymbał splantował! – wyrzekał Kaczanowski szarpiąc wąsy ze srogiej kontuzji.

– A wynosi się taka kauzyperda niby ważna persona. Przecież pamiętam, jak przy lubelskim trybunale węszył za każdym dukatem niczym wyżeł za kuropatwami. A teraz z wysoka, po jaśniepańsku i ledwie sobie raczy przypominać poczciwego człowieka! Ha! ha! to pęknę ze śmiechu!

Ale się nie śmiał, tak go dławiła bezradna wściekłość.

– Bo i wysforował się na nie lada personę – wtrącił spokojnie

Hłasko, wysoki, poważny szlachcic, w granatowym kontuszu krojem wojskowym i tak samo jak Kaczanowski z feldcechem przy prostej, czarnej szabli, co przystroju cywilnym oznaczało oficjera.

– Ma on przy tym cale zaszarganą reputację. Kossakowski wypromował go na posła i zażywa do swoich widoków. Zdatny do wszystkiego i ma takie reguły, że zarówno lubi rubla, jak i talary. Czy waszmość z nim w przyjaźni? – zwrócił się do Zaręby.

– Znam go od dziecka. Był pewien czas wraz ze mną u kadetów, ojciec mój łożył na niego. Potem umieścił go przy boku hetmana Branickiego, zaś po jego śmierci zginął mi całkiem z oczu.

– Taki nie przepadnie, wyciągną go diabli z każdej opresji. Znałem go w swoim czasie w Lublinie; czepiał się wtedy poły sędziego Koźmiana, lecz pono i na swoją rękę szachrował. Nie musiał mnie zapomnieć, bo razu pewnej wesołej okazji z panem Granowskim spławiliśmy go w Bystrzycy.

– Krwawy despekt, zwłaszcza jeśli tego łyknął żabiego wina.

– Ledwie mu Goltz zmacał pulsy! Chciał się potem rąbać z całą kompanią, skończyło się jednak na pijatyce i nowym figlu. Miał się on do pewnej...

– Może byśmy dali spokój anegdotom – zauważył łagodnie Hłasko.

– Ale i to prawda, jako tutaj nic zapowiedniego w nozdrzach nie wierci.

– Zgapiłem się ze szczętem, darujcie, waszmościowie. Kacper!

– Tylko uprzedzam, że od kaffy cierpię jak po rodzonej matce, czekulada czyni mnie furioso, a w herbacie zwykłem moczyć koniom nogi.

– Znajdzie się i coś kojącego na humory waszmości.

– A ja bym wam coś poradził. Znam tu niedaleko zasobnego kupca, który chociaż przy świętym piątku, niezgorzej nas pożywi. Ma przednie pieczątki. Nie dowierzam ja porucznikowskiej kuchni. Daruj mi waszmość, ale u mnie po staremu: nim zawierzysz gębie, połóż na zębic – prawił Hłasko obciągając pas na srodze zapadłym brzuchu.

– Byle prędko, dużo a smacznie, to i ja nie wybredzam! – żartował Kaczanowski wybiegając nagle, a gdy powrócił, przystąpił z ważną twarzą do Kacpra.

– Gdzie prowadzi przejście między stajniami z podwórza?

– Do rzeki. Ścieżka stroma, lecz koń przejdzie – sprężył się po żołniersku.

– A uliczka przed domem? – indagował rozkazująco.

– Na lewo do miasta, zaś naprawo w pola i cyrkuluje do Horodnicy.

– Basta! Zmykaj, bracie! – zwrócił się do Zaręby. – Rekognoskuję,
zali mamy zapewniony odwrót. Rezolutny chłopak, ale czy pewny?

– Jak własna dusza. Mój to brat mleczny i towarzysz nieodstępny,
przy tym żołnierz przedni; w obronie harmat wziął rany i
nagrodzon krzyżem.

– Tak mężnie stawał? Proszę, że to w chamie taka kawalerska
fantazja.

– Sam książę go aplauzował. Święcie godzien nobilitacji.

– Skoro własną krwią wypisał sobie indygenat, stany muszą
potwierdzić.

– Wkrótce każdy będzie szlachcicem z województwa Chłopskiego
z ziemi Chamskiej i herbu pieczona rzepa na złamanym patyku –
mruknął Hłasko.

– W obronie ojczyzny wszyscy mają prawo do równych zasług.

– Nie neguję, ale tak spada w cenie klejnot szlachecki, że
niezadługo będą go dawali każdemu, którén się chociaż wywiedzie
z pocałowania królewskiego konia w ogon – burczał zagniewany.
Kaczanowski się roześmiał, ale Zaręba skoczył zaperzony i jął
zapalczywie i prędko mówić:

– Waszmość jest przeciwny zrównaniu stanów i sprawiedliwości?

– Nie, jeno w praktyce wolałbym się nie doczekać owych rajów
powszechnych.

– I o cóż to mamy podnosić insurekcję? Wszak o wolność, równość
i braterstwo!

– To jakobińska maksyma! Nasze polskie hasło to całość, wolność i
niepodległość. I za to dam się porąbać na sztuki, dam ostatnią
kroplę krwi, oddam nawet zbawienie duszy! – aż przybladł ze
wzruszenia.
Zaręba, nie chcąc prowadzić kłótni, ścichnął i zaczął się przebierać,
ale przy okręcaniu muślinami szyi nie wytrzymał i rzucił
półgłosem:

– Wszak o jedno nam chodzi: o szczęście powszechności.

– O całość, wolność i niepodległość! – wpierał Hłasko przysapując
z alteracji.

– Niech mu będzie Wojtek! – buchnął rubasznie Kaczanowski. –
Ależ to przecudna szatka! – zdumiał się spostrzegając barwisty
chałat i nie bacząc na zgorszone oczy Hłaski przyodział się w niego
i jął czynić wielce uciesznie dygi a przegięcia – i sułtankę tym by
znęcił. Musi siła kosztować?

– Coś z piętnaście tysięcy franków – objaśniał skwapliwie.

– Srogi ekspens! Cała fortuna! – ściągnął go ze siebie z szacunkiem.

– Ale w asygnatach, bo na złoto wypadłoby ze trzy dukaty. Kupiłem w Paryżu od ulicznego marszanda. Pono prawdziwa chińska materia.

– Niechybnie zagrabiona po jakimś zgilotynowanym, nieszczęśniku.

– Jestem już gotów. Waszmość obiecał nas poprowadzić.

– Pójdźmy, powiodę was krótszą drogą i nie tak na oczach – odrzekł Hłasko i ruszył przodem. Kaczanowski szedł na ostatku myszkując swoim zwyczajem bystrymi oczyma tu i owdzie.

Ciągnęli ku farze, wąską, boczną uliczką, z rzadka obstawioną małymi chałupkami, a pełną sadów i parkanów.

Całe stada dzieci gziły się w tumanach kurzawy, rozczspierzone kwoki taplały się w pia– sku, a gdzieniegdzie srodze brzuchate maciory pojękiwały w chudych cieniach okapów. Upał doskwierał niemiłosiernie.

– Będziemy mieli znojną drogę – zauważył Hłasko.

– Jak to, wyjeżdżacie waszmościowie?

– Zaraz po południu. Musimy być w Zelwie na czwartego, tam walny jarmark na konie! Zastaniemy całą watahę ludzi z różnych stron i musimy się nimi rozporządzić. Są tam już nagotowane niezgorsze magazyny, nie licząc koni obiecanych przez księcia Sapiehę, generała artylerii litewskiej.

– To idźcież wolno, ja tylko skoczę wydać dyspozycję względem koni.

– Rzniemy pocztą, już zamówiona! – powstrzymał Kaczanowski. – Nawet przezpieczniej, można bowiem swobodnie hulać po stacjach, wiązać znajomości, przepytywać od niechcenia i swoje pilnie robić. Trakt pocztowy to niby list niezalakowany: wyda wszystko, trzeba go tylko umieć przeczytać.

– Za tydzień będziemy z powrotem. Co waszmość znowu wyprawia? – zwrócił się do Kaczanowskiego, który nagle przywarł twarzą do jakiegoś parkanu.

– Cicho! Spaniałe kokoszki! Zobaczcież sami! – szeptał rozognionym wydzierając z płotu kawał deski.

Zajrzeli przez szparę skwapliwie i oniemieli w podziwie. Nieco w głębi stał biały dom, prawie nakryty zwisłymi gałęziami ogromnych brzóz. Na stopniach ganeczku, opiętego kwiatami, siedział jakiś stary jegomość z lulką w zębach a przed nim spacerowała cudnej urody kobieta. Złotawe, przejrzyste szaty ukazywały ją prawie nagą; czarne włosy miała przetykane perłami; twarz ściągłą i śniadą, wargi czerwone, oczy wielkie, strome piersi a figurę wielce foremną. Poruszała się leniwie, robiąc biodrami jak w tańcu. Kilka służebnych czy towarzyszek, zarówno ledwie osłoniętych w barwiste mgły, kręciło się tu i owdzie między rabatami pełnymi róż. Słychać było pojedyncze słowa i chichoty. Cały obraz burzył krew i bił do głowy.

  – Cipuchny! Cip! cip! cip! – wabił z cicha Kaczanowski przebierając nogami.

– Milczże waszmość! To hetman Ożarowski! Dałby nam bobu za to wypatrzenie! Chodźmy, lepiej się nie nastawiać wilczej paszczęce – szeptał Hłasko.

Odeszli ociężale, tylko Kaczanowski powracał raz po raz i cmokał.

  – Delicje! Rarytasy! Niech mnie kule biją, jeśli nie spenetruję tego raju!

– Wara od hetmańskiego kurnika! Muszą tam być zastawy na szkodników. Dawno mi o tej pańskiej zabawie rozpowiadano pod sekretem, oczywiście nie wierzyłem, a teraz sposobny traf nam wygodził. Pierwsza to Greczynka, powinowata czy nawet siostra Wittowej, aktualnej Szczęsnego kochanicy.

– Cudniejszej w życiu nie widziałem – wzdychał Kaczanowski.

  – Przypomina z urody hrabinę Camelli – wtrącił Zaręba.

– Kudy kuchta do patyny! Nawet podobnej być nie może! Wenus prawdziwa! Psiakrew, że takie przednie antypasty zawsze są dla starych grzybów!

– Każ sobie waszmość puścić krew, to odciąga – śmiał się Hłasko.

– A te drugie muszą być służebne – zauważył Zaręba.

– Powiadali, jako je trzyma dla swoich konfidentów.

– Zaprzysiągłbym takiemu wieczną przyjaźń! – gruchnął ogniście Kaczanowski.

– Zaproponuj mu waszmość, może cię przypuści do szwagrostwa.

– Obejdę się bez jego protekcji. Słowo kawalerskie, ale ja mu ten ul podbierę.

– Byle cię przy tej sprawie nie pokąsały pszczoły.

– Może i pokąsają, ale kto drugi spuchnie.

– Ożarowskiemu rogi nie dziwne, a waść mu nową biedę szykuje – podrwiwał Hłasko.

– Na co ja zaginam parol, tego dotrzymuję! – zawołał tocząc wyzywająco oczyma, na co Hłasko powiedział z prześpiechem przyjacielskim:

– Radzę waści przystawić sobie na karku pijawki, bo nic tak skutecznie nie odciąga humorów. Siedzi tu niedaleko Kreybich, aptekarz.

– Zobaczycie. Słowo się rzekło. Zobaczycie!

I tak przekomarzając się skręcili w miasto.

Ulice z powodu spiekoty i przypołudniowej godziny były prawie puste i jakby się gotowały w słońcu. Tu i owdzie w chudych cieniach domków wylegiwało się pospólstwo lub przemykał jakiś Żyd w białych pończochach pokłapując patynkami. Na rogach ważniejszych ulic i przejść stały zbrojne warty, zaś niekiedy przeciągały patrole kozackie podnosząc tumany kurzawy.

– To przyjaciele, nie rób sobie waszmość apetytu – zaśmiał się Hłasko.

– Już znam smak alianckiego mięsa – odparł Zaręba przyglądając się żołnierzom wilczym wzrokiem. – Ale chłopy rosłe, dobrane i moderunek mają prosto z igły.

– A najdziwniejsze, że wszystko płacą gotowym groszem – powiedział Kaczanowski.

– Tutaj, pod bokiem króla, stanów, obcych ambasadorów i na srogi przykaz z góry. Pojedź no jednak waszmość za kordon, a napatrzysz się takim wiolencjom i uciemiężeniom, że ci włosy powstaną na głowie. Widziałem koło Kamieńca całe okolice, gdzie nawet zielone zboża były stratowane i wypasione, gdzie nie najdzie całej chałupy ni człowieka niepokrzywdzonego na zdrowiu i majątku. Lud to dziwnie zajadły i łapczywy na cudze, zaś najgorsze, iż często niszczy nie z potrzeby, a jeno z jakowejś niezrozumiałej żądzy pastwienia się nad wszystkim. Ale Prusacy bodaj jeszcze gorsi.

– Rzeczpospolita niby gliniany garnek między walącymi się ścianami.

– Przetrzyma, mości Kaczanowski. Nie zmogą jej nawet moce piekielne.

– I w takich ciężkich opresjach jeszcze nigdy nie bywała.

– Dawno te jegry tak paradują po ulicach? – zwrócił się Zaręba do Hłaski.

– Od rozpoczęcia sejmu. Asystują przecież posiedzeniom, strzegą sejmujące stany od złych przypadków. Mirowscy i gwardia litewska pełnią służbę tylko przy królu i kancelariach, a i to bez bagnetów i ostrych nabojów – targnął gniewnie wąsy i zacisnął dłoń na głowni pałasza.

– A niańczą nas po swojemu, niewoląc pieszczotami do uległości. Siedemnastego lipca, kiedy to brano na deliberacje projekt aliansowego traktatu, a czemu się całą duszą sprzeciwiała garść poczciwych, widziałem, jak zataczano harmaty i rychtowano je na zamek, jak kanoniery stawały z zapalonymi lontami, jak Rautenfeld rozpierał się przy królu, a jegry nastawionymi bagnetami wyciskali arbitrów z izby! Na własne oczy widziałem.

– Można się było napić hańby i wściekłości na całe życie – szepnął Zaręba.

– Starczy tego na wieki i dla całych pokoleń! A teraz sza, mości panowie. Stanęli przed piętrową kamienicą, w której był wielki handel win Dalkowskiego, i z brukowanej, szerokiej bramy weszli do sklepionej, ogromnej izby.

Gwarno tam było jak na jarmarku i prawie, ciemno od dymów. Przy długich stołach pod ścianami zabawiano się kieliszkami prowadząc przy tym głośne dyskursy. Za ladą sklepową, zastawioną cynowymi naczyniami i farfurem, królowała opasła jejmość z twarzą jak księżyc w pełni, a z piersiami niby bochny; koralowe zausznice zwisały jej aż na grube ramiona; robiła pończochę licząc półgłosem oczka, lecz jej bystre spojrzenia latały chyżej niźli druty i raz po raz cienki głosik poganiał chłopców usługujących i męża, który w zielonym fartuchu i czarnej mycce na głowie, chudy, malusieńki, pokorny, witał wchodzących, kłaniał się, prowadzał na miejsce, jak z nut recytował dania i wrzeszczał do kuchni przez okienko.

Hłasko zażądał osobnej stancji, ale musieli się kontentować tylko stołem osobnym, jaki się znalazł w jednej z izdebek od podwórza.

– Świeża nawaga! Szczupak z szafranem! Lin w kapuście! Pierogi leniwe! – recytował obmacując ich przy tym chytrymi oczyma.

– Patrzcie, piątek już i tutaj zdążył zajechać – skarżył się z krotochwilną żałością Kaczanowski.

– Ależ to pachnie co najmniej tłustym czwartkiem.

– Bo i piątek za młodu smakował w prażonej kiełbasie – wtrącił gospodarz kłaniając się do ziemi.

– Staryś aspan i trzymają ci się jeszcze głupie koncepty – obruszył się Hłasko. – Daj mi postny obiad, nie luter jestem.

– Mogę z postem i mogę z mięsem, byle jeno z burgońską podlewą.

– A mnie daj wasze kuropatwy. Nie hołduję przesądom – zdecydował Zaręba.

– A nie przepomnij o śledziu i gorzałce – upominał Kaczanowski. Gospodarz sprawił się szybko, lecz gdy zabrali się do jedzenia, nie przestawał im brzęczeć nad uszami.

– Sos do szczupaka z przepisu kuchmistrza jego wielmożności angielskiego.

– Właśnie cuchnie żabim skrzekiem – próbował osadzić go

kapitan.

– A kuropatwy podlaskie! Pachną jak trybularz, nacierane imbierem.

– To zjedźże asan diabła w szafranie, a nie przeszkadzaj! – zgromił go impetycznie Hłasko i zwrócił się do Kaczanowskiego, który jadł za trzech i pił za dziesięciu.

– Miarkuj się waszmość, przy takim upale jeszcze cię w drodze szlag trafi. Kaczanowski roześmiał się na przestrogę, wypił, co było, do dna i skoczył do głównej izby, gdzie dojrzał jakowychś znajomych.

– Za pół godziny będzie się już znał ze wszystkimi.

– Taki łatwy do komitywy? Szczęśliwe usposobienie.

– Przekonasz się waszmość, jakie przyniesie nowiny. On każdemu spod serca wydrze choćby zaprzysiężony sekret. Szaławiła to niby, paliwoda, zbereźnik, a zarazem wielce przezorny człowiek. Szczerze go estymuję.

– Jasiński go chwalił, ale nie bez pewnych restrykcji.

– Co wart, spytaj się waszmość Działyńskiego – zaszeptał Hłasko pochylając się nad stołem.

– Na Onufrejskim jarmarku w Berdyczowie w przeciągu tygodnia wsypał do naszej kasy przeszło pięć tysięcy dukatów. Tak kaptował kpinami, śmiechem i kieliszkiem, że jeszcze go szlachta na rękach nosiła. Zaś nie miał kto gotowych pieniędzy, musiał dawać in natura. Cały magazyn się zebrał skór, płótna, ołowiu, nie licząc sporego tabunu koni. Szef nie może się go nachwalić. I do kobiet również ma szczęście...

– Ale pono i koloryzować potrafi.

– I jak, sam nieraz nie mogę wyjść z podziwienia. Ciekawym, jaką on sztukę wytnie Ożarowskiemu?

– Wywietrzeje mu. ten kurnik z głowy. I czy to pora na takie kabały!

– Dał słowo i jestem pewny, że coś zmajstruje, nie brak mu fortelów.

Zaręba odpowiadał coraz krócej, zajęty przeglądaniem ludzi, bowiem przez wywarte drzwi widniał cały szereg izb zapełnionych. Paru posłów sejmowych siedziało opodal, zatopionych w cichej rozmowie.

Nazwał ich Hłasko, dodając wzgardliwie:

– Tacy, którzy zawsze głosują z większością...

– Marais! W Paryżu podobnego zowią "bagnem" – objaśnił nalewając kieliszki.

– A cóż na sejmie?

– Jedno i toż samo: rozbiór kapłona – obejrzał się na czerwone kontusze posłów – już mu obcięli nogi, odrąbali skrzydła, wygryźli piersi, że pozostał tylko kuperek, ale smakoszom wciąż mało, wyciągają pazury po resztę...

– Znarowili się na łatwe. Dalej nie pójdzie im tak gładko.

– A któż im wzbroni? Zobacz waszmość, co się wyprawia w ogarniętych województwach: bale, asamble, składkowe festy dla gubernatorów i dziękczynne adresy. Przecież w Żytomierzu, po przysiędze nowej pani, szlachta balowała cały tydzień! W Poznaniu Möllendorf aż musiał się zaborgować na jadło i napitki, tyle bowiem zjechało składać homagium! Indziej również to samo. A tutaj w Grodnie na sejmie sprzedają już ojczyznę en détail, na funty i żywej wagi. Żeby nie ta ostatnia wiara w nasze zamysły, tobym sobie w łeb strzelił – szeptał ponuro.

Zaręba milczał, ogarnięty ciężkim smutkiem, którego nie mogło rozpędzić nawet wino; zaglądali sobie w oczy niekiedy, głęboko aż do dna dusz zatroskanych i pili kieliszek za kieliszkiem, jakby na zapomnienie.

Dokoła brzęczały szkła, wrzały podochocone głosy i szły już takie zapalczywe dyskursy, aż trzęsły się ściany. Wszystkie bowiem stancje wypełniły się po brzegi, a wciąż przybywali nowi goście.

Mieszały się ze sobą w tłoku jak groch z kapustą wojewódzkie kontusze, fraki, czamary, granatowe kurty wojskowym krojem, płócienne kitle, księże sutanny i nawet tu i owdzie miejskie kapoty, pokapane woskiem, zbieranina bowiem była wszelakiego autoramentu, a wszystko jadło, piło i rozprawiało podniesionymi głosami. W końcu zbrakło już stołów i siedzeń, więc się kupili w przejściach, spychani z miejsca na miejsce, bo wciąż ktoś się cisnął i kręcił wśród tłumów: to jakiś kwestarski wyga pobrzękujący skarboną, to Żyd siwy w aksamitnej jarmułce i w atłasowym żupanie, przepasany czerwoną chusteczką, to kredencerze roznoszący potrawy i napitki, to pielgrzym długowłosy z kijem zakrzywionym, u którego wisiała tykwa, obwiązany medalikami, pocieranymi o grób Pański, sprzedawał pamiątkowe muszelki łżąc przy tym niestworzone baje, to Węgier, zachwalający łamanym językiem swoje pomady, olejki i cybuchy, to wreszcie psy, plączące się pod nogami, zaczynały się gryźć i skomleć, powstawała jakaś kłótnia lub jakiś sierdzisty szlachcic grzmiał pięścią w stół, aż jęczały cynowe misy.

Naraz z głównej izby buchnęły takie ryki śmiechów i tupania, że

Hłasko podniósł głowę i szepnął:

– To Kaczanowski zabawia nową kompanię, aż tupią z uciechy... – Urwał i nagle się przechylił, jakby chcąc dać nurka pod stół, gdyż przepychał się ku nim okazały szlachcic z talerzem w ręku i butelką pod pachą. Miał kontusz granatowy z białym, zaplamionym żupanem, brzuch ogromny, potrójny podbródek, sprośnie wywinięte wargi, czerwony nochal, obwisłe policzki, strzępiaste wąsy i małe, rozbiegane bystro oczki. Rozglądał się wrzeszcząc tubalnym głosem:

– Kredencerz, dawaj choć antał, chamie jeden!

Że nikt się nie kwapił z posługą, zwrócił się prosto do nich:

– Pozwolą mi waszmościowie przysiąść? – I nie czekając odpowiedzi zwalił swoje olbrzymie cielsko na stołek. – Już mi kulasy w brzuch właziły, hę! hę!

Hłasko patrzał w niego z nieukrywaną abominacją.

– Podhorski Adam, wołyński – rzekł wyciągając spoconą łapę pokrytą rudym włosem. Radzi nieradzi wymienili swoje nazwiska.

– Zaręba, herbu własnego. Czekajże waść, toś widzę z Wielkopolski! A może i z Podlasia. Te, capie jeden, dawaj więcej butelek. A ojcu jest Onufry?

– To mój stryj.

– Proszę, jak to góra z górą się nie zejdzie, hę! hę!

– A gęba z wiechciem zawsze – uzupełnił szydliwie Hłasko.

– Można i tak. A tośmy z nim byli razem w Barskiej, hę! hę! dobre parę latek temu. Pod chorągwią Częstochowskiej hę! hę! – rechotał, aż Hłasko, nie mogąc ukryć animozji, odwrócił oczy na stancję. – I zawsze był raptus, i wielce skory do szabli i gorzałeczki. Panną go przezywali, że to zgoła, hę! hę!... Zabijaka też był srogi, więcej on napsuł wrażego mięsa niźli niejedna chorągiew, samowtór ze swoim Kubusiem chadzał na te łowy. Jakże się miewa?

– Zdrowy, dziękuję waszmość panu.

– Taki upał, że chyba się napijemy? – A waszmość jakiego zdania, panie Huśko?

– Hłasko, do usług! – poprawił czerwieniejąc z irytacji.

– Przygłuchym nieco, daruj, a może waszmość posłuje? nie dosłyszałem.

– Nie miał mnie kto wypromować – odparł wyzywająco. – Nie każdy ma za protekcję dukaty i bagnety, mości pośle wołyński – ciął niepowstrzymanie, wpijając się w niego wzgardliwymi oczyma.

Zaręba po prostu struchlał i spuścił dłoń na głownię szabli.

– Niceś waszmość na tym nie stracił – zaśmiał się, cale nie zbity z tropu. – Zabiegów i turbacji co niemiara, a profit żaden, hę! hę! Gorąco, jakby mnie diabli ekscytowali. A może byśmy na drugą nogę, hę? A potem po śledziku i po dzwonku szczupaczka z szafranem? Kredencerz, chodźże tu, gamoniu!

– Waści patron daje liche obiady, skoro tutaj musisz dojadać.

– Liche nie liche, jeno diablo nudne! – wyznawał się cynicznie. – Zjem byle co, ale w kompanii, mam bowiem principia mądre jak pacierz: nie wybredzać w piciu ni w socjecie! Dla mnie każdy człowiek boskie stworzenie, a trunek dar jego, hę! hę! I nigdy mnie takowe maksymy nie zawiodły!

Tak milczeli zawzięcie, że podniecony jął prawić coraz krotochwilniej.

– Postawią szampańskie, piję i owszem, bo czyni miłe mrowienia po języku; dadzą węgra, ciągnę expedite, jak Bóg przykazał; znajdzie się reńskie lub burgońskie, nie pytam, kto je płaci, byle jeno antał był spory, a mała kompanią. Zaś pragnie jaki asan ukontentować mnie miodem czy zaprawną gorzałeczką, przysiadam czule i pastwię się nad szelmami, choćby blaszaną kwartą, hę! hę! – gadał obiegając ich bystrymi oczyma, ale widząc, jako siedzą jakby na niemieckim kazaniu, mruknął gniewnie: – Waszmoście, widzę, nie bardzo mi radzi.

– Cóż znowu, tylko że każdy ma swojego mola.

– A cóż waści tak dolega, hę? – pytał dobrodusznie, dolewając kieliszki.

– Obmierzłe towarzystwo! – rąbnął bez pardonu niby policzek. Podhorski zerwał się i macając ręką za szablą syczał jak przydeptana gadzina:

– Zdasz nai sprawę, chłystku jeden, ja cię znajdę, popamiętasz. Podniósł się również Hłasko i przysuwając pobladłą twarz do jego twarzy bił w niego niby sztychem, raz po razie i na wylot.

– Poszukaj, pruski jurgieltniku, znajdziesz kije, to cię nie minie. Oniemiał na to grubas i stanął z otwartymi ustami, posiniały z gniewu, ale po chwili dopił kieliszka, zabrał swoją butelkę i odszedł bez słowa.

Na szczęście nikt jakoś nie zwrócił uwagi na to zajście, tylko Zaręba, gdy nieco ochłonął, rzekł dosyć surowo:

– Na tym mogłaby ucierpieć sprawa!

– Moja wina, kiedy nie mogłem już ścierpieć! Ale takiemu szui pluń w twarz, to powie, że deszcz pada, szkoda śliny. Spaceruje jakby nigdy nic.

Istotnie Podhorski szwendał się po stancjach, pogadując z tym i innym i przepijając z każdym, który chciał.

– Gdyby miał posłuch u Sieversa, to dzisiaj w nocy byłbym już w drodze do Kaługi. Głupia sprawa, nigdy sobie tego nie daruję – trapił się szczerze.

Jakiś tyczkowaty Niemiec w żółtym fraku i ogromnej peruce, który się już od pewnego czasu kręcił wśród ciżby, zaproponował wycięcie ich siluetek.

– Ą wycinaj, pludro – zgodził się Zaręba – nigdy nie miałem swego konterfektu.

– Zrób i mój. Wylepiał mnie z wosku jeden Francuz, ale nie utrafił.

Niemiec wziął miejsce, aby mieć ich profile pod światło i ułożywszy na deseczce niebieskawy papier, jął nożykiem wycinać wprawnie i z taką szybkością, iż w niespełna kwadrans sylwety były gotowe i cale utrafione.

– Na mnie czas. Już po trzeciej, a musimy wyjechać o czwartej.

Wyszli bocznymi drzwiami w podwórze, zapełnione powozami i służbą.

– Kaczanowskiemu będzie ciężko opuszczać wesołą kompanię.

– Stawi się na porę, nie chybi ani minuty, choćby był pijany, co mu się rzadko zdarza. Zatem do widzenia za jakiś tydzień! Zaręba kupił w kramie wiadomość stancji przyjezdnych do Grodna, przebrał się nieco w domu i najętym powozem pojechał składać wizyty różnym ludziom, do których miał polecające listy.

Powrócił dopiero późnym wieczorem tak zgnębiony i zatroskany, że Kacper z lękiem składał relację ze swojej wyprawy do Tyzenhauzowskiej karczmy; w miarę jednak opowiadania Zaręba się otrząsnął i zdecydował:

– Dobrze, pójdziemy tam której nocy. Ze sto chłopa, powiadasz?

– Może i więcej. Pokryci po dziurach jak szczury, wielu służy w mieście, a są...

– Cóż więcej? – przerwał mu szorstko, bo chłopak lubił rozgadywać się szeroko. Wyprostował się podając mu list.

Szambelanowa w nader uprzejmych słowach zapraszała go do siebie.

– I cóż dalej? – spytał jakoś ciszej, chowając woniejący list do kieszeni. Jakby w odpowiedzi ojciec Serafin stanął w progu.

– Dobrze się składa, właśnie będę ojca potrzebował. Są ważne sprawy.

Zasiedli przy stole i rozmawiali do świtu.

Kacper trzymał czujną straż pod domem.

III

Podniósł się radosny pisk, jazgotanie piesków i dwie białe rączki wyciągnęły się na powitanie.

– Pan Sewer! Nareszcie! No, no! – wykrzykiwała śliczna blondynka.

– Sługa panny pułkownikówny – odparł tym samym tonem, usiłując być swobodnym i szarmanckim. – A panna Terenia zawsze jak jutrzenka.

Ale panna Terenia porwała pieski na ręce, odstąpiła nieco i mierząc go roziskrzonym wzrokiem jęła z groźną minką strofować:

– To taka subordynacja? To dopiero dzisiaj, staje się na apel, to trzeba ściągać ordynansami, to milsze ultajenie się Bóg wie z kim niźli my? Już panu za to Iza zapłaci dobre lenungi! Zaręba uśmiechnął się tak smutnie, że panienka nagle się zaniepokoiła.

– A może pan chory? – spytała cichutko. – Prawda, taki pan mizerny i blady! Co panu jest? – spięła się na palce zazierając mu w oczy.

– Zdrów jestem, dziękuję. Czy pani szambelanowa w domu? – wyrzekł chłodno, ledwie już pokrywając niecierpliwość oczekiwania.

Panna Terenia dotknięta jego tonem, spojrzała wyniośle.

– Proszę wziąć miejsce. Pani szambelanowa zaraz przyjdzie. – Ceremonialnym gestem wskazała krzesło i przyciskając do piersi warczące pieski stanęła schmurzona pod oknem, ale z tym dąsem na różowej twarzyczce, pełnej dołków, przytajonych uśmieszków i figlarności, była jeszcze śliczniejsza.

Główka w złotych puklach, przepiętych błękitnawą wstęgą, wielkie niebieskie oczy o złotawych rzęsach, krótki nosek z różowymi chrapkami, lśniące zęby, malinowe wargi, toczona biała szyja, koronkowy szal na ramionach,spięty pod piersiami koralową broszą, krótka jasna sukienka w niebieskie paski, białe pończoszki z haftowanymi klinkami i białe ciżemki, malo– wane w stokrocie, czyniły ją podobną do saskiej figurynki. Ruchliwa była przy tym jak wiewiórka, trzpiot i słynna śmieszka, więc i teraz chociaż zadąsana, takie robiła minki, że musiał się odezwać.

– Za cóż ta sroga niełaska, mościa panno?

Parsknęła śmiechem i przyskoczywszy do niego trzepała

zapalczywie:

– Bo waść nie dba ni o mnie, ni o Izę, ni o pułkownika, ni o nic na świecie.

– Właśniem chciał pytać o kozienickie nowiny.

– Nowiny? Mam narzeczonego – wyrzuciła, namiętnie całując pieski.

– Jakiejże maści? – żartował. – Pamiętam, jak panna Terenia szalała za karoszami, potem przyszły cisawe, więc mcże teraz kolej na szpaki...

– Co mi tam konie! Wolę swojego Marcina.

– Niech mnie kule biją, jeśli znam takiej maści cuganta.

– Waszmość nawet przyjaciół zapomina.

– Przyjaciół! Czyżby to miał być Marcin Zakrzewski? Tak? No, toście się dobrali do maści, pstrogłowej z czubkami – śmiał się, ale mu nie w smak poszła ta nowina. – Więc skoro panna Terenia przechodzi do gwardii, to chyba komendę Königowskich ułanów obejmie panna Klarcia! Toż musi być lament między porucznikami? Gdzież się aktualnie podziewa Marcin?

– Ma dzisiaj służbę na zamku przy królu jegomości.

Tą wiadomością ucieszył się szczerze i dodał nieco żartobliwie:

– Winszuję pannie Tereni awansu.

Wstał, aby wyjrzeć do ogrodu.

– A waszmość się ze mnie śmieje.

Zastąpiła mu drogę.

– A ja się właśnie bardzo cieszą – odparł żywo i dla złagodzenia pocałował ją w rękę. – Tylko zaproście mnie na wesele.

– Czekaj tatka latka, jak kobyłkę wilcy zjedzą – wybuchnęła rozżalonym głosem. – Jegomość podkomorzy napisał Marcinowi, że możemy jeszcze poczekać.

– Bo i możecie, takie żółtodzioby, trzeba wam dodać dyrektora.

– A ja bym chciała jak najprędzej kwaterować w Warszawie – wyznała się szczerze, usadzając pieski na klawicymbale. – Mam już po uszy Kozienic i tych wyranżerowanych szkap pułkowych, z którymi muszę grywać w mariasza. Przecież ostatniej zimy nie tańczyłam ani razu! Ale wy, mości pieskowie, z ogniem, z ogniem! – chichotała łupiąc psimi nogami po klawiaturze. – Dopiero na Wielkanoc, jak przechodzili z Radomia huzarzy, nasza mamzel, która ma pomiędzy nimi ślicznego kuzynka, namówiła papę, żeby dać dla nich bal, ale byłoby spaliło na panewce, bo burgrabia nie chciał pozwolić sali w pałacu.

– I dobrze zrobił – rzekł stanowczo, otwierając okno.

Z ogrodu buchnęło ciepło, przejęte zapachami kwiatów, i radosne ćwierkanie ptactwa.

– I tak mamzel postawiła na swoim. Pan Stokowski zajął fabrykę, kazał ją umaić świerczyną, papa dał kapelę i tańczyliśmy do rana.

– Z huzarami? Godni kawalerowie!

– Był przecież cały nasz kor: papa rozporządził i musieli. Zabawa poszła cudnie, bo tylko jeden pan Sieklucki zrobił burdę huzarom, za co posiedział na odwachu. I dobrze mu tak, niech zabawy drugim nie psuje. Bibi! Mimi! – rzuciła się ze śmiechem za pieskami, które się jej wyrwały, z piskiem szukając schronienia pod kanapą.

Wyciągnęła je dopiero przy pomocy Sewera.

– Mimi jest ultajka, a Bibi obrzydły morderz! – karciła obrzucając skomlące psiaki ognistymi pocałunkami. – Teraz by waćpan nie poznał Kozienic! Już broni nie robią, fabryki zamknięte, a fabrykanci rozpędzeni na cztery wiatry, nawet kafenhauz Dorotki nie istnieje. Nie ma już balików, majówek ni tańcujących wieczorków, bo młodzież nie pokazuje się w naszym domu nawet dla ornamentu.

– Snadź im zbyt często podawano czarną polewkę.

– Jak Bozię kocham, ani jeden się nie oświadczał – zapewniała żarliwie. – To nie to, tylko założyli sobie klop i tam przesiadywali, tam czynili jakoweś kryjome zebrania, jakoweś przysięgi, aż zwrócono uwagę papy i musiał ichmościów wziąć na mundsztuk.

– Kto to być może? – przerwał jej wskazując w ogród na jakiegoś pana w białym kitlu i z gołą głową, który wspierając się na lasce i odpoczywając co chwila, spacerował w cienistej alei, pociętej słonecznymi progami; chłopak liberyjny, z czerwonym szalem na ręku, chodził za nim trop w trop.

– Szambelan Rudski. Waćpan nie zna męża Izy?

– Perygrynuje, jakby dla konkokcji żołądka. – Przyglądał się z ciekawością.

– Doktór Lafontaine mówi, że szambelan choruje z imaginacji, ale mnie się nie zdaje, bo mu się nóżki fajtają, jakby zgubił kopyta. Radziłam Izie, żeby go kazała przekuć – buchnęła śmiechem.

– Na nic, kopyta musi mieć zdarte do żywego mięsa – śmiał się również, tylko z jakąś gorzką przyjemnością. – Mocno posunięty jegomość...

– Służył jeszcze "w białych rakach". Papa powiedział – chichotała już jak szalona.

– Czcigodna pamiątka po Sasach i człowieczek wielce osobliwy.

– Ale ja go uwielbiam. Dobry i taki wyrozumiały. Przekona się waćpan.

– Już mniemam, że musi zadawać lubczyk, skoro panny tak lgną do niego. Panna Terenia, pojąwszy intencję, szepnęła poważnie:

– Przecież ją zniewolono! Ona jest bardzo nieszczęśliwa, okropnie. Miał na ustach jakieś gorzkie słowa, lecz spojrzawszy na jej posmutniałą twarzyczkę, pomiarkował i tylko westchnął.

– Iza waćpana bardzo żałuje, ja wiem wszystko – szeptała tajemniczo.

Zarębę ścisnął nagle bolesny skurcz, że porwał się z miejsca i oglądając się za kapeluszem mówił bezładnie:

– Muszę odejść... panna Terenia powie, że czekałem... przyjdę jutro... Terenia stanęła wylękniona, nie rozumiejąc, co mu się stało. Ale w tejże chwili weszła do salonu Iza.

Przywitali się w milczeniu, zatapiając w sobie badawcze oczy. Panna Terenia zajęła się układaniem niby porozrzucanych nut, strzygąc przy tym oczkami, a ze drżeniem wyczekując jakichś słów gorących lub wybuchów, ale nie mogąc już dłużej znieść milczenia, wykrzyknęła:

– Czy państwo gracie w mruczka? – i uderzyła w śmiech. Szambelanowa rzuciła jej wdzięczne spojrzenie i swobodnie, z czarującym uśmiechem, rozpoczęła rozmowę o różnych bieżących materiach, nie wspominając ani słówkiem o balu. Była nawet dzisiaj cudniejsza niżli wtedy, cudniejsza nad pomyślenie; nikłe obłoczki rumieńców przesuwały się niekiedy po jej twarzy, niekiedy orzechowe oczy lśniły złotymi skrami, a nabrzmiałe krwią usta dyszały straszliwym czarem. I doskonale panowała nad sobą, niczym nie zdradzając, jak wiele ją kosztuje ten udany spokój, tylko chwilami mgliły się jej oczy przelotnym cieniem i przygasały uśmiechy; zaś niekiedy podnosiła się bezwiednie i szła wziąć parę akordów na klawecynie lub wychylała się do ogrodu, ale dojrzawszy męża, powracała do dawnego tonu rozmowy.

Zaręba czuwał niby na wedecie i bacznie śledził każde jej słowo i każde poruszenie, a z powinną grzecznością odpowiadając na pytania, nawet niekiedy, aby złowić jej uśmiech, błyskał dowcipem i próbował wzruszać opowiadaniem przygód wojennych. I dopinał celu, pojąc się cichym tryumfem. A jednak ani jeden powiew przeszłości nie zmącił tej udanej harmonii, ni jedna aluzja nie prysnęła z warg płonących, bo chociaż całe piekło wrzało mu, w duszy, był wobec niej takim, jakim być sobie zamierzył: powściągliwym i w miarę chłodnym.

Rozmawiali przeto, jak ludzie pozornie sobie obcy i niemal obojętni. Ale męczyła ich ta gra pusta i coraz częściej przychodziły długie pauzy i nagłe milczenia, w których jej oczy strzelały błyskawicami, usta drgały czymś niewypowiedzianym, a z piersi darły się krótkie, szybkie westchnienia, on zaś przez te mgnienia już nie hamował swojej natury i jakby padając przed nią na kolana brał ją w objęcia oszalałymi z tęsknoty rękoma.

Cóż, kiedy jakieś skomlenie pieska czy głos z ogrodu rozwiewał upalne koszmary, rzeczywistość z naigrawaniem patrzyła im w oczy i znowu szedł ugrzeczniony dyskurs, a francuskie słowa brzęczały składnie, wymuszenie i galantuomnie, aż panna Terenia, ostatecznie tym znudzona, palnęła prosto z mostu:

– Siedzą i wygadują jakby na teatrze – zaczęła wyrabiać przedrzeźniające miny. – Oui, madame! Non, monsieur! Tu śmieszek, tam perskie oko, owdzie mach–mach wachlarzom, indziej buzie w ciup a czułe spojrzenie. Ślicznie gracie, ale ja wam aplauzować nie będę, bo mnie ta heca już setnie znudziła. Bibi! Mimi! hajda, pogonimy sobie kotki w ogrodzie! Ha! ha! ha! – zanosiła się śmiechem, spostrzegłszy ich pomieszanie. Szambelanowa napięła gniewnie brwi, a Sewer powstał przykro dotknięty.

– Nie odchodź, Terenia to prawdziwe enfant terrible!

– Pora już na mnie... czekają... a może ci przeszkadzam.

– Jeszcze chwilę, proszę cię! Ma wstąpić po mnie hrabina Camelli, pojedziemy do ambasadora na obiad, jaki wyprawia dla dam i biskupów z racji imienin Marii Teodorówny, następczyni tronu. On miewa zabawne pomysły.

– Właśnie skręca na most powóz księcia biskupa Massalskiego – wrzeszczała Terenia wychylając się z okna na ulicę – i cały zapchany kwiatami.

– Wiezie dla Sieversa. Dziwnie to poetyczna i czuła natura: przepada za śpiewem i kwiatami, a szczególniejszą pasję ma do róż. Wszyscy też starają się dogadzać tej słabości, że kto tylko posiada jakąś odmianę, chętnie mu posyła. Księżna Radziwiłłowa ofiarowała mu wspaniałą kolekcję. Rozczulające, nieprawdaż?

– I godne uwielbienia – wyrzekł, nie mogąc skryć drwiącego uśmiechu.

– Sam król sprowadza dla niego goździki aż z Holandii. Nawet mój ojciec, jak wiesz, nie skory do ekspensów, a przysłał mu z Góry jakieś osobliwości.

– Kiedyż wuj przyjeżdża?

– Obiecał się w tych dniach, już wszystko nagotowane na jego przyjazd. Bardzo się kłopocze twoim losem – dodała przyjaźnie.

– Poszedłem za jego życzeniem i pragnę odrobić dawne głupstwa – przyznał się, opowiadając zarazem o swoich zamiarach powrotu pod chorągiew.

– A jakby się nie udało, to ci ojciec obmyśli jakowąś funkcję zaszczytną – zapewniała przejmując się gorąco jego sprawami.

– Gdzież aktualnie pani kasztelanowa? Jakże ze zdrowiem?

– Niedobrze, bo jak zawsze, w plentach za swoim urojonym idolem! Doktorzy mniemają, jako to są zwykłe roksolany. Przyjeżdża z ojcem.

– Baczność, wali tutaj książęcy postillon d'amour – wrzasnęła panna Terenia. Jakoż drzwi się otwarły i liberyjny wniósł na srebrnej tacy prześliczny bukiet, list i puzdereczko sadzone drogimi kamieniami.

Szambelanowa porwała się gniewnie cała w pąsach.

– Oddaj temu, który przyniósł! Precz! – krzyknęła bez namysłu, odwracając się do Sewera, który się cofnął dyskretnie pod okno. Terenia rzuciła się do niej z jakąś gorącą instancją. Odsunęła ją niechętnie i tak groźnie spojrzała na lokaja, że wyniósł się pospiesznie.

– Mam do ciebie prośbę – głos jej zabrzmiał bardzo serdecznie.

Był usposobiony tak radośnie, iż z góry wszystko obiecał.

Szło o to, aby pojechał z nimi jutro na piknik za miasto.

– Z przyjemnością, ale kto aranżuje, bo nie znam tutaj prawie nikogo.

– Młodzież, a głównie von Blum, wielbiciel Tereni.

– Iza... jeszcze pan Sewer pomyśli, że to prawda.

– I powiem Marcinowi – drażnił ją – niech was nie spuszcza z oczu.

– Marcin z nami nie będzie, musi jechać z królem do Poniemunia.

– Tym gorzej dla panny Tereni, gdyż ja go zastąpię w obserwacjach.

– A ja się waćpana nic a nic nie boję – śmiała się goniąc po salonie za pieskami. – Marcin tylko mnie uwierzy.

Lokaj zameldował hetmanową Ożarowską i hrabinę Camelli.

– Już mnie nie ma! Nie cierpię tego italiańskiego skrzeka! W nogi, pieski! I Sewer chciał wyjść, ale wstrzymała go szambelanowa.

– Pozostań chwilę, poznasz dwie piękne damy.

Nim zdążył wziąć postanowienie, weszły panie, a już od progu hrabina Camelli wołała zadyszana:

– Przywożę ci, szambelanowo, wspaniałe nowiny! – Oczy miała

rozgorzałe, twarz zgorączkowaną i głos wibrujący od wzruszenia.
– Marat zabity! Moguncja poddała się królowi pruskiemu! –
rzucała z patosem i zawiesiwszy głos dodała po pauzie: –
Rewolucja dostała śmiertelny cios.
Szambelanowa pokazała się, jakby niewiele ważąc te wiadomości.
 – Moja droga hrabino – uprzedzała Ożarowska – nie wszyscy się
tym tak przejmują.
 – Ależ… to musi być ważne… istotnie nie bardzo się na tym
rozumiem. Mój brat cioteczny, Sewer Zaręba – przedstawiła go
zakłopotana.
– Ale pana to musi obchodzić? – zwróciła się do niego hrabina.
Skłonił się na potwierdzenie i słuchał z niezmiernym zajęciem, ona
zaś, rada ze słuchacza, rozpowiadała coraz żywiej, nie szczędząc
gestów, min i spojrzeń ognistych. Szambelanowa z panią
Ożarowską usunęły się nieco na stronę, zajęte lustracją swoich
strojów i jakimiś szeptami.
 – Hrabia Morelli, mój kuzyn, szambelan królewski, dostał rano
ekstrapocztę – objaśniła na wstępie hrabina. – Mamy przeto wieści
z najpewniejszego źródła. Byłam już w kościele dziękować Bogu za
te chwile radosne. Ale chociaż wiadomości autentyczne, ja
zaledwie mogę uwierzyć, jako naprawdę ten podły morderca
królów, ten nieprzyjaciel Boga i rodzaju ludzkiego, ten szatan
wcielony nie żyje. Zabiła go jakaś Charlotte Corday. Bóg ją
najwidoczniej wybrał za narzędzie swojej sprawiedliwości. Muszę
napisać do Paryża, żeby mi przysłano kopersztych tej nowej
Dziewicy Orleańskiej! – wołała z emfazą, podnosząc w górę oczy. –
I prawie w jednym czasie wypędzono z Moguncji francuskich
rebelizantów. Król pruski tryumfuje. Jakże się z tego muszą cieszyć
ci biedni wygnani książęta! Nareszcie dobra sprawa bierze górę.
Już podobno klubistom mogunckim wytrzepują kije pruskie
maksymy jakobińskie Nie pojmuję tylko, dla jakich racji
wypuszczono rewolucyjne wojska z miasta? Trzeba im było
wyprawić chrzest republikański w Renie! – zaśmiała się mściwie i
czarne jej oczy zamigotały niby sztylety. – Te szczęśliwe początki
przygaszą ferwor i waszym egzulantom w Dreźnie i klubistum w
Warszawie.
– Ależ pani hrabina ma niezmierną eksperiencję spraw
politycznych! – wykrzyknął z udaną atencją.
– Powtarzam, czego mnie kuzyn nauczy – odpowiedziała
skromnie, przerzucając się do drobiazgów życia grodzieńskiego i
chwaląc nad miarę polską gościnność, oświecenie, piękność kobiet

i galanckość mężczyzn; wyniosła przy tej okazji wielkoduszność króla, jego niezwykły umysł i szlachetność.

Nie negował jej w niczym, a tylko tu i owdzie przy zdarzonej sposobności wyznawał się być zasad uświęconych i wrogiem wszelkiego nowatorstwa.

Hrabina z coraz żywszą przyjemnością brała go na spytki, obrzucając przy tym powłóczystymi spojrzeniami, gdyż kawaler wydał się jej cale układnym i urodziwym. Popielaty blondyn, o włosach przyciętych a la Titus i orlej twarzy, wysoki, w barach w miarę rozrosły, w stanie smukły, wyraz miał wyniosły, ruchy sprężyste, glos melodyjny i szafirowe oczy o długich czarnych rzęsach i brwiach, przecinających białe czoło groźnym łukiem.

Odpowiadał z wyszukaną, górną grzecznością, lecz patrzał hardo i przenikliwie. Przystrojony był przy tym wedle najnowszego wzoru we frak wiśniowy, wielce ogoniasty, z krótką talią i kołnierzem płasko wywiniętym; na szyi miał białą chustę w błękitne grochy, tak suto owiniętą, że sięgała do pół brody, kamizelę bladobłękitną, zahaftowaną złotymi pasami kwiatków, spodnie paliowe, obcisłe do kostek i pantofle bez sprzączek; laskę ze złotą gałką trzymał w ręku, dwie dewizki od zegarków dzwoniły przy każdym ruchu pękiem pieczątek uwieszonych na cienkich łańcuszkach.

Pani Ożarowska, słuchająca już od pewnego czasu jego wynurzeń, naraz odezwała się z pobłażliwym uśmiechem:

– Czy waszmość zawsze nosi barwy szambelanowej?

– Prawda, to szczególne – szepnęła hrabina wodząc oczyma po obojgu.

– Tylko dziwny zbieg okoliczności!

Okrył się rumieńcem jak panna.

Panie zaczęły się śmiać, bo istotnie Szambelanowa miała suknię tej samej barwy co i jego frak, tylko jakby pokropioną złotym rzucikiem, i katankę błękitną w złote paski, obrzuconą koronkami.

– Szczególny zbieg okoliczności! – powtórzyła ironicznie Ożarowska.

Sewer, aby przerwać kłopotliwą sytuację, spytał o pannę Terenię.

– Właśnie mamczy szambelanowi. Spojrzyjcie, aspekt zgoła niezrównany – zaśmiewała się Iza wskazując przez okno w ogród. W cienistej alei, pobryzganej jaskrawymi płatami słońca stał szambelan z ustami szeroko otwartymi, a Terenia wspinając się na palcach wlewała mu łyżeczką jakiś medykament. Posypały się śmiechy i bardzo trywialne uwagi dam, czym niemile dotknięty Zaręba jął się zabierać do wyjścia.

– Gdzież panu tak pilno? – szepnęła hrabina przytrzymując mu dłoń.

– Na sejm. Muszę się stawić przed porą, żeby mnie wpuszczono.

– Nic tam ciekawego: wrzaski zelantów i nieco pruskiej wasserzupki.

– Hetman będzie znowu dzisiaj przemawiał za opatrzeniem wojska. Nie wiem tylko, czy rozprawy będą przy arbitrach?

– Boże, jak mnie już nudzą te sejmy, polityki, traktaty i te wszystkie kabały! – jęknęła ze szczerym obrzydzeniem szambelanowa. – Nuda po prostu śmiertelna!

– A czyż Grodno mało jeszcze szaleje? Wszak tutaj ciągle święto i balowanie – wystąpił dosyć porywczo, lecz dojrzawszy w jej oczach niechęć, spochmurniał i ledwie się zdobył na podziękowanie Ożarowskiej, która go zaprosiła na swoje asamble i w końcu łaskawie ostrzegła:

– Baw się waćpan, a kazania pozostaw tetrykom.

– I nie zapominaj o jutrzejszym pikniku – dodała szambelanowa. Wyszedł na ulicę pełen sprzecznych uczuć i myśli, jakie mu nasunęła wizyta i zasłyszane wiadomości, zwłaszcza upadek Moguncji, a króla pruskiego aktualny tryumf przejmował go żałością i frasunkiem.

– A piękną panią wszystko nudzi – myślał niekiedy ze smutkiem i gniewem. Dzień był upalny. Grodno pławiło się w słonecznej pożodze, w kłębach kurzawy i nieustającego zgiełku, bowiem w ulicach panował ruch znaczny; zwłaszcza na głównej, wiodącej z Horodnicy ku Niemnowi, na Zamkowej, w Rynku i ku Bernardynom aż wrzało od gęstwy ludzkiej, powozów i koni.

Pod przysadzistymi domostwami, na wąskich kładkach i kamieniach, tu i owdzie porzucanych w porę deszczów, ciągnęły mnogie, różnobarwne roje, cisnące się trwożnie do ścian i parkanów, gdyż co chwila waliły ulicami jakieś ogniste czwórki, cwałowali konni, maszerowały zbrojne ronty, wlekły się kopiaste wozy furażów lub szły truchcikiem kozackie szpice.

A w miarę zbliżania się czwartej godziny, na którą było naznaczone posiedzenie sejmowe, ruch i zgiełk jeszcze się potęgowały; już się pokazywały czerwono–niebieskie karoce, zaprzężone w angielskie dryblasy, pokryte uprzężą nabijaną srebrem i z czerwonymi żokiejami na kozłach; niekiedy, ku ogólnemu podziwowi, zakolebała się na pasach jakaś arka starożytna, wyszklona i złocista niby feretron, w szóstkę izabelowatych smoków, z liberią w perukach, uwieszoną z tyłu i z konnym laufrem na przedzie. To przelatywały jak wicher dwukolne kariolki, we czwórkę na szpic, przybraną rzęsiście w trzęsidła miedziane, pióra i siatki, powożone przez oficjerów, którzy stojąc niby w rydwanach poganiali z furią, aż koniom grały wątroby i wszystko przed nimi uciekało.

Niekiedy pędził jakiś znaczny generał w eskorcie dragonów, tratujących wszystko po drodze. Śmigały zielone, pakowne ekstrapoczty, czyniące sobie rum chrapliwymi głosami trąbek. Przeciągały też kawalkady dość tłumne dam i kawalerów z chmarą zielonych strzelców na bokach i czerwonych mastalerzów. Czasem zaturkotała po wyboistym bruku żółta proboszczowa bryka z dobrodziejem w białym kitlu i słomianym kapeluszu lub człapały ciągi chłopskich mierzynków przy drabkach i wasągach, powstrzymywane na każdym kroku, spychane na boki, wylękłe i często gęsto kropione batami, jeśli nie nazbyt spiesznie ustępowały z drogi.

Nie mniejszy był i ruch pieszy. Stronami ulic przepływały wartkie, hałaśliwe potoki przeróżnych kontuszów, rogatywek, fraków, kurt wojskowych, kitlów płóciennych i modnych, szpiczastych kapeluszów, nie brakowało i obszarpanych świtek ni mnisich głów golonych, ni liberyjnych barw, ni cudzoziemskich strojów ciągnących oczy ani też lśniących, czarnych jupic i lisich czap żydowskich.

Gęsto się też w tłumach fertały czółkowe jejmoście, rzęsiste, przysiadkowate mieszczki, jakieś asińdźki w kornetach, jakieś wyfiokowane wolentariuszki, zamiatające oczyma, zaś przystrojone świątecznie Żydówki zalegały bramy i progi domostw; nie dojrzał tylko pomiędzy tym pospólstwem znaczniejszych dam, które pokazywały się na mieście jeno w pojazdach i przy asyście.

Nie obyło się też i bez dziadów, bo co róg ulicy, co jakaś figura, to wyciągały się skomlące wołania lub rzępoliły ślepce wtórując sobie proszalnymi pieśniami. Że jakoby ogromny jar- mark zalał całe miasto, taki był wszędzie zgiełk, ścisk i nieprzeliczone ciżby.

Grodno bowiem było niewielkie i zaledwie liczące cztery tysiące osiadłych mieszkańców, ale z racji zjazdów sejmowych zostało po prostu zapchane. Nie było już domu ni stodoły, ni najlichszego budynku, gdzie by nie kwaterowali ludzie. Doszło do tego, że po sadach klecono naprędce szałasy z gałęzi i desek dla pomieszczenia koni, powozów i służby, a gdzie się również gnieździli różni chudeusze i profesjanci. Zaś w ulicach nieco szerszych i placach, jak pod Jezuitami, w Rynku i na Zamkowej, powstało drugie miasto, złożone z przeróżnych jatek, bud, kramów przenośnych i namiotów, w których kupczyli handlarze wszelakich nacyj: opasłe Niemce, moskiewscy brodacze, smagli Ormianie, rudzi Angielczykowie, Persy w barwistych chałatach i skośnoocy Tatarzy z Kazania, nie biorąc już pod cyfrę żydowskich rojów ani swojaków pościąganych z Wilna, Lublina i Warszawy. Nie dopuszczono tylko Francuzów podejrzanych o emisariuszostwo jakobińskich pism i zasad, jak się wyznała generalność, z poduszczenia Sieversa, w odmownym responsie.

Pozwolono jedynie zjechać na porę sejmu słynnej Le Doux z Warszawy ze swoimi modami a głośnym z urody fraucymerem pomocnic. Przed jej kwaterą, w ulicy pod farą, całe dni wystawały pojazdy dam co najznaczniejszych, a pod oknami aż się roiło od kawalerów, zapuszczających żurawia do ślicznych Francuzek. A że i w sąsiednich domach prawie w każdym oknie widniały fertyczne kapeluszniczki, haftarki, zamesznice i modniarki, więc i przed nimi młodzież, zwłaszcza wojskowa, wciąż odprawowała stójki a promenady. Nie obywało się przeto bez awantur, które często opierały się aż o Sieversa, gdyż oficjerków przetrzepywano expedite i przy lada okazji.

Dalej znów olbrzymie złote grona oznaczały winiarzy, buty dzierżone w niedźwiedzich łapach – szewców, koła – stelmachów, pęki złotej przędzy – pasamoników, misternie wyplecione z końskiego włosia warkocze – fryzjerów, srogie z blachy szablice – płatnerzów i rusznikarzy; gdzie znów łyskały w słońcu cyrulickie talerze i srebrne nożyce krawietów, gdzie rozkładały się za szybami lub na opuszczonych klapach modne cuda, płacone na wagę złota. Były nawet księgarnie: Jachowicza i Bielskiego, a w bramie pałacu Radziwiłłowskiego – starego Borucha. U Bielskiego, w domu Lubeckich, prócz ksiąg cnotliwych, broszur i mów sejmowych, przedawano angielskie kopersztychy, zeszłego króla francuskiego konterfekt, saską porcelanę, nasiona koniczyny holenderskiej, a także maść na urodę oraz niezawodne leki na bolenie zębów.

Było wszystkiego i na każdym kroku tyle, że Zaręba, zbywszy się w tym rozgardiaszu swoich dumań, z podziwieniem patrzał na to morze ludzi, powozów i koni, przewalające się z hukiem w ciasnych, krętych uliczkach, wśród nędznych domostw miasta, nad którym tylko tu i owdzie wynosiły się pałace, grupy drzew odwiecznych i bielały strzeliste mury i wieże kościołów.

Oszałamiał go ten ruch i nieustający gwar, że szedł już coraz wolniej i na rogu Zamkowej przystanął, bowiem pod kafenhauzem strażowała kupa frantów w modnych, różnobarwnych frakach, w szpiczastych kapeluszach, z brodami pochowanymi jakby w białe chomąta chustek i z laskami w rękach. Na czele stał Woyna rzucając raz po raz jakieś słówka, od których wybuchały głośne szmermele śmiechów. Młodzież zabawiała się lustracją promenujących pojazdami, nie szczędząc przy tym nikomu przycinków, jadowitych konceptów ni nawet braw rzęsistych. Gadali jeden przez drugiego, a co komu tylko ślina przyniosła.

– Prezentuj broń! Podkomorzyna! – komenderował Woyna. – Patrzcie, jak obmiata ślepiami Korsaka! Za mały i nóżki mu się już plączą.

– Starożytna Reszkówna! Co dzień komunia i raz w rok kąpiołka!

– Wołłowiczówna! W straży czterech hajduków i ciotka kanoniczka, chociaż nikt na tę podziobaną cnotkę nie nastaje.

– Korsaczek, schowaj się w krzaczek, bo twój dyrektor cię szuka.

– Ekscypuję sobie – zamruczał groźnie nikły młodzieńczyk w kawowym fraczku.

– Chapeaux bas, mości panowie! zbliża się majestat z; wąsami, stuletnia wypróbowana cnota i milion złotych rocznej prowenty, Ogińska!

– Uwielbiam majestat i przysiągłbym respektować jej cnotę, byle mi dała tę resztę. Z powodu tłoku na skręcie ulic powozy szły stępa, więc młodzież już nieco ciszej, ale tym zuchwałej podrwiwała.

– Skirmontówna reguły ma pono śliczne, ale zęby jakby ze starej klawiatury.

– Cycjanow z jakimś rudzielcem promenuje!

– Zaczarowana księżniczka. Widziałem ją na hecy chodzącą po linie. Prześliczna, lecz imaginujecie sobie, jak te jej białości zrysuje książęca nahajka! Przecież tę biedną Józię ledwie Viryon wykurował!

– Powiem wam tej księżniczki księgę rodzaju: kniaź wygrał ją dzisiaj w nocy w stu dukatach od Ankwicza; Ankwicz wczoraj od Diwowa; Diwow onegdaj...

– Nie kończ, Woyna, bo się w końcu pokaże, jako księżniczka ma imię Rojza i można ją kupować po dukacie u Fajgi w Rynku.

– Salwujcie się, płotki: Szczuki, Żabowie i Karpie przepływają.

– Coś gęsto tego narybku. Ha! ha! a za nimi brzęczą Komary!

– Respekt, waszmościowie: cześnikówny Raczkowskie, cud w

cztery osoby! Brawo! I jakby na teatrum zaklaskali rzęsiście, pochylając głowy, rzed czwórką ślicznych panien, jadących z siwą, dostojną matroną.

– Kossakowskie nochale i brodawki! – wołał Korsak, lecz reszta jakby oniemiała wobec głośnego nazwiska, zaś ktoś prędko powiedział:

– Coś nie widać naszych bogiń ani matador...

– Na ambasadorskim obiedzie służą za wety dla nuncjusza i biskupów.

– Jełowicka! Ma pozór relikwiarza, unoszonego żywcem do nieba.

– Aż trzy rozwódki z tym kulasem Karwowskim! Nec Hercules contra plures.

– Moszkowska i Zielińska! Nie znam tylko tej trzeciej, pulchnej blondyny.

– To właśnie najprzedniejszy kanar; zmieniła już trzech mężów, z kopę kochanków, a dziwnym trafem dzieci ma podobne do pocztmistrzów na warszawskim trakcie.

– Lubi wojaże z trębaczami. Ja znam i taką okoliczność, że chłopak nie tylko był podobny do kapelana, lecz urodził się już z franciszkańską tonsurą i w habicie.

– Nowakowska w tak czułej dyspozycji serca, jakby z nowym ami.

– Ona ma stałych, przemienia tylko porę i godziny, bo dla mężowskiej polityki musi ich mieć ze wszystkich fakcji, z dodatkiem oficjerów ościennych potencji.

– Patrzcie, Wańkowicz w komitywie ze starościną. To coś nowego!

– Mogłaż pozostać nieczułą, kiedy on wczoraj wygrał parę tysięcy? Przycichli, bo od Mostowej buchnęły przejmujące świsty fajfrów i grzmot tarabanów; tłum się nagle zakotłował i parł pod ściany i w sienie, powozy zjeżdżały na boki, gdyż środkiem ulicy waliły jegry niby zielony mur najeżony błyszczącymi bagnetami, rypały mocno, twardo i aż ziemia dudniała pod nogami, zaś na przedzie ogromny drab, pstro przybrany, wywijał pozłocistą lachą z lalką na końcu, obwieszoną wstęgami a dzwoneczkami, podrzucał ją w górę i łapał, aż huknął jakąś hulaszczą piosenką i puścił się wściekłego trepaka; zawtórowały mu przeraźliwe świsty, wycia, piski, tarabany i piszczałki, a kilku gemejnów runęło za nim w prysiudy, nie przerywając pochodu. Podniósł się dziki wrzask śpiewających głosów, jakby świsty siekących rózeg, jęki a zarazem i chichoty baraszkowań i bujnej, niepowstrzymanej ochoty.

– Idą na Zamek zaciągać kordony! – pierwszy Woyna przerwał milczenie. Nikt się jednak nie kwapił z rozmową; młodzież stała zwarzona spozierając dziwnie mętnie na przechodzące wojsko, jakby wraz z kurzawą, jaka się podnosiła za nimi,rozpościerał się w duszach posępny obłok zgryzot przytajonych.

– Powiem wam coś wielce ucieszkiego – zaczął znów Woyna – o szlachcicu, który się zwał Guzik, pochował dwie żony, a sobie taki wykoncypował nagrobek:

Co dzisiaj mnie – jutro będzie z wami.

Tu leży Guzik między pętelkami.

Lecz nie zdoławszy nikogo rozśmieszyć, przystąpił do Zaręby, którego był właśnie dojrzał w tłumie, i razem poszli ku Zamkowi.

– Zostawiłem twojemu famulusowi okrągłe tysiąc dukatów: tyle wypadło na ciebie z wygranej. Ale pożyczkę zatrzymałem na dalszą grę, zgoda?

– Kiedy cię nie zdradziła fortuna, próbujmy szczęścia dalej – odparł, uradowany z wygranej i opowiedział wiadomości, zasłyszane od hrabiny Camelli.

– Jej można zawierzyć – zaszeptał Woyna – ona zna każdą tajną pocztę królewską: może ją wie od Sieversa, gdyż dziad w niej srodze rozmiłowany, a może i od Buchholtza, z którym także jest w konfidencji. To ptaszek! Nie kręci się ona tutaj bez kozery i tylko dla czarowania swoim zwodniczym szczebiotem...

– Z tego konkluzja, że dama rączki macza w politycznych kabałach. Teraz pojmuję, skąd wie o wszystkim, co się u nas dzieje i dlaczego się tak ucieszyła ze śmierci Marata i upadku Moguncji! Ale jakiej stronie ona służy?

– Są poszlaki, że nasłał ją Zubow do szpiegowania Sieversa, ja zaś mniemam, iż naprawdę służy tylko za angielskie złoto. Pitt płaci koalicję przeciwko Francji, ale nie spuszcza z oka lubych socjuszów! Cudna gra?

– Wiem jedno, upadek Moguncji to nasza klęska, bo tryumfujący król pruski obróci się teraz cały przeciwko nam. A śmierć Marata cios to dla ludzkości.

– Mniemam, że ulga: obmierzły to był chłeptacz krwie ludzkiej i demagog.

– Ale też był jedynym w rewolucji, który śmiał!

– Ożenić Ludwiczka z Mamsel Guillotin. Cóż, kiedy małżeństwo bezpłodne.

– To się wkrótce pokaże! – wyrzekł Zaręba z ta jemniczym uśmiechem, czym dotknięty Woyna wziął go pod ramię i zaszeptał rozdrażnionym głosem:

– Więc i wy śmiejcie! Mnie już nudzą wasze pierścienie, trójkąty, katechizmy i słowa, otwierające spiskowe sezamy. Byłaby pora uderzyć działaniem.

– Stanie się i to. A każde wielkie zamierzenie musi przywdziać maskę i mieć swój rytuał dla wtajemniczonych, Należysz do nas? – spytał już otwarcie.

– Należę tylko do siebie – odparł wyniośle.

Zmieszał się Zaręba żałując słów poprzednio wymówionych.

– Co po psie w kościele, kiedy pacierza nie mówi – dodał Woyna po chwili ze śmiechem.

– Komu ochota łba nadstawiać, nie przeszkadzam, ja wolę faraona i butelki. Bachusowym wolentariuszem uczyniła mnie natura i temu się nie sprzeciwię.

– Wiesz o naszych znakach i nie należysz do koła! – trwożył się Zaręba.

– Wiem i daję ci parol honoru, iż przed pierwszym tobą wyznałem...

Weszli na plac Zamkowy, zapchany już powozami, służbą i żołnierstwem; na środku, pod kępą drzew olbrzymich, stały armaty, pokryte zielonymi płachtami, spod których wysuwały się spiżowe paszcze, przyrychtowane na Zamek. Żołnierze, w zielonych opiętych kurtach i lśniących, czarnych szkopkach, z karabinami przy nodze, zamykali kordonami wyloty ulic, nie dopuszczając na plac pospólstwa, reszta biwakowała przy jaszczykach i furgonach za armatami lub wartowała przy moście i nad zamkowymi fosami.

– Alianckie konkluzje dla zelantów – rzucił Zaręba wskazując armaty.

– Tylko dla dobra Rzeczypospolitej i sejmujących stanów spokojności – drwił Woyna kłaniając się co chwila dygnitarzom i posłom jadącym na sejm.

Zamek wznosił się na wysokim brzegu Niemnowym, spiętrzony jeszcze wieżyczkami, mansardowymi dachami, kopułą kaplicy i posągami nad głównym frontonem; od strony miasta obiegała go przepaścista fosa wybrzeżona rzędem smukłych topoli, przez którą był przerzucony murowany, szeroki most z balustradami, zdobnymi w marmurowe wazy i amory. Kamienna, wyniosła brama, zakończona alegorycznymi grupami z barwionej porcelany i o zaworach misternie kutych w żelazie, i herbach suto złoconych, prowadziła na wielki dziedziniec, obstawiony gmachami przeróżnej struktury, a świeżo na porę sejmu odnowionymi.

Wielka amarantowa chorągiew z Orłem i Pogonią łomotała nad

bramą jako znak królewskiej obecności i sejmowania najjaśniejszych stanów.

Król jegomość kwaterował bowiem na Zamku z rodziną, nielicznym dworem i kancelariami. Tylko przyboczne oddziały gwardii koronnej i litewskiej wraz z "wiwatową artylerią", jak ją przezywali kpiarze, mieściły się w ruderach, położonych na strzał pistoletowy od Zamku. Na Zamku również były obie izby sejmowe. Wszystko zaś obsadzały gęste kordony jegrów pod wodzą co najprzedniejszych oficjerów, czyniących takie awantaże, że ilekroć zajeżdżał pod most jakowyś dygnitarz, zrywał się ostry głos komendy, grzmiały tarabany i prezentowano broń.

– Nie szczędzą im parady! – szepnął Zaręba po szumnym przyjęciu Ożarowskiego.

– Oni trzema sposoby niewolą: złotem, zdradą i głaskaniem – a każdy skuteczny.

– Czyżby i Nowakowski posłował? – zdziwił się na widok dawnego towarzysza, wysiadającego przed mostem, w nowym kontuszu wojewódzkim.

– Igelström go naznaczył, a wybrały dukaty – objaśniał sarkastycznie Woyna. – Persona to można, żarliwy pacyfikator i jedyny do wszelakich kompromisów, przeto imieniem sejmu w ciągłych delegacjach do Buchholtza i Sieversa. I tak zaciekły w posługach ojczyźnie, że już zgoła nie zważa – w rublach mu płacą lenungi czy też talerami.

– Znam go już z famy i wiem, co trzymać o jego poczciwości.

Przeszli most i minąwszy bramę przystanęli pod sejmowym krużgankiem, u wywartych podwoi do wielkiej sieni, pełnej już gwarów i ludzi. Przy drzwiach, wiodących do izby sejmowej i różnych boków, gdzie mieściły się kancelarie, trzymała dzisiaj straż gwardia koronna, lecz z karabinami bez bagnetów i pustymi lederwerkami.

– Idzie łomżyński Katon, krzywousty Skarzyński. Zapoznam was ze sobą, niech ci pocyceronuje, bo ja nie mam smaku na oratorskie koszałki-opałki.

Skarzyński, mąż znany z eksperiencji w materiach państwowych, wielkiej wymowy i żarliwego patriotyzmu, przywitał się z Woyną kordialnie, a Zarębie powiedział o dawnej znajomości z jego ojcem, ale nim miał czas rozgadać się obszerniej, ogarnęło go paru nadchodzących posłów pociągając w róg sieni, gdzie był zastawiony stół z zimnymi daniami, ponieważ często posiedzenia przeciągały się do późnej nocy.

Niezrażony tym Zaręba poszedł za nim przystając nieco na stronie.

– Kogóż tak admirujesz? – ozwał się Nowakowski, niespodziewanie stając przy nim. Wskazał oczyma zebranych dokoła Skarzyńskiego.

– Godna kompania – skrzywił się wzgardliwie odwodząc go pod okno. – Mazurskie hetki pętelki. Nawet nie imaginujesz, kogo widzisz: toć są owi żarliwi zelanci, o których smutna fama rozgłasza się już po Rzeczypospolitej.

– Pierwszy raz w życiu ich widzę – odparł bardzo żywo.

– To wiedzże, jako ten łysy pijaczyna z miną wygłodniałego kauzyperdy to Krasnodębskiliwski; obok niego przyczaja się najwścieklejszy szczekacz sejmowy, Mikorskiwyszogrodzki; przy nim dmie się zaściankowy Cyceron, Szydłowski–ciechanowski; zaś to paniątko w wyszarzanej kontusinie i konopnych rapciach przy karabeli to Ciemniewskiróżański, zaciekły jakobin, który w Izbie ośmielił się urągać samemu Majestatowi; zaś ten pod ścianą, wysoki, szpakowaty, odęty pychą – Skarzyński–łomżyński, przezwany krzywoustym i jakby już napiętnowany przez samą naturę za oszczercze sądy i wyniosłość; ostatni, wysoki, czarny, z twarzą ostrą jak brzeszczot i haczykowatym nosem – Kimbar–upicki, godny Sicińskiego przeklętej pamięci następca – wyliczał z taką nienawiścią, że już chwilami brakowało mu oddechu i ceglasty rumieniec pstrzył mu piegowate jagody. – Kompania jeszcze nie w pełnym komplecie, ale summa summarum warchoły to obmierzłe, sejmikowi szczekacze, zakute łby i fakcjoniści. Muszę cię też oświecić, jako wszyscy zostali wybrani na sejm za moskiewskie pieniądze – zaszeptał ciszej jeszcze i zjadliwiej – a prócz tego niejednego z nich Igelström musiał ekwipować i dawać strawne na drogę do Grodna. Za to wszystkich, którzy nie dzielą ich zasad, mają i głoszą zdrajcami. Pospólstwo ich estymuje, bo się wystawiają Katonami, biorą pozór Koriolanów, ale gdyby nie nasze zabiegi, już by za przyczyną tych krzykaczów dawno sejm rozpędzono na cztery wiatry. Na szczęście, są jeszcze prawdziwi patrioci – rozgadywał się, nie omieszkując przy tym wystawiać swoich wielkich zasług w służbie powszechności.

Zaręba nierad był wielce z tej publicznej konfidencji, zwłaszcza iż Skarzyński rzucał na niego podejrzliwe spojrzenia, lecz Igelströmowy socjusz, wyczerpawszy materię de publicis, rzucał się z ferworem na intymności z życia znaczniejszych person sejmowych, wywłócząc je na jaśnię ze szczególną przyjemnością.

– Ciekawe to sprawy, ale ja się w tym nie lubuję – przerwał mu zniecierpliwiony. Nowakowski uśmiechnął się pobłażliwie i szepnął znacząco:

– Ale kto je ma w garści, ten w potrzebie może komu nacisnąć taką wstydliwie utajoną bolączkę i powiedzie, jakby na powrózku.

– Pewnie, że takie arcana znaczą wiele w różnych kabałach.

Spojrzał na zegarek.

– Czekamy na biskupów, pojechali na obiad do Sieversa – uprzedził.

– Nie pilno im na posiedzenie. Chciałbym się przysłuchać deliberacjom.

– Poprowadzę cię na galerię. Myślę, jako dzisiaj marszałek nie wygna arbitrów. Powiódł go wąskimi schodami i przez kręte korytarze, rozjaśnione gdzieniegdzie rurkową łojówką, zatkniętą w kandelabr przybity do ściany.

– Suplikę już ci wykoncypowałem, tylko ją podpisać i złożyć w kancelarii. Cóż, nie rozważałeś mojej rady? – rzucił od niechcenia.

– Spróbuję pierwej szczęścia u króla – odparł wymijająco.

– Jak chcesz. Wczoraj znowu dwóch kadetów, z dawnych frejkurów, dostało od Cycjanowa kapitańskie szlufy i sute opatrzenie. Gdybyś zwrócił się do niego, prośba miałaby jak najlepszy skutek.

– To mnie z nim zapoznaj – zawołał pod wpływem jakiejś nowej myśli.

– Z miłą chęcią. Nawet się doskonale składa, bo ma być dzisiaj u mnie, więc po posiedzeniu zabiorę cię do siebie na wieczerzę. Nie imaginujesz nawet, jaki to człowiek światły i nam przychylny, a przy tym prawa ręka Sieversa...

– Tym szczerzej przyjdzie mi go admirować – odparł ściskając mu dłoń, ale po jego wyjściu odetchnął z prawdziwą ulgą i jął się rozglądać po sejmie.

Izba sejmowa była bardzo wysoka, długa i o białych ścianach, pociętych wysokimi oknami, a przeto dająca pozór jakby nawy kościelnej, tylko z wielką modestią urządzonej; podnosił jeszcze to podobieństwo beczkowaty sufit, pomalowany w błękitnawe rozety, od którego zwieszały się na pozłocistych łańcuchach cztery mosiężne pająki, na pięćdziesiąt świec woskowych każdy, i portrety królów w strojach koronacyjnych, wiszące pomiędzy oknami.

Dębowa galeria, wsparta na słupach pożyłkowanych na pstry marmur, obiegała izbę z trzech stron, zaś w ścianie szczytowej, w półkolistym wgłębieniu, misternie wyrobionym w kształt muszli, o złotem malowanych dzwonach i ornamentach, było wzniesienie, wykryte czerwonym suknem, gdzie stało wysokie, pozłociste krzesło królewskie.

Naprzeciw, w drugim końcu izby, a również na podwyższeniu, tylko nieco niższym i pokrytym zielono, był stół marszałka sejmowego, sekretarzy i miejsca skryptorów, spisujących przemówienia. Zaś z boków izby i przez całą jej długość ciągnęły się ławy poselskie, obciągnięte zieloną trypą i z pulpitami na seksterny i kałamarze, w pośrodku leżało szerokie, wolne przejście, a pod ścianami, w cieniu galerii, szły ciasne przesmyki do drzwi wyjściowych, przy których czuwała służba sejmowa.

W muszli za pozłocistym krzesłem taiły się drzwi, przysłonięte czerwoną materią, a nad nimi bielało owalne okienko, którym pono dość często przysłuchiwał się deliberacjom Sievers, ukryty za kartunową firanką.

Galerie były już do cna zatłoczone i Zaręba z niemałym podziwem przyglądał się publice, nigdy bowiem nie widział takiej w miejscach obrad ni na żadnych asamblach. Było to zbiegowisko przeróżnego pospólstwa, jakie się tylko spotykało na hecach, w kościele lub na kontraktach; a pomiędzy nimi przewijały się jakieś lisie, przyczajone głowy, silnie strzygące uszami, jakieś połatane habity i ascetyczne twarze, jacyś wynędzniali ludzie w wytartych kurtach wojskowych i jakieś draby o twarzach zbójów. Nie brakowało też dam, chrupiących cukry, ni moskiewskich oficjerów w przebraniach, ni różnobarwnej liberii, czyniącej głośne uwagi o swoich panach, i ludzi wszelakiej kondycji.

Przeto gwar panował już niemały; kilkudziesięciu posłów rozmawiało w ławach i przejściu, inni przy stole marszałkowskim czytali półgłosem diariusz ostatniego posiedzenia i raptularze bieżących materii, a wciąż jeszcze nadchodzili nowi, witani przez galerię szmerem uznania, czasem złośliwym chichotem, a niekiedy takim dosadnym przezwiskiem, że buchał ogólny śmiech i tupania. Wtedy z jakiegoś kąta huczał basowy głos:

– Mości panowie, uciszyć się! Mości panowie!

To wołał gruby Roch, starszy nad służbą sejmową i tłukł lachą w podłogę, ale nie przyciszył zuchwałej gawiedzi, a tylko na siebie ściągnął wyzwiska i kpiny.

– Rrrochu! Rrrochu! Rrrochu, żrej dużo a kadź po trrrochu! – zagruchali ku powszechnej uciesze jacyś żartownisie naśladując synogarlice.

Ale co najszczerzej zdumiało Zarębę, to widok podkomorzyny Grabowskiej.

Siedziała w środkowej galerii nad stołem marszałkowskim, cała w czerni, z wachlarzem w ręku i Murzynkiem przy boku, który ją nieustannie wachlował, gdyż w izbie było gorąco. Dojrzała go również, natarczywie przyzywając do siebie.

Wyraził głębokie zdumienie z tego spotkania, na co chełpliwie rzekła:

– Nie opuściłam ani jednego posiedzenia. Spytaj się drabantów, ile razy mnie stąd wypędzali. Marszałek ni ci sejmowi matacze nie lubią, żeby im patrzeć w karty i za lada przyczyną gonią arbitrów. Siadaj waść bliżej, bym się mogła wesprzeć w potrzebie. Nie jednam tutaj na rezydencji: na prawo siedzi cudna Jula Potocka z synaczkami, a obok niej ta starożytna kwocha Ogińska. Jest również i pani kasztelanowa Platerowa z tą omszałą Badeniówną od brygidek. Często też wysiaduje marszałkowa Cieńska ze swoim ślicznym fraucymerem. Żarliwe to patriotki! – Ściszyła nagle głos i przysłaniając twarz wachlarzem zaszeptala mu do ucha: – Spostponowałeś mnie na balu, ale już ci tego nie pamiętam, nie rób tylko waszmość cnotliwego Józefa, bom nie Putyfara – roześmiała się cicho.

– Zaprawdę musiałbym nie mieć oczu – odpalił z miejsca, ogarniając ją napastliwymi oczyma, bo mu zaimponowała rezolutnością i urodą.

– Ja nade wszystko przekładam żołnierzy – szepnęła miodnym głosem. – Woyna, chociaż ma język kąśliwy, ale zdał mi poczciwie relację o waszmości.

– Woyna lubi wszystko troić dla żartów lub gwoli własnej uciesze.

– Modestia zawżdy przystoi grzecznemu kawalerowi. Co się tak waćpan rozglądasz?

– Zdała się widzieć znajoma twarz w ciżbie i gdzieś mi się zapodziała.

– Czy nie Zakrzewskiego, porucznika, bo właśnie spoziera ku nam?

– Zna go pani podkomorzyna?

– Nawet są między nami dalekie koneksje, z których mu wypadam jakąś ciotką i z tej racji trzymam nad nim opiekę. Ale hultai mi się wisus i nie słucha.

– Za to przed narzeczoną musi znać mores.

Poruszyła się gwałtownie i skrywając spłonioną twarz za wachlarzem rzekła:

– Wyznawał mi się z tym, ale nie pamiętam – głos miała zdławiony.

– Königówna, ojciec pułkownikuje królewskim ułanom w Kozienicach.

– Ach, to ta smarkata z różowym pyszczkiem! – zapanowała wreszcie nad sobą i ciągnęła drwiąco: – Marcin chyba weźmie za nią na wiano ułański bęben i starą terlicę. Wybór nieszczególny.

– Nie znam jego sentymentów, ale nie obwijając w bawełnę myślę, jako z tego małżeństwa będą nici – mówił nie dając baczenia na jej wzburzenie.

Milczała, pogrążona w jakimś ciężkim pasowaniu się ze sobą.

– Horrendalne publicum – szepnęła podnosząc rozsrożonę oczy na Zakrzewskiego, który był się wychynął z ciżby i nagle dał w niej nurka.

– I plebs zaczyna się już animować ojczystymi sprawami – ostrożnie zauważył.

– Że tylko gdzieś, niby migdał w pierniku, widny w tym pospólstwie jakiś urodzony. Naturalnie, socjeta przykrzy sobie sejmowe deliberacje, przekłada ambasadorskie obrady i asamble z gamratkami. Co im znaczy ojczyzna! – Gorycz brzmiała w jej głosie i pełne usta drgały tłumionym cierpieniem.

Patrzył i nie pojmował tej gwałtownej przemiany, rozumiejąc ją uczynioną dla jakowegoś pozoru. Nie brał więc tego zbyt głęboko. Przypudrowała spoconą twarz i orzeźwiwszy się wonnościami wbiła w niego palące, dziwnie lube oczy i zaszeptała z naciskiem:

– Waszmość tu bawi imieniem skonfederowanych pułków? Wytrzymał spojrzenie pokazując tylko twarz zdumioną nad miarę.

– Niech się chłopuś nie trwoży, sekretu nie wydzieram – wsparła się na nim pieszczotliwie.

– Jasiński już mi coś napomykał, więc jeśli zajdzie okoliczność, gotowam się i ja ważyć na wszystko. Ale pod waćpanową komendą – dodała czulej.

– Na Boga, tutaj pełno długich uszów, może indziej – błagał wystraszony.

– To nie czekajże waszmość ceremonialnej inwitacji, a przychodź do mnie, kiedy tylko zapragniesz. Zawsze będę ci rada.

Jakiś zegar zaczął wybijać piątą i na ławach powstały nagłe rumory.

– Król idzie! uciszyć się, mości panowie, król! – zagrzmiał huczący bas Rocha. Stała się wyczekująca cisza i wszystkie oczy zawisły na czerwonych zasłonach. Jakoż drzwi otwarły się szeroko, gwardiacy stanęli po bokach z karabinami u nogi. Król ukazał się w progu, a za nim następowało dwóch kadetów w paradnych strojach, strusich pióropuszach i z obnażonymi szpadami.

Król szedł wolno, powłócząc ociężałymi oczyma po chylących się kornie przed Majestatem; głowę miał całą w siwych, utrefionych puklach, twarz białą, jakby nieco obrzękłą, nos wielce foremny, wargi uczerwienione i postać dorodną.

Był przybrany w codzienny mundur granatowy z czerwonymi obszlegami, białe pantaliony, pończochy i trzewiki ze złotymi sprzączkami. Koronkowe żaboty burzyły mu się na piersiach jakby pianą, połyskującą diamentowymi spięciami, a przez białą kamizelę szła skośnie czerwona, orderowa wstęga; lewą rękę wspierał na złotej rękojeści szpady, a w prawej trzymał rękawiczki.

Miał chód jakby lękliwy i niepewny, spojrzenia badające, a w każdym poruszeniu czujną dbałość o swoją prezencję i majestat.

Zasiadł swobodnie na wyzłoconym krześle. Kadeci pochowawszy szpady przystanęli z boku, sekretarz przyniósł czerwoną tekę, od której kluczyk król nosił przy dewizce, a lokaj położył przy nim na stoliku chustkę i tabakierkę.

Pierwsi przystąpili biskupi, jeszcze czerwoni po niedawnych libacjach u Sieversa, z jakimiś relacjami, przy czym Massalski tak się krztusił od śmiechu, aż mu drygała sutanna na tłustych bokach, zaś Kossakowski uśmiechał się kwaskowato, wodząc znudzonym wzrokiem po izbie.

Wielki kanclerz oraz marszałkowie, koronny, litewski i sejmowy, stanęli nieco na stronie wyczekując swojej kolei.

Posłowie wzięli swoje miejsca, ściszone zaś galerie jakby skamieniały, że nad balustradami czerniały nieruchome, spiętrzone groble głów i oczów, trwożnie wpatrzonych w senatorów i króla.

Zaręba miał go naprzeciw i orlimi oczyma wpijał się w niego, jakby usiłując zedrzeć tę dobroduszną i mamiącą maskę oblicza i zajrzeć do wnętrza duszy, lecz widział tylko jego zwiędły uśmiech, jakby zrodzony z oschłej próżni serca, mętne, wyuczone spojrzenia i sztucznie przybrany pozór dostojności.

– Trup człowieczy, pomalowany na króla! – myślał, rozdrażniony jego widokiem. – Żywa kukła! Rycerz, rozumiejący tylko kapitulacje! Hetman narodu, jurgieltowany przez jego śmiertelnych wrogów! Król gamratek! – szeptał w nim coraz potężniejszy głos straszliwego wstydu i żalów bezbrzeżnych. – Koroną ci zapłacili za pozwolenie pierwszego rozbioru, a czymże ci teraz zapłacą, rakarzu, czym? – wołał do niego ranami swej duszy i wraz stanęły mu w pamięci wszystkie nieszczęścia i krzywdy narodu, wszystka hańba i poniżenie, jakby te poćwiertowane części Rzeczypospolitej, spływające żywą krwią, przemówiły w nim teraz wielkim głosem, który mu przeszywał serce mieczami rozdzierających skarg, że porwał go straszliwy gniew i nie mogąc już znieść okropnej zgryzoty zagadał gorączkowo do podkomorzyny:

– Widziałem, jak królewska głowa leciała spod noża gilotyny, a kat ją pochwycił za włosy i pokazywał ludowi.

Był prawie siny ze wzburzenia.

– Co waćpanu się stało? Możeś chory? – pytała przerażona, nie pojmując zgoła jego słów bezładnych ni dziko rozgorzałych oczu.

– Wyjdźmy na powietrze, upał musi waści uderzać do głowy – kłopotała się poczciwie jego stanem, rzeźwiąc jakimiś solami.

Uspokoił się nieco, ale wyjść nie chciał i po chwili znowu się pogrążył w otchłań żrących dumań. Przegarniał zimnymi oczyma głowy senatorów, posłów i dygnitarzów, niektóre ważył długo, inne jakby odkładał na stronę, ale w większość bił ciężkim, jak topór katowski, słowem: winien!

I rzucał je w myśli do kosza, ociekające krwią, na białe trociny. Naraz trysnęła w nim jakaś myśl oślepiająca niby błyskawica: "Wszyscy są winni!"

Jakby grom uderzył w niego, ale nie ugiął się pod ciosem i myślał nieubłaganie:

– Wszędzie ruina, zgniłość, prywata; wszędzie zatracenie i ostateczna zaguba. Grzęzawisko wiecznej hańby, występków i podłości! Przekleństwo dzieciom, zaprzedającym w kajdany matkę rodzoną, przekleństwo!

Ale przypadł jakby na kolana przed zakrytym obliczem doli nieubłaganej i zażebrał całą głębią zbolałej i miłującej duszy o ratunek.

Na galeriach wraz zaszemrały jakieś szepty i tam poniosły się jego smutne oczy, między wynędzniałe twarze, rozczochrane łby, grube rysy i prostackie postacie pospólstwa. Ważył się przez chwilę nad nimi jak orzeł, nim uderzy na stado, lecz porwał mu duszę jakiś wicher i poniósł na nieogarnione obszary, na wsie i miasta, pomiędzy mrowiące się rzesze, wdeptane w ziemię przemocą i wiecznie głodujące, wiecznie krzywdzone i wiecznie niewolne, a zaledwie kształtem plemieniu ludzkiemu podobne.

– Do broni! Do broni! – huczał głosem nabrzmiałym rozpaczą.

I z trwogą oczekiwał na odzew, czy posłyszą? czy zrozumieją? czy zechcą? Wszak tylko domem niewoli jest im ta ginąca ojczyzna? Mogąż dawać żywoty na zratowanie kajdan i przemocy?

– Waszmość się uwziąłeś, aby mnie trwożyć posępnością – żaliła się podkomorzyna zazierając mu czule w oczy.

– Naszły mnie takowe imaginacje, że nie mogę sobie dać rady.

– Trzeba się z nich wyspowiadać, ja waćpanu nie poskąpię rozgrzeszenia. Nie przyszło już do wyznań ni czułych absolucji, gdyż właśnie marszałek sejmowy, Bieliński, trzykrotnym uderzeniem laską otworzył posiedzenie i, czyniąc zadość regulaminowi, a głównie Sieversowym nakazom, zwrócił się surowo do arbitrów zalegających galerię.

– Mości państwo, proszę na ustęp!

A chociaż i gruby Roch w niebieskiej kapocie ze złotymi szamerunkami postukując laską okutą srebrem powtarzał groźnie toż samo, nikt się nie kwapił.

Tęgoborski, sekretarz sejmowy, odczytał doniosłym głosem raptularz spraw, aktualnie idących na deliberacje.

Zaraz po nim marszałek zagaił sesję od wprowadzenia materii pruskiej; o plenipotencję dla delegacji, traktować mającej z Buchholtzem, jeśli takową chcą mieć stany czytaną, zapytywał.

– Nie! Precz z plenipotencją! Nie potrzeba! Nie pozwolim! Nie chcemy! Podniosły się gwałtowne protesty z ław poselskich, a galerie skwapliwie zawtórowały tupaniem i wrzaskiem.

Kanclerz koronny, Sułkowski, podniósł się wtedy ze swojego miejsca w bliskości króla i jął przekładać skrzekliwym głosem, jako plenipotencja, ułożona wedle woli stanów, już leży w rękach biskupa Massalskiego. Kopię jej w pełnym brzmieniu zlecił czytać sekretarzowi.

Ale znowu wybuchnęły hałasy, kilkunastu posłów natarczywie dopominało się głosu, a galerie czyniły srogi tumult, nie dopuszczając czytania Tęgoborskiemu, który raz po raz wstawał i zaczynał, ale nadaremnie.

– Za chwilę rozgonią nas bagnetami – stropił się Zaręba patrząc ku drzwiom.

– Przeciw królowi pruskiemu wolno powstawać, ale spróbuj no waszmość uczynić to samo na aliantów! – szeptała spoza wachlarza.

Marszałek bił laską w stół, aż huczało, król marszczył brwi, senatorowie się niecierpliwili, ale dopiero gdy zabrał głos Karski-płocki, przycichło nagle.

Po nim mówił Skarzyński-łomżyński; mówił i Krasnodębskiliwski, a wszyscy na jeden tenor; że zlecenie stanów chciało mieć plenipotencję w projekcie przez kanclerzów przyniesioną, nie zaś już determinowaną.

– Wadzą się o puste słowa – niecierpliwił się Zaręba.

– Chodzi o przewleczenie sprawy, a nie o jej decydowanie – odrzekła bijąc brawa Krasnodębskiemu, a za nią, jak na komendę, zaklaskali ławą arbitrzy.

– A teraz waszmość pilnie słuchaj – ostrzegła patrząc przez lornetkę.

Wystąpił bowiem Gostkowski–ciechanowski, mąż lat średnich, chuderlawej postaci, ubrany w mazowiecki kontusz ciemnoszafirowy i żupan barwy słomkowej; czuprynę miał podgoloną, twarz ściągłą i opiekłą, oczy niebieskie i jasne wąsy przycięte nad wargą.

Zaczął z miejsca przyganiać w tej plenipotencji opuszczenie artykułów nieustępowania królowi pruskiemu Torunia i Gdańska.

– I ani jednej piędzi ziemi – wtrącił jakiś głos spośród arbitrów.

– I ani jednej piędzi polskiej ziemi, ani jednego kamienia z Torunia i Gdańska! – powtórzył z mocą Gostkowski. – Gwałt, podłość i intryga chcą podać w kajdany całą Rzeczpospolitą! Królu Miłościwy! Najjaśniejsze Stany – wołał głosem nabrzmiałym troską serdeczną – nie przykładajcież się do rozmnażania jęków i krzywd współbraci, nie dawajcież tryumfu gwałtowi a zdradzie, by jeszcze w późne wieki nie powiedziano, jakeśmy dobrowolnie, z gnuśności jeno, z podłej bojaźni a sromotnego kunktatorstwa ulegli pod jarzmo. Król pruski z lisią układnością i z kłamliwymi przysięgi mienił się być naszym aliantem i przyjacielem, a pierwszy nas haniebnie zdradził.

Nie ma być układów z takim przeniewiercą! Nie ma być żadnych paktów! Bowiem nie paktuje się ze wściekłym psem, któren kąsa i roznosi zarazę, a kto jeno żyw, chwyta, co mu w garść wpadnie, kamień, żelazo czy kół z plota, i bije, bije, póki pary we wrogu, bije na śmierć! – zakończył.

Zerwała się burza aplauzów i galerie aż dygotały od wrzawy i krzyków.

– Nie paktować! Bić pludraków! Precz z Prusakiem!

Nienawiść buchała ze wszystkich serc i gniew zatrząsł całą powszechnością na przypomnienie pruskich przysiąg i pruskiego wiarołomstwa.

Marszałek, nie mogąc uspokoić hałasów dzwonieniem ni głosem, zawiesił posiedzenie i opuścił swoje miejsce, król również skrył się za czerwonymi zasłonami, a wtedy drzwi, wiodące na galerię, otworzyły się z trzaskiem, zadudniały ciężkie stąpania żołnierzy i błysnął las bagnetów nisko pochylonych.

Jegrzy w mig oczyścili balkony z rozwrzeszczanych tłumów, pozostawiając jeno damy, swoich oficjerów i Rocha schrypniętego od nawoływań.

Zaręba, porwany skłębioną ciżbą uciekających przed bagnetami, ani spostrzegł, kiedy się znalazł na zamkowym dziedzińcu.

Właśnie był porządkował srodze zmiętoszony fraczek, rozmyślając, jakby się z powrotem dostać do podkomorzyny, gdy Nowakowski wpadł na niego.

– Szukam cię. Możemy jechać do domu. – Był zły i wzburzony.

– Czy król już solwował sesję na poniedziałek?

– Jeszcze nie, ale nic tam dzisiaj godnego uwagi nie będzie.

Siedli do powozu, czekającego na placu, konie ruszyły z kopyta. Mrok się już słał nad miastem, jeszcze tylko gdzieniegdzie świeciły krzyże kościołów i na niebie leżały złociste zatoki. Chłód zawiewał z pól, po wzgórzach błyszczały ognie biwaków, po zaułkach porykiwały krowy i trzęsły się gęsie gęgoty. Ulice były już prawie puste, tylko po rogach i placach przybywało wart i konnych patrolów.

– Słyszałeś tego ciechanowskiego mądrala? – ozwał się Nowakowski.

– Dobry gracz, wiedział, czym trafić do czułości. Porwał nawet posłów.

– Mów takim do rozumu, to ziewają, ale praw im duby smalone o świętej źrenicy wolności szlacheckiej, ekscytuj bajędą o równości z królami, wypominaj Aleksandrów Macedońskich, sadź co dwa słowa cnota, co trzy honor, co pięć służba powszechności, co dziesięć najjaśniejsze stany, a wydzieraj się przy tym ze wszystkiej mocy, machaj rękoma jak wiatrak, to się w końcu z czułości popłaczą i gotowi cię nawet porwać na ręce i ogłosić zbawcą ojczyzny. Zaręba milczał siląc się na odgadnięcie powodów jego irytacji.

– Ale niech Bóg broni polegać na ich zapale, bo co dzisiaj uchwalą, jutro gotowi obalać i każdy sprzeciw zaraz mienią być zdradą lub głupotą.

Pomilczał jakąś chwilę, gdyż jechali przez strasznie wyboisty kawał bruku.

– I znowu się odwlecze traktowanie z Buchholtzem – szepnął z goryczą. – Będą czekali, aż Möllendorff zagarnie Warszawę i wtedy dopiero podniosą żałosne larum. Snadź pojął przyczyny jego wzburzenia Zaręba i ozwał się pocieszająco:

– Tego Igelström niedopuści, sądzi ją bowiem już imperatorowej.

Stanęli przed piętrowym domem. Z otwartych okien biły światła i gwary. Pachoł, srodze skołtuniony i w porwanej liberii, trzymał straż w ciemnej i na przestrzał wywartej bramie, ale wnet się znalazł czarno ubrany kamerdyner, Francuz, z zapalonym kandelabrem i gnąc się uniżenie, prowadził schodami, krytymi dywanem, gdzieś na tyły domu.

– Dużo osób? – rzucił Nowakowski, wchodząc do niewielkiej komnaty.

– Cztery stoliki lombra i faraon. Reszta w salonie.

– Daruj, muszę się przebrać, dość mi tej maskarady! – wskazał na swój kontusz i zniknął w przyległej bokówce.

Zaręba ciekawie rozglądał się po komnacie, która służyła za kancelarię i zarazem była jakby składem kufrów tęgo okutych, zamczystych puzder, stojących na stołach. uprzęży zwalonej w kąty i różnobarwnej liberii, wiszącej na ścianach. Nie brakowało też łóżek składanych i jakichś parawanów.

Wszedł Nowakowski już w modnym, rudawym fraku, w pończochach i płytkich trzewikach; kamerdyner z miną wyniosłą obwinął mu szyję w białą chustkę i podawszy tabakierkę stanął dostojnie na uboczu.

– Nabyłem go wraz z meblami po regimentarzu Stępkowskim – pysznił się półgłosem. – Pono jakiś "de" czy nawet coś więcej, wypędzony przez rewolucję. Książę Cycjanow dawał mi za jego odstąpienie czwórkę anglezów z uprzężą.

– Ciekawym tej książęcej mości – uśmiechnął się drwiąco.

– Trzeba ci jednak zapamiętać, że książę jest w serdecznej komitywie ze starszym Zubowem, aktualnym faworytem.

Wziął go pod ramię i poszli krętymi korytarzami. Francuz oświecał im drogę kandelabrem.

– Imaginujesz, co to za polityczna persona? – szepnął ciszej jakby pod sekretem. – Jesteśmy w takiej konfidencji, że zwierzył mi się ze swoich ciężkich terminów miłosnych.

– Jeszcze się nie pogodził z szambelanową? – spytał podstępnie.

– Ależ ona go nie chce widzieć na oczy, odsyła mu nierozpieczętowane listy, droży się niby królowa, a on po prostu szaleje z rozpaczy. Wiesz, błysnęła mi jenialna myśl: pomóż mu w tych tarapatach.

– I w jakiż sposób? – pojął w lot, do czego tamten zmierza.

– Gdybyś jej, jako bliski kuzyn, przy okoliczności jakiej przełożył, że pogodzenie się z nim jest pożądane nawet dla dobra kraju.

– Nie pieprz, Pietrze, pieprzem wieprza! – śmiał się Zaręba.

– A daję ci parol, że mówię serio. Nie zapominaj, Petersburg patrzy na nas jego oczyma. Jego życzliwe relacje mogą tam bardzo wiele zaważyć. I tobie zdałaby się protekcja takiego potentata. On jest na śmierć zadurzony w szambelanowej i umiałby ci się wywdzięczyć za przysługę. Wierz mi, możny przyjaciel i opiekun to dla chudopachołka prawdziwa fortuna. Kiedyśmy weszli na te materie, to ci powiem, że przyjeżdża młodszy Zubow.

– Czy to aspirant na przyszłego faworyta?

– Polityczne racje zmuszają nas do wyprawienia balu na jego cześć. Hrabia Ankwicz z hetmanem Kossakowskim już się koło tego krzątają. Dwadzieścia pięć dusiów od osoby, socjeta wybrana i co najpiękniejsze damy. Odmówiłem już wielu, ale ciebie mogę zapisać.

– I owszem. Na psim weselu czasem najlepiej używają drużbowie – drwił.

– Wszystko musi być w najprzedniejszym guście, a zwłaszcza damy! Zubow powinien wywieźć z Polski czułe wspomnienia. Nawet i z tego powodu chciałbym zgody księcia z szambelanową. Uświetniłaby zabawę, pojmujesz?

Tak pojmował, że byłby go chętnie trzasnął w rudy pysk, ale tylko się uśmiechnął i na przekór własnym uczuciom obiecał pogodzić tę powaśnioną parę.

– Niech się kochają dla dobra kraju! Niech się miłują! – mówił pastwiąc się z dziką zawziętością nad własnym sercem. – Spróbuję jej przełożyć.

Weszli do salonu wspaniale umeblowanego i pełnego świateł.

Pani domu w czerwonej dezabilce spoczywała w głębokim wolterze, z białym pieskiem na łonie, z balsaminką złotą w ręku, z której wciąż wdychała wonności, a w otoczeniu paru młodzieńców, przybranych najmodniej w jednakie fraczki cynamonowego koloru, w obcisłe pantalony do kostek, z kapeluszami na kolanach i grubymi trzcinami w rękach. Było ich trzech; mieli twarze jak świeżo upieczone bułeczki, jasne kędziory, pozwijane dokoła głów jak rulony, wypełzło oczy, zawadiackie miny i wszyscy zwali się Krotowscy, jednej matki syny, jednego dyrektora światli wychowance i jedynych dwudziestu dusz chłopskich dziedzice. Ale snadź rozpowiadali wesoło sprawy, skoro pani pękała ze śmiechu i podawszy Zarębie rękę do pocałowania nawet na niego nie spojrzała.

Dama była jak źrała węgierka, co to najsłodsza, gdy ją nieco owarzą chłody pierwszej jesieni, piękna jeszcze i wabna. Miała muszki na wybielonej twarzy, oczy palące, głowę w lokach poskręcanych jak wyłuskane czarne strąki, niezgłębiony dekolt, głos schrypnięty i nieustannie oblizywała wargi tłustym językiem; w salonie mówiła tylko po francusku, uwielbiała Rousseau'a, jeździła z oswojonym barankiem, marzyła tkliwie o sielskim życiu na zielonych riważach pod słomianą strzechą szomierek, a tymczasem wypróbowywała wierność berżerków i w domu klęła jak dziad odpustowy, biła służbę, nie gardząc przy tym anyżówką i egipskim sennikiem.

Nowakowski zakręcił się i poszedł do sąsiednich pokojów, gdzie co chwila wybuchały swarliwe rozprawy graczów, a jakiś stary kontuszowy jegomość zaopiekował się Zarębą i po paru minutach już mu się zwierzał serdecznie:

– A ja waści uręczam, że wszystko już przepadło. Nie ma już Litwy, nie ma Rusi, nie ma Korony, a jedyne zbawienie we wspaniałomyślnej ludzkości imperatorowej. Kalkulowałem tak i owak, a wychodzi jedno, że tylko...

Lokal zameldował Cycjanowa, przyjętego uroczyście i z takimi honorami, że nawet pani domu powstała na powitanie.

Nowakowski coś z nim długo rozmawiał na stronie, aż książę, wielce osowiały, znacznie się ożywił, podał łaskawie rękę Zarębie i ukontentowawszy go paru miłymi słowami zasiadł do kart.

Pani wróciła do fotelu, młodzieńcy do przerwanych dykteryjek, a Nowakowski przyjmował licznie napływających gości, tylko Zaręba błąkał się samotnie, nie wiedząc, co zrobić ze sobą; miał wprawdzie chęć do ucieczki, ale te rybie, białawe oczy Cycjanowa trzymały go jakby na uwięzi.

Przyglądał mu się z różnych stron i coraz nienawistniej medytował.

Trzy salony były już prawie zapchane; grano przy wielu stolikach; dym z lulek przysłonił wszystko sinawym obłokiem, z którego dobywały się nieustannie brzęki przesypywanego złota, nazwy wyrzucanych kart, cyfry, rozmowy o sejmie, przygodne anegdoty, ciche przekleństwa i przyzywania służby, uwijającej się w liberiach jakby na wyrost, z tacami pełnymi butelek.

– Wspomnisz waść, jako Srokowski ci to rzekł: wszystko przepadło!

Uciekł od tego kraczącego głosu i znowu przyglądał się księciu, to przysiadał do bocznych stołów, gdzie zabawiano się butelkami a politycznym deliberowaniem, nigdzie jednak nie mógł długo wytrzymać.mierziła go ta dziwna socjeta, złożona z jakichś podejrzanych person, moskiewskich oficjerów i znanych powszechnie opojów i szulerów, jak Podhorski, Łobarzewski, Józefowicz, z królem rozpustników na czele, Miączyńskim.

Przejmowali go nieuleczalnym wstrętem i nienawiścią.

Raziło go również to wspaniałe mieszkanie, mające w rzeczywistości pozór prawdziwego Pociejowa lub zajazdu, tak dostojne resztki z pałaców mieszały się z wywłokami i zdefektowaną hołotą.

Jął się wreszcie przemykać do wyjścia, gdy stanął przy nim książę i szepnął:

– Chciałbym z panem pomówić, ale w tym domiszku nie sposób.

– Możemy wyjść na ulicę.

Przejęło go nagłe drżenie.

– Jedź pan do mnie. Kwateruję przy sztabie na Horodnicy.

Wahał się jeszcze, ale wspomniawszy Jasińskiego nakazy, przystał.

Wyszli prawie niepostrzeżeni.

IV

Biła już trzecia, gdy Zaręba srodze zadyszany wpadł do zamkowej antyszambry, ale królewskie posłuchania jeszcze się nie rozpoczęły i podwoje sali tronowej były zawarte na głucho.

Antyszambra była sklepiona, niska i mroczna nieco, pomimo dwóch szerokich okien na dziedziniec, przyćmiewał ją bowiem kolumnowy podjazd. Mirowscy w paradnych mundurach i pełnym uzbrojeniu trzymali straże u wszystkich drzwi, bystro wodząc oczyma za każdym wchodzącym.

Ale bardzo niewiele osób zbierało się na dzisiejsze posłuchania.

Zaręba przysiadł pod ścianą, obok jakowychś kobiet w żałobnej czerni, z których jedna zdawała się cichutko popłakiwać.

Na środku stał siwy jegomość ze łbem podgolonym w czub rozwichrzony, z czerwoną rogatywką na głowni karabeli, w długim i srodze buchastym papuzim kontuszu, pamiętającym jeszcze saskie czasy; szarpał obwisłe wąsiska i jakby się wyżalał przed jakimiś damami, które wyfiokowane, w mantynach, szalach, muszkach i spiętrzonych fryzurach, słuchały cierpliwie, trzymając się pod ręce – zielony strzelec z letniczkami na ręku stał o parę kroków.

Między oknami rozmawiało półgłosem kilku cudzoziemców we frakach, suto złotem aftowanych i harcapach u spudrowanych włosów.

Zaś w kącie, jakby chroniąc się ciekawych spojrzeń, siedział jakiś człowiek w wojskowej kapocie, przy pałaszu i z krzyżem, zuchwale przypiętym do piersi, ale z głową w bandażach i o schorzałej, bladej twarzy; pachołek podawał mu co chwila jakieś leki rzeźwiące. Czas dłużył się wszystkim, gdyż było niezmiernie gorąco i nudnie; sennie brzęczały muchy i sennie brzmiały rozmowy, tylko niekiedy trzasnęły karabiny o kamienną posadzkę, wyczynioną w kostkę czarno-białą, lub za oknami rozległy się ciężkie, nierówne stąpania wart i zamigotał przez szyby bagnet, blacha kołpaków i kolor mundurowych wyłogów.

– Jeśli asumpt nie kwadruje z konkluzją, to psu na budę cała robota – jął naraz prawić głośno i gniewnie siwy jegomość. – Gwarancje i alianse, a "przyjacielski" żołnierz łupi nas ze skóry niby piskorzów. Niemały szwank poniosłem na zdrowiu i substancji, toć wiem, jaką zbójecką zgoła procedurą poczynają z nami "alianci". Moja okoliczność była taka: Jakoś ultimis Aprilis przeciągał batalion grenadierów pod von Blumem, który podjechawszy pod mój ganek i nie złażąc z konia zażądał furażów. Pozwoliłem, chociaż prosił modą cale tatarską, ale powiadam: daj mi waść kwitację za wzięte barany i krupy! A ten psi syn, miasto responsu, buch mnie głownią w piersi! Ja do szabli, obciąłem juści ultaja i tyłem się jeno usatysfakcjonował. Reszta to już jedno żalne larum. Zniszczyli mnie z kretesem i zrabowali do ostatniego krowiego ogona. Tylko jakimś cudem wyniosłem życie z tej opresji. Ale teraz von Blum jeździ w moje ogiery i żre na moim srebrze, a ja wędruję per pedes apostolorum od Annasza do Kajfasza i szukam sprawiedliwości.

Weszło parę nowych osób i jegomość ścichnął, ale Zarębie przyszło na pamięć, że Iza wspominała o jakimś von Blumie, wielbicielu Tereni.

– Wyłożyłem ambasadorowi od a do zet – podjął znów głośno – to wsiadł na mnie, jak na łysą kobyłę, że to ja napastuję wojska i biję mu oficjerów. Groził mi nawet wieżą i Sybirem! Myślałem, że mnie krew zaleje. Byłbym mu wypalił rzetelne verba veritatis, alem się pomiarkował: ubliżyć może, a wyzwać go na rękę, to mi nie stanie. Maż to być crimen, że nie pozwalam się postponować ultajstwu? A że tam moi synaczkowie, mszcząc nasz dyshonor, poszli tropem "przyjaciół" i jak mogli, tak gemejnów łuszczyli – toć odrodne tylko dzieci puszczają płazem krzywdy rodzica! Z taką właśnie sprawą stanę przed królem jegomościa. Ale stanę już nie a particulari, aliquo conventiculo, lecz nomine wszystkiego stanu szlacheckiego, skrzywdzonego w mojej osobie, i spytam: zali żywię jeszcze wolność i prawo w tej Rzeczypospolitej? Zali dziki najeźdźca...

Nagle rozwarły się złocone podwoje, uczynił się rumor i każdy ze stanu szlacheckiego wchodził do sali tronowej, gdzie król co niedziela dawał publiczne posłuchania.

Wyszedł naprzeciw ksiądz Ghigiotti, Włoch, czarniawej, suchej twarzy i niespokojnych oczu, króla partykularny sekretarz, rozpytując łamanym językiem każdego, z czym by przychodził przed Majestat?

Brał go ten i ów na stronę wyszeptując się z bolączek; Włoch słuchał z jednakim uśmiechem i czasem cicho zagadał, a jeśli była suplika, oddawał ją Friesemu, który zapisując nazwiska i godności, jakby obmacywał suplikantów chytrze zmrużonymi oczkami.

Zaręba sprawił się krótko, po żołniersku i jął się dokoła rozglądać.

Sala tronowa, nie nazbyt wielka i miernej struktury, była świeżo pomalowana na biało i przyozdobiona złoceniami, ale tak licho, że już tu i owdzie łuszczyły się farby i pękały powzdymane tynki.

Tron stał pod czerwonym baldachimem, naprzeciw wyniosłych okien, dających światło i cudny widok na Niemen i jego zieloną kotlinę. Pod ścianami było nieco złoconych krzeseł i parę stołów mozaikowych italskiej roboty, jeno że szpetnie poszczerbionych. Zwierciadła między oknami, złożone z niewielkich tafel, świeciły przymglonym, białawym lustrem. Szary, marmurowy komin w rogu dźwigał złoconą tarczę z herbami ostatniego Sasa, olbrzymie grupy porcelanowe i takież kandelabry. Od sufitu, na którym wskroś zabielań widniały spłowiałe kolory jakichś dawnych malowideł, zwieszały się pająki, obwieszone kryształowym szkliwem. Parę sczerniałych portretów w złotych ramach ubierało nagie ściany.

Sala była pusta, nudna i pachniała wapnem i rozgrzanym klejem.

Na jakiś tajny znak o zbliżaniu się króla Friese ustawił wszystkich przed tronem na dywanie, zajmującym cały środek sali.

Cudzoziemcy wzięli co najwidniejsze miejsca, Zarębie przyszło stanąć na samym końcu, przy damach w czerni.

Król wszedł małymi drzwiczkami, dwaj kadeci z obnażonymi szpadami ustawili się przy tronie, mirowscy zajęli drzwi, w dziedzińcu zawarczały bębny i warty stanęły pod oknami.

Król wydawał się dzisiaj być w dobrym humorze, uśmiechał się przyjaźnie i jął obchodzić petentów.

Ghigiotti coś mu szeptał do ucha. Friese z drugiej strony mówił nazwiska. Dość długo rozmawiał po angielsku z cudzoziemcami, a potem już kolejno z każdym zamieniał po parę łaskawych słów.

Zaręba pilnie łowił jego głos, ale niewiele ułowił, gdyż byli szeroko rozstawieni, a przy tym król zazwyczaj mówił cicho. Usłyszał go dopiero, gdy siwy jegomość zaczął głośno roztaczać swoje żale i skargi.

Król słuchał jakby wystraszony, usiłując przerwać tę wielce przykrą relację, ale szlachcic, nie pozwalając się zbić z tropu, grzmiał coraz zapalczywiej:

– Nic nie zatajam i nic nie koloryzuję, jakem Karpiński z Karpina, Korabita, nomine całej ziemi jęczącej w opresji, prawdę powiadam! Byś widział, Najjaśniejszy Panie, trakty, którymi ciągną "przyjacielskie" wojska, to byś mniemał, że przeszli tędy dzicy Tatarowie! Całymi milami leżą popalone wsie, znieważone kościoły, złupione dwory i potratowane zboża, nic, tylko jedna goła ziemia i niebo, ruiny, łzy i płacz jeden. Że już nawet pospólstwo przywiedzione do rozpaczy ucieka w lasy, aby choć zbawić żywoty z tych straszliwych terminów. Łońskie wojenne lato, a nie przywiodło nas do takiego zniszczenia, jak tegoroczne maszerunki i rekwizycje "aliantów". Niezadługo, a w nadbużańskim kraju nie pozostanie całej chałupy ni ziarnka zboża i ni jednego człowieka.

– Wszak wybierają furaże wedle palet i w asystencji komisarzów.

– Tak miało być, ale zabierają swoim sposobem, prawem kaduka, a kto im wzbrania, nahaje uczą go uległości. Trafiają się i poczciwsi, bo wezmą sto korcy zsypki, a wystawią kwitację na pięćdziesiąt. Podpisać ją trzeba, bo bagnetami dyktują. A spodoba im się coś w domu, zabierają bez pardonu. Całe wozy łupów ciągną za nimi; przedają je potem Żydostwu. Więc staję przed tobą, Najjaśniejszy Panie, i pytam, zali nie masz już w Rzeczypospolitej prawa na łotrzyków i miecza na gnębicieli? – dokończył z mocą.

Wszystkie oczy przeniosły się z niego na króla, który stał zmieszany, niecierpliwie szarpiąc orderową wstęgę na piersiach. Ghigiotti uśmiechał się z fałszywym współczuciem, a Friese, będący zaprzedanym instrumentem Sieversa, ze szczególną uwagą przyglądał się szlachcicowi. Wreszcie król, zbywszy go wielce czułymi słowy z dodatkiem ręki łaskawie podanej do ucałowania, zwrócił się do wyfiokowanych dam.

Karpiński robił grdyką, jakby udławiony pańską odpowiedzią.

Król zaś coraz spieszniej zmierzał do końca; żałobne panie już pilnie wycierały zaczerwienione oczy, oficjer, stojący za nimi wyprężał się tak gwałtownie, aż mu brzęczały ostrogi, a Zaręba, nieco wychylony z szeregu, patrzył na króla przenikliwie i bez animozji, lecz z jakimś cierpkim politowaniem krzepkiej i prawej natury nad tym spróchniałym i wykrygowanym Celadonem, mającym pozór zużytej rozpustą gamratki.

Ręce miał wypieszczone i lubieżne, o cienkich, długich palcach z różowymi paznokciami, diamenty w sutych żabotach, przerzedzone włosy w siwych puklach misternie utrefionych, twarz babkowatą i ubieloną, głos miły, wdzięczące się spojrzenia, usta wyczerwienione i obłok zapachów dokoła. Nie uszły jego bystrych oczu sadzone kamieniami sprzączki trzewików ni wątłe, drgające łydki, opięte w białe pończochy, ni frak błękitny, dziergany jedwabiami na obrzeżach, połach i klapach w cudne ornamenta.

Nie mógł się w nim tylko dopatrzyć króla.

Słuchał bowiem, mówił, spoglądał i uśmiechał się, jakby cale nie wiedząc o tym, co czyni, a jego .piękna jeszcze twarz nie pokazywała ni pasji żadnej, ni cnoty, ani też górniejszego majestatu ducha.

Zaręba za kadeckich czasów widywał go dosyć często i z bliska, lecz teraz widział tylko jakby jego nieprzeniknioną maskę, pod którą można się było dorozumiewać strasznej nudy i obojętności na wszystko.

– Antoni Żukowski, kapitan z bywszego pułku przedniej straży, szefostwa księcia Wirtemberskiego! – rozległ się dźwięczny, donośny głos i raptem się urwał, gdyż oficjer zachwiał się i byłby runął, gdyby go w porę nie powstrzymano. Zrobiło się zamieszanie, posadzono go na krześle, liberia przyniosła wody i gdy się nieco orzeźwił, król przystąpił do niego; nie pozwalając mu się podnosić i troskliwie jął się rozpytywać. Mówili prawie szeptem i snadź coś ważkiego, król bowiem załamywał ręce ze szczerym współczuciem, zaś twarz kapitana nabierała żywej barwy i łzy mu błysnęły w oczach. Król przeczytawszy jego suplikę nakreślił na niej jakąś rezolucję i podał ją Ghigiottemu.

I tak się nim zainteresował, że podszedłszy do żałobnych dam, jeszcze się odwracał do niego i wzdychał; naraz cofnął się w tył wystraszony, bo damy padły mu do nóg wśród szlochów i wołań:

– Ratuj nas, Najjaśniejszy Panie! Ratuj skrzywdzone sieroty!

I nie czekając pozwolenia i przerywając jedna drugiej, zaczęły rozpowiadać zawiłe pienia z biskupem Kossakowskim, skarżąc go o gwałty, zajazdy i wyzucie z mienia; miał im zagrabić ziemię pod swoje miasteczko Janów, jakąś karczmę na Świńskim Dołku i kilkunastu poddanych. Żale były przeplecione łkaniami, pełne cytacji praw, sądowych wyroków, świadków i krzywd rzekomych.

Król, znudzony tą bezładną litanią, obiecywał im wszystko, czego tylko chcieli, i spiesznie zwrócił się do ostatniego petenta.

Zaręba podał suplikę wykładając zarazem w krótkości jej treść.

Król ani odmawiał, ani obiecywał, wspomniał tylko ogólnikowo o ciężkich terminach, w jakich pozostaje Rzeczpospolita, coś o potrzebie służenia ojczyźnie, kiwnął mu głową i zabrawszy ze sobą cudzoziemców wyszedł majestatycznie; żegnany pokłonami i szmerem uwielbień.

Zaręba, nie cisnąc się wraz z drugimi do Friesego, aby go molestować o protekcję dla swojej sprawy, wyszedł pośpiesznie i w antyszambrze wpadł w ramiona Marcina Zakrzewskiego, dawnego przyjaciela.

– Widziałem cię wczoraj w sejmie. Terenia mówiła mi, żeś przyjechał.

– I podziałeś mi się, jakby cię pochłonęła ziemia.

– Była z tobą osóbka, z którą jestem na bakier! – Podkręcił jasnego wąsika, łypnął niebieskimi oczyma i zaśmiał się znacząco.

– Jedziesz z nami na piknik?

– Muszę warować przy królewskiej osobie. Mieliśmy robić wycieczkę do Poniemunia i siedzimy w zamku, bo będziemy dzisiaj wieczorem przyjmowali jakiegoś tajnego wysłańca z Wiednia. Zawierzam ci to pod sekretem. Jutro od rana jestem wolny.

– Widzę, żeś i na order już zarobił!

– Król wielce łaskawy na mnie. Gdzie kwaterujesz?

– U Bernardynów. Przyjdź rano.

Odsunął się dając miejsce Żukowskiemu, który, wsparty na pacholiku, szedł ciężko ze spuszczonymi oczyma, blady i jakby ostatecznie wyczerpany.

– Jakiś nieborak z ukraińskiej dywizji – szepnął Zaręba.

– Nie imaginujesz, ile się ich tu przewija i wszyscy o zaległe lenungi skamlą lub wprost o zaopatrzenie na dalszą drogę, wracają bowiem z rozpuszczonych brygad i często o żebranym chlebie. Hetman na każdym sejmie zgłasza o zapłacenie wojsk, ale i Salomon z próżnego nie naleje.

Naraz sprężył się na widok dam wyfiokowanych, przebódł je palącymi oczyma, dobił czułym uśmiechem i wystawiwszy pierś opiętą granatową kurtą, pokręcał zwycięsko wąsika i zaszeptał:

– Młodsza po prostu marcypan!

– Chyba przez podobieństwo do Tereni – wtrącił złośliwie.

Marcin parsknął wesołym śmiechem, aż gwardiacy, wartujący przy drzwiach, ledwie się od niego powstrzymali.

– Nie zmieniłeś się ani na jotę – zauważył z przekąsem Zaręba.

– Król mi to powiada i za to mnie właśnie lubi – wyznał z dumą.

– Ma też w tobie oddanego oficjera – szepnął z rozmysłem.

– Dałbym za niego życie! – zawołał gorąco i szczerze.

– Aż tak! – uśmiechnął się drwiąco. – Przyjdź do mnie rano, to ci zdam relację z dzisiejszego pikniku. Bądź zdrów i życiem tak nie szastaj!

Poleciał za Żukowskim, dopędzając go dopiero na placu Zamkowym. Kapitan mimo strasznego upału i choroby szedł pieszo.

Przedstawił mu się i usilnie proponował swój kocz.

– Mieszkam daleko, bo lubię długie promenady – odpowiedział chłodno Żukowski, lecz Zaręba nalegał tak serdecznie, aż musiał się zgodzić.

– Wybaczy waszmość moją chałupinę, ale niepodobna było w tym ścisku nająć godniejszej kwatery. To mi nawet dogadza, mam spokojnie, bo jak waszmość widzi, wybieram się już do Abramka na piwo...

– Miarkując po bandażu, rana musi być sroga.

– Tak, gdyż wrażą ręką zadana i niepomszczona. Pamiątka z Nowochwastowa, z chwili, w której niecny Lubowidzki zaprzedawał nas imperatorowej – szepnął zwracając na niego mądre, smutkiem nasycone oczy. – Może waszmość tych spraw nieświadomy? Generalność wzbroniła o tym pisać nawet w listach.

– Znam imiona wszystkich aktorów i tenor całego zdarzenia.

– Okropne czasy! – wzdrygnął się, ukąszony przypomnieniem.

– Bo zgniłe i podłe sumienia panują nad nami. Żukowski zdumiał się jego słowom i zwartej w surowości twarzy.

Zajechali gdzieś na krańcach miasta przed niski domek, słomą kryty i prawie niewidzialny wśród drzew wyniosłych; niebieska trumienka widniała na słupie bramy wjazdowej, a w sadzie suszyły się porozstawiane deski.

– Mój gospodarz, Borysowicz, jest murarzem, ale jego starszy syn trudni się stolarką i to znak jego rzemiosła – tłumaczył Żukowski wysiadając na ziemię, zasłaną heblowiną i trocinami.

– Kwatera w sam raz dla chorego i abszytowanego żołnierza.

Pozwól waszmość do środka.

Certował się, lecz przemogła ciekawość i poszedł za nim do ciasnej stancji od podwórza; tapczan, pokryty astrakańską burką, nad nim wytarty dywanik z żołnierskim moderunkiem i obrazikiem Częstochowskiej, parę stołków, pod oknem stół, w kącie chude mantelzaki, stanowiły całe jej urządzenie.

Jeszcze nie zasiedli, gdy wszedł Borysowicz, wysoki, przygarbiony człowiek o twarzy poczciwej, ale jakby przyprószonej wapnem, oznajmiając, że panowie są już zebrani w sadzie i proszą do siebie kapitana.

– Niech jeno wytchnę, a przyjdziemy! – zapewniał rozciągając się na tapczanie. – Mieszka tu na drugiej stronie domu Krasnodębski, poseł liwski, cnotliwy obywatel, godzien poznania i głębokiej admiracji.

Zaręba wyjrzał przez okno: paru mężów siedziało pod cienistym drzewem, a pomiędzy nimi krzywousty Skarzyński.

– Sami znaczni zelanci – zauważył mimo woli.

Kapitan uśmiechając się jakoś zagadkowo zajął się przy pomocy pachołka zmianą swoich bandażów.

– Prawie cała sejmowa opozycja! – dodał jeszcze siadając naprzeciw Żukowskiego i pod wpływem olśniewającego przypuszczenia szepnął słowo wtajemniczonych. Ale kapitan snadź nie zrozumiał, spojrzał przelotnie i po chwili jęknął cierpliwym głosem;

– Poty na mnie biją, jakbym wyszedł z łaźni.

Skonsternowany pomyłką Zaręba podniósł się natychmiast i mimo molestujących zapraszań wyszedł, obiecując zajrzeć do niego nazajutrz.

I przez całą drogę rozmyślał, czy Żukowski istotnie nie zrozumiał, czy też nie chciał i dlaczego? Coś mu bowiem szeptało w duszy, że nie chciał się odsłonić, więc tym bardziej trapił się swoją nieostrożnością.

– Gracz to niepośledni albo tylko żołnierski, ordynaryjny brus...

Jakiś obcy człowiek otworzył mu kwaterę i stanął wyciągnięty jak struna.

– Zawołaj mi Kacpra!

– Melduję pokornie panu porucznikowi, że namiestnikuję za niego. Pojechał z ojcem Serafinem i wróci późnym wieczorem.

– Skądżeś się wziął? Czyjżeś?

Pierwszy raz w życiu go widział.

– Pana kapitana Kaczanowskiego; wołają mnie Stasiek albo

Warszawiak.

– Kiedyś przyjechał i skąd? – Zaczął się rozdziewać z munduru.

– Z Warszawy. Przed swoim wyjazdem pan kapitan przykazał:
"Żebyś szedł na czworakach i nosem się podpierał, a w sobotę
zameldujesz się w Grodnie panu porucznikowi Zarębie." Dał mi
przy tym na drogę dukat z Matką Boską i dołożył nogą w okap.
Pieniąch zostawiłem grubej Marynie z Pragi, na chrzciny, a
kopańca zwróciłem bardziej potrzebującym.

– Tylko bez bałamutni a krotochwil – ostrzegł go surowo.

– Rzekłem prawdę jak na sądzie marszałkowskim i już po kijach.

– Więc czemuś się opóźnił? – zagadał łagodniej, rozciekawiony
zabawną figurą. Chłopak był szczupły, niski, zwinny jak małpa i z
siwych oczu patrzał mu spryt i hultajstwo. Brakowało mu
przednich zębów, na czole miał głęboką bliznę, w lewym uchu
srebrny kolczyk, nochal potężny, czuprynę jasną w jeża i
szelmowską gębę całą w podłużnych fałdach i pryszczach.

– Bo za Bóg zapłać niewiele kupi na świecie, a poczty na bory nie
wożą. Te żółte trąby, proszę pana porucznika, nie mają żadnego
uważania nawet dla gwardiaków, musiałem hyclów uczyć
grzeczności. Przez nich się spóźniłem, a gdyby nie tuz czerwienny
w Chapance, tobym był musiał promenować się przy kijku jak jaki
święty.

– Dosyć na dzisiaj. Pojedziesz ze mną.

Wyjął z puzderka krócicę i schował.

A po chwili Maciuś palił z bata i pędził przez miasto przewijając się
jak wąż między powozami. Stasiek w mundurowej kurcie siedział
przy nim sztywno, jak przystało kapitańskiemu ordynansowi.
Przed Dominikanami wstrzymał ich Nowakowski.

– Przesiądź się do mnie, właśnie jechałem po ciebie – wołał ze
swojej kariolki. Przesiadł się niezbyt ochoczo, polecając
Maciusiowi jechać za sobą.

– Ambasador daje publiczne audiencje, musimy tam wstąpić na
chwilę.

– Już byłem dzisiaj na królewskich posłuchaniach – próbował się
wykręcić.

– I co ci z tego? – wzruszył lekceważąco ramionami – u króla
bywać można, zaś u Sieversa nakazuje rozsądek i przezorność.
Ciekawym, jak ci poszło z Cycjanowem?

– Siedziałem u niego do drugiej w nocy, ugościł mnie czajem i
gawędziliśmy o różnych materiach; polityczny to i szczególnie
światły człowiek.

– Zapewne nie omieszkał ci się zwierzyć? – spytał bez ceremonii.

– Nie przyszliśmy aż do takiej konfidencji, nie leżało to w moich zamysłach.

– Wczoraj zdradzałeś odmienną dyspozycję serca – szepnął urażony.

– Być może, iż wróci mi jutro – odparł szorstko, lecz zaraz załagodził: – Nie mogłem się narzucać z pomocą, inna sprawa, jeśli jej ode mnie zażąda.

Dostali się na Szerokiej w nieskończony sznur powozów ciągnących do ambasadorskiej kwatery i wypełnionych najzacniejszą socjetą; trzeba było jechać noga za nogą wśród tumanów kurzawy i spiekoty, gdyż wysmukłe topole, którymi była wysadzana ulica, niewiele chroniły od słońca.

– Spóźnimy się na piknik, już dochodzi piąta – zauważył kwaśno Zaręba.

– Obowiązek przed przyjemnością to moja maksyma! – wygłosił poważnie Nowakowski. – Jakby się zmówili na jedną godzinę – dodał, gdy powozy zadudniły na długim moście nad Horodniczanką i zaczęły skręcać ku domom, ledwie dojrzanym przez gąszcze drzew wyniosłych.

Parterowy dom ekonomii królewskich o mansardowych facjatach i dosyć długich skrzydłach zajmował Marcin Badeni, szambelan, i główne departamenta zarządów, ale tuż przy nim, przywarty szczytem i w jednej linii z jego lewym skrzydłem a frontem do ulicy Szerokiej, wznosił się pawilon pięknej włoskiej struktury o dwóch piętrach, zakończonych kamienną balustradą, przyozdobioną wazonami. Pawilon, dosyć duży, miał na pierwszym, piętrze wielkie okna i złocone balkony, a na dole wspaniałe podwoje z mahoniu, do których prowadziło parę marmurowych stopni, pokrytych czerwonym suknem. Rzeczpospolita znacznym sumptem przysposobiła go na mieszkanie dla Sieversa i jego świty.

Kozacy w czerwonych chałatach i czarnych, lśniących szkopkach trzymali straże przy drzwiach, prócz nich kompania grenadierów w bojowej gotowości kwaterowała w domku skrytym w gąszczach Ogrodu Botanicznego.

Na obszernym podjeździe stało już kilkadziesiąt powozów, a wciąż zajeżdżały nowe i co chwila wysiadały strojne damy, panowie, a nawet i dzieci.

– Walą niby na odpust – mruknął Zaręba wchodząc do przedsionka.

– Bo mus rządzi ludźmi, a nie sentyment – szepnął Nowakowski kłaniając się na wszystkie strony.

Szli na pierwsze piętro barwną i pachnącą aleją, gdyż na każdym stopniu bardzo szerokich schodów stały kwiaty, a poręcze były oplecione w rozkwitłe pędy caprifolium.

– Droga, jakby wiodąca do raju! – drwił z gorączkowym pośmiechem Zaręba.

– Ale niechybnie do fortuny! – wyrzekł ktoś z tłumu wchodzących.

Na progu robił honory domu baron Buhler, pierwszy doradca ambasady, w otoczeniu generałów Dunina, Rautenfelda i Kampenhausena.

Salony były urządzone z przepychem; w środkowym, największym, pełnym róż w chińskich wazach, porozstawianych na mozaikowych stołach, pod portretem imperatorowej, wyobrażonej w stroju koronacyjnym, siedział Sievers w galowym mundurze, suto złotem aftowanym, w orderach, brylantowych gwiazdach i niebieskiej wstędze, pogodny wielce i z niezmiennym uśmiechem na wąskiej, drapieżnej twarzy.

Damy brały miejsca obok niego półkolem, na fotelikach ze złoconej trzciny, a pomiędzy nimi biskup Massalski jakby drzemał z gorąca.

Sievers witał podchodzących z dworną uprzejmością i na hołdownicze pokłony odpowiadał podaniem ręki, czasem paru słowami, do niektórych podnosił się nawet z krzesła, damom prawił strzeliste komplementy, innym łaskawie kiwał głową, a jeszcze innych zaledwie raczył zauważyć, ale dla wszystkich miał jednako dobroduszny uśmiech i władcze spojrzenia. Tłum zwiększał się nieustannie, bił pokłony i rozsypywał się po salonach napełniając je dyskretnymi szeptami i chrzęstem bławatów.

Już się tworzyły grupy, zadzierzgały kabały, krzyżowały przenikliwe spojrzenia i ważyły wrogie uśmiechy, a co chwila wszystkie oczy zwisały trwożliwie na siwej głowie pod portretem imperatorowej – i każde jej słowo w lot obiegało ciżby, a każde spojrzenie brano w pamięć.

Zaręba, zamieszany w tłum, przyglądał się ambasadorowi, jego generałom i tym, którzy nieskończoną procesją podchodzili do niego. I zdumiewał się coraz głębiej, albowiem wszystko, co tylko było w Grodnie znaczniejszego, skwapliwie składało mu swoją czołobitność.

Szli ministrowie, wielcy urzędnicy, wojewodowie, kasztelani, biskupi, posłowie – szła jakby cała Rzeczpospolita.

Zjawili się nawet ambasadorowie różnych potencji, zebrani w Grodnie. I wkrótce przepełniły się salony, a przed ambasadorem utworzyła się ciżba dygnitarzów i gdy .już zbrakło krzeseł, przystawali, nie bacząc na tłok, byle się tylko znaleźć bliżej, w promieniu jego wszechmocnych spojrzeń. Zaś w pierwszym rzędzie zasiedli: udiamentowany jak zawsze i najwierniejszy z wiernych graf "percepta" Moszyński; piękny i mądry hrabia Ankwicz; nikczemnej duszy wytworniś Miączyński; wspaniale przybrany i majestatycznej postaci regimentarz Ożarowski; ironicznie wyniosły i na wszystko baczący poseł angielski Gardinet; puszący się orłem pruskim na piersiach Sułkowski, kanclerz wielki koronny; hetman polny litewski Zabiełło; protegowany przez Igelströma i własną żonę do wszystkich wakujących dygnitarstw Załuski; przysadkowaty, w białym mundurze pokrytym złotem i orderami, a głupawą twarzą i nigdy o niczym niewiedzący poseł cesarski, de Cachet; rudawy, suchy jak klinga Stecki, miecznik koronny; Pułaski, marszałkujący konającej generalności; podkanclerzy wielki litewski, Plater; powolny na każde życzenie "aliantów" biskup chełmski, Skarszewski; chwiejny, chełpliwy podskarbi litewski, Ogiński; jowialny staruszek w ogromnej peruce i z tabakierką zawsze otwartą w ręku, poseł holenderski, Kriegenheim; milczący, arystokratyczny, z oczyma jakby z lodu, szwedzki Toll, szczerze przyjazny Rzeczypospolitej, a obok niego króla pruskiego pełnomocny, de Buchholtz, nieśmiały w ruchach, zatabaczony, źle ubrany i otoczony ogólną nienawiścią, że nawet Podhorski nierad się z nim pokazywał. Był i nuncjusz Saluzzi w purpurze i ze złotym krzyżem na piersiach, smukły, wytworny i pachnący, który pod stu pozorami zbliżał się do Sieversa i zbywany półsłówkami przenosił pomiędzy damy swoją purpurę i twarz podstępnego arlekina.

Biskup Kossakowski był również, ale trzymał się na stronie, otoczony adherentami: Giełgud, szef siódmego regimentu; Narbutt, X. Wołłowicz, referendarz; Łopot, eksobożny litewski; Jeziorkowski, generalny sekretarz sejmowy, i paru jego krewniaków; ustawicznie mu szeptano jakieś uwagi, na co się tylko uśmiechał spozierając drwiąco na Sieversa i na cały ten tłum, jakby do niego rozmodlony w bałwochwalczej admiracji.

Zaś Boscamp, prawdziwa "anima damnata", najmędrszy, najchytrzejszy i najpodlejszy z jurgieltników, wciąż przenosił się z miejsca na miejsce, był wszędzie, gdzie tylko szeptano, i węsząc niby wyżeł, strzygł tropiącymi oczyma na wszystkie strony.

Było jeszcze wielu innych, zapełniających salony.

I nie tylko jurgieltnicy, nie tylko oczajdusze, zakładający swoje fortuny i wyniesienia na jego faworach, lecz i zgoła nieskazitelni ludzie, cnotliwi obywatele i dusze oddane ojczyźnie – wiara bowiem w judaszowe "gwarancje" była powszechna i dla wielu zaślepionych stanowiła jakby dogmat nieomylny, jakby prawdziwego patriotyzmu katechizm.

Nic to, że aliantka zagarnęła najpiękniejsze województwa, że "przyjacielskie" wojska łupiły kraj nie gorzej hord tatarskich, że Igelström poczynał sobie w Koronie obyczajem satrapów, a Sievers bagnetami niewolił sejmujące stany do powolności.

Wierzono wciąż niezachwianie w puste słowa gwarancyjnego aliansu.

Nie wierzono już tylko w siebie.

W jakiejś chwili jasnowidzenia pojął tę prawdę Zaręba i już się nie dziwił sromotnemu widowisku, nie szarpał nim gniew i więcej nie bolała hańba, poczuł bowiem – jak kiedy chłop, gdy mu chałupę luty wicher rozwali, a dobro rozkradną złodzieje, czuje stając na gruzach: w dolę swoją pojrzy, ogrom nieszczęścia zważy i nabrawszy tchu splunie w garście, za topór chwyci, a do podźwigania ruiny się weźmie. W tej chwili czuł tak samo i rozumiał, że czego się tknąć – próchno, zgnilizna od samego rdzenia, żrąca pleśń i ruina. Na nowo trzeba wszystko wznosić i od fundamentów.

Praca bezmierna, trud na całe pokolenia, nigdy końca wysiłkom i ofierze, ale rady już nie wiedział.

Chyba śmierć lub haniebne pęta niewoli.

Póki życia, póki tchu ostatniego – potąd walka nieubłagana i potąd nadzieja.

Są przecież, którzy czują tak samo i pragną tak samo; są, którzy już rozmierzają węgły nowego budowania, pracując nad nim żarliwie.

I pora nadchodzi, by krzyknąć: Którzy macie w sercach miłość i wiarę, powstańcie i lejcie krew swoją na zleczenie ran odwiecznych i odkupienie win!

Naraz odezwał się brzękliwy dźwięk gitary. Zaręba jakby ocknął. Sievers, Buchholtz i de Cachet siedzieli już razem pod portretem imperatorowej jakby w krwawym cieniu jej purpurowego płaszcza, a u nóg im pełzało żebracze mrowie łaszące się o każdy ochłap łaskawości. Gitara znowu zabrzęczała i perlistą fontanną buchnął jakiś głos przecudny:

Piacer d'amor piu che un soi di non dura:
martir d'amor tutta la vita dura.

Tutto scordai per lei, per Silvia infida:
ella or mi scorda, ad altro amor s'affida.

Śpiewała na środku salonu hrabina Camelli, przebrana za neapolitankę, w krótkiej pąsowej spódniczce i żółtawym gorsecie; na kruczych włosach miała kwadratową chustę w pasy złotozielone i w uszach ogromne, srebrne koła; brat jej, Martini, przedzierzgnięty w lazarona, wtórował na gitarze zawracając przy tym smolistymi oczyma.

Sievers promieniał uwielbieniem, a za nim. wszyscy akomodując się dwornie dawali pozór wniebowziętych. Po każdej więc strofce trzaskały rzęsiste aplauzy i rosły głośne zachwyty.

Zaręba korzystając z tego wyniósł się niepostrzeżenie.

Martir d'amor tutta la vita dura

Leciała za nim słodka skarga hrabiny, obejrzał się tylko za Nowakowskim i kazał spiesznie jechać do szambelanowej.

W pałacu już nie zastał nikogo: przed godziną pojechali do Pyszek, parę wiorst za miasto i w licznej kompanii.

Maciuś wykręcił na trakt wileński.

Ale na rogatce czekała nowa mitręga: szlaban był zamknięty i osadzony jegrami. Na szczęście miał kartę Cycjanowa, dającą wolne przejazdy o każdej porze dnia i nocy; zabrało to jednak sporo czasu, nim zjawił się dyżurny oficer i rozkazał przepuścić.

– W konie, Maciuś! – krzyknął, gdy się nareszcie znaleźli na wolnym trakcie. Właśnie zabiły ponieszporne dzwony i wiatr rzucił na nich taką ulewę huczących dźwięków, że konie z miejsca poniosły, aż im zagrały wątroby, a przydrożne drzewa jęły uciekać w tył z szaloną szybkością.

– Bimbają jakby nad generałem! – zaczął Staszek odwracając się z kozła. Ale Zaręba nie słyszał, zatopiony w medytacjach.

Upał już przechodził, od lasów ciągnęły rzeźwe tchnienia, powietrze było pełne różowych brzasków i lśnień, niebo wisiało modrawą taflą, bez chmur.

Droga szła sypana, okolona rowami, z obu stron gęsto wysadzona brzozą i bardzo szeroka. Wsie były dosyć gęste, tylko ledwie dojrzane ze sadów i zarośli, sporo też ludzi snuło się po drogach i powracało z miasta, ale było tak jakoś pusto, cicho i tęsknie, aż Staszek mruknął:

– Jakbym jechał na postną stypę, już mi się na płacz zbiera!

Maciuś się nie odezwał, zajęty prażeniem lejcowego za ciągłe wpadanie w żydowski galop.

– Obóz, proszę pana porucznika! – meldował naraz Staszek wskazując na lewo. Jakoż za niskimi krzakami zabielały gęste rzędy namiotów; na szerokim majdanie kurzyły się liczne ogniska, otoczone przez kupy żołnierstwa i brząkały bałabajki.

– Czy to armaty tam pod drzewami?

– Tak, proszę pana porucznika. Stoją w zielonych giezłeczkach jak sierotki od Dzieciątka Jezus za procesją w Boże Ciało. Żeby tym panienkom zadać czopki, gdzie trzeba, nie czekałyby długo na połóg! – śmiał się w kułak.

– I za nimi stoi widać jakaś konnica? – zdziwił się niezmiernie.

– Smoleńskie dragony – wtrącił Maciuś powstrzymując nieco konie. – Rychtyk, poznaję po gniadoszach. Kamraty powiedały, jako wczoraj przywaliło ich całe trzy szwadrony. To ci sami, którzy łoni konsystowali w Krakowskiem.

– Zostają w Grodnie czy ciągną dalej?

Ale Maciuś nie umiał dalej objaśnić, więc Staszek wyrwał się skwapliwie:

– Wartałoby dostać języka! Ja bym proszę pana porucznika sprawił się w mig...

– Swędzi cię skóra? Nie próbowałeś, widzę, kozackich nahajów?

– Nie zdarzyło się jeszcze, smakowałem tylko w naszej rodzonej leszczynie, czego mi nie żałowali! Ale ja bym się sprawił chybcikiem! Trajluję po ichniemu, że nie zniuchają, diabeł czy jego ciotka! Przecież przez cały czerwiec markietanowałem po ich obozach pod Warszawą. Pan kapitan może poświarczyć, jak wszystko regularnie spenetrowałem. I na pamiątkę puściłem im czerwonego koguta! Hi! hi!

– Cóż to znaczy? nie rozumiem.

Patrzał na niego bardzo życzliwie.

– Że to niby niechcący naumyślnie skurzyły się ich magazyny z furażami! Na ratunek nie leciałem, bo to wzbronione postronnej publice, wolno tylko bronić sposobnym i którzy do tego przez samego Igelströma wyznaczeni.

– Diabeł w warszawskiej osobie! – bąknął Maciuś spluwając od uroków.

– Takaś to facies? – szepnął z uznaniem Zaręba.

– Aż wszystkie jurydyki pękały ze śmiechu, bo magazyny były pełne, czegój się nikt nie spodział. Przy tej okoliczności poszły też z dymem sołdackie baraki, że od przypieczonych kozackich schabów zrobił się fetor na całą Pragę. Powiedał Szmulowicz, ich główny markietan, jako sam Igelström rwał sobie resztki kłaków z żałości. Hi! hi! bo też skwierczały w ogniu chudziaki jakby naszpikowane. Psi mieli niezgorszą uciechę!

– Masz wilcze serce, mój Staszku! – zauważył dosyć chłodno.

– Z wrogiem się ceckał nie będę. Naszych też nie szczędzą!

– Muszę cię sprzęgnąć do roboty z Kacprem – wyrzekł po długiej chwili.

– Lubię do pary, ale tylko w sztajerze. Wedle rozkazu pana porucznika – dorzucił spiesznie, zobaczywszy groźną zmarszczkę na jego twarzy.

Dosięgli wreszcie Pyszek, a raczej ogromnej karczmy, stojącej na ostrym załamaniu drogi, pod starym, wyniosłym lasem. Już tam. stały wyprzężone pojazdy i część służby porozdziewana do koszuli grała w karty pod drzewami.

Rudy Żyd, karczmarz, kłaniając się jarmułką objaśniał, że piknik odbywa się nad rzeką, i ruszył wskazywać drogę. Zaręba zabrał ze sobą Staszka, który jakoś żałośnie zezował ku flachom, stojącym przy graczach.

I zaledwie weszli na wąską, leśną drożynę, dosyć gwałtownie spadającą do Niemna, gdy doszły ich grania fletów i śpiewy.

Socjeta bowiem rozłożyła się tuż za lasem, na wielkiej polanie, pokrytej bujną trawą i porośniętej rzadko stojącymi dębami. Niemen połyskiwał w dole modrą i krętą drogą, po której tu i owdzie bieliły się ogromne płachty żaglów. Czas był cichy, przedwieczorny, słońce wisiało już nisko nad lasami, że dęby kładły długie cienie, a powietrze przesycone oroszonym zapachem nagrzanych lasów było pełne mgiełek, włóczących się po nizinach błękitnawymi welonami.

I w tej upajającej cichości, nakrytej przeczystą kopułą nieba, wybuchał chór cudnych, dziewczęcych głosów i śpiewał srebrzystą kaskadą przy wtórze fletrowersów i dalekich, zamierających dzwonieniach.

Il pleut, il pleut, bergere,
Presse tes blancs moutons;
Allons sous ma chaumiere,
Bergere, vite, allons!

Wołały czułe głosy i chór, kołysząc się rytmicznie w pośrodku polany niby grzęda kwiatów pod powiewem, powtarzał co pewien czas tę zwrotkę, a Terenia stojąc na przedzie wybijała takt laską i wiodła piosenkę niezmiernie wysokim i ślicznym głosem.

Wszystkie były przebrane za pasterki w jasne, krótkie sukienki, przepasane szarfami, w słomiane wielkie kapelusze, zawiązane pod brodą; miały w rękach wysokie trzciny, przyozdobione pękami wstążek i złocone koszyczki przewieszone przez ramiona.

Muzykanci, skryci w jakimś krzaku, że im tylko wystawały głowy, zwieńczone kwiatami, przygrywali na fletrowersach i piszczałkach.

Zaręba, porwany nadzwyczajnym aspektem, ruszył spiesznie ku nim, ale osadził go na miejscu i zawrócił głos szambelanowej.

– Czekałam! – szepnęła tkliwie, wskazując miejsce przy sobie. Przysiadł radośnie. Grupy strojnych dam i świetnych kawalerów, jakby wycięte z ostatnich paryskich kopersztychów, krążyły cicho rozszeptane; gdzie znów czuli Celadonowie rozciągali się na trawie u nóg swoich Astrei, siedzących na kobierczykach i poduszkach; rozamorowane pary promenowały po peryferii wielkiego koła, chytrze cyrkulując ku niedalekim gąszczom; niektórzy zabawiali się w jakieś gry srodze hałaśliwe; jeszcze inni próbowali tańcować, ale większość miała twarze znudzone, ospałe ruchy i żałosne spojrzenia. Na próżno kapela wygrywała skoczne dryganty, sztajery i menuety, liberia, w białych kosmatych surdutach, niestrudzenie roznosiła słodkie muszkatele i alikanty, a czarujące gospodynie usiłowały ożywić gnuśną zabawę – nuda nie dała się rozproszyć.

Nie pomogły nawet bałabajki, chóry i trepaki grenadierskich gemejnów, sprowadzone przez von Bluma i jego przyjaciół. Dostały estymacyjny aplauz i garść dukatów za swoje wrzaski nieludzkie i dzikie skoki, nie zdoławszy nikogo prawdziwie usatysfakcjonować.

Nie rozśmieszał również słynny baranek pani Nowakowskiej, który wyzłoconymi rogami trykał zuchwale każdego, kogo mógł tylko dosięgnąć, ku słodkiej radości swojej pani, obsypującej go co chwila pieszczotami.

– Ale co robi Woyna przy tej zwiędłej Klelii? – dziwił się Zaręba.

– Nawraca ją na cnotę, na złość braciom Krotowskim.

– I jakąż rolę gra to rogate bydlę! – wskazał baranka.

– Nie myślisz przecież o mężu? – zaśmiała się ironicznie. – Baranek to jej wierny przyjaciel, nigdy się z nim nie rozstaje, nawet wizytuje w jego asyście.

– Imaginuję sobie ten aspekt! – śmiał się ironicznie.

– Wkracza do salonów niby zwycięska Aurora; biały baranek w złotych lejcach na przedzie, a z boków jej nieodstępni wielbiciele, bracia Krotowscy.

– Byłoby jeszcze ucieszniej, gdyby jeździła w tych trzech osłów.

– I często ją widują w okolicznych boskietach błądzącą z barankiem, jakby szukała czułych berżerków i słodkiej solitudy w ustronnych kabankach.

– Łacno znajdzie, czego szuka: tyle obozów w okolicach Grodna! – drwił rubasznie. Obrażona jego słowami, szepnęła z żałosnym wyrzutem:

– Tylko kobieta może śnić o szczęściu au pays du tendre!

– Ach! – podchwycił złośliwie – tam, gdzie płyną te czarowne rzeki: Estime, Inclination, Tendresse! Tam, gdzie to parfait amour prowadzą des billets doux, petits soins, a zwłaszcza szczodre cadeaux! Znam ja te bałamutnie.

– Jota w jotę to samo powtarza szambelan – odparła wzgardliwie.

– Jakże jego zdrowie? – rzucił z uśmiechem.

– Spytaj się Tereni, a mnie menażuj!

Orzechowe, tygrysie oczy zapłonęły gniewem i rumieniec opylił jej policzki, ale on, nie zważając na jej oburzenie, wskazał jakąś grupę dam i spytał:

– Któż to ta cudna blondyna? Ależ prześliczna!

– To Chapeau a 1'anglais et Châle de Casimirs!

Spojrzał, nic nie rozumiejąc.

– No tak, a tamta obok, drobna i ruchliwa, to Capote en crepe amaranthe; trzecia, brunetka z orlim nosem, to Chapeau de velours a fond plissé, zaś czwarta to Spencer de linon i Capote de taffetas. Nazywam stroje, gdyż wszystko, co bym rzekła o personach, może ci się znowu wydać bałamutnią, godną jedynie drwiny – mówiła zjadliwie.

Nim zdążył odparować ten mściwy sztych, zerwały się wrzawy. Kapela buchnęła fanfarą, w lesie trzasnęły salwy karabinowe, sperlone kielichy szampańskiego jęły gęsto krążyć, a von Blum wiwatował ogniście na cześć dam biorących udział w pikniku. Jeszcze nie przebrzmiały rzęsiste brawa, gdy Woyna zadzwonił laską w kryształową wazę od ponczu.

– Woyna odpowiada! Cicho! Woyna wnosi toast! – wołano zewsząd, otaczając go zwartym kołem.

Woyna wstał ociężale i podnosząc filiżankę zawołał:

– Chciałem tylko prosić o cukier do czarnej kawy!

Po chwilowym osłupieniu wybuchnęły szalone śmiechy, a Terenia przypadłszy do Zaręby zaczęła gorączkowo molestować:

– Mój złoty, niech Woyna odpowie Blumowi. Przecież Blum

urządzał piknik i pił nasze zdrowie, i należy mu się podziękowanie. Byłoby niepoczciwie. Niech pan idzie ze mną i pro- si. Tylko prędko!

Rad nierad musiał jej posłuchać, ale Woyna, rozpowiadający właśnie jakąś facecję, od której słuchacze pękali ze śmiechu, ani chciał słuchać o toaście.

– Jaki niedobry! Jaki niegodziwy! Jaki... powiem Marcinowi... niech on... – szeptała połykając łzy i na piersiach szambelanowej wypłakała swój gorzki zawód wyrzekając na wszystkich, przy czym dostało się i Zarębie. – To pan powinien. Zawsze oficjer odpowiada oficjerowi. Żeby był Marcin!... W Kozienicach to sam papa pił zdrowie huzarów!

– Żebym tu miał swoją baterię, tobym im zawiwatował!

Pokazała mu koniuszczek języczka i ponieważ zabrzmiały pierwsze dźwięki angleza, wytarła spiesznie oczy, poprawiła kapelusza i po chwili już tańcowała w pierwszą parę z von Blumem, różowa, uśmiechnięta i tak cudna w pląsach, dygach i minach, że porywała wszystkie oczy.

– Terenia nie na żarty zajęta tym drągalem.

– Zwykły marivaudage, cale zabawny a nie grzeszny..

– Mam o tym oficjerze relacje godne ostatniego huncwota.

– Ależ to najtklawszy z trubadurów, sama wzniosłość. Uwielbia go.

– Wszak ma narzeczonego, którego pono kocha – zauważył surowo.

– Cóż to przeszkadza? Będę broniła świętych praw miłości! – rzekła wyzywająco, wpierając się ramieniem w jego pierś, gdyż znowu siedzieli przy sobie na kobiercu. Zadygotał i zazierając z bliska w jej twarz nieprawdopodobnie piękną szepnął z bladym uśmiechem:

– I nie wódź mnie na pokuszenie!

– Pragnęłam, abyś przyjechał!

Przymknęła oczy wysuwając nabrzmiałe usta podobne do napiętego łuku. Dyszała coraz szybciej.

– Myślami byłem zawsze przy tobie! – wymówił ledwie dosłyszalnie

– Pozostań, nie odchodź, pozostań przy mnie! – rwały się ciche, palące słowa. Podniosła nagle powieki zatapiając w nim ogniste szpony oczu, aż cofnął się mimo woli, jakby pod dotknięciem rozpalonego żelaza i rzekł smutnie:

– By znowu być wypędzonym z raju!

– Wszystko się stało malgré moi. Ani wiesz, w jakich żyję supirach, ani wiesz!

– A ja! A ja! – jęknął, pobladły śmiertelnie i chwycił się za serce.

– Uwielbiam cię! Muszę ci dzisiaj wszystko opowiedzieć. Wszystko! Poświęć mi dzisiejszy wieczór... Powstańmy, idzie ku nam pani Ożarowska i hrabina Camelli.

– Jakąż nową kabałę mi gotuje? – pomyślał odstępując nieco, gdyż grono dam, przybyłych z przyjęcia u Sieversa, otoczyło szambelanową. Patrzył na nią znacznie chłodniej, jakby oprzytomniony jej namiętnymi półsłówkami, w które nie uwierzył i sama ich pamięć sprawiała mu przykrość.

– Kłamała, jutro to samo powie drugiemu. Rozeszła się z Cycjanowem i mniema o mnie, że w braku laku dobry i opłatek. Nazbyt zadufana w moce swoich wdzięków – przeżuwał posępnie.

– Cóż, rycerzu – zaszeptał Woyna przystępując do niego – twierdza wywiesza białą chorągiew i gwałtownie pragnie kapitulować.

– Stare fortele dla pognębienia łatwowiernych – odparł tym samym tonem.

– Nieźle filujesz miłosne karty, mógłbyś zagrać va banque!

– Gdyby mnie nęciła wygrana – uśmiechnął się apatycznie

– Jakże ci się dzieje w Grodnie? – zaczął z inne strony.

– A tłukę się jak Marek po piekle. Jak wiesz, byłem na sejmie, byłem dzisiaj u króla, byłem nawet u Sieversa. Patrzę, słucham, rozważam i zaczynam mniemać, że albo ja jestem niespełna rozumu, albo powszechność.

– Dlaczego? Rezolwuj powiedzieć prawdę.

– Znasz ją lepiej ode mnie – rzekł smutnie. – A na dobitkę przed godziną widziałem prawie całą Rzeczpospolitą u nóg Sieversa. Ale ożeniłem swoją rozpacz z nadzieją i tym salwuję zmysły.

– Nie pora i miejsce na dyskursy w tej materii – zauważył ostrożnie Woyna.

– Tym wykręcają się wszyscy od spojrzenia prawdzie w oczy.

– Bo może i lepiej nie znać jej spojrzenia. Jakże znajdujesz piknik?

– Nad wyraz nudnym. Przynajmniej dla mnie.

– Masz rację, chociaż von Blum i jego kamraci nie szczędzą trudów i ekspensów, aby piknik zrobić prawdziwie champetre.

– Tandem zabawimy się dzięki ich wspaniałomyślnej łaskawości.

– Kniaź Cycjanow, Blum, Arseniew i drudzy tegoż autoramentu rycerze zapragnęli się odwdzięczyć całej socjecie za ciągłe bale i asamble.

– Jacy poczciwi, ale odbiją to sobie i jeszcze z dobrym profitem. Blum ma już nawet niezłą eksperiencją.

Opowiedział jego historię z Karpińskim.

Woyna nie wziął jej zbytnio do serca, tylko podparłszy wargę złotą gałką laski zauważył jadowicie:

– Z tego konkluzja, że Blum jest "czynnym obywartelem". Tak nazywają rojaliści jakobinów i złodziejaszków. A gdzieś powiedziano: "Kto nie łupi ze skóry bliźniego, ten będzie złupiony." Nie wiem, czy moja cytacja jest wierna, muszę się o to spytać biskupa Kossakowskiego. Ale pójdźmy złożyć powinne hołdy pani Ożarowskiej.

Zastąpiła im drogę panna Terenia, impetycznie napadając na Zarębę.

– To waćpan tak się mną opiekuje! – wołała krotochwilnie.

– Musiałem ustąpić przed kapitańską szarżą. Gdzie mi się równać z von Blumem!

– Aha, teraz wiem, co w trawie piszczy! Zaraz powiem Izie, jaki waćpan dla mnie czuły! Dygnęła z komiczną przesadą i poleciała.

– Biedny Marcin, jeśli ją bierze na serio! Jej tylko w głowie zabawy i amuretki.

– Wszystkie takie same – syknął Woyna z nienawiścią. – Coraz więcej admiruję rozum Mahometa. To jedyny z mędrców, który pojął naturę kobiety i dał, czego jej było potrzeba: haremowe więzienie, a w perspektywie stryczek. Kobieta jest najpiękniejszym tworem natury, ale szkoda, że również nieudanym.

– Starościc znowu coś wygaduje na kobiety! – zaśmiała się pani Ożarowska, zbliżając się do nich w otoczeniu dam i całego dworu młodzieży i oficerów.

– Właśnie sławiłem Mahometa i rozkosze haremów.

– Więc pan nienawidzi kobiet? – pytała hrabina Camelli.

– Z rozpaczy, że nie mogę wszystkich na raz uwielbiać!

– Za taką nienawiść powinien być skazany na dożywotnie małżeństwo.

– Litości, kara zbyt okrutna! – wołał jakiś fircyk we fraku zébré.

– Nudna i przy tym cale w złym guście! – wyrokował jeden z braci Krotowskich.

– Waćpan naprawdę sławi haremy? – napierała księżniczka Czetwertyńska.

– Lubię przywileje, które mogę utrzymać batem i pieszczotą! – drwił już po swojemu, puszczając takie szmermele dowcipów i złośliwości, że śmiano się powszechnie mimo ich kolącej zaprawy. Szambelanowa przysunąwszy się do Zaręby szepnęła:

– Chciałabym wyjechać prędzej i niepostrzeżenie.

– Czekam twojego skinienia!

I gdy odeszła, przywołał Staszka, który coś zbyt żarliwie gospodarzył przy zielonej "teledze", gdzie były zapasy oficerów.

– Niech Maciuś będzie gotowy każdej chwili!

– Kiedy proszę pana porucznika – spojrzał z rozpaczą na antały – kiedy ma być jeszcze iluminacja... kiedy...

Język mu się już plątał, ale spotkawszy chmurny wzrok sprężył się i odszedł krokiem wojskowym. Zaręba chciał się odsunąć od towarzystwa, lecz co chwila ogarniały go różne grupy i musiał rozmawiać, prawić komplimenty, ściskać jakieś dłonie i pić, pomimo że nudziła go cała zabawa, drażniły rozwdzięczone damy, a ci Sieversowi oficerkowie butni, przesadnie szarmanccy dla dam, a zbyt protekcjonalni dla mężczyzn, doprowadzali go do gniewu. W końcu już rozmyślnie rzucał im gryzące, urągliwe słówka, potrącał łokciami, a przy najlżejszej oznace niecierpliwości kładł wyzywająco dłoń na rękojeści szpady. Zwłaszcza bolał go do żywego Blum, nie odstępujący ani na chwilę Tereni, ale i ten pomimo wyraźnych zaczepek i docinków nie dał się wyprowadzić z równowagi przyjmując wszystko pobłażliwym uśmiechem. Dał im wreszcie spokój pod wpływem namiętnych spojrzeń szambelanowej, która jakby nad nim czuwała z niezrównaną tkliwością, mistrzowsko przy tym grając uwielbienie i miłość, gdyż co chwila znajdowała się na jego drodze, wciąż spotykał jej miłujące oczy, wciąż brał słówka, dyszące żarem i rzucane w przelocie; to poczuł dotknięcie jej dłoni lub musnęły go pachnące loki, to wyróżniała go w tak znaczący sposób, że budziły się powszechne szepty i zazdrosne spojrzenia kawalerów, zakładających nadzieję na spadek po Cycjanowie. Nawet chwilami sprawiało mu to radość i wtedy tryumfująco toczył oczyma po twarzach rywali, ale jeszcze częściej przyjmował te wyznania z niechęcią i niepokojem.

– Nęci mnie jak dziecko figą!

Ledwie pomyślał, gdy stanęła przy nim.

– Za chwilę będą jakieś siurpryzy, a potem się wymkniemy. Milczysz?

– Modlę się do ciebie! – z trudem złożył ten gładki a kłamliwy frazes.

– Masz w moim sercu świątynię! – wionął jej szept i odeszła.

– Raczej tam oberża, gdzie popasa, kto chce! – rozmyślał zastanawiając się równocześnie, skąd się w nim bierze ta dziwna złość i rozdrażnienie, gdy o parę kroków ukazał się Nowakowski. Obok niego szedł jakiś jegomość z brzuchem beczkowatym i gębą świecącą się jak miska zrumienionego masła; miał na sobie płócienny kitel, przepasany prostym, rzemiennym pasem, u którego wisiała szabla w czarnej, żelaznej pochwie. Szlachcic miał minę kutego franta i sejmikowego opoja, lecz zobaczywszy damy zdjął wyszarzaną czapę, musnął konopne wąsiska i kłaniał się na wsze strony. Smukły pacholik, w granatowym żupaniku i z twarzą cherubina trzymał się jego boku.

Nowakowski szepnął coś Blumowi, a ten uprzejmie podszedł do nieznajomego.

– Prosimy do kompanii na podwieczorek!

– Z kimże mam honor? Jestem Kulesza, stolnikowicz liwski, a to mój syn!

– Siadajże waszmość bez ceregieli! – zapraszał zniecierpliwiony Nowakowski.

Musieli jednak się zaprezentować i przedstawić go damom; cmokał w rączki wszystkie po kolei, aż do pokojówek, tylko że pierzchnęły na strony.

– Ptaszyny nie skubane zawsze są płochliwe. Jasiu, puc dobrodziki w rączki! Jasio, rozczerwieniony jak piwonia, dziw, że się nie rozbeczał z onieśmielenia, lecz pod srogim okiem rodzica całować musiał, aż damy wzięły go pomiędzy siebie i admirując jego urodę jęły go paść cukrami niby ptaszka, głaskać, a w końcu i całować bardzo tkliwie.

– Musi nas waszmość dogonić! – śmiał się Blum nalewając Kuleszy wielki kielich.

– Ex fructibus eorum cognoscetis eos.

Mlasnął językiem o podniebienie, jakby kto strzelił z bicza i połknął kielich.

– Fraszki małe ptaszki! Nie z takimi miewałem sprawę. Mogę wyciągnąć ten antał do ostatniej kropli nie odejmując gęby – wskazał spory półbeczek, leżący na koziołkach.

– Trzyma z pięć garncy!

Wziął go za wątory i zważył.

– Wypijesz waćpan? – zawołał Woyna zdziwiony. – Jednym tchem?

– In magnis et voluisse sat est. A kto chce, dokona – rzekł chełpliwie.

– Łacina przednia, brzuch bernardyński, ale zakład, że waćpan nie zmoże.

– Trzymam, że wypiję! – wyciągnął rękę mrugając chytrze

zapuchłymi oczkami.

– Stawiam dwadzieścia pięć dukatów contra! – gorączkował się Woyna.

– Ja stawiam za nim! – zawołał Blum, zawsze skory do azardów.

– I ja! i ja! – ozwały się liczne głosy. Otoczyli go ze wszystkich stron, zbiegły się nawet damy rozpytując z ciekawością, co by się stało?

– Mości panowie, nóżki na stół – krzyknął Woyna sypiąc do jakiejś czapki swoje dukaty; za nim poszli drudzy, że po chwili zebrało się pięćdziesiąt cząntych złotych.

– Przyjmujesz asan zakład? W puli jest pięćdziesiąt cząntych!

– Przyjmuję! Pecuniae oboediunt omnia – wyrzekł uroczyście.

– Wypijesz – dukaty twoje, a nie, to pięćdziesiąt odlewanych bizunów wrzepimy aspanowi. Oto nasze warunki! – wyrokował stanowczo Nowakowski.

– Zgoda, ale baty na kobiercu. Szlachcic jestem jak i waszmoście...

– Dobrze! Bierz się aspan do dzieła! Jużci, że na kobiercu! – wołano. Odwrócił się, by rozpiąć pas i hajdawery, szablę wetknął w ziemię, zawiesił na niej czapę i zasiadłszy na trawie kazał sobie podłożyć pod łopatki zwinięty w rurę kobierczyk.

– Te, chamy, odbijać szpunt! – krzyknął z góry na służbę.

Staszek wyciągnął go sprawnie i podał beczułkę.

Kulesza się przeżegnał, chwycił antał za wątory i podniósłszy go nad usta przechylił się nieco w tył i jął wlewać w siebie wino.

Zrobiło się cicho, nawet muzyka umilkła, wszyscy się zbiegli na to widowisko wlepiając w niego oczy, a on pił i pił robiąc jeno grdyką i sapiąc, przechylał się coraz bardziej, aż wsparł się plecami o kobierczyk i ciągnął coraz wolniej.

Oczy mu już wyłaziły na wierzch, pot rzęsisty oblewał pośmiała twarz, żyły na szyi nabrzmiewały niby postronki, a brzuch pęczniał z przerażającą szybkością.

Scena z krotochwilnej stawała się tak wstrętną, że damy pouciekały, zaś młodzież z niepokojącym biciem serca wyczekiwała tej chwili, gdy Kulesza dopił ostatniej kropli, antał odrzucił i zabełkotał:

– Nil adimrari! Słowo się rzekło, kobyłka u płotu! Jasiu, czuwaj! I zwalił się na trawę śmiertelnie pijany.

Pacholik czapkę z dukatami podsunął mu pod głowę i jął źdźbłem trawy ekscytować gardziel ojcowską, aż dobroczynny skutek nastąpił.

Wszyscy odsunęli się z obrzydzeniem, tylko jeden Staszek z

dziwną troskliwością okrywał pijanemu twarz połą kitla sięgając zarazem do dukatów, ale Jasio warknął groźnie:

– Nie ruszaj, bo po łbie oberwiesz!

I buńczucznie chwycił za szerpentynkę.

– Żeby się tylko nie dopił Królestwa Niebieskiego – kłopotał się Zaręba.

– Wyśpi się i jutro znowu będzie gotów! Ma spust, niech go kule biją.

– Opój to znany w całej Rzeczypospolitej! Wprawiał się pono pod protekcją samego świętej pamięci księcia Panie Kochanku! Ale majster! – zdumiewał się Nowakowski.

– Skądżeś go waszmość wytrzasnął?

– Spod karczmy, prawił mi takie facecje i tak szpikował łaciną, że zabrałem go dla rozweselenia towarzystwa. Nie myślałem, że on aż taki gracz! Dokąd jedziecie? – zwrócił się do chłopaka.

– Na sejm do Grodna – odparł szorując chustą oblicze ojcowskie.

– Znajdzie godnych kompanionów, ale wątpię, zali go kto przepije!

– Są jeszcze sławne gardziele, zwłaszcza pomiędzy szaraczkami. Mniemam też, jako Podhorski mógłby z nim stanąć do rozprawy.

– Pięć garncy borgońskiego jednym tchem nie wypije. To proste bydlę z tego stolnikowicza – syknął z obrzydzeniem Woyna i poszedł wraz z Zarębą do pań, wielce zafrasowanych kaprysem księżniczki Czetwertyńskiej, której gwałtownie zachciało się świeżego mleka. Blum był zrozpaczony, gdyż mleka nie było w zapasach ani nawet w karczmie. Na szczęście ktoś rzucił projekt sprowadzenia krowy z najbliższego pastwiska.

Pobiegło na tę bohaterską wyprawę trzech Krotowskich z paru oficerami, a po jakimś czasie ukazali się na polanie pchając jakąś ryczącą krowinę; za nimi leciała, lamentując w niebogłosy, pastuszka z rozwianymi włosami.

– Jest mleko! – wołał tryumfująco Blum – ale kto je wydoi?

– Naturalnie, że ją sama – oświadczyła rezolutnie księżniczka.

– Fe, ależ ona okropnie pachnie oborą! – krzywiła się pani Nowakowska.

– Nawet w romansach krowy nie pachną liliami – zauważył drwiąco Woyna. – Można ją wreszcie skropić wonnościami, to będzie bardzo poetycznie.

Jakoż istotnie wymyto jej wymiona larendogrą i całą zlano wonnościami ku powszechnemu roztkliwieniu a wielkiej uciesze służby. Szczególniej Staszek, stojący za swoim panem, wprost pękał od konwulsyjnego śmiechu.

– Proszę pana porucznika, bo się wścieknę... O mój Jezu, że to moje grzeszne oczy jeszcze się czegoś podobnego doczekały! O psia twarz! hi! hi!

Krowę wprowadzono ceremonialnie na rozpostarty kobierzec, służba przytrzymała ją za rogi, grzbiet i ogon, księżniczka siadła pod nią na stosie poduszek i wśród nabożnej ciszy zaczęła doić do jakiejś wazy.

– Boski obraz! Sublime! Czarująca! Invoyable! – sypnęły się naraz zachwyty, gdy księżniczka nadoiwszy z pół wazy uniosła ją do góry i zawołała:

– Kto pragnie, tego napoję prawdziwym nektarem!

Naturalnie zapragnęli wszyscy, lecz tylko niewielu dotknęło ustami świętej czary i piło jakby w ekstazie wniebowzięcia i nieopowiedzianej szczęśliwości, a kiedy przyszła kolej na Woynę, ten zauważył:

– Przedziwna przemiana: krowa czarno–biała a mleko fiołkowe!

– Prawda! Ależ to cud! Niebywałe! Mleko fiołkowe! – zdumiewała się powszechność.

– I nawet pachnie fiołkami – dowodziła z powagą pani Ożarowska.

– Księżniczka doiła w rękawiczkach i puściły farbę – zaśmiał się Woyna. Księżniczka podniosła ręce. Jakoż długie, fiołkowe rękawiczki, haftowane złotem, były na palcach i dłoniach już prawie białe, puściły od mleka.

Zaperliły się dyskretne chichoty, a Woyna znowu rzekł:

– Tak się kończą wszelakie cudowności.

– Obrzydliwy wolterianin – szepnęła srodze dotknięta pani Nowakowska.

Juści, że natychmiast mleko wylano na ziemię i krowę odpędzono ze wzgardą. Ale ktoś zauważył pastuszkę, stojącą jakby w osłupieniu pod dębem.

– Śliczna dziewczyna! Czyjaś ty?

– A tatusiowa! – skoczyła do krowy, szczypiącej trawę o parę kroków.

– Przebrać ją, a dałaby obraz leśnej driady – powiedziała hrabina Camelli. Panie pochwyciwszy w lot ten pomysł złapały dziewczynę, powiodły w gąszcze i mimo jej wrzasków i płaczów przebierały spiesznie na nimfę.

Tymczasem stonce już zaszło, białawe mgły zalewały polanę, mrok obtulał lasy i rozpełzał się po nizinach; zapalono wielkie ogniska, bijące skołtunionymi chlustami dymów i płomieni. Gdzieś od Niemna rozlegały się przeciągłe porykiwania krów spędzanych i dalekie, ściszone śpiewania.

Towarzystwo zaczęło zbierać się do odwrotu i powstawały krzyki na służbę, szukania zagubionych rzeczy i bieganina pełna śmiechów i zamętu.

Zaręba był już mocno zniecierpliwiony daremnym wyczekiwaniem na znak od szambelanowej, ale jeszcze czekał trzymając się jej z bliska, chociaż nie zamieniła z nim ani jednego słowa, wielce rozbawiona otaczającą ją młodzieżą.

Już ruszali ku karczmie i powozom, gdy naraz z gąszczów wybłysnęło kilkadziesiąt pochodni, a w ich płomiennym obramieniu pokazała się kapela faunów i dmąc ze wszystkich sił w piszczałki wiodła w pośrodku zasromaną i nieprzytomną pastuszkę przybraną za nimfę; na lnianych, rozpuszczonych włosach miała wieniec kwiatów; była prawie naga, pokryta jeno girlandami z traw i zieleni; sukienczyna, podpięta z boków nad kolanami, odsłaniała jej chude i brudne nożęta. Szła pełna lęku i oszołomienia, łzy ryły po jej twarzy wyróżowanej głębokie bruzdy, ale niebieskie oczki świeciły zachwyceniem i na otwartych ustach kwitnął uśmiech dziecinnego oczarowania.

Obraz, pomimo dziwaczności, był zgoła niepowszedni, a pastuszka tak pełna dzikiej piękności i spłoszonego wdzięku, że porwały się brawa i krzyki zachwytów.

– Po prostu cudowna! Trzeba ją zabrać do Grodna – zawyrokowała pani Ożarowska.

– Złowiliśmy leśną rusałkę i zawieziemy ją całą kawalkatą pani Dziekońskiej.

– Ani by kto zdołał wyimaginować na kopersztychu coś piękniejszego! – wołano. Nikt już nie zwracał uwagi na śpiącego w trawie Kuleszę ni na Jasia, który przy nim siedział. Spłynęli z polany wzburzoną falą i mroki leśne rozedrgały się migotem pochodni, świegotem fletrowersów i wrzawą podnieconych głosów.

– Czekam na ciebie. O północy będzie światło od ogrodu. Kocham! – posłyszał naraz Zaręba i zarazem jakieś palące usta spadły na jego usta w tak straszliwie żarłocznym pocałunku, aż zbrakło mu tchu i w oczach zaiskrzyły się gwiazdy.

Po chwili znowu szedł leśną drożyną. Szambelanowa rozwiała się w ciemnościach i tylko usłyszał jej srebrzysty śmiech gdzieś w pośrodku towarzystwa.

Obejrzał się trwożnie; był sam, nawet Staszek raptem gdzieś zniknął.

Przed karczmą już stały gotowe pojazdy; do pierwszego wsiadła szambelanowa wraz z panią Ożarowską, księżniczką Czetwertyńską, hrabiną Camelli i z nimfą, którą troskliwie usadziły między sobą; reszta siadała, jak się komu podobało.

Pojazdy wyciągnęły się długim gąsiorem, a każdy był poprzedzany przez dwóch konnych hajduków z pochodniami w rękach i czerwonego kapelistę z gotowymi trąbami przy wargach, którzy na jakiś znak huknęli tryumfalną fanfarę i cała kawalkata sprawnie ruszyła.

Było już zupełnie ciemno. Noc szła cicha, przejęta pachnącą wilgocią łąk i nagrzana; białe pnie brzóz przydrożnych i obwisłe wisiory gałęzi majaczyły sennie w blaskach pochodni; w bliskich wioskach psy zajadle naszczekiwały.

– Jezus Maria! – wrzasnęła naraz pani Ożarowska rzucając się w tył, gdyż nad drzwiczkami pokazała się jakaś rozkudłana głowa i jęknął płaczliwy głos:

– To moje dziecko! Oddajta mi dziecko!

– Głupi pejzanie, przyjdź jutro do pałacu, to odbierzesz swój skarb! – ofuknęła wtykając mu w rękę dukata, lecz równocześnie Blum natarł na niego koniem i ściągnąwszy harapem przez plecy krzyknął rozgniewany:

– Poszoł won, a to zatłuc każę!

Chłop z jękiem zwalił się na ziemię. Odpowiedział mu rozdzierający krzyk z powozu, lecz wszystko utonęło w grzmiących dźwiękach trąb, w turkotach i końskich tętentach.

Zaręba, jadący prawie na samym końcu, tak był pogrążony w miłosnych rozważaniach, że nawet nie poczuł, gdy Maciuś raptownie wstrzymał konie.

Bowiem na przedzie kawalkaty powstało zamieszanie: pochodnie się skłębiły i pojazdy spiesznie zjeżdżały na bok, gdyż naprzeciw, od Grodna, pędził całą szerokością drogi oddział jakowejś jazdy.

– Wali na nas konnica – meldował Staszek – kozunie, eskortują kibitkę. Już czarna chmara pędzących jeźdźców była o kilkadziesiąt kroków, gdy naraz wyrwał się z niej ogromny, rozpaczliwy krzyk:

– Pomocy! Ratunku!

Zaręba odruchowo chwycił za rękojeść i rzucił krótki rozkaz:

– Na lewo, zastaw barierą, w konie!

Maciuś zebrał lejce, skręcił z miejsca, konie poderwał i runął koczem pod nadbiegającą kupę; równocześnie huknął strzał, dyszlowy u kibitki zwalił się na ziemię, reszta się splątała i powstał nieopisany wrzask i tumult.

– Ratunku! – zacharczał po raz ostatni przyduszony głos.

Zaręba ze Staszkiem skoczyli ku kibitce, ale zastąpiły im w porę rury karabinów, mur pier– si końskich i rozwścieczony głos oficera:

– Z drogi! Sztafeta jej imperatorskiej mości! Z drogi tam, bo każę strzelać! Niepodobna było już marzyć o odbiciu wiezionego.

Przyjechał Blum z towarzyszami, rozbłysnęły pochodnie, odcinano postrzelonego konia, zaś oficer eskortujący krzyczał wymachując groźnie pięściami, ale Blum jakoś łacno go udobruchał i wkrótce kozacy zwarli się dokoła kibitki, świsnęły nahaje, oddział spiesznie ruszył i przepadł w nocy.

– Konie się zestrachały, ledwie powstrzymał – odezwał się spokojnie Zaręba do Bluma, który patrzał jakoś podejrzliwie, ale odjechał bez słowa.

– Z paradą juchy eskortują na Sybir – mruknął Maciuś oglądając się za siebie.

– Gdzie Staszek? – Był wściekły, że dał się porwać pierwszemu wrażeniu.

– Znurował gdziesik ze strachu, ale taki obwieś nie zginie.

– Diabli, mogłem się wkopać w ciężką kabałę – medytował i już nie pojechał za szambelanową do pani Dziekońskiej, tylko prosto do domu.

Kacper już czekał z relacją opowiadając z poczciwą chełpliwością o swoich werbowaniach, zabiegach i tryumfach.

– Ilu masz i gdzie kwaterują? – przerwał mu niecierpliwie.

– Stu dziesięciu w lasach poniemuńskich, ze dwie godziny drogi Niemnem. Łodzie już narychtowane, pojedziemy o północy, akuratnie w porę obluzu warty nad rzeką. Zobaczy pan porucznik, co to za naród: chłopy wybrane i aż kwiczą do wrażego mięsa. Komendę nad nimi dałem Furdzikowi. Stary bombardier z Połonnego. Wziął ich z miejsca za łby przy samej skórze.

– Gdzieżeś nałowił aż tyla? – z niepokojem spojrzał na zegarek.

– Trochę ojciec Serafin powyciągał z różnych dziupli, trochę wygrzebałem od grodzieńskich łyczków, gdzie się pozaszywali, a resztę odbiłem cale uciesznym fortelem moskiewskim werbownikom. Cała to historia.

– Nie ciekawym! I wszystko dezerterzy?

Zaczął chodzić po izbie.

– Z bywszej dywizji ukraińskiej generała Lubowidzkiego; mało niewiele zdezarmowanych, boć większość bagnetami zapędzili w obcą służbę, więc kto poczciwszy, czekał jeno okoliczności do ucieczki. Chudziaki, wlekli się o zebranym chlebie, przebierali się tylko nocami a lasami, wielu z nich padło po drodze, a wielu pochwytanych skończyło pod kijami, ale każden z pozostałych wart dziesięciu kantonistów. Powiadali, że niech jeno pójdzie głos o wojnie, to ani jeden żołnierz nie pozostanie pod obcym znakiem. I tak całe tysiące przedzierają się z najdalszych stron do Korony. Nic to, że w Kijowie pochwyconych zbiegów obdzierają żywcem ze skóry, wplatają w koła i rozdzierają na ćwierci: który posłyszał w sobie święty głos ojczyzny, tego i śmierć nie powstrzyma!

– A nie powstrzyma! – powtórzył myśląc o czymś zupełnie innym.

– Gdzie pójdą?

– Pułkowi Działyńskiego brakuje trzystu ludzi do kompletu.

– Dobrze się składa, gdyż obiecałem, jako zaległą lafę dostaną w Warszawie. A po przysiędze jeszcze dzisiaj mają wziąć po pięć dukatów.

– I trzeba mi do nich pojechać? – spytał nagle.

– Czekają i nie można zwłóczyć ani godziny, bo szpieguny węszą po całej okolicy. Mam ich akuratnie wpisanych do tabeli, ale pan porucznik musi być przy przysiędze i dać pochodne planty, i wyznaczyć drogi.

Zaręba już nie słyszał, zapatrzony w chwiejny płomień świecy.

– "O północy... światło od ogrodu... kocham" – zaszeptały mu naraz słowa Izy przejmującą melodią upojenia. Zatrząsł nim rozkoszny dreszcz oczekiwania.

– Jak tam na dworze?

– Pochmurno i ani jednej gwiazdy. W sam raz dla nas!

– W sam raz! – powtórzył echowo, siadając przy stole ukrył twarz w dłoniach i z wolna zagłębił się marzeniem w tej nocy bezgwiezdnej. Jakiś park szemrał nad głową... przedzierał się gęstwinami... światełko w oddali... na szybach migotliwy cień... czeka, wypatruje... Jeszcze tylko parę kroków do raju...

Wybiła gdzieś jedenasta i Staszek pokornie stanął przy drzwiach.

– Za pół godziny musimy wyjść z domu – zabrzmiał stanowczy głos Kacpra. A jego nagle ogarnęła ciemność i chłód przejmujący do szpiku, wszystko się naraz rozwiało i przemówił nieubłagany głos obowiązku.

Powstał od stołu i rzucił krótko:

– Naszykuj pieniądze, trzeba się zbierać! – Odwrócił twarz jakby w obawie, że zdradzi się z tajemnicy i chodząc po pokoju znowu się oddawał marzeniom.

Ostatnie słowa Izy wciąż snuły mu się po mózgu jakby tęsknotą wszystkiej miłości i nadzieją wszystkiej rozkoszy świata, że chwilami rozglądał się oślepłymi oczyma za kapeluszem, szukał rękawiczek i nawet już brał za klamkę, ale nie poszedł, trzeźwiły go bowiem ufne oczy Kacpra, zdające się mówić: "a któren raz posłyszy w sobie święty głos ojczyzny, tego i śmierć nie powstrzyma."

– Więc już nigdy dla siebie! Więc już ani chwili własnego szczęścia? – Targał się w bezmiernym bólu, ale gdy Kacper naszykował mu ubranie na drogę, zaczął się bezwiednie przebierać. Naraz spostrzegłszy Staszka przyskoczył do niego z dzikim błyskiem oczu.

– Strzelałeś do kozaków?

Staszek pobladł i zabełkotał coś zgoła bez związku.

– Bez komendy? – syczał w największej pasji. – Ja cię nauczę gwizdać po kościele. Kacper, piętnaście kijów temu ultajowi!

Staszek rymnął z płaczem na ziemię.

– Zarobiłem dwadzieścia pięć i mniej nie wezmę – skowyczał obejmując go za nogi. – Zarobiłem rzetelnie, bo z tego mogło się stać nieszczęście! Mój kapitan nie pożałowałby mi pięćdziesięciu. Bij, Kacper, jak w bęben, tylko niech się na mnie nie gniewa pan porucznik.

Zaręba porwał go za kołnierz i postawiwszy przed sobą huknął:

– Nie wyłżesz się fortelami, weźmiesz jutro, co ci się należy!

– Już czas, panie poruczniku! – przypominał Kacper podając mu długą, wojskową kapotę. Ubrał się, popatrzył jeszcze raz na zegarek i westchnąwszy ciężko jakby nad grobem własnego szczęścia zawołał rozkazująco:

– W drogę! – I ruszył naprzód jakby w gwałtownej ucieczce.

V

Ale skoro się znaleźli za klasztornymi budynkami, Zaręba nakazał Staszkowi wracać i mieć szczególne baczenie na Maciusia i konie, a wszystkich podejrzanych włóczęgów kręcących się koło domu przepędzać kijem.

Staszek, dotknięty niełaską, żarliwie napierał się zabrania na wyprawę.

– Odrób pierwej kije, jakie ci grożą – fuknął gniewnie. – Kacper, prowadź! Kacper, odszukawszy w ciemnościach dróżkę pod drzewami, powiódł zygzakiem po zboczach w dół ku rzece.

Noc była ciemna, po niebie przewalały się bure, poszarpane łachmany chmur; czasami uderzył hukliwy, gorący wiatr, aż drzewa szarpały się jakby na uwięzi, a niekiedy szły głuche, niepokojące cichości.

Mijali jakieś domki pokryte w gąszczach sadów, to jakieś nory i legowiska, z których psy groźnie warczały, i wsunęli się pomiędzy dwa domy, stykające się prawie szczytami. Wąska szczelina prowadziła na ulicę Mostową, którą trzeba było przejść w poprzek, co przedstawiało pewne niebezpieczeństwo, gdyż o kilkanaście kroków na lewo nad zamkniętą łańcuchami rogatką paliła się latarnia i tuż pod nią stały konne i piesze straże.

Przemknęli się na czworakach i zaledwie przywarli w cieniu karczmy zamkniętej na głucho, gdy z góry od miasta rozległy się człapania koni.

– Obluz warty! – ostrzegł Kacper i zmacawszy drzwi otworzył je kluczem, i starannie zamknął za sobą. Sień, w której się znaleźli, szła na przestrzał domu; z boków, przez liche drzwi, sączyły się światła, ściszone głosy i brzęki szkieł.

Na podwórzu obstawionym szopami a pełnym wozów i koni kręciły się jakieś cienie, ale Kacper szedł śmiało do znanego sobie przejścia i wyszli na drogę, biegnącą od mostu w dół Niemna.

– Teraz będzie gorąco! – mruknął przepatrując ciemności; nie sposób było co dojrzeć nawet o parę kroków, bo wyniosłe nadbrzeżne wzgórza rzucały głębokie cienie na drogę i część rzeki mieniącej się połyskliwie.

Ruszyli z największą ostrożnością, przystając co chwila lub zapadając między szychty drzewa złożonego nad drogą, gdyż co kilka minut rozlegały się ciężkie tupoty koni przejeżdżających patrolów.

Po drugiej stronie Niemna dosyć gęsto błyskały ogniska biwaków.

– Strzegą jak fortecy.

– Co pięćdziesiąt kroków konny, zaś od pól rozstawiają nawet sekrety. Dosięgli jakiegoś domku, wciśniętego między drogę a rzekę, Kacper brzęknął w szybę umówionym sposobem i natychmiast zjawiło się dwóch ludzi.

– Gotowe, można jechać! – ktoś szepnął prowadząc nad sam brzeg, gęsto porośnięty krzakami, gdzie w głębokich cieniach taiła się łódź.

Weszli do niej i ten sam szept rozkazał:

– Położyć się na dnie.

Spełnili rozkaz, łódź drgnęła spływając na głębię niby łabędź i cicho a chybotliwie popłynęła nad brzegiem.

Rzeka bełkotała w ciemnościach; fale ściżbione i jakby zadyszane czołgały się z nieustannym, swarliwym dygotem, czasem któraś zamiotła z sykiem o piachy spienioną płetwą lub plusnęła w górę jak ryba.

Niebo wisiało nisko, wzdęte kłębowiska chmur zdały się gonić te wody wiecznie uciekające w niepokoju i trwodze.

Zarysy wzgórz przesuwały się czarnymi, pogarbionymi grzbietami.

Wiatr szumiał górą, że tylko czuby drzew poruszały się sennym szmerem. Noc była głucha i późna, po wsiach już zaczynały piać pierwsze kury.

Łódź sunęła śmiało, czujnie jednak, wymijając ławice piachów i oczy wedet; ciemność wiernie ją strzegła i siwe, rzadkie mgły obtulały wilgnymi zwojami.

Zaręba podniósł się nieco. Z górnych okien zamku, jakby gdzieś z chmur, błyskało jakieś światełko. Westchnął ciężko i opadł z powrotem na dno, szept Izy owionął go znowu przesłodką melodią miłości, niecąc zarazem przenikliwy, szarpiący żal. Leżał wpatrzony w niezgłębioną topiel nieba i cały w serdecznej udręce; szklane dźwięki fal, bełkoty, westchnienia wstające nie wiadomo skąd, ciekliwe pluski i tajemnicze gędźby nocy pomnażały jego mękę, każdy bowiem z tych głosów zadawał nową ranę budząc przypomnienia i nigdy nie ziszczone nadzieje i każdy był jakby szlochem pożegnań.

Ale w jakiejś chwili otrząsnął się z płonnych rozczulań nad samym sobą, wyżenął je precz niby kupę zwiędłego kwiecia i uniósłszy głowę nad burt łodzi przeglądał bacznie rzekę i czarne, ledwie dojrzane zarysy kozaków.

Mijali właśnie miejsce, gdzie Horodniczanka wpada do Niemna, gdy naraz uczyniło się jaśniej, chmury się nagle rozdarły i księżycowa srebrzysta smuga rozlała się po rzece wydając ich oczom straży.

– Stój! stój! – zakrzyczano groźnie z brzegów.

Łódź dała szalonego szczupaka i równocześnie huknął za nimi strzał.

– Pod brzeg! prędko! – rozkazywał Zaręba wyciągając pistolety.

W paru susach łódź znowu wpadła pod obwisłe gałęzie i uciekała.

– Stać! – rzucił ostro, chwytając się gałęzi.

Przewoźnicy zaparli łódź wiosłami, lecz nie mogąc poradzić prądowi, który ich gwałtownie znosił na środek, zsunęli się do wody i wstrzymali.

Zaręba i Kacper z pistoletami w rękach, zdeterminowani na wszystko, czekali tając oddechy i nasłuchując wrzasków, jakie się podniosły. Chwile zdały się być wiekami, patrole przysuwały się coraz bliżej i wśród przekleństw, nawoływań i bieganiny penetrowano brzegi, zajadle szyjąc pikami każdy krzaczek; słychać nawet było pluski wody pod kopytami i trzaski zapalanych pochodni.

– Bij z bliska na upatrzonego – ostrzegał spokojnie Zaręba.

Przewoźnicy szczękali zębami z zimna i przerażenia.

Ale po kilkunastu minutach straszliwej niepewności krzyki zaczęły ścichać i oddalać się, że przeczekawszy jeszcze pewien czas, ruszyli w dalszą drogę trzymając się długo cienistych brzegów.

Dopiero za Łososną, po wyminięciu grenadierskich obozów, i gdy zdradziecki księżyc przepadł w chmurach, łódź chlusnęła wartko na środek rzeki i poleciała jakby na skrzydłach.

Poniósł ją bowiem bystry prąd, rwały naprzód wiosła i popędzał wiatr, który był wstał dmąc im niezgorzej w plecy.

Skrzypiały dulki, bryzgały wyrzucane piany i wiosła niby długie płetwy biły raz po raz w takt pochylań się przewoźników, nie szczędzących gnatów.

Wpadli w lasy, schodzące z obu stron do samej wody, jakby na dno czarnej łyskotliwej rozpadliny, nakrytej szarą, wzburzoną płachtą obłoków.

Lecieli wskroś jakichś łąk, potrząśniętych białawym kożuchem mgieł i wrzących od skrzeczeń derkaczów, huczenia bąków i kwilących zawodzeń czajek.

Lecieli wskroś pól omglonych, pachnących gryką i dymami, gdzie od wiosek, nie dojrzanych w nocy, naszczekiwały psy i drżały jakby ciężkie westchnienia śpiących.

Było już blisko trzeciej i na wschodzie zaczynało się przecierać, gdy dobili pod wysokie wzgórze, pokryte lasem, i wysiedli.

– A jakże powrócicie? – troskał się Zaręba przeciągając strudzone kości.

– My już, niby to wyjechawszy jeszcze rano na połów, mamy poświarczenie mostowego, to wrócim przespiecznie, choćby i z pustymi sieciami.

Chciał im wetknąć po dukacie, nie wzięli jednak, a starszy rzekł z godnością:

– Nie dla grosza stawiwszy głowy. Ociec Serafin wpisał nas do polskiego bractwa, to służym z dobrej woli a powinności.

– Bym znał, komu winien jestem, wdzięczność!

– Trojakowski Szymon jestem, rybak, a to mój syn, Wojciech.

Gorąco uścisnął im spracowane ręce, wzruszony tym szczerym oddaniem się sprawie, i poszedł za Kacprem w górę, niezmiernie stromą i śliską ścieżyną. Bór ich ogarnął nieprzeniknioną ciemnością, szli omackiem, natykając się co chwila na pnie, stojące zwartym gąszczem; dopiero na szczycie zrobiło się nieco jaśniej i przez rozchwiane, szumiące konary widniało niebo.

 – Kto idzie? – rozległ się nagle groźny szept i zgrzyt odwodzonego kurka

– Wolność! – odszepnął Kacper przystając.

– Kto idzie? – powtórzył ten sam głos, tylko łagodniej.

– Równość!

– Kto idzie? – padło po raz trzeci. Otoczyli ich zbrojni ludzie.

– Braterstwo!

– Swoi! Idźcież z Bogiem! Deptuch, prowadź do obozu. Ale mieli jeszcze przed sobą kawał drogi przez dzikie wertepy wzgórz, poręb, dolinek i bagien. Szli w milczeniu, tylko Deptuch co pewien czas gwizdał przeciągle, rozglądając się na strony i potem zwracał się do porucznika:

– Pokornie melduję, jako wedety na swoich miejscach.

– Dobrze rozstawione – pochwalił nie mogąc jednak dojrzeć nawet cienia.

– To nie kantoniści ani towarzysze z Kawalerii Narodowej – mruknął Kacper.

– Nie czepiaj się – odrzekł trzymając się wytężonym słuchem kroków przewodnika, gdyż w gęstwie i mrokach nie było nic widać, że tylko z rzadka tu i owdzie zamajaczyły ściżbione cienie pni.

– Zalatuje dymem – zauważył w jakimś miejscu.

– To z bud smolarskich, bo dym ciągnie z prawa – objaśnił Deptuch wyprowadzając nad brzeg jakowychś bagien zarośniętych krzakami, z których gnieniegdzie błyskały czarne, poślepłe wody, zmętniałe niebo wisiało brudną, pogurbioną płachtą. Droga była ciężka i niebezpieczna, szli jakby po wiśnych rzemieniach, pękających co parę kroków, aż błoto tryskało im w twarze i zapadali po kolana; przegniły zapach wiercił w nozdrzach, jakieś wielkie ptaki zrywały się z ciężkim łopotem, krążąc nad bajorami niby czarne chusty porwane przez wicher.

– Ostatnia górka – meldował Deptuch ciągnąc pod wzgórze tak pełne jam, wykrotów, korzeni, że potykając się na każdym kroku już w głos klęli.

Ale ze szczytu roztoczył się przed nimi wielce malowniczy aspekt. W ciasnej i głębokiej kotlinie, obrośniętej niebotycznymi drzewami, gorzało parę ognisk.

Płomienie buchały czerwonymi chlustami, rzucając krwawy brzask na całe obozowisko, dymy napełniały kotlinę postrzępionym, sinym obłokiem, w którym mrowili się ludzie ledwie dojrzanymi zarysami.

– Nie alarmuj! – wstrzymał Deptucha i zeszedłszy na dół przystanął za jakimś drzewem. Obóz był liczny, ale jakiś niemrawy i wielce osowiały; dużo ludzi spało porozciąganych prosto na ziemi, drudzy coś majstrowali koło przyodziewków, zaś insi, obnażeni do pasa, wyprażali nad ogniem koszule, niektórzy zapamiętale rzucali kości lub grali w chapankę, jacyś z lulkami w zębach łazili dokoła nie mogąc nigdzie zagrzać miejsca; przy którymś z ognisk jakiś stary żołnierz przesuwając ziarna różańca patrzył tępo w płomienie i ciągle się żegnał, i bił w piersi; to znowu szewczyna z gębą pełną kołków prał młotkiem w bucisko, aż się rozlegało; po–bok kwitnęły przysadziste baby; młodsza iskała tęgiego chłopaka, który wydzierał konopiastą głowę z rąk matczynych wierzgając gołymi nożętami, zaś druga pilnie robiła pończochę. Paru ludzi, całkiem już na stronie, sprawiało grzecznego świntucha, dyndającego u gałęzi; wychudzone psy cisnęły się skomląc żałośnie i gryząc między sobą.

Dwa wozy nakryte budami stały nieco w głębi, a przy nich mizerne szkapiny ze łbami w opałkach, zawieszonych u dyszlów.

Stadko owiec, z ogromnym, rudym prowodyrem na czele, bieliło się między drzewami niby gęsi. Żołnierskie "cielęciuki", torby, pasy, patrontasze i kociełki wisiały na sękach i leżały porozrzucane przy ogniskach.

Kudłaty, bury kundel łaził trop w trop za ojcem Serafinem, który to komuś podtykał tabakierkę, to wspomagał szczyptą tiutuniu albo prawił coś uciesznego, że często gęsto parskały śmiechy i setne kichania.

Ale przy tym wszystkim było dziwnie cicho, mówiono bowiem tylko szeptem, trwoga zdała się unosić nad obozem i co chwila ktoś przysłaniał oczy dłonią, i patrzył w las, psy też jakoś często i groźnie warczały.

– Barłóg dziadowski, ale gęby zbójeckie! – mruknął Zaręba ruszając z miejsca.

– Żołnierz to nie od parady ni od rozwożenia kresów! – bronił dotknięty Kacper. Deptuch dał sygnał i wszyscy porwali się na nogi, sprawnie formując szereg wzdłuż ognisk, nawet baby stanęły w powinnym ordynku.

– Jak się macie, chłopcy! – rzucił stając przed rozwiniętym frontem.

– Życzymy dobrego zdrowia! – gruchnęli wbijając w niego oczy i tężąc się w słupy. W blaskach smolistych szczap, niesionych przez dwóch wyrostków, Kacper jął z tabeli wyczytywać nazwiska: przy niektórych ojciec Serafin, idący z boku, czynił ciche uwagi, a Zaręba w surowym skupieniu lustrował surowe a wynędzniałe twarze, wychudłe postury i ten ich dziadowski moderunek, byli bowiem w strzępach i łachmanach jakowychś kapot wojskowych, upstrzonych resztkami najrozmaitszych obszlegów, a wielu zgoła tylko w lejbikach, parcianych portkach i boso. Głowy też mieli przybrane cale grzecznie w zrudziałe baranice, żydowskie aksamitne jarmułki, trójkątne kapelusze i kozackie szkopki, a nawet jeden, z gębą jak donica, paradował w księżym birecie. Aż śmierdziało od nich długą, żołnierską nędzą. Zgoniny to były różnych pułków i rodzajów broni oraz i różnego wieku: pucołowate jeszcze lactansy i deresze kute na cztery nogi, ale wszystko chłopy jakby wybrane, rosłe, żylaste, zawiędłe i w biedach zahartowane. Juści, jako gęby mieli ultajów i obwiesiów, lecz ani jednej nie uwidział bez godnego plejzeru, zaś niektóre aż się pręgowały od nacięć niby brzozy, z których co wiosna sok wypuszczają.

Stali mocno zaparci w ziemię patrząc się w niego hardo i śmiało, a ze ślepiów wyzierały im żelazne dusze i dzikie, nieustraszone męstwo.

I chociaż powagę trzymał w twarzy, a obmacywał ich srogimi oczyma jak sztuki na rzeź wybrane, aż ręce zacierał, tak mu się bardzo podobali. I bez Kacprowej tabeli rozpoznawał z pierwszego rzutu oka, jako ci patrzący wilkiem, spode łba i robiący biodrami niby dziewki w tańcu to naród od harmat; zaś drudzy w pasie przegięci, o pałąkowatych nogach i kaczych ruchach to pocztowi; a reszta z piersiami wystawionymi jak bębny, prosta, strojna i w sobie zwarta to piechota snadź już w tęgim egzercerunku wyćwiczona.

– Żołnierzyki kochane! Żołnierzyki! – dyszał radośnie. – Moderunku wam jeno, podpaść was jeno a karabiny w garście dać i hajda z wami choćby na cały świat! Strasznie mu się udały te obwiesie, deptał też niby koło panienek i rozglądając każdego z osobna, w oczy im łaskawie patrzył i poczciwych słów nie szczędził.

Naraz wyrwał się z szeregu jakiś drągal w zielonym lejbiku, czerwonych portach i łapciach, trzasnął dłonią w daszek artyleryjskiego kaszkietu, sprężył się i wyrecytował jednym tchem:

– Melduję pokornie panu porucznikowi: sto dziesięć luda, dwie markietany, dziesięć pistoletów, dwóch fajfrów, taraban i...

– Jak się masz, Furdzik – przerwał mu z uśmiechem. – No dobrze, stary, dobrze.

– Wedle rozkazu! – zamruczał skonfundowany, cofając się do szeregu.

Kacper spiorunował go oczyma, a skończywszy tabelę huknął donośnie:

– Odstąp, spocznij!

Szereg się połamał i rozsypał na wszystkie strony.

A kiedy Zaręba zasiadł przy ognisku, pogarnęła się wiara do niego, gdyż rad z każdym rozmawiał. Ujmował ich za serce swoją szczerą, jasną twarzą i żołnierską sprawnością, jaką widzieli w każdym jego ruchu. Spenetrowali to w mig starzy wyjadacze, czyniąc o tym ciche między sobą uwagi:

– On nie z tych, co szarżę dostali jeszcze w kolebce, kadet przecie.

– Sierdzisty, taki od ręki grzmi w pysk, ale srogi nie bywa.

– Są, którzy go znają rodzonym ojcem dla żołnierzów, dobrodziejem.

– Pod Zieleńcami przodkary razem z nami dygował, aż mu gnaty trzeszczały.

– I charakternik. Drugi tak deszczu nie wytrzyma, jak on stał pod kulami.

– A swojemu Kacprowi dał wolność i ziemię.

– I śliczny kieby ten Jezusek, a przylepny! – unosiła się markietanka z chłopcem.

– Pocałujże go kuma gdzieś i obacz, czy taki przylepny!

Gruchnęli śmiechem, aż zwrócił się do nich i ujrzawszy chłopaka kazał go sobie podać i pohuśtywał na kolanach.

– Jakże mu na imię?

Odchylił głowę, bo chłopak sięgał mu już do nosa.

– Pietruś! – pisnęła matka radośnie, a po chwili dodała chełpliwie: – Trzymał go do chrztu sam pan pułkownik König z panienką Terenią.

– Toście z Kozienic? A cóż was za licho przyniosło aż tutaj?

– Nieszczęście! – odparła cicho, podnosząc oczy błyszczące łzami. – Mojego pan komendant Orłowski wypisał do Kamieńca, że to mieli przelewać harmaty, a mąż był majster od tego i w Kozienicach fabryka szła jego głową. I pojechalim w tyli świat na naszą biedę. A nim się zabrał na dobre do roboty, przyjechał generał Złotnicki i fortecę sprzedał nieprzyjacielowi. Sprzedał nas wszystkich, mój Boże!

Zapłakała głośno, niezmierny ból widniał w jej wynędzniałej twarzy, pierś się szarpała rozrywana łkaniem.

– A teraz jestem sierota! Sierota! – ciągnęła pochlipując. – Mój był Polak szczery i za królewskie pieniądze za granicą edukowany na majstra, to jak się dowiedział, aż głową bił o ścianę i chciał mordować tego piekielnika! Ledwiem powstrzymała, gdyż nie sposób było dosięgnąć zdrajcy, już obcy żołnierz zalał fortece i nasze kwatery ogrodzili kordonami. Ale zaraz pierwszej nocy mój zrobił, co był powinien ojczyźnie: wygniótł, które mu broniły, i zagwoździł co najlepsze harmaty. Tak, on to śmiał i dokonał.

– Prawdę mówi, prawdę! – potwierdził jakiś głos z tłumu.

– Juści, jako generał Złotnicki wydał go potem na mękę i śmierć! A kiedy go wlekli, to zdążył jeno powiedzieć: "Chowaj dziecko na pomstę." I tylem go już widziała. Skończył pod kijami.

Umilkła zanosząc się rozdzierającym szlochem.

Zaszumiały górą drzewa, zaś jej płacz żałosny spływał jakby żywą krwią we wszystkie serca, budząc w nich taki żal, ból i nienawiść, aż rwały się dygotliwe sapania, przekleństwa i zaciskały się pięście.

– Akuratna żołnierska dola – mruknął któryś przecierając kułakiem oczy.

– Przynajmniej pomarł nie za darmo.

– Ja w tym, że jego pamięć przejdzie do potomności, a wdową z dzieckiem zaopiekuje się Rzeczpospolita – wyrzekł Zaręba.

– A kto się zaopiekuje tymi, które wróg zagarnął? Kto wspomoże te sieroty nieszczęśliwe? – podniósł się jakiś ponury głos.

– Tylu ich zdycha pod kijami, a i pies po nich nie zapłacze.

– O tych tysiącach uciekających spod wroga kto pomyśli?

– Jako ten pszczelny rój bez matki, rozsypalim się na marną zatratę.

– A któren ujdzie pościgów, nie ujdzie głodowej śmierci, nie ujdzie.

Rozżalali się coraz boleśniej i ciche, a z głębi dusz udręczonych wyrwane słowa spadały na pochyloną głowę porucznika niby uderzenia toporów.

– Zaprzedali nas! – ktoś jęknął przeciągle niby echo odbite sto razy.

– Siłą, mocą do wojska pędzili, naszą biedą się wypaśli, naszymi gnatami wymościli pół świata i w końcu nas wrogowi zaprzedali.

– Zaprzedali wszystką ojczyznę! – niby echo jęknął znowu głos poprzedni.

– Żaden dobrowolnie nie przeszedł do nieprzyjaciela, chyba jedne oficjery, to jak się nadarzyła okoliczność, każdy uciekał jak do matki.

– A matką ci jeno śmierć, żołnierzu, chudobą rany, a przytuleniem dół! Każden dom pański stoi na fundamencie twoich kości, żołnierzu, każden zagon opity twoim potem, a ty, chłopie, żebyś urobił kulasy, żebyś wygrał sto bitew i wiernie oddał ojczyźnie ostatnią kroplę krwi, zawsześ niewolny; ni tobie ziemi, ni nieba, ni dachu, ni nawet psiej budy, kajbyś nieszczęsną głowinę przytulił! Ostatniś, żołnierzu, przed Bogiem i ludźmi, ostatniś! – prawił ktoś monotonnym, żalnym głosem.

Zaręba ukrył twarz w dłoniach i płakał wewnętrznymi łzami, gdyż te żołnierskie lamenty targały mu duszę paląc wstydem i upokorzeniem. Nie śmiał im spojrzeć w twarze, bo każde ich słowo gryzło prawdą, każde było jękiem krzywd prawiecznych i każde strasznym wyrzutem sumienia.

Kacper, wypisujący tuż przy nim w brzaskach ogniska jakieś karteluszki snadź odczuwając jego udręczenia zagadał cicho:

– Jak na żołnierza przyjdzie żalna godzina, to staje się płaksiwszy od starej baby. Ale niech sobie chudziaki ulżą biadoleniem! Czy wszyscy pójdą na Białystok?

– Wszyscy, ale partiami, wybierz dziesiętników. Weźmiesz nad nimi komendę, zdasz ich kapitanowi Bielskiemu, on ich parę dni przekarmi, oporządzi i pchnie dalej. Przygasić ognie; świt dobry, a dymy biją słupami.

– Nic to, bo po lasach pełno smolarni, które kopcą dzień i noc.

– A mijaj karczmy i wsie, by się który z czym niepotrzebnym nie wyznał.

– Wiedzą tyle, że idzie na nową wojnę i trzeba się strzec Moskwy i tych, które z nią trzymają. W Warszawie powiedzą im więcej. Ależ skwierczą, no, no!

– Krzywda dłużej piecze niźli ogień. Śpiesz się z pisaniem.

Ojciec Serafin wespół z kobietami a fajframi przystrajał ołtarz, zaś jego kundel, zasiadłszy przed porucznikiem, nie spuszczał z niego oczu i raz po raz to skamlał cicho, to nawet kładł mu łapę na kolanie, ale Zaręba nie zauważył zasłuchując się znowu w żołnierskie biadania.

– Nie bój się – posłyszał szydliwy głos. – Niech się jeno twój dziedzic dowie, żeś przywlókł z wojaczki chociaż te resztki gnatów, a w gazecie upomni się o ciebie i byś, chudziaku, nie zbłądził w drodze, wyśle naprzeciw starościńskich pachołów! Przywiodą cię w paradzie, a on ci nogę na karku postawi i z wołem do spółki zaprzęże, by cię uniżyć, by twój honor żołnierski podeptać, a batami przypominać, żeś jeno bydlę jest, z którym on mocen zrobić wszystko.

– A za lata, któreś przesłużył Rzeczypospolitej, każe ci nocami odrabiać pańskie.

– Zaprzedali wszystką ojczyznę! – jęknął ten sam głos żałosny.

– A milczeć tam, chamy! Milczeć, psy podłe, bo skuję mordy, pasy z was, wszarze, drzeć każę, kijami zatłukę! A, kundle, ja wam dam bunty! – zawrzeszczał naraz jakiś drab podnosząc się spod drzewa. Wysoki był i chudy, twarz miał dziobatą jak plaster wosku, nos krogulczy, sine wargi, wąsy czarne, sztywno nagumowane, długie buty, strzępy jakiegoś fraczka, brudną szmatę na szyi, głowę okręconą w czerwoną chustę, w ręku trzcinę i w ruchach górne maniery. Nieco utykał na prawą nogę i mówił skrzekliwie, cudzoziemskim akcentem.

– Kto zacz? – krzyknął Zaręba porywając się z miejsca.

– Łaski, bywszy kapitan z regimentu ordynacji ostrogskiej. Musiałem skarcić to zuchwałe chamstwo! Waszmość im zbytnio folguje, nie można przecież...

– Milczeć! – huknął podchodząc do niego ciężkimi krokami.

– Szanujże, waszmość, w mojej osobie wyższą szarżę i urodzenie.

– Ja asanowi razem z zębami wybiję tę wyższość, ja cię, szlachetko, nauczę, jak się przemawia do żołnierzy Rzeczypospolitej! Kacper! Łaski podkręcał wąsy, nic a nic nie skonsternowany.

– Co to za jeden! Skąd się wziął w obozie?

– Pokornie melduję – zaczął jeden z żołnierzy, nim Kacper zdążył – on nas prowadzi od samej Białejcerkwi, sierota jako i my, tyle że jak na głodne kiszki sobie naleje, to mu zaraz pańskie fumy biją do głowy. Pokornie za nim prosimy, na piszczałeczce pięknie przegrywa, wszystkie drogi zna i na Żydowiny ma sposoby. Porucznik ochłonął i spojrzał na niego łagodniej.

– Tak śmierdzą te godne citoyeny, że muszę się ratować anyżkiem – wyrzekł z głupia frant Łaski przystępując z dwornym ukłonem. – Z kimże mam honor?

– Kiedy waści śmierdzą, możesz odejść pod wiatr, wolna droga.

– Ależ ja ich admiruję i nie opuszczę aż do Warszawy. Jeśli waszmość partię zbierasz, to uręczam, że pod moją komendą będą się bili jak lwy! Kiedy byłem kapitanem muszkieterów jego królewskiej mości Ludwika XV – i pewna...

– Waść się prześpij, to później pomówimy nawet i o muszkieterach.

Zabrzęczał dzwonek, ojciec Serafin wychodził ze mszą.

Ołtarz był przysposobiony na opuszczonej klapie markietańskiego wozu, przykrytej biało i przystrojonej sośniną i zapalonymi świecami, fajfry służyli za ministrantów.

Żołnierze przyklękli wielkim półkolem, Zaręba nieco z boku, a tylko Łaski nagle się gdzieś zapodział.

Posypały się szepty pacierzów wraz ze szmerem okapującej rosy i głosami przebudzonych borów. Dzień się już bowiem podnosił niemały, przez zwarte gałęzie drzew sączyły się modrawe światłości, z głębin pociągał chłód, nabrany jędrnym, grzybnym zapachem, niekiedy zaś wiatr uderzał o wierzchoły, aż drgały ciżby sosen czerwonych, gasły światła na ołtarzu i sypało się postrącane igliwie.

Ksiądz śpieszył z nabożeństwem niby przed bitwą i słowa jego modlitw padały twardym głosem komendy, a czynił znak krzyża, jakby rąbał szablą lub sięgał po krócicę, lecz biło mu przy tym z twarzy takie żarliwe uniesienie, że kiedy się odwracał rozkładając ramiona, to zdał się tym ruchem przygarniać do serca te wszystkie pochylone głowy i błogosławić im.

Msza juści szła cicha, tylko czasami dzwonki buchały brzękliwym jazgotem, rwał się z szeregów jakiś szloch przytłumiony, jęk gorący, to długie, nabrzmiałe wiarą westchnienie i łzy też kapały po niejednej srogiej twarzy, a rozgorzałe oczy wlekły się z żebrzącą pokorą do stóp krzyża widnego na ołtarzu.

Bory gwarzyły cicho, jakby do wtóru pacierzom, wysoko nad nimi krzyczało przelatujące ptactwo, a niby gdzieś spod ziemi dobywały się głuche, przeciągłe, dalekie ryki dzikiego zwierza, zaś dymy ognisk i mgły poranne zasnuwały wszystko błękitnawą, kadzielną kurzawą.

Po podniesieniu wielu żołnierzy wraz z kobietami przystąpiło do komunii.

Tarkowska z dzieckiem przy piersi wzięła przy ołtarzu pierwsze miejsce, a za nią czołgała się z wniebowziętymi oczyma markietanka, nie przestając ani na chwilę robić pończochy.

– Robotnica od siedmiu boleści! – fuknął ksiądz cofając gwałtownie twarz przed rozmigotanymi drutami, niby przed jeżem.

Babina aż się popłakała ze wstydu i konsternacji.

Po mszy ojciec Serafin stanął przy ołtarzu z krzyżem w ręku.

– Żołnierze! – zawołał z mocą. – Przysięgliście bronić ojczyzny do ostatniego tchu?

– Przysięglim! – runął odzew ze wszystkich gardzieli.

– To idźcież w bożą godzinę, dokąd was poprowadzą. A któren w duszy nie żywi zdrady, niech całuje Jezusowe nóżki.

Podawał krzyż do całowania i każdego z osobna błogosławił, każdemu coś poczciwego rzekł i za głowę ściskał.

– Na wielką potrzebę idziesz, żołnierzu, na świętą i zapamiętaj: trzeba bić, jeszcze raz bić i pobić! – wołał ogromnym głosem. – A któż to winien, żeś głodny, żołnierzu? żeś w łachmanach? żeś tropiony gorzej wściekłego psa? żeś jako ten Łazarz wzgardzony? Wróg tego sprawcą! To mówię: bij go bez miłosierdzia, bij bez pardonu, bij na śmierć! Nie żałuj krwi serdecznej, żołnierzu, nie szczędź żywota, bo wolność i ziemia czeka cię w nagrodzie! Wspomnisz, coc mówię, żołnierzu, kiedy po latach zasiędziesz otoczeń wnukami, a prawić im zaczniesz, jakeś to wojował, wroga bijał i wolność, a ziemię z pazurów mu wydzierał. A padniesz w polu, żołnierzu, to ci zagrochocą tarabany, znaki się pokłonią, towarzysze łzami pożegnają, zaś święty Piotr na takie larum żałosne rozewrze szeroko niebieskie wierzeje, wyjdzie naprzeciw, a słodko ci rzeknie:

– A chodźże, duszo sprawiedliwa, chodźże, żołnierzu świętej sprawy!

Anieli w trąby zagrają, całe niebo się rozweseli, święci sformują szeregi i powiodą cię, żołnierzyku, między najznaczniejsze persony, między same hetmany posadzą, boś im równy, boś okupił swoją szarżę niebieską krwią wylaną za ojczyznę, to zażywał będziesz chwały i szczęśliwości aż po wieki wieków! – prawił ojciec Serafin.

 Tak im do serca przypadła ta mowa, że raz po raz ktoś go całował w rękę, ktoś chociaż w łokieć albo w połę habitu, ktoś nawet obłapił za kolana, wszyscy zaś słuchali w dziwnie radosnym skupieniu. Jakoby miody lał im w dusze, a dymy kadzielne przejmowały lubością, zatwardziałe w poniewierkach i nędzach serca nabrzmiewały weselem niby pąki pod dżdżem wiosennym, strzelając tu i owdzie kwiatem nadziei, że co tkliwszemu zdradna łza uciekała spod powiek, drugi tylko wzdychał z uciechy, cisnąc się bliżej księdza, a już poniektóry wąsa junacko pokręcał, nabzdyczał się, zapadły brzuch wypinał i hardo ślepiami toczył, gdy skądciś wydarło się przeraźliwe gdakanie, czym wystrachane owce uderzyły w żałosny bek, a psy jęły docierać do jednego z wozów i naszczekiwać zajadle.

– Głośno się chwali, że niesie żołnierzowi jajko – zaśmiał się któryś.

– Moja kokoszka! – jęknęła markietanka. – Za łeb zedrę, kto ją wypuścił! Kucusia! kucu, kucu! – nawoływała pieściwie, uganiając się za kwoką.

– I baranki proszą się wędrować z nami.

– Chude, nawet wilk by na nich nie ugryzł.

– Kurę se, jucho, macaj, ale od moich owiec zasię! – groził bernardyn i skoczył do nich, by się nie rozleciały po lesie, ale już rudy prowodyr tęgo je trykał rogami, zganiając do kupy, zaś ksiądz zawrócił do wozu. Po chwili księży chłopak wydobył z niego niezgorszą beczułkę i postawił niedaleko ognia. Skoczył do niej zapalczywie Łaski, dno sprawnie wyłupał i wziąwszy od pacholika kwartę, zaczerpnął do pełna, podniósł ją lewą ręką w górę i zasalutowawszy wydeklamował z tkliwością:

Gorzałeczko, gul, gul, gul!
Paneneczko, tul, tul, tul!
Szynkareczko, léj, léj, léj!
Żołnierzyku, pij, pij, pij!
Niech będzie pochwalony Jezus Chrystus!

Przytknął kwartę do warg i zadzierając z wolna głowę, a robiąc grdyką, wypił do ostatniej kropli, po czym wyrzekł uroczyście:

– Kiep, komu śmierdziucha nie zastąpi małmazji!

– Pij złe, dopijesz się lepszego. Ale waszmość masz kiszki za długie! – zauważył szydliwie kwestarz odbierając mu kwartę i sam zabierając się do rozlewania gorzałki w podstawione manierki. – Jeno bacz jeden z drugim – zwrócił się do żołnierzy – kto siła pije, rad się pobije. Po ździebełku, bratkowie, i nie na pusty brzuch – ostrzegał.

Tak skwapnie jednak przypinali się do gorzałki, aż Kacper krzyknął:

– Wara! Zostaw na potem, a teraz sam do mnie.

Przysiadł na widnym miejscu wypłacać każdemu, co było obiecane.

– Jeśli zdążą jeszcze uwarzyć, to śniadanie im wydam? – spytał ksiądz.

– Dzień jak wół, nie wyruszym przed zmierzchem.

Znalazły się w bryce kwestarskiej bochny niby koła, krupy, zwoje kiełbas i nawet spory boczek, że w mig zaroiło się przy ogniskach, stanęły kociołki, rynki, sagany i zaczęło się prażyć, gotować i skwierczeć, aż w nozdrzach wierciło od lubych zapachów. Tarkowska z wiwandierką przysmaczały po swojemu, a bernardyn czuwał, aby przy podziale nikt pokrzywdzony nie został, sam też dopiero na końcu zasiadł do kociełka wraz z Kacprem i Łaskim. Zaś wygłodniałe bractwo rzuciło się na jadło niby na wroga, pałaszując zaciekle, aż rozdzwoniły się naczynia i zaskomlały pieski, niecierpliwie wyczekując swojej kolei.

– Porucznik, widzę, suszy dzisiaj? – zagadnął Łaski.

– Robi, co mu się spodoba! – odmruknął niechętnie Kacper. Zaręba bowiem siedział z dala, pogrążony w jakowychś dumaniach.

A wkoło stawał się cud święty jasności, cud dnia, cud wschodzącego słońca! Już tu i owdzie zapłonęły czerwone pnie, mroczne głębie zamigotały od strzał świetlistych i zaiskrzyły się oroszone mchy. Bór stanął w niemym zachwyceniu, ptaki wybuchnęły wrzaskliwym śpiewaniem, a wszelaki stwór podnosił radosny głos dziękczynień. Opadły mgły, wiatr ustał i przez gałęzie widniało lśniące, błękitne niebo jak oczy miłościwie patrzące.

Dzień się już wyniósł na cały świat, gdy Kacper zameldował:

– Zwołam dziesiętników i zaraz będzie mógł pan porucznik odjechać – a dojrzawszy potakujące skinienie, jął wyczytywać donośnym głosem:

– Pierwszy szwadron brygady Dzierżka, wachmistrz Mateusz Ryś. Wystąp! Wystąpił sążnisty chłop z twarzą pochlastaną na zrazy, wbił świdrujące oczy w porucznika i sprężony jak struna czekał z dłonią przy czole.

– Drugi batalion regimentu Lubomirskiego, kapral Tomasz Kwak. Wystąp! Wystąpił przygarbiony frant, rudy jak wiewiórka i srodze piegowaty.

– Brygada Jerlicza, pierwszy szwadron, pocztowy Antoni Pyza. Wystąp!

Wystąpił ogromny miedziak z gębą niby księżyc w pełni, przybrany w księży biret, granatową kurtę, łataną płótnem, i żydowskie patynki na nogach.

– Regiment przedniej straży Karwickiego, trzeci batalion, druga kompania, szeregowy Jan Finczek. Wystąp!

Wystąpił szpakowaty człowiek z przeciętym nosem i krótką, drapieżną twarzą.

– Brygada Kawalerii Narodowej Szwejkowskiego, towarzysz Borejsza!

Wystąpił smukły chłopak, różowy i śliczny niby panna; włosy miał jasne, oczy lodowate, wilcze szczęki, a przyśmiech zatruty beznadziejnym smutkiem.

– Pierwsza kompania kamienieckiej artylerii Gębarzewskiego, bombardier Furdzik. Wystąp!

– Pułk przybocznych kozaków Poniatowskiego, pocztowy Semen. Wystąp!

– Trzecia kompania artylerii Łuczyńskiego, fajerwerker Kiryluk. Wystąp!

– Drugi szwadron brygady Jerlicza, pocztowy Deptuch. Wystąp!

– Pierwszy szwadron brygady Mokronowskiego, pocztowy Pośladek. Wystąp! Stanęli wszyscy dziesięciu zwartym szeregiem przed porucznikiem, który jął pytać o różne okoliczności służby, życia i ucieczki, próbując pociągać za języki, gdyż wielu z nich mieniło się być z wojsk jeszcze niedezarmowanych ni zagarniętych przez nieprzyjaciela, lecz wszyscy wyznawali się dezerterami z wrogich szeregów, prawiąc na ten tenor duby smalone. Jeśli łga– li, to tak wprawnie, że nie miał sposobu domacania się prawdy. A zresztą i po co? Żołnierz był w rzemiośle wojennym zaprawny, na wszystko zdeterminowany i dla sprawy potrzebny. Dał więc spokój dociekaniom i raptownie zwrócił się do Kwaka z pułku Lubomirskiego:

– Toś z takich zuchów, którzy uciekali pod Zieleńcami?

Żołnierz zadygotał pod jego wzrokiem, ale odparł krotochwilnie:

– Nasz komendant kłaniał się w pas każdej kuli, to i gemejnom zmierziło się stać pod ogniem.

– A waść skąd się tu wziąłeś? – spytał Borejszy.

– Spod przemocy, aby wziąć zemstę i zginąć – odparł górnie a ponuro.

– Słyszałeś, co mówił bernardyn? Trzeba się bić, jeszcze raz bić i pobić! To hasło generała Kościuszki. Nie pomsty waść szukaj ni śmierci pragnij, lecz zwycięstwa.

– A ty – zwrócił się do Semena – czemuś opuścił Matuszkę?

– Bom jest powinien matce rodzonej, Rzeczypospolitej.

– Prawyś syn, bracie, ale reszta twoich zdradne pasierby.

Kozakowi poczerwieniała blizna na policzku i wyszeptał lękliwie:

– Niech pany oddadzą wolność, a naród kozacki opowie się przy

Polszcze. Smutnie uśmiechnął się Zaręba i stanął przed Furdzikiem, dawnym znajomym.

– Dawnoś wyszedł z Kamieńca?

– Temu trzy miesiące. Musiałem czekać sposobnej pory. Taka forteca zatracona, mój Boże, tyle harmat i wszystkiego. Nasz komendant już od jesieni opatrywał mury i reduty, z własnego worka ekspensował na proch, kanonierów egzercyrował całymi dniami, harmaty chciał przelewać. Że i rok moglim się bronić choćby przeciwko wszystkim diabłom!...

– To czemuście ją wydali? – rzucił nieopatrznie pod wpływem nagłego żalu.

– Wydały ją oficjery i panowie! – ryknął bez namysłu. – Mogliśmy to nie pozwolić? Tośwa jak psy warowali o chłodzie i głodzie! A wielu to pomarło pod kijami, że nie chciało przysięgać! A wielu to pognali w Sybir, a wielu to gnije po kazamatach! A zdrajce patrzały na taką marnację żołnierzów suchym okiem! Wedle rozkazu! – urwał nagle, dojrzawszy mękę w jego oczach.

Zaręba nikogo już więcej nie zagadywał, tylko przemówił twardym głosem:

– Każdy z was powiedzie dziesięciu gemejnów, A to wasz dowódca – wskazał na Kacpra – on wam wyznaczy trakty i postoje; każda partia musi się przemknąć innym szlakiem. Który swoją komendę w całości doprowadzi do Białegostoku, zaawansuje. Tam wszystkich wyekwipują i zapłacą zaległe lenungi. Ruszajcie o pierwszym zmierzchu. Odstąp!

Żołnierze się rozpierzchli, ale przystąpił Łaski z jakimś cierpkim uśmiechem.

– Może i ja byłbym zdatny do jakowejś funkcji?

– Waść zaopiekuje się kobietami: drogi niepewne, pełne maroderów.

– Anim imaginował kiedy o awansie na wojskiego! – poczerwieniał z alteracji.

– Jużem pod siedzenie wstawił pełniuśką półgarncówkę – dobruchał go ksiądz.

– Dobrodzieju mój i zbawco! – rozczulił się nagle – prawda, przystojniej dla mojej szarży jechać niźli z chamstwem tłuc się po wertepach. Szkoda tylko, że te moje kokoszki już wypierzone! – Podkręcił zabójczo wąsy i tak strzelił oczyma, aż parsknęli śmiechem, a on jął prawić konfidencjonalnie:

– Parol kawalerski, ale właśnie za przyczyną amorów musiałem powędrować z ultajstwem. Jak człowiek ma szansę u podwik, to już diabeł nie opuści go do śmierci. Nawet w drodze zdarzyła mi się okoliczność po prostu nie do wiary...

– Ja bym uwierzył, ale czas nam w drogę – przerwał bernardyn ruszając w las. Zaręba podał mu rękę, poszeptał z Kacprem i uściskawszy go cale po bratersku poszedł śpiesznie za księdzem.

– Łże szelma jak najęty i pewny, że mu zawierzą.

– Ma już takie reguły, mam go jednak za coś gorszego i kazałem mieć na oku. Wyszli długim wąwozem na drogę, gdzie już czekała bryka kwestarska.

Pachołek rzęsiście kropił mizerne chabety, ale jechali wolno, gdyż głęboki, sypki piach aż się przelewał przez szprychy, a przed końmi, w tumanach kurzawy, wlekło się kilka baranów z prowodyrem na czele, zaś kundel wesoło naszczekując obganiał je ze wszystkich stron.

– Dobrodzieje nie nazbyt się wyekspensowali – zaczął porucznik wskazując stadko.

– Wstępowałem tylko po drodze i więcej dla zamydlenia oczów, nie w głowie mi była kwesta. Ale werbunek udały, hę? Sam cymes, każdy wart dziesięciu kantonistów. Żeby z takich żbików uciułać jakąś grzeczniejszą watahę, dopiero by to można zalewać wrogowi gorącego sadła za skórę. Takie zbóje gotowe z gołymi pięściami na harmaty. A waszmości dałbym komendę.

– A ja bym wziął – zaśmiał się szeroko. – Utytłałbym obwiesiów po szyję we krwi, a pasłbym żywym, wrażym mięsem. Ale gdzie mnie chudopachołkowi marzyć o jakiejś wyższej szarży! – westchnął ze szczerą modestią.

– Małe stopnie się dostaje – największe bierze się samemu.

– Jąć to wiem, Cezar pierwszym przykładem, a Cromwell, a drudzy...

– Sami się wypromowali na pierwszych w swoim narodzie. Dziwi mnie, że u nas jeszcze się taki nie znalazł, nawet dla zbawienia ojczyzny!

– Bo szlachta by zaprotestowała i trybunały wyjęłyby go spod prawa.

– Trafnie ktoś wyrzekł, jako w Polszcze dlatego szanują Pana Boga, że to Pan nieobieralny i nie można go przekreskować! Na pluchę idzie: rwie mnie po łystach.

– Myślałem, że gościec omija kwestarskie gnaty.

– To nie gościec. Kiedyś obżarły mi kajdany mięso do kości, że teraz lepiej kalendarza przepowiadam każdą odmianę powietrza.

– Kajdany? Cóż to za krotochwila?

– Bowiem w młodości przytrafił mi się takowy casus, że mnie złowili werbowniki i zaprzedali kaselskiemu landgrafowi, ten mnie odprzedał Angielczykom, ci zaś powlekli aż do Ameryki, bym się za nich bił z Francuzami. Więc rada nierada, zjadła baba prosię. Dłuższa to historia niźli mój pacierz – zaśmiał się i przesuwając w palcach ziarnka różańca zaszeptał poranne pacierze.

Nie ważył się mu przerywać Zaręba, lecz poglądał z niedowierzaniem.

– Wiadomo światu, że niemieckie książątka handlują mięsem człowieczym, jak nasi wielmoże ojczyzną – wyrzekł po chwili bernardyn i na jego chudej twarzy zagrały błyskawice gniewów i nienawiści. – I mną handlowali niby jucznym bydlęciem. Łacińskie przysłowie powiada: Contra vim non valet ius, ale to cuchnie rezygnacją. Na siłę bowiem potrzeba nie prawa, jeno siły! Każdy ma prawo, kto ma pięść mocniejszą. Tak się dzieje na świecie między oświeconymi nacjami. Tylem doświadczył przemocy i podłości, że w prawo ni w sumienia królów nie wierzę. Boże, bądź miłościw duszy mojej, ale Ty panujesz na niebie, zaś na ziemi diabeł profity zbiera! – uderzył się w piersi

– U nas lepiej niźli indziej, bo jeszcze ludzi na wywóz nie przedają.

– Bo są potrzebni szlachcie do roboty. Ale żołnierzem już kupczą. Słyszałeś, waszmość, że Zabiełło i Złotnicki przedawali Kreczetnikowowi gemejnów na sztuki?

– Mam te wieści za zmyślenia niegodne wiary.

– Nie byłem jużci przy tej facjendzie, nie przysięgnę, ale cóż to jest świętego dla wielmożów? Małoż przykładów, jako przedają żony, córki własne i ojczyznę, wszystko, za co tylko mogą capnąć dukaty? Polska nierządem stoi, Polska ginie, Polskę krucy rozdrapują! A jakoż ma być, kiedy chłop w niewoli, szlachcic głupi, a wielmoża nikczemny? Strach, co się wyprawia w tej Rzeczypospolitej.

– Wyrzekaniem złego nie naprawi ni choroby nie zleczy.

– Że tylko Bóg miłosierny zdolen nas wyratować – westchnął frasobliwie.

– I on trzyma z mocniejszymi.

– Nie bluźnij waszmość! Franek! – huknął na pachołka. – Śpisz, ultaju, czy co? A skrop no kobyłę po portkach, bo się leni. Zabrał się żarliwie do brewiarza.

– Nie pora już na wyrzekania! – wyrzekł Zaręba, lecz dojrzawszy, jako kwestarz siedzi z nosem w brewiarzu, zaziewał przeciągle i oddał się drzemce.

Bór się niebawem skończył, wyjechali na płowe ugory, porosłe z rzadka jałowcem i pełne wydm piaszczystych; droga staczała się łagodnie do zielonej doliny, gdzie modrzały wody Niemnowe; za nimi podnosił się kraj pagórkowaty, poprzecinany głębokimi jarami, którymi ciekły lśniące przędziwa potoków.

Słońce już szło wysoko nad światem i niezgorzej przypiekało, że szkapiny ciągnęły coraz wolniej, nawet barany ustawały z gorąca i prowodyr raz po raz odwracał rogaty łeb i pobekiwał żałośnie, ale ojciec Serafin przynaglał nieustannie i co trochę wołał:

– Franek, popędzaj, odpoczniemy za rzeką.

– Ojciec wie, że wszystkie przewozy na Niemnie są obsadzone przez kozaków?

– Wiem, właśnie dla zmylenia musimy wrócić do Grodna traktem kowieńskim. Waszmość wozisz żydy, aż miło!– zauważył podsuwając mu tabakierkę. – Kładź się i śpij, ja będę czuwał. Nie pozwolił się prosić i w parę minut już chrapał, aż się rozlegało. Obudził się dopiero w Grodnie; właśnie zegarek wydzwaniał czwartą z południa.

– Jak ojciec przewiózł mnie przez kordon rogatkowy?

– Meldowałem pijanego i oficjer uszanował taką okoliczność.

– Z księdzem idzie wszystko jak po maśle. Bóg zapłać.

Uściskał go serdecznie.

– Jak zając bębna, tak rad tego słucham! – rzekł kwestarz wielce usatysfakcjonowany. – Z bratem kijem sylabizowałem w życiu niejedno, to eksperiencja jest. Pójdę ździebko przyłożyć ucha i od jutra jestem znowu na rozkazy pana porucznika.

– Roboty nam nie zbraknie. A, Staszek! Jakież przynosisz awizy? Staszek podał jakieś bilety wizytowe i radośnie przypadł mu do ręki.

– Wszystko w porządku, panie poruczniku.

Stanął w powinnej pozycji.

– "Książę Cycjanow, pułkownik grenadierów." "Von Blum, kapitan" – czytał Zaręba nie mogąc skryć zdumienia i pewnej obawy. – Cóżeś im powiedział?

– Że pan porucznik poszedł na obiad właśnie. Byli w samo południe.

– Mili goście. Cycjanow oddał wizytę, ale czego szuka Blum? Muszę się zaraz pokazać między ludźmi. Może się ojciec dowie, kogo wczoraj wywieźli z Grodna?

– Wywożą pod zmyślonymi nazwiskami, a dla zatarcia tropów na każdej pocztowej stacji zmieniają nazwiska wywożonych, że i diabeł za nimi nie trafi. Spróbuję jednak. Mówiła chuda, jako się uda!

Zaśmiał się i wyszedł.

– Czeka tu jakiś markietan. Powiada się być znajomym pana porucznika.

– Tak powiada? Nim go zawołasz, daj mi co jeść.

– Przewidziane – zaczął wyliczać na palcach: – jest czeminka z kluseczkami, jest młoda kaczusia z rożenka; są boróweczki, jest...

– Nie błaznuj, dawaj, co masz, tylko prędko! Ale...przynieś wody, rozrób mydła i naszykuj wiśniowy frak...

Staszek zwijał się jak cyga prawiąc przy tym takie ucieszne koncepty, że Zaręba wybuchał śmiechem, a w końcu zapytał wielce rozbawiony:

– Gdzieżeś się taki uchował?

– Nie wiem, proszę pana porucznika, bo mnie już gotowego znaleźli w kapuście.

– Mógłbyś przystać do komediantów.

– I tegom praktyk, bom z szopką chadzał po Warszawie. Łątki wystroił jeden kamrat, a ja udawałem i za Heroda, i za Diabła, i za Małgorzatkę, i za Żyda, i za wszystkie figury. Ale że to było w ostatni mięsopust wielkiego sejmu, przycapnęli nas marszałkowscy Węgrzy i pan marszałek za to, że znaczne osoby wystawujemy na śmiech powszechności, kazał nam wrzepić po dwadzieścia pięć odlewanych. Szczodry pan, niech mu choroba zwróci z profitem! Wziął nas potem pod swoją protekcję pan Weyssenhoff, pan Niemcewicz i ksiądz Dmochowski, ułożyli śmieszne wierszyki na wielkich panów, dali nam kukły podobniusieńkie do nich jak kropla wody, ja udawałem głos każdego i pokazywaliśmy taką szopkę po pałacach, kwaterach i pierwszych kafenhauzach. Były dni, że i po sto złotych kapnęło. A co było śmiechu, a wyżerki, a pijatyki!

– Potrafisz udać każdy głos?

– Pan porucznik tylko pozwoli...

I nie czekając odpowiedzi cofnął się w głąb izby, i przemówił tak udanym głosem Kacpra, że Zaręba obejrzał się zdumiony. Potem naraz jakby zgrubiał, brzuch wysadził, policzki wydął i zagadał głosem Kaczanowskiego. Udawał również Maciusia i kwestarza, wreszcie zagdakał niby kokosz, zarżał, zaszczekał na trzy głosy razem i gwizdał niby kos.

– Niech cię kule biją! Masz za te sztuki. A to by i na teatrze lepiej nie udali.

– Raz posłyszę i już zapamiętam! – chwalił się ucieszony dukatem i łaskawością.

– A wieleż ty masz lat?

Wydał się bowiem Zarąbie w tej chwili młodzieniaszkiem.

– Że mnie z łaski porodziła ciotka i że się to jej przytrafiło w panieńskim stanie, wstydała się wyjąć metryki.

– Ha! ha! – zaśmiał się głośno Zaręba. – Sprzątnij, łobuzie, ze stołu i wołaj markietana. Po chwili wszedł człowiek nieduży, krępy, o rzadkiej bródce farby rdzawej, skośnych oczach i szerokiej twarzy; krymkę miał na wygolonej głowie, malinową koszulę, wypuszczoną na hajdawery, a na to niebieską kapotę, srodze w pasie pofałdowaną. Podał siny karteluszek, naznaczony wykłutym w rogu trójkątem.

Zaręba obejrzał papier, ale obawiając się jakowegoś podstępu rzekł zimno:

– Cóż to za krotochwila! Czy asan niemy?

Markietan uśmiechnął się i wyszeptawszy formułę wtajemniczonych dodał głośno:

– Jestem Mahmud Bielak z Łostoi, brat majora Amurada. Tatar, jak waszmość widzisz, i wierny sługa polskiej ojczyzny.

– Rozgośćże się waszmość i daruj mój pierwszy traktament, ale ordynans meldował mi jakiegoś markietana. Bardzo proszę.

– Od pół roku jestem prawdziwym markietanem. Zaraz się porucznik przekona, jakie mam grzeczne towary.

Krzyknął w sień po tatarsku, a po chwili wniesiono długie, łubiane pudła, okręcone postronkami.

– Staszek! – rozkazał Zaręba – siądź w ganku i nie ma nikogo w domu.

Markietan sam drzwi zamknął na klucz i wydobył z pudła worki ze złotem.

– Dziesięć tysięcy dukatów. Trzeba je choćby dzisiaj wręczyć podkomorzemu nurskiemu, Zielińskiemu: to rozkaz szefa Działyńskiego, który w pięciu dniach obiecał zjechać do Grodna. Teraz pokażę prawdziwe towary.

– To waść naprawdę kupczy? – pytał dotknięty nieco, chowając worki do sepetu.

– Takowy proceder daje znaczne prowenty i pozwala mi zarazem służyć naszej sprawie – odpowiedział wywalając z łub na podłogę kosztowne towary, spod których dobywał jakieś ciężkie, długie przedmioty w bajowych pochwach. – Przywiozłem pięćdziesiąt karabinów, trzeba je dostawić pułkownikowi Grochowskiemu do

Parczewa.

– Zaiste, czarodziejskie to łuby! – wołał Zaręba niezmiernie ucieszony, oglądając karabiny z prawdziwym nabożeństwem. – Prosto marcepany! Na tym nam zbywa najwięcej. Nowiuteńkie – powąchał lufy – i już przestrzelane! Siłaż kosztują?

– Trzy dukaty sztuka i po złotym rublu za litkup, że Koran wzbrania mi trunków i częstowania nimi. Wygodziłem w potrzebie jakiemuś grenadierskiemu oficerowi. Nic mi do tego, skąd wziął karabiny! Nie mój grzech i nie moja pokuta. Jest i torba z tysiącem najprzedniejszych skałek. – Ułożył broń w jednym pudle, towary poskładał i zabierał się do wyjścia. – Kwaterę mam w pocztowym dziedzińcu. Często jestem w drodze, bo dostawiam furaże do obozów alianckich, ale parobek przy koniach zapasowych da mi znać i stawię się na zawołanie. Szef napierał, by karabiny zaraz wyprawić.

– Mam kwestarza, który je jutro powiezie.

Bielak nie chciał przyjąć żadnego poczęstunku i wyszedł, a Zaręba kazał spiesznie zaprzęgać i obładowawszy się złotem pojechał do Zielińskiego, u którego już był zaraz po przyjeździe, ale go nie zastał.

Podkomorzy kwaterował na ulicy Wileńskiej, w małym dworku i na szczęście był w domu.

Wyszedł do niego Zieliński, mąż lat średnich, wielce postawny, o pięknej twarzy, zdobnej w zawiesiste wąsy, ujmujący serdecznością uśmiech i szpakowatą, podgoloną czuprynę. Nosił się po polsku przy karabeli.

Wprowadził go do bokówki, pieniądze skrupulatnie przeważył i zamknąwszy je do skrzyni zwrócił się do niego przyjacielsko:

– Jutro powiozą je do Kapostasa. Tak rozporządził szef, przy czym polecał mi gorąco pana porucznika. Żebyśmy to mieli więcej takich godnych oficjerów!

Zaręba obruszył się i wyrzekł porywczo:

– Abyśmy więcej mieli takich obywatelów jak pan podkomorzy! Oficjerowie wiedzą, co powinni ojczyźnie, i nie zwątpili o niej ani na chwilę.

– Dobrodziejaszku złocisty! – wykrzyknął podkomorzy biorąc go w ramiona. – Żebym tak pypcia dostał na języku, jeślim cię chciał urazić! Toć jestem największym chwalcą całego koru i wiem, że wy jedni czuwacie, gdy wszyscy śpią lub rezygnują, stumanieni koszmarem zdradnej przyjaźni. – Ścichnął nagle, gdyż z dalszych pokojów huknął jakiś tubalny głos:

– Upewniam waszmościów, jako aliantka, co tylko czyni – czyni dla naszej pomyślności. I tylko przy jej wspaniałomyślnej protekcji...

Podkomorzy drzwi przywarł, ale Zaręba dosłyszał i syknął przez zęby:

– Zgoła jak w bajce o wilczej protekcji nad stadem baranów.

– A najgorsza, że mówi to człowiek poczciwy i prawy obywatel, a tak jak on święcie wierzy prawie cała Litwa. Desperacja z taką ślepotą!

– Przewidzą, jeno że będzie już za późno.

– Kossakowscy ich durzą w tym względzie, już bowiem otwarcie głoszą, że dla Litwy jedyny ratunek, aby się dobrowolnie związała unią z Rosją.

– Wierzą wszystkim podszeptom, byle tylko nie słuchać głosu sumienia i obowiązków!

– Ale, wyznał mi się Jeziorkowski, sekretarz sejmowy, jako Załuski–sendomirski ma już sobie konferowane podskarbstwo koronne nadworne.

– Ona wysłużyła je u Igelströma, wszak to jego gamratka.

– A Miączyński–lubelski dostał pisarstwo polne koronne.

– Szubieniczna para: rajfur i łotrzyk z gościńca.

– Ambasadorowi potrzeba na sejmie więcej dygnitarskich głosów i każe swoich zauszników nominować. Król się przecie nie oprze.

– Już mnie nie zdumieje, nawet gdyby hetmanem wielkim koronnym został sam arcyłotr i rakarz Lubowidzki.

– A propos, Branicki zrezygnował z buławy. Poszeptują, że hetman "z woli powszechności", Kossakowski, zabiega o nią w Peterburgu dla siebie. Król zaś z Sieversem forytują Ożarowskiego, ale są jeszcze, którzy by chcieli widzieć hetmanem koronnym Pułaskiegowołyńskiego.

– Chyba za cnoty i zasługi jego brata, świętej pamięci Kazimierza.

– Właśnie Trębicki przyniósł mi takowe zamysły względem niego. Rozumiem je tylko jako kabałę dla poróżnienia generalności. Pułaski bowiem już narzeka na targowickich socjuszów, na ich nienasyconą chciwość i przedajność.

– Aktualnie innego zgoła nam potrzeba wodza.

– Jać wiem nawet kogo, lecz nim co nastąpi, Pułaski przydałby się naszym zamysłom: to człowiek o gorącym sentymencie dla ojczyzny.

– Czyżby z tego sentymentu marszałkował targowicy?

– Powstał też projekt – ciągnął nie zważając na przycinek – żeby na sejmie zalecić go do wielkiej buławy królowi i stanom. Mikorski już się zdeterminował przemawiać za nim. Jakże się to widzi waszmości?

– Żadnej dywersji nie zgłoszę, bom w takich materiach ciemny jak tabaka w rogu – wykręcił się z niemiłej rozmowy i wstał sięgając po kapelusz.

– To pójdźmyż teraz, dobrodziejaszku złocisty, na podkurek, czekają tam na nas. Poznasz paru żarliwych zelantów i kapitana Żukowskiego.

– Z reguły nie przestaję z patriotami, aby nie ściągać na siebie uwagi szpiegunów. W Grodnie każdy cnotliwy jest podejrzany i pod baczną obserwacją. Powinienem więc dla przezpieczności brać pozór jarmarcznego gapia lub hulaki – tłumaczył poważnie, ale musiał obiecać przyjść na jutrzejszy obiad, za co uścisnął go serdecznie podkomorzy i rzekł przy pożegnaniu:

– Traktuj waść mój dom w każdej potrzebie jak swój. Zaręba konie odesłał i prawie bezwiednie znalazł się przed mieszkaniem szambelanowej, i to w chwili, gdy zajeżdżał Blum, a żołnierz wynosił za nim z powozu ogromny kosz róż.

Przywitali się cale przyjaźnie i oficjer protekcyjnym gestem zapraszał do wejścia.

– Niestety, nie mam czasu, chciałem tylko zasięgnąć języka o kasztelanie.

– Przyjeżdża jutro. Tak mówiła przy obiedzie panna Terenia. Idziemy dzisiaj na teatr, nie wybierze się pan z nami?

– Licznaż będzie kompania?

– Sami domowi: pani szambelanowa, panna Terenia, ja, no i szambelan.

– A książę? – nie mógł powstrzymać tego pytania.

– Zjawi się na koniec spektaklu, gdyż teraz ma na głowie młodszego Zubowa, który przyjechał z Petersburga, więc tylko ograbił z róż ambasadora i polecił je złożyć pani szambelanowej. On już w stanie szczęśliwości, odzyskał bowiem utracone łaski – szeptał z głupowatym uśmiechem.

– Bardzo się cieszę – wykrztusił zmuszając się potem do paru słów usprawiedliwienia, że go nie zastali w domu.

– Książę tego żałował, bo jechał do pana z podziękowaniem. Zaręba pokazał twarz szczerze zdziwioną.

– Zwierzył mi się, jako za pańską przyczyną uzyskał przebaczenie.

– Za moją przyczyną? Ach, tak, tak! – zaśmiał się dziwnie i rozstawszy się z nim poszedł wolno, bardzo wolno, jakby uginając się pod niezmiernym ciężarem.

– Za moją przyczyną! – powtórzył z nie dającym się wyrazić uczuciem. – Zemściła się! jak ordynaryjna dziewka! – wybuchnął na mgnienie, lecz przybrawszy maskę obojętności przystanął pod kafenhauzem, gdzie jak co dnia o tej porze gromadziła się modna młodzież, lustrująca promenujące się damy. Był tam i Marcin Zakrzewski, ale jakiś skwaszony, mrukliwy, a w takiej kłótliwej dyspozycji, jakby szukał okazji do zrobienia burdy.

– Cierpkiś, jakby ci podkomorzyna dała abszyt – szepnął Zaręba.

– Nieco chybiłeś, ale ktoś mi u niej szyje buty. – Spojrzał na niego podejrzliwie.

– Suspicje zgoła fałszywe, szukaj innego tropu.

– Bym wiedział, kto mnie tam dysgraduje! – zawarczał szarpiąc wąsiki.

– Pilnowałbyś, aby cię nie odsądzono od Tereni.

– Afrontujesz mnie czy ostrzegasz? – przysunął się groźnie.

– Pragnę tylko, byś zobaczył, kto ci szyje buty i gdzie... Zakrzewski pobladł, jego łagodna twarz stężała na kamień.

– Rozumiem cię przyjacielem, więc mnie nie szczędź.

– Przekonaj się sam! Panie będą dzisiaj w teatrze, naturalnie w asyście... Pamiętaj tylko, że oficjerom Sieversowym nie wolno się pojedynkować.

– Ale mnie wolno każdemu z nich pomacać boki choćby kijem.

– I przejechać się za to do Kaługi. Licha satysfakcja i nie prowadząca do celu. Nie wyprawiaj awantur, trzeba poszukać skuteczniejszych sposobów.

– Czekaj tatka latka, aż kobyłkę wilcy zjedzą – mruknął wzgardliwie i poleciał. Zaręba również miał już odejść, gdy naraz z kafenhauzu wytoczył się jakiś pijany olbrzym i runął na niego całym ciężarem, bełkocząc rozkazująco:

 – Prowadź mnie asan – i czknął mu w samą twarz.

– Nie jestem twoim pachołkiem. – Odepchnął go z obrzydzeniem, aż tamten potoczył się na ścianę i czepiwszy się jej kurczowo zaczął wrzeszczeć płaczliwie:

– Pomóżcież, psie syny! Nuże, chłystki! Zawołać mi powóz!

Nikt się jakoś nie kwapił z pomocą, natomiast posypały się drwiny.

– Położy się pod kafenhauzem i sprzątną go marszałkowscy.

– Obmierzłe bydlę! Zaraz on tu przyozdobi ścianę.

– Oddać go patrolowi. Prześpi się w kordegardzie i sam już trafi do Massalskiego.

– Pan Bóg nie rychliwy, ale sprawiedliwy – rzekł jakiś przechodzień.

– Sic transit gloria mundi! – dodał drugi spluwając w stronę opoja.

– Panowie – wtrącił jakiś kontuszowy, poważny jegomość – jak wam nie wstyd natrząsać się z pijanego i dawać go na śmiech pospólstwu. Osłońcie go przynajmniej, a ja polecę po jaki powóz. Radzi nieradzi zasłonili go sobą przed oczyma gawiedzi, powstrzymując od upadku.

– Cóż to za jeden? – pytał Zaręba wskazując pijanego.

– Poniński, bywszy podskarbi, aktualnie ostatni pijaczyna.

Jakoż był to osławiony książę Adam Poniński, swojego czasu najpierwsza i najpodlejsza persona w Rzeczypospolitej, którego sąd sejmowy odsądził jako nieprzyjaciela ojczyzny od czci, szlachectwa, tytułów, nazwiska i urzędów i skazał na wieczną banicję. Miał nawet być oprowadzony po mieście przy odgłosie trąb i obwołany zdrajcą.

– Z najgorszych, ale nie jedyny! – myślał Zaręba patrząc z pewnym politowaniem na jego twarz plugawą, jakby ociekającą błotem i nikczemnością.

– Targowica przywróciła mu prawa, lecz stronią od niego niby od zarazy.

– Któż możen zdjąć z niego hańbę! – rozmawiali obok Zaręby.

– Wypierają się go nawet dawni socjusze. Jeden biskup Massalski daje mu przytułek i czasem rzuci parę dukatów. Imaginuję, jak go żre sumienie.

– Sumienie i Poniński! Ha! ha! nie znasz go, widzę, nawet z reputacji.

– Za to wie coś o nich motłoch. Patrzcie, ile się tu zbiera tałałajstwa.

– Bowiem nie przebiera w kompanii, pije, z kim się zdarzy okazja.

Zajechał wreszcie powóz, wsadzono go z trudem i gdy konie ruszyły, chmara pospólstwa popędziła za nim, podnosząc przeraźliwe świsty i wrzaski.

– Rakarz! Złodziej! Zdrajca! – sypały się krzyki wraz z kamieniami i błotem. Paru greniadierskich oficerów, stojących na uboczu, zaklaskało rzęsiście, śmiejąc się przy tym do rozpuku.

– By to widzieli aktualni ministrowie! – rzucił któryś z młodzieży.

Zaręba odwrócił się spiesznie od tej sceny i poszedł do domu. Było już po zachodzie, niebo pokrywało się jakby łuską z rozżarzonej purpury, zaś od ziemi wstawał modrawy zmierzch, przesycony pyłem i głosami zamierającego dnia. Po placach i rogach ulic zmieniano warty przy głuchym warkocie bębnów i wrzaskach dzieci. Na ulice wyległy tłumy mieszkańców, obsiadając wszystkie schody i progi. Uprzątano już kramy i zawierano kafenhauzy i karczmy, bo pachołkowie grodowi, trzaskając halabardami wołali przeciągle:

– Zawierać! Gasić ognie! Zawierać!

Zaręba chciał się rozmówić z kwestarzem względem transportu karabinów, lecz nie odszukawszy go w klasztorze wstąpił do celi przeora i stanął osłupiały.

Cela była zalana światłem zórz, a pod oknem, na brzoskwiniowym dnie zachodu, klęczał przeor, jakby w migotliwej chmurze roztrzepotanych skrzydeł ptactwa, które mu obsiadało głowę, ramiona i nawet ręce złożone do modlitwy. A w tej świętej i słodkiej cichości zmierzchów rozkwitały tylko ptasie świegoty i słowa litanii.

– "Ucieczko grzesznych!" – podnosił się w bezmiary uskrzydlony szept miłości.

– "Módl się za nami!" – zdał się odpowiadać rytmiczny wybuch ptasich szczebiotów i milknął nagle, że jeno migotały skrzydła przelatujących z miejsca na miejsce.

– "Pocieszycielko strapionych!"

I znowu żarliwy świegot i milczenie jakby kwiatów dyszących aromatami w upalne, ciche zmierzchy letnie.

– "Wspomożenie wiernych!" – ciągnął przeor nie dosłyszawszy otwierania drzwi. Zaręba cofnął się na palcach i długo stał pod oknem w ogrodzie, sycąc duszę zbożnym rozmarzeniem, aż wspominki domu, matki, dzieciństwa zagrały mu żywymi farbami w pa– mięci. Tamte lata, tamte marzenia, tamte nadzieje! Ponosił go do nich pachnący wicher i doniósł nieubłaganą koleją do pierwszej i jedynej miłości, do Izy. Wzdrygnął się, żelazna ręka bólu szarpnęła mu sercem.

– Czemuś ty taka? – zajęczał, bo oto cudny kwiat marzenia osypał mu się w dłoni, konał i leciał w ohydne, grząskie błota i błotem się stawał.

Ale po jakimś czasie powlókł się znowu do miasta w kierunku Sapieżyńskiego pałacu, w którym dzisiaj grano teatr francuski.

VI

Kasztelan czule przycisnął go do piersi.

– Bardzo rad cię widzę. Jakże się miewasz?

– Jak groch przy drodze – odparł wesoło Zaręba całując go w rękę.

– Straciłeś na cyrkumferencji, zeszkapiałeś.

– Abszytowany żołnierz lenieje z pierza niby kwocha po kwoczętach.

– Słuszna konkluzja. Terenia mi trajkotala, jako pragniesz perfekcjonować swoje wojskowe talenta – uśmiechnął się pobłażliwie.

– Już podałem suplikę i żywię niepłonną nadzieję dobrej rezolucji.

– Na takim fundamencie nie zakładaj fortuny, boć redukcja być będzie i z wojsk zostaną zaledwie strzępy.

– Jak z całej Rzeczypospolitej – wtrącił cichutko.

– Jeszcze wystarczy pod stopy najjaśniejszemu. Zali to nie on sam wyrzekł, jako dotąd korony nie złoży, dopóki mu ziemi starczy pod nogami?

– Byle mu jej nie zbrakło pod trumnę.

– Rzekłeś – zastanowił się głęboko. – Któż jutro przewidzi? Takowe terminy przychodzą na nas, że gdybym nie wierzył we wspaniałomyślne gwarancje imperatorowej... Zaręba wpił się oczyma w jego twarz i szepnął:

– A jeśli nas zawiodą?

Kasztelan zażył tabaki pokrywając nagłe zaniepokojenie.

– Ta wiara to nasz ratunek. Nie ma innego wyjścia z tej matni, nie ma innego ocalenia. Chyba, gdyby się koniunktury szczęśliwie ułożyły.

– Nim słońce wzejdzie, oczy rosa wyje.

– To radźże, mój ty statysto – żachnął się przykro dotknięty.

– Moja rzecz bić się, a w potrzebie dać głowę za ojczyznę.

– Wybrałeś najłatwiejszą cząstkę – mruknął patrząc przez okno na szambelana, który spowinięty w szale wygrzewał się pod drzewami.

Westchnął frasobliwie i zażywając raz po raz tabakę jął spacerować po komnacie. Mąż to był lat dojrzałych, lecz jeszcze krzepki w sobie i wspaniałej postawy; twarz miał piękną, wygoloną, nos rzymski, wielkie piwne oczy, uśmiech wabny, głos rozkazujący i senatorską dostojność w ruchach; nosił się po francusku i siwe, trefione włosy odgarniał na tył głowy, jak Ignacy Potocki, do którego był niezmiernie podobny. Człowiek to był chytry, wyziębły z pasji, wytrwały, ostrożny i zawsze dopinający swego. Zaciekły aktualnie króla antagonista, lecz niegdyś jego najzaufańszy konfident, bowiem w młodości razem wojażowali dobijając się w Petersburgu znaczenia i fortuny.

Ożenił się był po raz drugi z damą ze znacznej familii, ale o której szeptano jako o bywszej faworytce królewskiej, i wziął za nią prócz koligacji, wielkich majątków i jakąś drążkową kasztelanię na odczepne. Wyznawał się być wolterianinem i człowiekiem bez przesądów, ale dla cale poziomych względów głosił się zawziętym przeciwnikiem Konstytucji Trzeciego Maja, stał się filarem targowicy, był żarliwym obrońcą przywilejów szlacheckich i srogim ciemiężcą swoich poddanych. A przy tym nie zaniedbywał pomnażać fortuny i piąć się coraz wyżej.

– Jakże ci się podoba szambelan? – spytał naraz, przysiadając.

– Ledwiem go widział, ale wydaje mi się jakby już nieco ochwacony.

– Sflaczałe bałwanisko – wybuchnął gwałtownie – toć on już ledwie włóczy kopytami za sobą. Pan Bóg mnie skarał takim zięciem.

– Pono wiele po świecie wojażował – uśmiechał się zjadliwie.

– Iz tych wojażów przywiózł w kościach takie suweniry, że go z nich już żaden doktor nie wyprowadzi. Obmierzły dziad.

– Powiadają, jako ma dostać od imperatorowej tytuł hrabiowski?

– Sam o to zabiegałem i gorzko teraz żałuję. Nawet nie imaginujesz, jaki to sknera, liczykrupa i tyran domowy. Zamęcza Izę scenami zazdrości, groził jej nawet skandalem, juści bez najmniejszej przyczyny, przez złość tylko. Iza stanowczo żąda rozwodu.

– Zmiana paszy raduje bydło – szepnął, ledwie kryjąc przedziwną radość.

– Dałbyś pokój kpinom. Prawdziwy to dramat dla Izy.

– Nikt jej przecież nie zmuszał wyjść za niego... – Spojrzał mu w oczy.

– Naturalnie, juścić – wił się skłopotany – widoki zdały się najpomyślniejsze, zrobił zapis, obiecywał złote góry, a teraz odmawia jej na pierwsze potrzeby. I jeszcze te sceny zazdrości, wprost niepojęte... śmieszne...

– A Izie uśmiecha się zupełna wolność. Taka młoda i piękna!

– Widziałeś że kobietę, rozwodzącą się nie dla nowego kochanka? One tak sobie ważą wolność jak pies gramatykę. Trafia się jej świetna partia w całym tego słowa znaczeniu. Zaręba pobladł, lecz skrywając wzruszenie rzucił na chybił trafił:

– Czyżby książę już się zdeklarował?

– Wielki to jeszcze sekret, zatrzymaj go przy sobie – uśmiechnął się porozumiewawczo – aktualnie czekam na konsystorskich jurystów. Sprawa będzie drażliwa i przychodzi mi cale nie w porę. Przy tym nie lubię pieni, a szambelan do kompromisu nie pójdzie, zechce sprofitować z okoliczności.

– Wuj ma już ten zamysł uformowany? A zna wuj dobrze księcia?

– Tylko z opinii Sieversa i listów Izy; juści wiem, że jest pułkownikiem grenadierów, przyjacielem Zubowa i faworytem petersburskiej socjety. Substancję ma pono znaczną, kilkadziesiąt tysięcy dusz, no i tytuł.

– Ta jego krymska książęca mość cuchnie baranimi skórami, czabaństwem.

– Taki już świat, że dosyć ma pozorów dla estymacji. Zasięgałem o nim tu i owdzie języka: renomowany to kawaler i cieszy się uwielbieniem powszechności.

– Bo nikomu nie szczędzi komplimentów i złoto rozrzuca garściami.

– Masz do niego jakowąś awersję?

– Mówię sine titulo, bom nawet z nim w pewnej komitywie, jeno że to człowiek obcy, choćby i najgodniejszy, obcy wiarą i obyczajem.

– Ludzie oświeceni wszędzie są jednej wiary – w rozum i naturę. Zostawmy takie przesądy pospólstwu – począł się niecierpliwić.

– Ależ on służy przeciwko nam!

Ledwie się już wstrzymywał.

– Tum cię właśnie czekał. Otóż to jedna z największych racji, aby wydać za niego Izę. Sievers mi szepnął, że on zostanie gubernatorem wszystkich oderwanych województw. Zważ tylko rozumem, jakie z tego dla nas mogą być następstwa, jakie splendory i jakie korzyści. Zawierzę ci na ucho, jako w Peterburgu wzmaga się z dnia na dzień partia następcy, z którym Cycjanow jest w tajnej i zażyłej komitywie. Imperatorowa jest w latach i przy jej burzliwych pasjach trzeba być przygotowanym na wszelaką okoliczność. Rozumieją to już drudzy. Książę Antoni Czetwertyński, który pojechał do Petersburga w homagialnej deputacji imieniem oderwanych województw, już zabiega koło Pawła i robi pakty z Naryszkinami o swoją śliczną córkę. Wiele naszych domów zamyśla podobnie. A po cóż kazał się wybrać do tejże delegacji książę Sanguszko? i książę Antoni Lubomirski, i Michał Sobański, i Rzewuski kasztelan Witebski, i Grocholski, i Wyleżyński? Składać hołd powinny imperatorowej, ale i zabiegać o swoje partykularne sprawy.

– Pojechali łowić panem bene merentium.

– Stawiam głowę, jako z pustymi rękami nie wrócą. I słuszna to rzecz, aby co odebrano Rzeczypospolitej, wróciło chociaż w cząstce do rąk obywatelów

– Obyczaj szakalów karmić się trupami – szepnął zdławionym głosem.

– A jeśli mi się z Izą nie uda – ciągnął nie zważając na jego słowa – to mojego Stasia umieszczę w pułku następcy: niechaj się chłopiec szlifuje i dorabia fortuny i znaczenia.

– Gdzież on aktualnie przebywa?

– W Sieniawie u księcia generała ziem podolskich.

Zdumiał się Zaręba, gdyż kasztelan był antagonistą "Familii".

– Pogodziłem się z konieczności – mrugnął przebiegle. – Książę generał jedyny to w Polsce wielki pan i chociaż rozdyma go pycha, że nawet o królu pruskim wyrzekł, jako ma lepszych od niego szlachciców do podawania lulki, człowiek to wielce oświecony, wspaniały i szczodry. Wziął Stasia do swego boku; chłopak nabierze światowego poloru, górnych manier i wyćwiczy się w materiach krajowych. Książę ma zachowanie u wszystkich sąsiednich potencyj, jego więc protekcja może każdego wysoko wypromować. Zaś księżna prowadzi swoją politykę, popiera gorąco zelantów i ma czucie z egzulami w Dreźnie i Lipsku. Takie stosunki mogą się Stasiowi w ewentach życia wielce przydać. Kto na dorobku, temu nie wolno azardować się na burzliwych fluktach sentymentów, musi mieć rozum za przewodnika.

– Maksymy godne uwielbienia – wyrzekł Zaręba nie patrząc mu w oczy, ale musiało coś w jego głosie zaniepokoić kasztelana, gdyż dodał:

– Bóg świadkiem i poczciwi ludzie, że służę ojczyźnie, jak potrafię i rozumiem, ale też i nie poczytuję sobie za grzech zabiegać o przyszłość jedynaka.

Wyznawał się coraz szczerzej, aż Zaręba nie mogąc już znieść wylewu plugastwa, przerwał mu bardzo pokornie:

 – Wuj na długo do Grodna?

– Biskup słał pocztę za pocztą, aby zdążyć na porę ratyfikacji traktatu z Rosją, potem przyjdą do deliberacji materie pruskie i tyle jeszcze innych, że wypadnie mi tutaj pozostać do końca sejmu.

– Aż do solennych egzekwii za Najjaśniejszą Rzeczpospolitą.

– Pleciesz! – obruszył się – najłacniej drwić a krytykować. – Nakręcił złoty pektoralik, obsypany brylancikami, i ozwał się łaskawie: – Siadaj, ja sobie jeszcze popromenuję dla konkokcji żołądka. Powiem ci otwarcie, mój chłopcze, iżeś opuścił swoich jakobińskich socjuszów, uczyniłeś i mądrze, i poczciwie. Przepowiadałem twojemu ojcu: Niech się jeno wywojuje i na własne oczy zobaczy, a wnet przyjdzie do statku.

– Jakoż i nabyłem eksperiencji i słusznego o świecie rozumienia.

– Długoś bawił w Paryżu?

– Z górą pół roku.

– Jakże ci smakowała owa wielbiona równość, wolność i braterstwo? Jakże ci się wydał ów raj rozbestwionego pospólstwa? Milczysz! Wstyd ci przyznać się do błędu? Tak i rozumiałem, że wrychle wytrzeźwiejesz. Francuskie medykamenta skuteczniej leczą żywoty niźli choroby. Jatki uczynili z tej rzeczypospolitej i generalną mordownię. Znam ja ich maksymy, znam. Na bywszym sejmie, skorom zobaczył tę "czarną procesję" z Dekertem na czele, w lot zrozumiałem, że nie praw przyszli się upominać, lecz panowanie brać nad nami. Słyszałem, jak krzyczeli: "Wiwat król, wiwat wszystkie stany!" Nie dałem się uwieść sentymentom ni pozorom. Ksiądz podkanclerzy i Małachowski, i Weyssenhoff, i drudzy ich obrońcy i protektorzy byliby, jak w Paryżu, pierwsi dali głowy, a za nimi drudzy, zaś niechby się potem ruszyło chłopstwo, a już by było po nas...

– Ale może by ocalała Rzeczpospolita – wtrącił szeptem.

– Rzeczpospolita to my! – zawołał gwałtownie. – Usuń kamień węgielny, a cała budowa runie i pozostanie jedna kupa gruzów. Widziałeś, co się wyrabia we Francji? Jakobini ścięli króla, wytracili szlachtę, skasowali kościoły, zrównali stany i wypędzili Pana Boga! A cóż z tego za szczęśliwość powszechności? Że się teraz między sobą wadzą i gryzą niby wściekłe wilki o panowanie! Może tak nie jest? Może zaprzesz mi?

– Nie zapieram niczemu, niczemu – odpowiedział głucho.

– I zobaczysz, jak się to sankiulockie psie wesele skończy! Król pruski zaczął już w Moguncji uczyć rozumu swoich jakobinów.

– Tak, tak – potwierdzał dygocząc ledwie hamowanym wzburzeniem.

– Ale dajmy temu spokój – zakonkludował naraz kasztelan – te materie żółć mi poruszają. Pomówmy o tobie lepiej. Dałbym głowę, jako twoja suplika do króla nie weźmie skutku, ale ja ci obmyślę jakowąś intratną funkcję. Zdaj się na mnie. Już mówiłem o tobie z biskupem Kossakowskim, właśnie rozgląda się za kim godnym zaufania i zdatnym do pióra. Masz głowę otwartą, wyćwiczone nauką talenta i przez niego mógłbyś się wypromować. Pójdziesz ze mną do niego na dzisiejsze przyjęcie. Gdybyś mu się udał i mnie byłoby to wielce na rękę. Bo widzisz, chociaż z nim pozostaję w serdecznej komitywie, ale rad bym z boku wiedział, co się tam sub secreto wyrabia u niego. Biskup to głowa in statu, tylko nieco gorączka, z Sieversem niepotrzebnie drze koty i zbytnio zadufany w potęgę Zubowa. Wiadomo zaś, jako i najpotężniejszym faworytom przychodzi tracić łaski. Powiem ci na ucho, że i tego wypiera już z wolna jego rodzony brat, bawiący aktualnie w Grodnie. Otóż w tym dowcip, by się nie dać pogrążyć nieprzewidzianym okolicznościom i wiedzieć naprzód, na jaką pogodę się zanosi. Byś chciał, a twoja fortuna rosłaby wraz z moją. Czasy teraz przyjazne dla mądrych i przezornych. Po sejmie może mi się uda zasiąść w Radzie Nieustającej. A wejdę do Rady, to i dla ciebie się tam należeć musi jakowąś funkcja. Junctis viribus, mój chłopcze, zakonotuj sobie, a rychło dosięgniesz fortuny i znaczenia. Patrzaj, jak się prędko wynieśli Kossakowscy! A Ożarowscy! Czym to jest Ankwicz! Jakie widne miejsce zajął Miączyński! A Załuski? Wszak to o miłościwie nam panującym napisano takowy wierszyk:

Przedziwne to jest dzieło Boskiej opatrzności,
Syn królem, ojciec w krześle, a dziad podstarości.

Więc czemuż to nie mogą sięgać choćby najwyżej Górscy i Zarębowie? Masz–li przeciwną rację? Nie trzeba się jeno lenić i spuszczać z uwagi sposobnych okoliczności, każda bowiem droga prowadzi do Rzymu. Dodam tylko, że bez substancji niczego znaczniejszego nie dosiężesz. Zali personat na piąci chłopach może stanowić o losach powzechności? Wiem ja coś o tym, zaczynałem przy panu krakowskim jako pacholik. Nie sztuka urodzić się z kasztelaństwem w kolebce, ale trzeba głowy nie lada, by się dźwignąć z chudopachołka na senatorskie krzesło i dojść fortuny.

Rozszerzał się z lubością i nad miarę nad samym sobą, Zaręba zaś słuchał tych szczerych zwierzeń z uśmiechem jakby wylękłym od głębokiego obrzydzenia i awersji. Potakiwał mu jednak, w niczym się nie przeciwiąc i postanawiał iść ślepo za jego radami, byle się jeno znaleźć w samym obozie wrogów. Już sobie bowiem wystawiał te pożytki, jakie dałyby się wyciągnąć z takowej sytuacji dla sprawy, gdy kasztelan, przyszedłszy na aktualne materie polityczne, naraz powiedział znacząco:

– Ma się na jakąś odmianę, może być plucha, a może i coś gorszego.

– Niby jak to wuj rozumie? – spytał żywo.

– Że w Lipsku i Dreźnie coś się agituje; darmo tam nie siedzi ksiądz podkanclerzy i jego socjusze, żeby nie znali jakowejś kabały. Wszak i zelanci na sejmie nie czynią oporu wszelkim rozsądnym zamierzeniom bez zachęty stamtąd. Klują się jakieś zamysły, dałbym głowę. A utwierdza mnie jeszcze bardziej w podejrzeniach to, że na Onufrejskim jarmarku w Berdyczowie spotkałem wojewodzica Działyńskiego; pił, hulał, dawał codziennie stoły i asamble, bratał się nawet z rosyjskimi oficjerami. Znają go przecież, jako jest wielce wstrzemięźliwy i nie lubi próżnych ekspensów, więc takie szastanie się nie może być bez kozery. Mój Klotze, który słyszy jak trawa rośnie, szepnął mi, jako wojewodzie najchętniej przestaje z abszytowanymi oficjerami, rozsyła po kraju jakieś sekretne sztafety, a konie i woły całymi stadami skupuje i wysyła do Warszawy.

– Wiadomo, że wielce dba o swój pułk, więc może dla niego.

– Mnie to jednak zastanawia. Klotze powiada, że nawet gemejnów ściąga i kompletuje swoje szeregi, i to teraz, kiedy ogólna redukcja wojsk prawie jakby już postanowiona na sejmie.

– Jakże to sobie wuj imaginuje? – spytał z bijącym sercem.

– I Haumana skaptował do siebie na pułkownika.

– Rozumie się bowiem na wojskowym rzemiośle, a ludzi rycerskich kocha, zaś Hauman w bywszej wojnie stawał mężnie na podziw.

– Przysiągłbym jednak, że coś się gotuje; w województwach objętych kordonem latają pisma burzące, wierszyki zjadliwe na generalność, szlachta zwłaszcza drobniejsza burzy się i odgraża. Ktoś musi podżegać owe nieszczęsne sentymenta, lecz kto?

– Niechybnie tylko poczciwa troska o przyszłość ojczyzny.

– Powiadają, jako abszytowani oficjerowie zamyślają o konfederacji, ale ty byś coś wiedział?

– Bystro spojrzał mu w oczy.

– Nic a nic nie wiem. Wszak za podanie supliki o powrót do szarży moi dawni towarzysze teraz bij zabij na mnie, nie poznają mnie na ulicy i mają za przeniewiercę – zapewniał gorąco.

– Wżdy postponują każdego, kto innych opinii. I mnie głoszą zdrajcą i jurgieltnikiem, że wedle swego rozumienia pracuję dla ojczyzny.

Byłby się dłużej wyżalał nad ludzką niewdzięcznością, ale wszedł Klotze, jego wiernik, a za nim wpełzło bez szelestu dwóch jurystów z twarzami psów zgłodniałych; mieli lisie uśmiechy, przygięte grzbiety w czarnych kontuszach, łby podgolone, długie drapieżne ręce i pliki papierów pod pachami. Kasztelan przywitał się z nimi kordialnie i usadziwszy za długim stołem wziął na stronie coś szeptać z Klotzem, który co chwila wybuchał rubasznym śmiechem, obcierał spoconą twarz i tłuste jakby napuchłe ręce. Był to człowieczek o pokaźnej cyrkumferencji, rumiany niby bułka świeżo upieczona, siwy, cały w dygach i podskokach. Kasztelan przepadał za nim, gdyż był niezmiernie czynny, wesoły, sypał anegdotami, zawsze pełen nowinek, znał wszystkich, wiedział o wszystkim, był sposobny do wszystkiego, a jedyny do sekretu. Wywodził się ze starej rodziny niemieckiej, ale miał się za Polaka i wielce się pysznił indygenatem, jaki dostał z przyczyny dukatów i kasztelana, którego był prawą ręką i najzaufańszym konfidentem.

Zaręba wyszedł niepostrzeżenie, gdyż tak był zgnębiony, że ledwie się trzymał na nogach. Na szczęście w salonie było pusto, mógł więc dać folgę wzburzeniu, powstrzymywanemu tylko niezmiernym wysiłkiem. Jakże ten wuj czczony przez całą rodzinę, jej splendor i duma, ten senator nieugięty w cnocie i sentymentach dla ojczyzny – wyjawił się w prawdziwym kształcie duszy! O Boże, co za gorzki posmak hańby i zawodu! Rodzic nauczał mieć go za człowieka wyższego rozumu i oświecenia, za niezłomnego w cnocie obywatelskiej męża. A znalazł podłego egoistę, którego jedynym celem było własne wywyższenie i bogactwa. Nie lepszy od tych, którym stryczek poprzysięgał, nie inny. Wspomniał jego maksymy i jęły mu się wić przez mózg niby płazy plugawym kłębowiskiem. Cóż teraz począć? Pójść za jego radą, uczepić się biskupa, zostać delatorem i szpiegunem? – Każda droga prowadzi do Rzymu – wygłosił kasztelan. A czyż każdą iść wolno do świętego celu? – szarpnęło nim sumienie. – Byłbym u źródła wszelkich machinacyj przeciwko ojczyźnie – zabrzmiał w nim głos rozsądku.

– Tam bym rozpoznał jej przyczajonych wrogów, tam byłbym okiem i uchem ku pożytkowi sprawy! – Szarpał się, deliberował i chwiał, targany sprzecznymi uczuciami. Ale w jakiejś chwili nakazał sobie surowo: Spełnię, com powinien ojczyźnie – i poczuwszy po tym nieodwołalnym postanowieniu niemałą ulgę, poszedł do apartamentów kasztelanowej.

Lokaj w białej peruce wprowadził go do wielkiej, przyciemnionej komnaty; zapalone kasolety biły wdzięczną wonią, słoniącą rudawymi mgiełkami wszystek kształt wspaniałych sprzętów, że nawet zwierciadła lśniły ze ścian oczami zasnutymi bielmem; pachniało również woskiem i przywiędłymi ziołami jak w kościele po nabożeństwie. Fioletowe obicia w złote ornamenta na ścianach, cisza drgająca okwiatem westchnień i ścichłej przed chwilą muzyki, jeszcze bardziej dawała pozór kaplicy.

Kasztelanowa, uniósłszy się z markizy wysłanej poduszkami, witała go bardzo życzliwie, podając śliczną rękę do pocałowania.

Siedzący obok niej dominikanin o surowej, ascetycznej twarzy odstawił wiolę i usunąwszy się pod okno zabawiał papugę, rozkołysaną w złotej obręczy.

Zaręba zajął jego miejsce i słuchając kasztelanowej, wodził roztargnionymi oczyma po komnacie, przenosząc je niekiedy a ukradkowo na jej twarz piękną jeszcze, mimo lat, matowo białą i jakby zastygłą w marmur; tylko pełne usta znaczyły się ostro jak żywa, krwią opłynięta rana i czarne oczy o ciężkich powiekach i rzęsach niby skrzydła jaskółcze świeciły promieniście. Była przybrana w czarny dezabil, zapięty pod szyję, a doskonale uwydatniający jej szczupłą i bardzo foremną figurę. Siwe, gładko przyczesane włosy tworzyły nad jej niskim czołem majestatyczną koronę. Nie miała na sobie ani jednego klejnotu.

Szeptała z omdlewającym wdziękiem, głosem pełnym dziwnych modulowań, nieoczekiwanych spadków i cudacznych zwrotów francusko–polskich. Melancholijny smętek sączył się z jej słów niby słodka woń kwiatów więdnących, ale w każdym zdaniu zdradzała żywy dowcip i wielką znajomość spraw i ludzi. Zdumiewał się temu, znajdując ją zgoła niepodobną do wyobrażenia, jakie miał o niej od dzieciństwa, słuchał też z rosnącą uwagą i nieskrywanym podziwem. W jakiejś chwili natrafiwszy oczyma na królewską miniaturę, stojącą obok na pękatej szyfonierce, przeniósł badawczy wzrok na kasztelanową.

Snadź przeczuła wagę spojrzenia, bo jakiś cień przewionął po jej bladościach, zatrzepotały trwożliwie jaskółcze rzęsy, na czole zawisła chmura i po ustach zaślnił prześmiech niby to tęsknot nagle zbudzonych, niby żalów i niby gorzkich politowań.

– Nieszczęśliwy człowiekl – westchnęła wskazując portret. Nie odrzekł, nie śmiał jej czymś urazić, ona zaś, jakby nie pomnąc wyrzeczonego słowa, zaczęła się wyżalać na polskie barbarzyństwo, upadek ducha, nierząd, zanik cnoty, a ze szczególnym naciskiem na rozwiązłość kobiet i przedajność mężczyzn. Mówiła mądrze i powściągliwie jak statysta, z czułością jednak serca pełnego sentymentów i troski o przyszłość ojczyzny i powszechności. Ujęła go tym niezmiernie, aż z uwielbieniem ucałował jej przecudne, prawie przezroczyste ręce. Orzeźwiwszy się wonnością ze złotej balsaminki, wyrzekła cicho:

–– Wiem, co zamierzacie, i niech was Bóg błogosławi. Ratujcie ojczyznę i tego nieszczęsnego króla, póki jeszcze pora, ratujcie! –

Głos jej obwisł i załamał się pod nawałą łez tryskających cienkim sznurem pereł.

Zaręba nie wierząc własnym uszom siedział w oniemiałej konsternacji.

– Bóg ponad wszystko! – zakrzyczała naraz papuga. Obejrzał się i napotkawszy błyszczące oczy mnicha poruszył się niespokojnie.

– To Hiszpan, nie rozumie ani jednego polskiego słowa – uprzedziła. – Nie zawierzaj tylko w niczym kasztelanowi ani Izie – ostrzegła z naciskiem. – Wiem, jakoś całą duszą przylgnął do sprawy ratowania ojczyzny i gdyby mój Staś miał wiek odpowiedni, oddałabym ci go bez jęku: niechby poszedł, gdzie wszystkich poczciwych wzywa powinność i honor. Wczoraj wieczorem był u mnie ojciec z księciem Karolem i hetmanem...

– Wojewoda! Książę "Panie Kochanku" i hetman Branicki – powtarzał w zdumieniu najwyższym imiona dawno pomarłych.

– Tak – potwierdziła spokojnym, szczerym głosem. – Niekiedy mnie odwiedzają. Otóż wczoraj nakazał mi ojciec przyczyniać się do dobrego skutku waszych zamierzeń. Gotowych pieniędzy nie mam, gdyż dużo uwięzło w banku pana Prota Potockiego, zaś nad resztą kasztelan roztoczył swoją kuratelę, ale mam jeszcze swoje klejnoty, niechaj więc usłużą przeciw nieprzyjaciołom – wyjęła z szyfonierki pękaty worek z zielonego zamszu, zawiązany starannie i pod pieczęcią. – Miałam je posłać do Częstochowy – uśmiechnęła się sypiąc sobie na kolana grad, jakby uczyniony ze stężałej tęczy. – Kapostas potrafi je dobrze sprzedać – przegarniała je końcem palców, lecz ze źle skrywaną lubością. Były tam w tej rosie różnobarwnej pierścienie w starożytnych oprawach, sznury pereł, zausznice, manele obsypane kamieniami, spięcia, guzy od kontuszów, szlify, pieczątki rznięte w rubinach, wysokie grzebienie ze złota sadzone perłami, łańcuchy, balsaminki drążone w koralach i ametystach; było też sporo nieoprawnych kamieni. Nie byle jaka fortuna leżała w tej kupie złota i kamieni, polśniewającej cudnymi farbami.

– A może by graf Moszyński kupił? On się lubuje w klejnotach – szepnęła zsypując z powrotem.

– Błyskotki to czcze i dziecinne. Jakże się ojciec ucieszy, kiedy mu zdam relację – dodała wręczając mu worek.

Zdumienie Sewera sięgało już granic trwogi; patrzył w nią z lękiem, ale siedziała jak przedtem spokojna, piękna, władnąca rozumem i jakby z bólem zaczajonym w kątach ust. Żart–li czy też chora imaginacja?

– Co jednemu prawda, drugi ma za szaleństwo! – wyrzekła jakby w odpowiedzi jego zatrwożeniem i oczom badającym. Zmieszał się okropnie i tłumaczył tak zawile, że mu przerwała z pobłażliwym uśmiechem:

– A zaglądaj do mnie, zawsze będę ci rada. Weźże te klejnoty i schowaj. Pozwoliła mu łaskawie ręki do pocałowania i czule pożegnała.

Skwapliwie juści pochował kosztowności po kieszeniach, ale był tak pomieszany i wzruszony tym wszystkim, że wszedł do salonu jak pijany.

W sąsiednim buduarze słychać było podniesione głosy Izy i szambelana. Kłócili się zawzięcie. Przez słabo przymknięte drzwi roznosiły się ordynaryjne i brutalne wyzwika. Złe, okrutne i mściwe słowa Izy świstały niby bicz zacinający nieubłaganie. Szło im naturalnie o pieniądze i kochanków, a skończyło się płaczem i spazmami Izy, i chrapliwym wrzaskiem szambelana, i łomotem przewracanych sprzętów.

Zaręba już chciał wyjść, gdy z buduaru wypadł szambelan i zakrzyczał na swojego Kubusia, by mu podawał lekarstwo, nim się jednak zjawił famulus, przychwycił Zarębę i zaczął mu skrzekliwie kłaść w uszy:

– Nie żeń się waśćpan z modną panną; lepiej się obwieś, niźli miałbyś później paść się zgryzotą i pośmiewiskiem. – I nie czekając responsu, jął utykać po sali wspierając się na grubej trzcinie i wyrzekał na kobiety.

Był wystrojony w paradny fiołkowy frak, suto zahartowany, w białych pończochach na pałąkowatych nogach i w peruce z harcapem, omotanej złotą siatką, przygarbiony, schorzały, istny grat ludzki, lecz z twarzą wielce rozumną i bystrymi oczami.

Zaręba poczuł do niego jakąś litościwą czułość i właśnie był z nim zawiązał dyskurs, gdy weszła Iza z książką w ręku, piękna jak zwykle, wystrojona i zasiadła pod oknem w głębokim wolterze. Zdała się pokrywać wrzącą jeszcze złość wysilonym uśmiechem i lekceważącym skrzywieniem ust, skinęła głową Zarębie i jej orzechowe oczy ślizgały się po nim obojętne i niewidzące. Odczuł to boleśnie, odpłacając się wzgardliwymi spojrzeniami i głośniejszą rozmową z szambelanem. Jakby jeszcze nie dość było w powietrzu wiszących swarów, wpadła Terenia cała w rumieńcach, łzach i wzburzeniu, rzuciła się do Izy i buchnęła spazmatycznym płaczem, a za nią wleciał Marcin i nie witając się z nikim szarpał wąsiki, potoczył groźnie oczyma i zwrócił się do

Sewera.

– Wyjdź ze mną, mam do ciebie ważną sprawę – szeptał ponuro.

– Nie mogę teraz, czekam na kasztelana. O zmierzchu będę w handlu Dalkowskiego, to poczekaj na mnie.

– Jedziesz na bal dla Zubowa?

– To dzisiaj? Jeśli wydolę pilnym sprawom, zajrzę na chwilę.

– Wszyscy się wybierają na te festy, nawet Terenia.

– Nic tam po niej – wyrzekł z rozmysłem bardzo głośno.

– Terenia ze mną jedzie – odbiła Iza przeszywając go spojrzeniem.

– Terenia zostanie w domu – zawrzał porywczo Marcin, czerwony z alteracji.

– Waćpan przywłaszcza sobie prawo, co ona ma robić?

– Przecież to moja narzeczona, przecież jakoweś prawa mam.

– I dlatego chcesz praktyki tyraństwa na niej odprawować! Waćpan coś za wcześnie pokazuje rogi! – uśmiechnęła się z miażdżącą wyniosłością. – Biorę Terenię pod swoją opiekę, czy waćpanu to nie wystarcza?

– Wielce sobie szacuję ten zaszczyt, ale trwam przy swoich opiniach.

– Trwajże waćpan przy swoich przekornych opiniach, a ja Terenię zabieram. – Zwróciła się do Zaręby: – Nie będziemy tam przecież same, jedzie z nami cała socjeta. Zabawa obiecuje się być wspaniała i urozmaicona siurpryzami. Wszak jedziesz z nami?

– Nie mniemam jednak, aby to było odpowiednie dla panny Tereni – odrzekł zimno, wpierając w nią wyzywające oczy.

– Więc dla kogóż znajdujesz ją tylko godną? – złość ją targnęła i podrażniona jego tonem stanęła przed nim w groźnym wyczekiwaniu.

Nie ścierpiał jej lekceważącego głosu i rąbnął na odlew, bez namysłu:

– Jedynie tylko dla tak zwanej wyższej socjety, lecz nie dla cnotliwych panienek.

– Katon! – bluznęła ironicznie, mszcząc zarazem niedzielny zawód.

– Tylko bywszy porucznik artylerii Sewer Zaręba, mościa pani szambelanowo – gruchnął szydliwie z zuchwałą impertynencją, skłonił się i odszedł na stronę.

– Grubianin! – posłyszał za sobą jadowity syk.

Weszło, parę osób, gdyż u szambelanowej był punkt zborny całej socjety fetującej Zubowa, skąd mieli wyruszyć do Stanisławowa na podwieczorek, zaś następnie do Sapieżyńskiego pałacu na teatr i bal.

Zjawił się też Cycjanow w otoczeniu swoich oficjerów i już nie odstępował Izy ani na chwilę, tak przez nią awansowany, że szambelan, pieniąc się z bezsilnej wściekłości, szeptał do ucha Zarębie:

– Ten książę ma maniery zgoła kozackie... Guza tu znać szuka... ja mu zrobię afrontację – mamrotał groźnie, nie ruszając się jednak.

– Vae victis przez kobiety! Snadź damy podobają sobie w jego parobczańskich manierach i dziobatym pysku – odparł drwiąco, lecz był rad, gdy mu Klotze oznajmił, że kasztelan czeka na niego. Marcin, chmurny niby noc jesienna, zastąpił mu drogę i szepnął:

– Tak mnie damy obligują za Terenią, że nie wiem, co począć?

– Bądź na prośby nieczuły i nie pozwalaj.

Kasztelan już czekał w powozie i zwrócił się do Klotzego:

– Ale, kupiłeś aspan woły?

– Kupiłem w Zelwie trzysta. Sto zaraz popędzili kozacy do obozu generała Dunina, resztę zaś spędzą do Grodna, popłyną do Prus. Jarmark był drogi, bo jakaś kompania skupowała i agent pana Starzeńskiego też podbijał ceny. Na szczęście miałem pod ręką konwojowych kozaków i trochę musiałem rekwirować. Tylko do koni nie można się było docisnąć, bo co było wybrańsze, wykupili jacyś oficjerowie, podobno dla brygady Madalińskiego i artylerii Jasińskiego.

Zaręba nastawił uszu, domyślając się, jako mowa o Kaczanowskim i Hłasce, lecz odezwał się dopiero w drodze.

– Nie wiedziałem, że wuj zabawia się handlem.

– Jeśli ksiądz Kołłątaj może przedawać płótna i kartuny, to czemuż ja nie mam handlować zbożem i wołami! – zaśmiał się z jego miny.

– Klotze mnie namówił i źle na tym nie wychodzę. Wziąłem nawet w arendę spichlerz w Gdańsku; Klotze skupuje flotę i jesienią pchnę już ze dwieście szkut i komięg ze zbożem. Wprawdzie król pruski ścisnął nasz handel paskudnymi cłami, na komorach robią przeróżne utrudnienia, ale moim statkom obiecali pofolgować. Kasztelanowa jest przeciwna temu, respektuje bowiem Swedenborga, Martiniego i uczone dyskursa o nieśmiertelności, ja zaś uwielbiam zdrowe zasady ekonomii, dającej cale grzeczne prowenty.

– Będzie wuj na balu dla Zubowa?

– Powinienem, tyle mam jednak spraw na głowie! – westchnął zagłębiając się w rozmyślania i dopiero gdy powóz stanął przed pałacem, zaszeptał: – Polecę cię biskupowi, musisz jednak się podrożyć i wziąć czas do namysłu, żeby nie zwąchał ukartowanej kabały. Pałac Kossakowskich był nie nazbyt obszerny i miernej architektury, lecz urządzony z gustem i niemałym przepychem. W antyszambrze na pierwszym piętrze stały rzędy hajduków w herbowych liberiach i jakiś chudy ksiądz w okularach rogowych, przyjmujący gości, zaś w salach czyniły honory domu bratowe biskupa, on zaś sam powłócząc nieco nogami przechadzał się łaskawie uśmiechnięty. Co chwila w innej stronie widniała jego głowa, pokryta siwymi, podwiniętymi dokoła puklami, i blada dziobata twarz. Przewijał się między grupami, nie szczędząc pochlebnych słówek, przyjacielskich skinień, tajemniczych szeptań i błogosławiących spojrzeń. Zdał się być samą dobrocią i dostojnością, którą wszystkich po równo obdzielał. Nawet z chudopachołkiem rad się zadawał suponując mu, jako uważa go ponad drugich, gdyż każdego umiał zażywać dla swoich celów. Był wysokiego mniemania o sobie, ale pychę pokrywał niewolącą uprzejmością, bystrym dowcipem i nauką, chciwość poczciwą troską o szczęście powszechności, egoizm głębokimi racjami polityki, nienawiść słusznym gniewem poniżonej moralności.

Konfidentów wynagradzał szczodrze, zaś nieprzyjaciołom wybaczał głośno, lecz przez zaprzedane sobie ręce gniótł ich bez miłosierdzia, obdzierał z majątków i słodkimi, bolejącymi szeptami podawał na wzgardę. Pokazywał się być księdzem wielce dbałym o służbę bożą, nawet msze odprawiał prawie codziennie, lecz jeszcze żarliwiej zabiegał o tłuste beneficja i jak kazała okoliczność, zagarniał je zbrojną ręką.

Człowiek był przy tym oświecony, górnych manier, opinii miarkowanych rozsądkiem i okolicznościami, podstępny, intrygant nie przebierający w środkach i wiecznie głodny dla siebie i swojej rodziny dostojeństw, władzy, bogactw i znaczenia.

Wszak ci to on czasu Wielkiego Sejmu najżarliwiej intrygował przeciwko reformom i konstytucji.

Płaciła mu za to imperatorowa.

Wszak ci to on stał się później duszą targowicy i wszelakich machinacji, na zgubę Rzeczypospolitej uformowanych.

Brał za to szczodre w rublach jurgielty.

Wszak i aktualnie przewodził na sejmie potężnej fakcji, powolnej na każde życzenie Petersburga, za co wciąż otrzymywał sute łaski w beneficjach, biskupich krzyżach kamieniami sadzonych i dukatach.

Takim był ten obywatel, biskup i człowiek, nad którego mogli się naleźć jeszcze gorsi, lecz nie było szkodliwszego dla

Rzeczypospolitej.

Kasztelan przedstawił mu Zarębę. Biskup obrzucił go bystrymi oczyma, a wielce łaskawie przywitawszy pociągnął kasztelana na stronę.

Zaręba rad z osamotnienia, chociaż obciążony klejnotami kasztelanowej, a bardziej jeszcze gniewem Izy, jął się rozglądać pomiędzy ludźmi.

W głównej sali, obciągniętej amarantem i pełnej kosztownych sprzętów, zwierciadeł, brązów i złoconych mebli, a nakrytej sufitem uczynionym z pozłocistej sztukaterii na dnie czerwonym, siedział biskup wileński, Massalski, ze swoim godnym socjuszem, biskupem chełmskim, Skarszewskim. Obaj byli zaciętymi antagonistami Kossakowskiego; zwłaszcza Massalski, gracz, utracjusz i pijak, mimo potężnej cyrkumferencji i lat sędziwych, nienawidził go całą duszą i posępnym, złym wzrokiem chodził za nim poszeptując coś zgryźliwie, na co Skarszewski prześmiechał się jadowicie, przytakując wyłysiała, szpiczastą głową.

W bliskości prześlizgiwał się wężowymi skrętami, a z przyczajonym wzrokiem ksiądz Ghigiotti, czarny, suchy Włoch, króla partykularny sekretarz, lecz i zarazem powolne Sieversowi instrumentum. Węszył też między ludźmi osławiony Boscamp i Friese rad częstował tabaką wyciągając przy tym na słówka, i wielu podobnych żarliwie pełniło swoje rzemiosło, gdyż na przyjęciach biskupich zbierała się liczna i przeróżnego autoramentu socjeta.

Za biskupami, na czerwonych ławach obiegających ściany, drzemały wybrane dostojne ciemięgi, omszałe damy, pachnące woskiem i święconą wodą niby stare kropielnice, zatabaczeni profesorowie w wyświechtanych sutannach i frakach, nieco staroświeckich kontuszów i poczciwych rupieci z zapadłych powiatów Litwy. Czasem pokazał się na głównej sali jakiś mąż głośnej cnoty, jakby jeno dla ornamentu prezentowany, lub modny cudzoziemiec. Resztę zaś komnat, biegnących amfiladą i bogato przystrojonych, przepełniał różnobarwny, strojny tłum: modne franty z nastroszonymi czuprynami, z gałkami lasek w zębach, pobrzękując pękami pieczątek i wisiorków podpierały kominy; nie brakowało pomiędzy nimi alianckich oficjerów ni pieczeniarzy bywających wszędzie, gdzie się tylko kurzyło z komina, ni polowaczów nowinek, ni person zgoła zagadkowym procederem żyjących; sporo wiecznych suplikantów krążyło w cieniu znacznych osób, wyczekując okoliczności. Większość jednak zebranych była złożona z posłów sejmowych, konfidentów i powinowatych biskupa, cała zgraja zaprzedanych mu socjuszów, która żarliwie stawiała się bić czołem wszechmocnemu patronowi, brać instrukcję działań, wyżebrywać łaski, chełpić się przewagami na sejmie i składać relacje, co się dzieje u króla, co u Sieversa, co u Buchholtza i co u wszystkich dygnitarzy. Co chwila bowiem ktoś długo nakładał w biskupie uszy lub wsuwał mu w rękę nikłe karteluszki. Musiała się obocznie formować jakowaś tajna narada, bo co znaczniejsze figury, jak Zabiełłowie, Giełgud, Narbutt, kasztelan, paru sejmowych jurgieltników biskupich, a nawet i Nowakowski, wyniosło się niepostrzeżenie w głąb pałacu.

Właśnie deliberował nad tym Zaręba, gdy stanął przy nim Srokowski, którego był poznał u Nowakowskiego i szczerze unikał, i jął mu pleść niestworzone banialuki o politycznych koniunkturach i upadku ojczyzny; jęczał przy tym, łamał ręce, targał wąsiska i coraz lamentliwiej powstawał na upadek obyczajów i panowanie wszystkich grzechów.

– Przepadło już wszystko – krakał złowieszczo – mówię waćpanu, jako przepadła Rzeczpospolita. Musi przyjść kara za grzechy. Musi Bóg pokarać winne i ogniem zgładzić tę Sodomę i Gomorę!

– Profetuj waszmość babom pod kościołem, a mnie oszczędź! – mruknął zgniewany i do- słyszawszy z bokówki głos Woyny tam poszedł.

Paru młodzieńców z twarzami jakby zamarzłymi siedziało na kanapach, a Woyna czytał im półgłosem.

– "Potem rzekł Szczęsny (Potocki): «Ja jestem panem i stworzycielem waszym, a wszystkie ziemi polskiej mieszkańce są buntownikami.» I nazwał Szczęsny wojsko polskie wojskiem nieprzyjacielskim, a wojsko moskiewskie nazwał wojskiem wybawienia i wolności. I zaczęły się mordy, pustoszenia i pożary, a Szczęsny widział, że to wszystko było dobre dla niego, i radował się.

I to był dzień pierwszy stworzenia.

I rzekł Szczęsny: «Niech wszelki rząd i wszelka sprawiedliwość ustaną, niech szlachcic posłusznym będzie panu, a miasta niech się znowu pogrążą w ubóstwie i ciemności. To, co wybrani od współziomków zgodnie postanowili, niech będzie zbrodnią i spiskiem, a to, co ja rozkazuję, niech stanie się prawem.» Rzekł też Szczęsny: «Niech drukarnie przestaną drukować, a ludzie niech przestaną czytać, mówić, pisać i myśleć.» I nazwał to wolnością.

I to był dzień drugi stworzenia."

– Jakże się wam podoba "Biblia Targowicka"? Przedni dowcip, nieprawdaż?

– Pusta złośliwość, z której wyłażą ośle uszy jakiegoś gryzmoły bez talentu i nauki – odpowiedział biskup, niespodzianie stając między nimi.

Skonsternowana młodzież porwała się z miejsc, tylko Woyna nie straciwszy rezonu ozwał się ze zwykłą swadą i w tonie żartobliwym:

– I mniemam, że Szczęsny po takiej pigułce dostanie żółtaczki.

– A waćpan zapłaci trzysta złotych kary za rozpowszechnianie pism wzbronionych sancytami generalności – zawarczał groźnie biskup.

– Dobry żart tynfa wart, a ta krotochwila godna sutszej zapłaty. Mówią, że pisał ją Weyssenhoff, ale czuję żądła Niemcewicza lub Dmochowskiego.

– Daj mi waszmość egzemplarz – wyciągnął drapieżnie rękę.

Woyna oddał niechętnie i chciał się jeszcze wykręcać dowcipkami, lecz biskup skinął na Zarębę i zaprowadziwszy go do ustronnej komnaty, w rozmowie swobodnej przyjacielskiej a najeżonej podstępnie hakami, brał go na spytki. Snadź egzamin wypadł pomyślnie, gdyż przybierając ton serdeczności wyznał otwarcie:

– Kasztelan wnosił za waćpanem gorące instancje.

– Wuj dobrodziej zawsze jest wielce na mnie łaskawy.

– Właśnie też rozglądałem się za człowiekiem z nauką, umiarkowanych opinii a godnym zaufania, mógłbyś więc przy mnie naprawiać się do późniejszych posług Rzeczypospolitej. Miejsce wprawdzie skromne i nie nazbyt profilujące, ale dałoby się hetmańską protekcją odzyskać twoją dawną szarżę wojskową wraz z poborami, zaś kwaterę i stół miałbyś u mnie. Czy cię to kontentuje?

W niemym podziękowaniu schylił się do jego ręki.

– Możesz przy mnie wyjść na ludzi – dorzucił wielce łaskawie. Spojrzał na niego zyzem, lecz biskup, lubiący górną swadą i wzniosłością swoich zamierzań kaptować przyjaciół i wielbicieli, jął niby to od niechcenia wyznawać się ze swoich trudów i niemałych ekspensów dla dobra publicznego. Były to niby szczere zwierzenia cnotliwego męża, z których wychodziło, że cokolwiek czynił, czynił tylko dla ocalenia ojczyzny i szczęścia powszechności.

Byłby może i dłużej snuł swoje pełzające, kręte i wielce podejrzane arcana polityki, gdy wszedł kasztelan i szepnąwszy mu coś na ucho zwrócił się do Zaręby:

– Poczekaj na mnie, mamy teraz ważne materie do rozważenia.
Wyszli pośpiesznie, a on zaś powrócił do sal opustoszałych, gdzie
już hajducy wywierali okna i jakiś kleryk wykadzał miedzianym
trybularzem, i srodze się zamedytował nad biskupimi słowami, a
zwłaszcza nad swoją, wielce szczególną sytuacją. Nie czuł się
bowiem sposobny do służby, jaką mu rail kasztelan i nakazywały
względy na dobro sprawy.

Wzdrygał się na taką okoliczność i posępniał, jak te pokoje
zasypywane popielnym zmierzchem i czerniejące niby jamy, z
których tylko rwały się tu i owdzie ślepnące błyski zwierciadeł i
złoceń.

Kasztelan długo kazał na siebie czekać, czym wielce
zniecierpliwiony jął peregrynować po pustych pokojach i zaglądać
do bokówek, aż w końcu trafił na biskupią sypialnię; olbrzymie
łoże pod baldachimem stało w pośrodku na grubym, puszystym
kobiercu, a za nim przez zasłony sączyło się światło i wrzały jakieś
głosy.

Zajrzał bezwolnie i stanął jakby przykuty do miejsca.

W komnacie obitej arrasami, na których była wyrażona cudnymi
farbami męka Pańska, rozmawiało parę osób. Srebrne kandelabry
jarzyły się światłami, w kryształowym pająku również płonęło
kilkanaście świec. Przy dużym okrągłym stole, zarzuconym
papierami, siedział biskup, obok niego brał miejsce kasztelan, a
dalej widniała głowa hetmana Kossakowskiego i cynicznie
skrzywiona twarz Ankwicza. Opasły, o wypełzłych niebieskich
oczach i jakby ze zmurszałymi policzkami Bieliński, marszałek
sejmowy, siedział obok Zabiełły i młodego Narbutta. Ksiądz
referendarz Wołłowicz kręcił młynka pulchnymi palcami na wielce
wypukłym brzuchu, patrząc spod krzaczastych brwi w biskupa, za
nim tuliły się pokornie jakieś nieme persony z wylękłymi oczyma.
Kwitnął też i na widnym miejscu Nowakowski, jakby zachłystujący
się rozkoszą słuchania.

Była to wybrana kompania konfidentów i zauszników biskupa.

Rozmawiano jednak ostrożnie, ważąc słowa, tylko Bieliński,
ćmiący nieustannie lulkę, rzucał niekiedy uwagi szczere i cynicznie
zuchwałe, Ankwicz parskał szydliwym śmieszkiem, a Zabiełło
jakby z cicha warczał, szczerząc przy tym żółte, ostre zęby niby
pies. Hetman raz po raz zażywał tabakę i kichał solennie, wciąż
potakując wywodom biskupa, który mówił miodopłynnie,
pieszcząc się każdym słowem i oglądając swoje różowe paznokcie,

niekiedy rozpędzał chustką kłęby dymów i nalewał Bielińskiemu ze sporego gąsiorka.

Co pewien czas zjawiał się niby cień jakiś liberyjny, objaśniał świece srebrnymi szczypcami i przepadał bez szelestu.

Narada miała swoje szczególne racje i Zaręba trafił właśnie, gdy hetman odchrząknął i lodowatym, starczym głosem rzekł:

– Markow żąda jak najrychlejszej ratyfikacji traktatu z 17 lipca i redukcji wojsk. Trzeba się z tym pospieszyć, bo imperatorowa się niecierpliwi.

– Nie jesteśmy jeszcze pewni sejmowej większości – wyrzekł kasztelan.

– Jedyna rada: kupić potrzebne wota – rzucił niedbale Ankwicz.

– Można by to uczynić w motii z ambasadorami, wszak i do traktowania materii pruskich będziemy potrzebowali większości – radził Nowakowski.

– I Petersburg policzy to w zasłudze nie nam, jeno Sieversowi – zauważył biskup i zwrócił się do Bielińskiego. – Wiele mamy swoich głosów?

– Czterdzieści, ale żeby uzyskać w pełnej izbie większość, potrzebujemy junctim affirmative mieć wotów osiemdziesiąt wraz z głosami senatu.

– Srogi ekspens! – westchnął biskup – okoliczność żąda przerzedzenia opozycji.

– Można, lecz zawsze ktoś zostanie, któren podniesie wrzask, zaprotestuje na sejmie i zmusi króla do solwowania sesji – wtrącił Wołłowicz.

– A Skarzyńskich i Szydłowskich nie nakryje czapką jak wróbli; potem wzburzą całą opinię przeciwko nam, a sami się przybiorą w postacie Katonów i prawdziwych patriotów – ostrzegał kasztelan.

– Niepotrzebne zgoła ceregiele – zabrał głos hetman – Sievers jest mocen całą opozycję wysłać choćby na Sybir: starczy mu kozaków i nahajek.

– Ale niechby to zrobił z własnego rozumienia i bez naszej supozycji...

– Będzie się wahał, jest bowiem czuły na głos powszechności, a rządzi się regułą: Panu Bogu świeczkę i diabłu ogarek. Gdybyś, mości starosto – zwrócił się biskup do Ankwicza – przedstawił mu polityczne racje pozbycia się ich ze sejmu przed ratyfikacyjnymi deliberacjami, suponując sub secreto, że takowe racje uznał już za słuszne Markow?

– Zaś sejm zawetuje, czego żąda imperatorowa, to można ich

powrócić stęsknionym familiom i społeczności – poddał szydliwie Narbutt.

– Spróbuję. Będzie cierpiał, będzie przysięgał na ludzkość i swoje wnuczęta, rozchoruje się z alteracji na żołądek, ale może się zgodzi.

– Przeczytam waszmość panom spis, a nie sprzeciwię się, jeśli kto dołoży do niego jakiego przyjaciela – uśmiechnął się jadowicie.

– Gdybym tam mógł pomieścić moich kredytorów! – westchnął Bieliński.

– I bez tego nie zostaną usatysfakcjonowani –mruknął jakoś żałośnie kasztelan. Bieliński okrył się obłokiem dymów, a biskup jął odczytywać nazwiska tych cnotliwych, którzy się żarliwie opowiadali za ojczyzną, tych, którzy jej wszystką mocą bronili na sejmie przeciwko drapieżności ościennych potencji i przeciwko zbrodniczej powolności zdrajców.

Zarębę ogarnęła gorączka i powstrzymywał się całą mocą, by się nie rzucić na te nikczemne Judasze. Przemógł się jednak i słuchał dalej biskupa, który oddawszy listę proskrypcyjną Ankwiczowi, szeroko rozwiódł się o szkodliwości egzulantów siedzących w Dreźnie i Lipsku.

I znowu padły jakby wydane pod topór nazwiska najszlachetniejszych.

Ignacy Potocki, bywszy marszałek, ksiądz Kołłątaj, bywszy podkanclerzy, Józef Weyssenhoff, bywszy poseł inflancki, Julian Ursyn Niemcewicz, Stanisław Sołtan – czytał prędko – pominę mniejszych, ale ci to są prawi hersztowie i wichrzyciele podżegający kraj do buntów, ci to są posiewcy przewrotnych maksym jakobińskich, nieprzyjacioły Boga i ojczyzny – syczał, ledwie się już miarkując w nienawiści. – To zarzewie za blisko naszych granic, trzeba je zadeptać w porę. Już zimą podałem notę do kolegium spraw zagranicznych, aby zażądano wypędzenia ich z granic saskich. Marków obiecał i notę wysłano, a oni spiskują tam najspokojniej i w dalszym ciągu miotają na nas i naszych aliantów najpodlejszymi oszczerstwami. Kołłątajowska kuźnica jak i w czas bywszego sejmu zasypuje powszechność paszkwilami; burzy to publiczną spokojność, rozniecia waśnie i nieufność, przeszkadza skuteczności zabiegów naszych o dobro ojczyzny, a najważniejsze, że osłabia naszą sytuację w Petersburgu: z tego płyną nieobliczalne dla nas szkody.

– Sievers powinien żądać ponowienia noty do dworu saskiego – zabrał głos hetman – wszak w Dreźnie zrobiła się ekspozytura paryskich bezeceństw i stamtąd rozszerza się ta zaraza na całą Rzeczpospolitą.

– I do tego już doszło że nawet w Grodnie, pomimo wart licznych, prawie co dnia znajdują na murach nalepione paszkwile – skarżył się Nowakowski.

– Ba, dzisiaj czytano jeden z takich nawet w moim domu – szepnął biskup podając sekstern, odebrany od Woyny. Szare karty obleciały socjetę. Czytano je z uwagą i gniewną awersją, tylko Ankwicz zaczął się śmiać.

– Ależ Szczęsny pęknie ze złości. Splantowali go nadzwyczajnie. Ha! ha!ha!

– Prawie każda poczta przynosi takie smakołyki.

– Sartoriusz ma nakazaną konfiskatę podobnych pism.

– Niepodobna mu przezierać wszystkich listów, otwierają tylko podejrzane, a i temu ledwie podołają – objaśnił Ankwicz. – Wczoraj dostałem pocztę warszawską, zaś w niej spory rulon, na którym jest wyobrażona szubienica. Zgadnijcie, mości panowie, kto na niej powieszony in effigie?

– Zawsze i wszędzie pierwsze miejsce biorą króle – zaśmiał się kasztelan.

– Niestety, nam oddano pierwszeństwo: dyndamy tam niby drozdy złowione w sidła. Uśmiałem się do łez z tego konceptu i pokazałem rysunek biskupowi Massalskiemu. Srodze się zgniewał na swój konterfekt nadzwyczajnie utrafiony, wisi bowiem wespół z ulubioną charciczką, kartami w rękach i butelkami borgońskiego pod pachą. Nieporównany aspekt!

– Panie hrabio, mamy jeszcze pilne materie na deliberacje i dla Zubowa bal, a godzina dosyć późna – prosił z uprzejmym uśmiechem biskup.

– Słucham, dodam jeno, że wisimy tam in gremio, całym ministerium, z odpowiednimi emblematami, a w pozycjach tak nieprzystojnych i krotochwilnie oddanych, iż można umrzeć ze śmiechu. Słucham, mości panowie.

– Względem redukcji wojsk i prorogacji sejmu – przeczytał biskup w seriarzu.

– Głównie zaś względem odstąpienia części wojsk naszych imperatorowej.

– Jest taki zamiar? Któż go podaje? – pytał kasztelan poruszony do żywego.

– Powstał, by ulżyć Rzeczypospolitej w kłopotach finansowych – odparł hetman – boć kasy wojskowe puste, a żołnierz z dawna nieopłacony.

– I drugie racje, nawet ważniejsze, wpłynęły na uformowanie tego projektu – wsparł biskup brata wyjmując gruby sekstern spod sukna.

– Po cóż odstępować, kiedy i tak wojsko się rozłazi, miasta są już pełne maruderów, a przy tym generalność pozwoliła je trzebić obcym werbownikom.

– Nie pozwoliła, lecz nie mogąc się przeciwić musi o tym nie wiedzieć.

– Redukcji żąda Petersburg i wymaga jej konieczność; kraj znacznie uszczuplony w ludności i zasobach, więc po cóż nam aż tyle wojska? Pod protekcją wspaniałomyślnej monarchini Rzeczpospolita nie będzie miała okazji prowadzenia wojen, zakwitnie błogi spokój i ludność będzie mogła oddać się owocnej pracy – wykładał hetman. – Jest pewna okoliczność godna rozważenia, płynąca z projektów redukcyjnych: oto jeśli się zdezarmują wojska, konsystujące jeszcze w kordonie rosyjskim i na Litwie, to słuszność nakazuje zapłacić im zaległe leminigi. A skądże Rzeczpospolita weźmie na ich opatrzenie? Ale jest jeszcze ważniejsza okoliczność, że tysiące zwolnionych ze służby i spod dyscypliny rozlecą się po kraju śladami jakby wilków zgłodniałych. Wszak do swoich panów i pracy dobrowolnie nie powrócą, boć żywioł to burzliwy, rozswawolony żołnierką, spróżniaczony i przeto gotowy na każdy buntowniczy podszept. Klubowcy już na to rachują, gdyż widziano ich emisariuszów po obozach. Jakby ogień rzucał niebacznie na prochy. Któż przewidzi, co się może wydarzyć? Jedni mogą się porwać przeciwko aliantom, lecz drudzy, uwiedzeń! jakobińskimi maksymami, spróbują, jak we Francji, podnieść taką rebelię, że nie ostoi się ani jeden dwór i ni jedna szlachecka głowa. Naszą powinnością przewidywane nieszczęścia odwrócić od ojczyzny. Mniemam więc, jako jednym ze skuteczniejszych sposobów jest odstąpienie Rosji chociażby całego korpusu wojska. Profit aż nadto widoczny: kraj pozbędzie się przyszłych terrorystów i zarobi na wdzięczność monarchini – zażył tabaki włócząc przy tym martwymi oczyma po twarzach.

– Po ileż otaksowani z głowy? – Kasztelan miał w głosie cierpkość.

– Sto pięćdziesiąt rublów wraz z całym materiałem wojennym. I Rosja odniesie z tego niemałą korzyść, gdyż ekwipacja żołnierza kosztuje prawie czterysta rubli, no i o cały gotowy korpus wzmaga swoją armię.

Zapadło głuche milczenie. Hetman żuł bezzębnymi szczękami, tępo patrząc w podbladłe twarze, biskup coś pilnie obliczał na papierze, a reszta jakby pod wpływem wstydu i wyrzutów sumienia nie śmiała podnieść oczów. Kasztelan drżącymi rękoma jął nakręcać pektoralik.

– Za naszą przyczyną wzmaga się polski handel – przerwał milczenie Ankwicz podnosząc się z miejsca. –Potąd sprzedawaliśmy jeno województwa i prowincje, zaś aktualnie już i gemejnów. Niemała progresja. Czy nie korzystniej byłoby wyprzedać wszystką ludność z bebechami? – głos mu brzmiał drwiącym sarkazmem, lecz i zatajonym cierpieniem.

– Projekt był powzięty u Igelströma, rozpatrywany przez Sieversa, brany na deliberacje w Petersburgu, a nam zalecony do przeprowadzenia na sejmie i królewskiej konfirmacji – podjął zimno biskup przeszywając go sępimi spojrzeniami. – Kto sprawuje rządy, winien powodować się racjami stanu i rozumem, a nie czułościami. Pracujemy nad ratowaniem ojczyzny wedle sił i rozumienia; pracujemy dla przyszłości, więc dopiero potomność przyłoży sprawiedliwą miarę do naszych zabiegów. Zaś kto mniema...

– Wszystko da się wybielić niby płótno na rosie – przerwał mu dość szorstko – ale po cóż mamy się obełgiwać górnie i pompatycznie? Chcecie sprzedać wojsko? Sprzedajcie, nie sprzeciwię się, jeśli tylko płacą gotowym groszem. Właśnie dzisiejszej nocy zgrałem się do Zubowa i na gwałt potrzebuję paru tysięcy dukatów. Marszałek jest w podobnej sytuacji, nieprawdaż? Bieliński wyjął z ust lulkę i rzekł z powagą:

– I głosuję za odstąpieniem choćby wszystkiego wojska.

– To mowa prawdziwego męża! – zawołał Ankwicz z emfazą i nie dopuszczając nikogo do głosu gadał prędko: – Nie mamy już nic do stracenia, więc zagrajmy otwarcie va banque! Wygramy, to wprawdzie ojczyznę rozdrapią sąsiedzi, ale biskup pocieszy się prymasostwem, hetmana imperatorowa ukontentuje wielkorządztwem Litwy, Zabielle pozwolą złupić choćby całą Koronę, kasztelana uhrabią wraz z jego zięciem, drugim też nie pożałują słusznego panis bene merentium. A zawiedzie karta, podyndamy na konopnych szarfach, jak to nam z cicha profetują zelanci. Bo i w Polsce może się wzbudzić sumienie. Patrzycie, mości panowie, jakbym miał w głowie roksolany? – rozśmiał się swobodnie. – Mam przytomną imaginację, ale czasem brzydną własne i cudze gałgaństwa, że człowiek rad pluje sam sobie w twarz. Wracajmy jednak do deliberacji nad ratowaniem ojczyzny!

Mamy mówić o prorogacji sejmu?

– Konkluzja z tego, że Bachus i Wenera sił nie krzepią – szepnął biskup.

– Nie krzepią też podłe praktyki – wybuchnął niespodzianie. – Muszę wyjść, duszno mi od tych łajdackich fetorów. Zubow na mnie czeka.

Biskup zagrodził mu drogę i coś długo a gorąco przekładał.

Zaręba już nie mógł dłużej wytrzymać, musiał uciekać, aby nie paść trupem z gniewu lub nie oszaleć. Jak się wydostał z pałacu i jakim sposobem przeszedł swobodnie przez gęste patrole, krążące po mieście, nie umiał później powiedzieć. Poniósł go jakiś huragan wzburzenia i przeprowadził.

Kacper czekał w domu z relacją o nowych werbunkach. Staszek przedkładał szczegółowo rozłożenie baterii dokoła Grodna, ojciec Serafin zjawił się z jakimś karteluszkiem, który trzeba było odczytać za pomocą klucza, poczta wileńska przyniosła list Jasińskiego, ale Zaręba zbył się wszystkiego skinieniem ręki i zamknąwszy się w stancji, dopiero pofolgował wzburzonej do dna duszy. Wiedział bowiem o nikczemnych machinacjach tych ojczymów ojczyzny, lecz tego, co usłyszał, ani mógł imaginować podobnym do wiary.

– Wojska sprzedają, ostatnią oporę i nadzieję, by łacniej podać ojczyznę na łup wrogom! – Włosy mu powstały wobec takiego świętokradztwa i nikczerrmości. – I natura wydaje takie potwory! Więc nie ma już granic podłości ludzkiej – jęknął uderzony niespodzianym zrozumieniem.

I długo się męczył w ponurych medytacjach, co mu teraz począć?

Bo żeby przy nim miano formować zdrady i spiskować na zgubę Rzeczypospolitej, a on miałby to puszczać płazem i tylko o tym składać powinne relacje? Na samą myśl O czymś podobnym już mu ręka szukała szabli, krew biła do głowy, a całego przejmował war srogiego wzburzenia. Nie, nie zdał się na biskupiego adlatusa i konfidenta zdrajców, za nic, za nic... Ale wymogi sprawy, ale dobrowolne podjęcie się służby dla niej, ale wprost słuszna konieczność zasięgnięcia języka we wrażym obozie – oto, co mu znowu stanęło w myślach z nieubłaganą jasnością.

Jak sprząc i pogodzić jedno z drugim?

Więc jakby uciekając przed powzięciem decyzji kazał Maciusiowi zaprzęgać i chociaż dochodziła północ, pojechał na bal.

Pałac Sapieżyński już z dala bil łunami, muzyką i gwarem, a dokoła błyszczały bagnety jegierskich kordonów i stały chmary kozactwa.

Na sali ogromnej, piętrowej, przybranej w kwiaty i zalanej jarzącym światłem kryształowych pająków, uprzątano po wieczerzy do tańców, że tylko w pomniejszych pokojach wykrytych kobiercami, a zastawionych kosztownym sprzętem, wypożyczonym na ten wieczór, zabawiała się świetna socjeta. Całe bowiem Grodno stawiło się uczcić Zubowa: nie brakowało ni ambasadorów, ni dygnitarzów Rzeczypospolitej, ni dam najznaczniejszych, ni nawet nuncjusza z biskupami Massalskim i Skarszewskim.

Zaręba na samym wstępie wpadł w ręce Nowakowskiego, który go prezentował damom i najznaczniejszym personom, a w końcu rzekł:

– Po całym pałacu szukał cię biskup z kasztelanem..

– Sądziłem się być niepotrzebnym i wyszedłem.

– Taka protekcja może cię doprowadzić do fortuny... winszuję ci... Zaręba, wykręciwszy się od dalszej rozmowy i jego towarzystwa, z rozmysłem brał w sali najwidniejsze miejsca i pchał się na oczy. Rychło też zwrócił uwagę dam swoją urodą, galantuomią pełną czarującego wdzięku, dowcipem i szaloną werwą w tańcach. Zwłaszcza anglezy i menuety tańcował tak nadzwyczajnie, że damy okrywały go rzęsistymi aplauzami nie szczędząc przy tym słówek uwielbienia i czułych spojrzeń. Nawet Iza, szczególnie wyróżniana przez Zubowa z całego wieńca najpiękniejszych kobiet, jakie go nieodstępnie otaczały, często podnosiła na niego zamglone oczy.

W jakiejś chwili porwał go Cycjanow, by wyżalić się na podłą zmienność kobiet, żarła go bowiem zazdrość i bezsilna wściekłość na Zubowa.

– Każda potrafi psu oczy sprzedać! – przytwierdził, goniąc oczyma Terenię tańczącą zapamiętale z von Blumem, i poszedł do bokówek, gdzie już niepodzielnie panował faraon i hulaszcza, wrzaskliwa pijatyka.

Już na świtaniu pochwyciła go podkomorzyna.

– Odwieź mnie waszmość do domu, czeka tam Działyński z Prozorem.

Uradowany niezmiernie podał jej rękę i wdzięcząc się, a prawiąc modne dusery powiódł do wyjścia.

Właśnie wybuchnęły srogie wrzaski, podpita młodzież porwała Zubowa na ręce i obnosiła po sali wśród wiwatowań i grzmiących fanfar muzyki.

Zaręba obejrzał się z politowaniem i wyszedł powolnym krokiem.

VII

Któregoś dnia rano pod Sapieżyńskim pałacem jęło się zbierać pospólstwo, jakowyś bowiem niebieskawy papier grubo zadrukowany, a widniejący na czarnej desce, gdzie zwyczajnie przylepiano ogłoszenia, ściągał powszechną ciekawość. Próbowano go odczytywać, ale czy był umieszczony za wysoko, czy też brali się do tego nie nazbyt biegli w tej sztuce, dość że na próżno ten i ów mozolnie składał litera po literze i bąkał, nic z tego nie wychodziło; tylko drwiny a śmiechy wybuchały w ciżbie z czytającego.

– Takie papiery wyrażają, jako przyjeżdża heca – zabrał głos jakiś aspan w zielonym fartuchu.

– Jak generalność zjechała do Grodna, tak...

– Stoi jak wół: "za pozwoleniem"... – Czytaj dalej, Trojakowski.

– Na książce do nabożeństwa wyczytam co do litery, ale tu coś inaczej...

– Nie przy tobie napisali – zadrwił drągal w białym, kosmatym surducie i z gębą franta. – A pies ich jechał z famielią i jeich drukowanym!

– Łacniej ci ozorem zbierać sopory z pańskich półmisków...

– A może tu wydrukowane naprzeciw generalności?

– Tyla nalepiają, że kto by to wszystko wyrozumiał i zapamiętał?

– I generalność tego wzbrania. Sam widziałem, jak pod Dominikanami marszałkowscy zdybali na czytaniu starego Krygiera, zamesznika z ulicy Wileńskiej i powiedli. Rozpowiadano, jako dostał kije.

– Panowie się kłócą, a naród w skórę bierze.

– Wczoraj rozlepiali kartelusze, gdzie było na króla pruskiego, jako jest zdrajca, krzywoprzysiężca i najgorszy zbój.

– Nie lepsi ci, co pozór przyjaciół biorą i pod harmatami miasto trzymają – podniósł się z ciżby znaczący głos.

Obejrzeli się. trwożnie w stronę Horodnicy, a ten sam glos dorzucił:

– Ale w Bogu nadzieja, że ich jeszcze naszatkują na psi bigos.

– Odstąp! – zagrzmiał naraz rozkazujący głos Staszka, który wystrojony na warszawskiego franta, z lulką w zębach i trzciną w ręku, przepychał się zuchwale.

– Co to, przemówił dziad do obrazu, a obraz ani razu? – zaczął drwiąco. – Citoyeny wytrzeszczają ślepie na afisz niby krowy na wrota kościelne i ani me, ani be! Hi! hi! ja wam w puste pały naleję oleju. Podsadźcie mnie, chłopcy, bo przez moje okulary nie dojrzę! – spojrzał w dłoń zwiniętą w trąbkę, wykrzywił się dla śmiechu, zarżał, udał szczekanie małego pieska, że zaczęli się odsuwać, i dawszy się podnieść na ramionach zawołał:

– Trzymajcież delikatnie, czułe sankiuloty, gdyż mam hajdawery świeżo zaaftowane przez pewną wojewodziankę, a iżby ściegi puściły, uczyniłby się prospectus zgoła dla dam nieprzystojny i sancytami generalności wzbroniony.

Zatoczył oczyma, czy gdzie nie widne szpice kozackie, i jął odczytywać afisz łobuzowskim i po warszawsku spieszczonym akcentem.

"Za pozwoleniem Konfederacji Obojga Narodów."

Pospólstwo cisnęło się z zapartym tchem i w skupieniu słuchało.

"Entrepryza austriacka, pruska i moskiewska będzie miała honor dać w tych dniach przedświetnym publicum Grodna i okolic reprezentację komedii we trzech aktach, oryginalnie przez imć króla pruskiego ułożoną, a od roku 1772 nie przedstawianą, pod tytułem: Rozbiór Polski.

Akt pierwszy poprzedzi trio: Wolność, Równość i Niepodległość, odśpiewane przez jaśnie wielmożnych ambasadorów ościennych potencji i nahajki.

Akt drugi: Jak nie przywolą, to i tak rozdrapiemy.

Przed aktem trzecim nastąpi balet pod tytułem Ucieszne igraszki trifolium, w którym Szczęsny Potocki, Rzewuski i Branicki tańcować będą tryumfalnego poloneza przy rzęsistym biciu z harmat i pożarach wsiów i miast, zaś ku ich usatysfakcjonowaniu na zakończenie nastąpi ogólna rzeź nieskonfederowanych obywatelów.

Biletów po miernej cenie albo i zgoła na borg dostanie u Jakuba de Sieversa, de Buchholtza i u poniektórych dygnitarzów koronnych i litewskich."

Jakby powiał lodowaty wicher, tak zwarzyły się twarze i zamgliły oczy.

Ból rodził się w tych prostackich duszach i głęboka troska osępiła czoła. Spoglądali na siebie w poczuciu bezsilności, ale snadź dobrze zrozumieli treść ogłoszenia, gdyż ktoś zaczął kląć i wytrząsać pięścią:

– Psia ich sobacza mać, psia ich sobacza mać!

– Do czego to przywiedli ci jaśnie wielmożni, do czego! – westchnął drugi.

– A to ci wykoncypowali facecje! niechże ich pierogi ruszą, hi! hi! – zaśmiał się udanie Staszek, by wzbudzić jakowyś sprzeciw.

– To całkiem nie do śmiechu – zgromił go aspan w zielonym fartuchu, że Staszek dał nura w ciżbę, ale skwapliwie powiódł ją pod Dominikanów, gdzie przy wejściu do kruchty wisiał kartelusz z takim ogłoszeniem:

"Podaje się do wiadomości publiczności, jako na Nowym Zamku, na pokojach Króla Jegomości, odbywa się nieustająca aukcja za gotowe pieniądze na pozostałe jeszcze przy Rzeczypospolitej województwa i ziemie; oraz różne zbędne już efekta, jak korony, berła, królewskie przysięgi, wojska i wszelki sprzęt wojenny. Tamże sprzedają za pomierną cenę tytuły i dygnitarstwa moskiewskie, ordery i odebrane cnotliwym majętności."

Czytał stłumionym, poważnym głosem, gdyż te zgoniny ludzkie, złożone z handlarzy ulicznych, profesjantów, krupnych bab i przeróżnego ultajstwa, słuchały w coraz większej powadze zrozumienia, że skończywszy jął im przysalać wrogów, judząc na nich zaciekle, a umiał to robić jak mało kto, wiedząc, gdzie było potrzeba wsadzić żart, gdzie smagnąć drwiną, gdzie zaś dobranymi słowami wyrazić całą grozę gwałtów, grabieży i uciemiężeń, by słuchaczom włosy powstały na głowach. Właśnie był w najlepszym rezonie, gdy zatętniały nagle kopyta.

– Kozunie! uciekać! – porwały się krzyki.

Lecz nim zdążyli rozpierzchnąć się, patrol wpadł z całym pędem w ciżbę, zaświstały nahaje i rozległy się wrzaski tratowanych, ale po chwili nie było już nikogo pod Dominikanami, tylko jakiś jegomość w siwej bekieszy skwapliwie zdzierał nalepiony kartelusz, a jakaś znaczna dama, wyjrzawszy z powstrzymanego powozu, rozpytywała, co by się stało?

– Dońcy chrzcili na konfederacką wiarę – odparł Staszek wyłażąc z kruchty.

– Rezolutny pachoł! A czyjżeś ty, mój chłopcze? – podniosła lorynetkę do oczu.

– Ojca i matki, moja wypierzona kwocho! – odpalił i drapnął opierając się dopiero przy Zarębie, stojącym pod kafenhauzem jakby na czatach.

Rozpowiedział, co zaszło i naraz sprężył się i szepnął przerywanym głosem:

– Melduję pokornie, jako muszę nakręcić pyska w inną stronę świata temu asanowi, który mię obserwuje – wskazał oczyma siwą bekieszę. – To z psiarni Boscampa, z Maciusiem szukał konfidencji, pomaga też werbownikom.

– Udaj, że go nie znasz. Stań bliżej i mów ciszej. Kto rozlepiał kartelusze?

– Ojciec Serafin dostał je z Wilna wczoraj, a kto by nalepiał, nie wiem. Pokornie melduję, jakom je odczytywał pospólstwu. Ale to nie z mojej komendy ci łyczkowie; nie ma w nich fajeru ani za dydka. Ja im rozpowiadam o alianckich wiolencjach, a ci jeno wzdychają, frasobliwie w nosach dłubią, a imienia boskiego wzywają nadaremno. Zwyczajne gawrony. W Zamek i tłuc choćby marszałkowskich albo Żydowinów. Do aliantów mają szczególny rankor i można by ich niezgorzej zażyć...

– Cicho! Gdzie pan kapitan? – przerwał mu, gdyż obok stali oficjerowie moskiewscy.

– A frasuje się na borg u Dalkowskiego. Właśniem szukał wykupnych dydków.

– Wiecznie trzymają ci się tylko krotochwile.

– Taka nędza, panie poruczniku, że nic inszego się mnie nie trzyma. Dopraszam się choćby o kulfona dla mojego pana, bo jak się pomartwi do południa, to i paru obrączkowych nie wystarczy.

– Zaraz tam przyjdę, niech na mnie poczeka. – Odwrócił się spiesznie, bo od Łazarewiczowej, słynnej modystki, wyszła Iza z Terenią i wsiadały do powozu. Podszedł się przywitać. Terenia, cała w różowościach, lokach i uśmiechach, szczebiotała jak ptaszek, zaś Iza w kapeluszu z żółtej słomy, zawiązanym pod brodą na kokardę z zielonej wstęgi, w białej sukni w rzucik, jakby nieco wzdętej na piersiach i biodrach, wyglądała tak ślicznie, że spojrzał na nią z admiracją. Zapłaciła mu za to uwielbienie czułym uśmiechem i cieplejszym uściskiem dłoni.

– Szkoda! byłbyś mi pomógł dobrać kolory dla Tereni.

– Bym umiał kwiaty przystrajać jeszcze we farby! – rzucił szarmancko. Terenia spojrzała wdzięcznie, ale z impetem natychmiast zawołała:

– Ależ waćpan ma pozór jakby po karcerze o chlebie i wodzie. Patrz, Iza, jak to ma podbite oczy, jaki blady i wymizerowany! Co się waćpanu przydarzyło?

– Snadź mi nie służy grodzieńskie powietrze – zażartował.

– Więc i złe powietrze winno, że cię tak rzadko widujemy? – zagadnęła Iza.

– Zauważyłaś! – szepnął. – Moje służby zabierają mi zbyt wiele czasu.

– Mógłbyś znaleźć jakąś chwilę dla przyjaciół. – W wymówce

brzmiała i prośba.

– Będę to sobie miał za powinność.

– A może waćpan, jak wszyscy, tylko birbantuje dniami i nocami? – wyrwała się po swojemu Terenia. – A może jakieś nieszczęśliwe amory? – dorzuciła ciszej.

– Katon nie przemienia się w czułego Celadona! Nie znasz go, moja mała: on sentymenta ma za grzech, nieledwie za występek.

Jadowitość głosu przebodła mu serce, ale odrzekł chłodno:

– A ty znasz mnie jeszcze mniej niźli panna pułkownikówna.

Odszedł zaraz, bo Terenia zaczęła piszczeć radośnie nad jakimiś stroikami, które całymi tobołami znosili kupcy do powozu. Odwrócił jeszcze głowę i zwarł się na mgnienie z oczyma Izy jakby pełnymi wołania i czułości.

– Przywidzenie imaginacji, przywidzenie! – odpędzał powracające wrażenia. Dzień był chmurny, omglony i dziwnie przejęty smętkiem i cichością; turkoty powozów i wrzawliwe pogłosy rozpełzały się, jakby więznąc w murach i ziemi, nawet dzwony, bijące południe, padały ogłuchłymi dźwiękami, nawet krzyki dzieci biły niby w niską, nieprzenikliwą powałę. Białe chmury oprzędzały niebo jakby skołtunionym babim latem, a czarne skręty jaskółek wiły się coraz niżej nad dachami. Miało się na słotę, ale pomimo tego ulice były pełne pojazdów i ludzi jak zwyczajnie. Tylko jakoś więcej niźli zwyczajnie spotykał patrolów, a kozacy kwaterowali pokryci nawet w dziedzińcach domów, zwłaszcza w okolicach Zamku. Częściej też przeciągały ulicami zbrojne roty wśród tarabanich warkotów, świstu piszczałek, rzegotu janczarskich dzwonków i pijanych śpiewów i krzyków. Przepływali groźną falą rumorów i połyskujących jadowicie bagnetów, nie napełniając jednak zamierzonym lękiem publiki, a szczególniej zelantów, nieustraszenie broniących ojczyzny na sejmie. Widziały ich bowiem oczy, słyszały uszy, lecz miasto trwogi budzić zaczynały te zgiełkliwe egzercerunki słuszny gniew i obrażoną dumę wolnych obywatelów. Zaś postawa pospólstwa zwróciła baczniejszą uwagę Zaręby, albowiem ci nie zatajali politycznie swoich resentymentów, witając maszerujące szeregi groźnym pomrukiem i wyzwiskami, a nawet tu i owdzie garścią pia– sku i przeraźliwym świstaniem.

– Może i reszta przejrzy! – pomyślał wchodząc do Dalkowskiego. Że zaś aktualnie jął mżyć uporczywy deszczyk i pora była południowa, małe stancyjki zapełniły się po brzegi. Gruba gospodyni, jak zwyczajnie, panowała nad bufetem, kredencerzami i mężem, którego zielony fartuch fruwał po izbach. Zaręba rozglądał się za Kaczanowskim, ale w środkowym pokoju musiał przystanąć z racji ciżby, otaczającej jakąś personę w sieradzkim kontuszu, która głośno coś odczytywała.

Było to przymówienie Ciemniewskiego, posła różańskiego, miane na sejmie na dniu 10 sierpnia i wymierzone przeciwko królowi. Mowa ta zrobiła wielkie poruszenie i rozleciała się po kraju w tysiącach druków i odpisach, do czego najskuteczniej przyczyniał się Jasiński.

– Albo i to miejsce, mości panowie – wołał sieradzanin, nakazującym ruchem przytłumiając wrzawy. –"Wszystkie twoje czyny, Najjaśniejszy Panie, zapisane są na c z a r n e j   k a r c i e dziejów, jedna ci tylko pozostała k a r t a   z ł o t a, jeśli byś nie dopuścił innym i sam nie ściągnął ręki do potwierdzenia zaboru pruskiego."

– Cnotliwy głos i słuszny!

– Słuszny! Słuszny! – podniosły się wołania i na przypomnienie króla pruskiego zdrad i przeniewierstw zawrzał srogi gniew, aż ten i ów trzaskał w szable.

– Podam jeszcze waszmościom ostatni a najprzedniejszy antypast.

– "Winieneś, Miłościwy Panie – czytał dobitnie sieradzanin – coś znakomitszego narodowi poświęcić niźli tylko traktatów rozbiorowych podpisy."

Snadź mocno dojęła żywa, krwawiąca rana, bo uczyniła się chwila złowrogiej ciszy, aż ktoś jęknął posępnie:

– Jedna klęska to nieszczęsne panowanie.

Zakrzyczeli go jednak królewscy adherenci, a któryś zawołał gniewnie:

– Magnaci, oto sprawcy wszystkiego, oto najwinniejsi...

– Święta prawda – popierał go chudy jegomość w wytartej kontusinie. – Wszak już Go– sławski wołał na sejmie: "Któż żebrał pomocy obcego oręża przeciw współrodakom, jeśli nie możni? Któż przeszkadzał w naprawie Rzeczypospolitej, jeśli nie oni?"

– Wszyscy są winni grzechów przeciwko ojczyźnie – zagrzmiał uroczyście siwy jegomość, któremu kredencerz obwiązywał serwetę pod obwisłymi podbródkami; – Nasza pycha ją gubi, nasza swawola, nasza niezgoda i brak ludzkości. – Przeżegnał się i jął łakomie chlipać zupę.

– A któryż to bierze pozór Skargi? – pytał z ciżby szydliwy głos.

– Sędzia nowogródzki, Woyniłowicz; on przed zupą rad napomina bliźnich, lecz... Reszta przepadła w rozgwarze zapalczywych dyskursów i w pobrzękach farfurów i łyżek, gdyż wszyscy zasiadali do obiadu.

Kaczanowski siedział samotnie w małej izdebce, mającej wyjście na podwórze, którą był Zaręba zaarendował na wyłączny użytek wtajemniczonych, spojrzał radośnie na wchodzącego, ale się nie odezwał.

Staszek, stojący za krzesłem, zabawiał się łowieniem much nad jego głową.

– Nie imaginowałem, że kapitan wytrzyma w solitudzie choćby jedno zdrowaś.

– Wiele może, kto musi. Rezonuje tam jeszcze szlachcic w sieradzkim kontuszu?

– Właśniem słuchał, jak odczytywał przymówienie Ciemniewskiego.

– To abszytowany porucznik z brygady Biernackiego, Tarnowski, sławny rębacz sieradzki, cale oświecony i grzeczny kawaler, ale ma u mnie od wczoraj piętnaście dukatów, ja zaś nie śmierdzę ani szelągiem.

– Znać to, masz bowiem waszmość minę jakby po occie siedmiu złodziejów.

– Jakże, od samego rana ciągnę na borg tę podłą lurę i nie mogę się doczekać, kto by mnie wykupił. Staszek, każ dać temu szelmie prawdziwego wina.

– Cóż za ewenty wysupłały mieszek i popsowały humory?

– Wiadomo, zła karta i nieszczęśliwe amory. Primo: zgrałem się do nitki. Secundo: dostałem w pysk od sułtanki Ożarowskiego, co nie czyni dyshonoru i może się jeszcze nieraz zdarzyć. A tertio: deliberuję nad wielce ryzykownym przedsięwzięciem o grubym wagomiarze. Możesz mi waszmość dać ludzi, koni i pieniędzy?

– Jeśli okoliczności wymagają, dać powinienem. Cóż to za przedsięwzięcie?

– Dowiedziałem się, jako kozacy prowadzą od Warszawy całą kupę zwerbowanych gemejnów, ciągną nie traktem na Białystok, ale kluczą lewym flankiem i Niemen mają przejść pod Mereczem, cyrkulują na Wilno. Prowadzą też i konie wielkiej ceny, i wozy srodze wypchane łubami. Łakomy transporcik!

– Waszmość masz na niego apetyt. Prawdziwy azard, można zapłacić głową.

– Jeszcze ją mocno czuję na karku. Żebym miat pewnych ludzi, a odbiłbym jak Bóg na niebie. Okazja zgoła i wybrana.

– O ludzi łatwo, trudniej o konie potrzebne do tego

przedsięwzięcia.

– Żebym był przeczuł... Nie dalej jak onegdaj wyprawiłem całą partię do Madalińskiego, przeszło czterdzieści koni, jakie tylko zdobyłem w Zelwie.

– Melduję pokornie – Staszek wystąpił w powinnej pozycji – mirowscy mają konie na paszy, właśnie nad Niemnem gdzieś przy trakcie kowieńskim, można by od nich pożyczyć konie jak smoki.

– To jest przednia myśl, ha! ha! Spaniały fortel! Cały szwadron! Ha! ha!

– Tak, ale trzeba nad całym przedsięwzięciem dobrze podeliberować.

– Po co tu deliberacje? Wsadzić ludzi na koniki i jazda choćby dzisiaj na noc! To by była sztuka! Gwardiackie konie, na królewskich obrokach wypasione, w sam raz przydałyby się nam dla sztabu. Komuchom łby poskręcać i wszystko zwalić na aliantów! Proste jakby strzelił. Jakbym ożył na nowo! Staszek, golnij sobie gorzałki, a nam każ dawać jeść i parę flach. Porucznik płaci.

– Przypuśćmy udanie, co waszmość pocznie z całym transportem?

– Byłem jeno Niemen miał za plecami, a dam sobie radę. Kraj tamten znam jak swoją kieszeń. Pociągnę do moich Kurpików, a tam nawet diabeł mnie nie wyszpera! Boże, jakżebyś nie pomagał Kaczanowskiemu! Boże! – gorączkował się nie mogąc wysiedzieć na miejscu.

– Konwój może dać opór.

– Jeśli się nie pozwolą zażyć z mańki, to karabiny zrobią swoje, ceckał się z nimi nie będę. Właśnie resztak wypadnie im w Mereczu na przyszłą środę, to jest dziewiętnastego Augusta. Zawierzył mi to sub sigillo mój serdeczny konfident, Iwan Iwanowicz Iwanow. Biedny oficjerek, płakał mi w żupan z rozpaczy, że musi opuścić i swoją "duszeńkę", bo ma nakaz transport z Merecza powieźć dalej. Kobyla jego mać, dwa dni przestawałem z nim za pan brat i piłem jak z równym, a za własne dukaty. Takeśmy się pokochali, aż mnie namawiał do służby imperatorowej, nawet rzęsiście oblewaliśmy przyszłe braterstwo broni. Dzisiaj wieczorem mamy się znowu spotkać, a ekspens to niemały! Mam podejrzenie, iż z Grodna wywiedzie też niemało zwerbowanych gemejnów. Coś mi już o tym napomykał.

– To i konwój powiększą. Uprzedzam, jako przewozy na Niemnie aż do Kowna są obsadzone przez kozaków, brody strzeżone również, a po większych stacjach pocztowych stoją załogi – Lepiej za wiele nie przewidywać. Okoliczności zdarzone wskażą najskuteczniejsze rady i sposoby. Nie mów tylko waszmość o tym Działyńskiemu, bo jakby zaczął kalkulować a rozważać, toby sposobna pora minęła. Możemy tę sprawę poczynać i bez niego, dowie się post factum.

Chętnie się na to zgodził Zaręba, w którym żyłka do azardów przemogła powinna ostrożność i porwała.

Przy obiedzie ułożyli z gruba plan działania, wtajemniczając w niego Staszka. Napierał się też, aby mógł spenetrować gwardiackie pastwiska i porozumieć się z ludźmi. Zgodzili się, bo nikt tego sprawniej uczynić by nie potrafił, upraszał tylko o sutszą culagę na poczęstunek.

Rozmowa zeszła na materie aktualne i Zaręba spytał o Hłaskę.

– Był w Chojnikach u Prozora i wróci lada dzień, bo szef niespokoi się, a i ja rad bym go miał pod ręką, człowiek to bowiem mężny i zarazem przebiegły.

– Pchnę dzisiaj Kacpra na zrekognoskowanie okolic Merecza. Jakby się jednak nie udało waszmości? – zasępił się tym przypuszczeniem.

– To ojcu Serafinowi daj waść na mszę i zmów pacierz za moją duszę – żartował.

– Proszę pana porucznika – wtrącił Staszek wielce poważnie – my nie mamy czasu na umieranie, niech to zrobią od nas znaczniejsi. Zaręba wyszedł zgorączkowany tym azardowym projektom i gdyby nie misja, jaką miał do spełnienia, i powinna subordynacja względem szefa, z radością wziąłby udział w tej wyprawie. Rwało mu się serce do rozpraw wojennych i przygód. Grodno bowiem już mu do cna obmierzło, zaś to podwójne, wytężone życie, jakie musiał pędzić, wyczerpywało mu siły. Dusił się po prostu w tym powietrzu przejętym nikczemnością. Po tysiąc razy chciał przymówić podłości po imieniu, a musiał milczeć i trzymać na wodzy cnotliwe wzburzenie. Musiał wdziać maskę i dawać pozór obojętnego lub, co mu było jeszcze ciężej, takiego samego, jaką była większość socjety. Że chwilami uczuwał awersję nawet do samego siebie. A jakby na dopełnieniu udręki Iza bolała go niby cierń wiecznie tkwiący w ranie. Nie kochał jej, ale że niegdyś kochał, zapomnieć jeszcze nie potrafił. Kiedy bowiem myślał o niej, serce wybierało mu wzgardą, lecz na jej widok bladł i dźwięk jej głosu lał mu trującą słodycz. Uciekał od niej, a uczęszczał na wszystkie asamble i zabawy, by się przekonać, jako pożąda widoku choćby jej foremnej postaci. Znał cenę jej serca i duszy, a tęsknił.

Więc też z gryzącą zazdrością pomyślał o Kaczanowskim:

– Taki w karczemnej dziewce upatrzy Wenerę i radość w byle przygodzie.

– Właśnie szukam pana norucznika – wołał mu nad uchem Klotze.

– Cóż się stało?

Z niechęcią podał mu rękę.

– Nic szczególnego, mam tylko polecenie zawieźć waszmość pana na obiad do Sieversa, racje wyłuszczy sam kasztelan.

– Za wysokie progi na moje nogi, a przy tym już obiadowałem.

– Tym lepiej, bo tyle się tam ciśnie, że często głodni wstają od stołów. Ambasador coraz bardziej skąpi ekspensów na traktamenta dla przyjaciół.

– Snadź mu już są zbędni! – mruknął wsiadając do wysokiej kariolki.

W drodze Klotze, rozumiejąc go nie tylko siostrzeńcem, ale i najzaufańszym kasztelana, jął się zwierzać z tarapatów, jakie mieli z przyczyny szambelana, który ani chciał słyszeć o rozwodzie ni nawet separacji.

– I co takiemu przyjdzie z pięknej żony? Drudzy cieszą się jej łaskami, a on ślinkę łyka! – zaśmiał się cynicznie. – Cała ta sprawa jest zgoła niedorzeczna! Rozwodzić się z jednym, kiedy drugi jeszcze niepewny i odkłada stanowczą deklarację na później. Juści Zubow jest tego przyczyną, całe dnie przesiaduje przy szambelanowej, a książę wścieka się z zazdrości za drzwiami. Wczoraj skopał hajduka, że mu się znalazł na drodze. Ach, te kobietki, te kobietki! – cmoknął lubieżnie i zaśmiał się, aż mu brzuch drgał spazmatycznie i zabrzęczały łańcuszki i pieczątki. – Szambelanowa rada by, wzorem wielkich dam, mieć amanta na co dzień, drugiego od święta, innych jeszcze na przerwy, a męża od ponoszenia ekspensów! – gruchnął serdecznym rechotem z własnego konceptu, nie bacząc, że Zaręba kurczowo zaciska zęby.

– Mamy i cięższą turbację – westchnął i kładł mu w samo ucho. – Kasztelanowa odmówiła swojego podpisu na generalnej plenipotencji. Tyle lat była powolną, a teraz, kiedy mamy ciężką okoliczność, stanęła okoniem. Kasztelan aż dostał palpitacji ze zmartwienia i widzi w odmowie niecne supozycje Kapostasa, jej bankiera z Warszawy, który właśnie przyjechał i zabawia ją iluminanckimi praktykami a stawianiem astrologicznych horoskopów. Prawdziwa to kabała, gdyż aktualnie po kabritowskich bankructwach złoto jakby się zapadło pod ziemię i niepodobna go niczym wydobyć, nawet najzasobniejszym brakuje gotowego grosza. Kasztelan ma próbować u Sieversa. Odradzałem, bo on sam często ratuje się u Meissnera, nawet nierzadko Boscamp łapie dla niego u Żydów po parę tysięcy. Tylko jeden Buchholtz mógłby wygodzić.

– Buchholtz! – nie wierzył własnym uszom – poseł imć króla pruskiego?

– On jeden by pożyczył i pod niezbyt uciążliwymi warunkami.

– To mi waść prawi nowiny!

– Wszak materie pruskie muszą lada dzień przyjść na sejmie ad deliberandum – szeptał pochylając się ku niemu – i muszą przejść affirmative, muszą – dołożył gorąco – zaś tymczasem przeciwi się temu srogo opozycja! I nie tylko zelanci, warchoły i sejmowi szczekacze stają nam w poprzek, lecz nawet niektórzy ministrowie i adherenci Rosji. Zawziętość przeciw Prusom rośnie z dnia na dzień, zwraca się już nawet do osoby posła, że nie waży się pokazywać na ulicy, jak w zbrojnej asyście. Wiemy, jako Sievers podżega do sporu i z cicha całe odium powszechności zwraca w pruską stronę. Otóż kasztelan mógłby wiele zdziałać dla uformowania przychylnej większości na sejmie, ale kasztelan ani chce o tym słuchać dla jakowychś dziecinnych sentymentów, jakby dukaty same się trzęsły z nieba. Gotówem wymówić swoje służby, jeśli nie mamy korzystać z takich okoliczności...

– Więc tenor waści wywodów? – zawrzał zniecierpliwieniem.

– Że kasztelan przegrał do Zubowa dwadzieścia tysięcy i winien je zapłacić.

– To i wujaszek dobrodziej puszcza się na burzliwe flukta faraona?

– Nie z pasji, a jeno dla dalszych widoków – uśmiechnął się z drażniącą tajemniczością – bywa, jako i przegrane dawają sute prowenty...

– Nie wątpię. Ale dlaczego ja mam obiadować u Sieyersa? – spytał nagle.

– Racje wyłoży kasztelan, moja rola kończy się przy tym progu.

Jakoż wysiedli przed pałacem Ekonomii na Horodnicy, w którym rezydował Sievers i szerokimi schodami dosięgli pierwszego piętra.

Ogromny pokój stołowy, urządzony z przesadnym przepychem, już był pełen; właśnie tłoczono się przy bocznym stole, zastawionym smakowitymi antypastami, ambasadorska zaś liberia skwapliwie podawała pękate flachy gorzałek. Łobarzewski, major rosyjski oraz poseł na sejm i zaufany konfident Sieversa, ruszył do wchodzących z kordialnym powitaniem i pełnym kieliszkiem, a przepiwszy do nich powiódł do stołu i jął zachwalać świeże angielskie śledzie i jakoweś tłuczeńce, obsypane imbierem.

Socjeta była liczna, gwarna i swobodna; brał każdy miejsce, gdzie chciał i robił, co mu się spodobało, ambasador bowiem cale nie często prezydował na tych obiadach; częściej bywał Bühler, pierwszy jego doradca, lecz już codziennie brał postać amfitriona Łobarzewski, czuwając żarliwie, aby najmilsi goście podjedli do syta i by zwłaszcza napitku nie brakowało nikomu. Nie lada jaka to była rzecz, gdyż do stołów zasiadała codziennie cała fakcja zaprzedana Rosji, person ze sześćdziesiąt, nie biorąc pod cyfrę przygodnych ni też przeróżnych pieczeniarzów.

Wniesiono dymiące wazy i wraz obsiedli skwapliwie stoły, a w cichości, że tylko szedł po sali pobrzęk farfurów i łapczywe chlipania.

Zaręba miał za sąsiada z prawej strony Srokowskiego, ku niemałej irytacji, a z lewej rozpierał się opasły personat w granatowej kurcie, który przedstawił się jako Antoni Czarnecki, rotmistrz Kawalerii Narodowej, juści z takich, jacy nigdy nie wąchali prochu, ale z feldcechem przy szabli, a ze Stanisławem na piersiach.

Rotmistrz miał kark byczy, włosy szpakowate, brzuch wysadzony niby bochen, twarz zaś gapiowatą i dziwnie drobną, prawie chłopięcą, powleczoną rumieńczykami, a krwiste lubieżne wargi; przypinał się do jadła z animuszem, ale podnosząc raz po raz twarz unurzaną w sosach bełkotał zgorszony:

– Przepodłe! Żarcie dla trzody! A może tamto będzie smakowitsze! – I bez ceremonii zgarniał całe góry mięsiw, ku niemałej żałości najbliższych. Tylko Nowakowski, siedzący przy nim, zabawiał się expedite biorąc go na fundusz.

– Spróbuj waszmość baraniny: specjał nad specjały. Ma wprawdzie akuratnie fetorek zgniłego kożucha, lecz przyrządzona wedle przepisu sułtańskiego kuchmistrza. Podlewa z kobylej śmietany, prawdziwy rarytas! – kładł mu w uszy mrugając oczyma ku Zarębie. – Wszak o tych sławnych obiadach układają wielbiące wierszyki, exemplum "sztuka mięsa ze szczapy, sosy z jałapy, na pieczyste padło – ambasadorskie jadło!" Sievers nie szczędzi ekspensów dla przyjaciół!

– Ja mu ta nie konfident. Powiedzieli: "dobrze dają" – przyszedłem spróbować.

– Nie zawsze płaci się chorobą za takie próby! – szepnął z powagą.

– Nie może być! – odsunął nagle talerz – kiedy i w traktierniach dają jeść podle, a takie marne porcyjki, że jeszcze człowiek nie zazna smaku, a już zobaczył dno miski! – uskarżał się głęboko zmartwiony. – Na przykład wczoraj u Dalkowskiego... Te, drabie, podaj mi półmisek – zwrócił się nagle do lokaja, wystraszony, że go pomija z daniem. – Więc wczoraj u Dalkowskiego... Zaręba nie dosłyszał więcej, gdyż Srokowski zaczął mu szeptać do ucha:

– Błogosławię nieba za zdarzoną okoliczność spotkania i skwapliwie suplikuję porucznika o protekcję. Wiem od Nowakowskiego o możnych związkach...

Parsknął śmiechem na ten pompatyczny wstęp o protekcję.

– ...waszmość pana, o wielkich koneksjach...

– To słucham – odparł z rezygnacją – prosiłbym jeno o ścisły konspekt sprawy.

– Da się to łacno zrobić. Jakoś in anno 1772 – zaczął wielce uroczyście – nie, jakoś czasu sejmu konwokacyjncgo po śmierci ostatniego Sasa świętej pamięci rodzic mój, stolnik przemyski, że był to mąż oświecony i cale czuły na dobro ojczyzny, wszedł w związki z przyjacielską potencją celem forytowania na tron najmiłościwiej nam panującego. On to po województwach ruskich formował przychylne dla pretendenta opinie, on to na sejmikach, nieszczędząc ekspensów ni zdrowia... – wyliczał jego zasług szereg długi, że Zaręba, setnie znudzony, spoglądał rozpaczliwie na Jasińskiego, któremu Podhorski również coś nudnie klarował, to przezierał twarze zebranych i nasłuchiwał coraz żywszych gawęd, a z nieskończonego powiadania Srokowskiego to jeno wymiarkowawszy, jako rząd rosyjski winien mu znaczne sumy, rzucił żartobliwie:

– Podaj waść do sądu imć imperatorową i zatraduj.

– Może przyjść i do tego, boć zobowiązanie Repnina, własnoręczne, mam za wystarczający dowód. Każdy sąd odda mi słuszną rację.

– Repnina? bywszego ambasadora w Polsce?

– Właśnie. Mam jego listy, pisane w tych materiach do świętej pamięci rodzica mojego. Pilnie nastawił uszu, gdyż tenor całej sprawy mieścił się w tym, jako świętej pamięci stolnik przemyski był oddanym instrumentum Repnina i moskiewskim jurgieltnikiem, synaczek zaś żarliwie zabiegał o rewindykacje judaszowych srebrników, nie dopłaconych rodzicowi. Zajrzał mu przeto z bliska w twarz, ale ta facies, wytarta niby trzygrośniak czasów saskich, dawała pozór rozbrajającej bezmyślności: ani mogło w niej błysnąć rozumienie hańby, płynącej z takich zabiegów.

Więc mu Zaręba rzekł w jakimś miejscu z gryzącym przekąsem:

– Snadź rodzic waści oddawał Repninowi ważne posługi...

– Skaptował mu powolność całych województw – potwierdził chełpliwie – i tak mu się wdzięcznie wypłacił. Ale krzywda nie zna przedawnienia. Ja też swojego nie daruję. Mam dowody na słuszność pretensji, a w ostateczności gotówem z żałobą paść do stóp wspaniałomyślnej monarchini. Trzydzieści tysięcy toć nie byle substancja. Mamże je darować wrogowi?

Zaręba, zatopiony w gorzkie medytacje, już go więcej nie pytał ni mu odpowiadał.

Czarnecki, jakby spęczniały z nadmiaru jadłł i napitków, jął głosić z namaszczeniem:

– "Po zwierzynie utop smak w węgrzynie. Po szpinaku dawaj pontaku" – tu głos mu rozbrzmiał uroczyście, jak gdyby mówił wszystkiej społeczności: – "A po cieście zmyj buzię W szumiącym francuzie." Oto maksymy niewzruszone jak amen w pacierzu. Troskam się jednak, że ten obiad mi zaszkodzi, jeśli się go nie zaleje tokajem. Obrzydliwość! ambasadorski kucharz wart pięćdziesiąt bizunów za podlewę do baraniny i kurczęta.

– Zaiste godzien – dogadywał Nowakowski – to były parciane sakwy, nadziane sieczką. Nieco dalej dwóch posłów coraz zapalczywiej spierało się o konie.

– Ha! ha! jeśli waszmość folbluta nazywa koniem! Panie, bądź milościw mnie grzesznemu, ale waść winieneś płonąć na stosie za takie bluźnierstwa. Koń o jednej kiszce niby glista, z konopnym ogonem, z grzywą z grochowin, z girami z klepek, a bokami, jakby je bednarz powprawiał, ma się zwać koniem! Ha! ha! cugant jucha godny pod morągowatą małpę albo dla rakarza.

– Jak pragnę szczęścia ojczyzny – replikował ktoś rozdrażnionym głosem – ależ waszmości arabczyki więcej przypominają cielne krowy niźli konie, a ze łbów można by je brać za osły, uszy im przy łbach wiewają niby Chusteczki do nosa.

– Waszmość postponuje moje araby! Panie, bądź miłościw mnie grzesznemu... Naraz ogromny śmiech wybuchnął, ktoś bowiem w drugim końcu stołu opowiadał tak trefne anegdoty, że co chwila zrywały się ryki i aż tupano z uciechy. Jeden tylko Zaręba, gorzko nastrojony wynurzeniami Srokowskicgo, siedział zatopiony w dumaniach, że przecież prawie cala socjeta, wypasająca się tutaj na ambasadorskim chlebie, to jurgieltnicy Moskwy. Powlókł smutnymi oczyma po twarzach spromienionych nasyceniem i osunął się, jakby jeszcze głębiej w serdeczne udręki. Oto już strzelają koncepty, już tłuste żarty, już bezmyślna wesołość się podnosi, już oblicza się śmieją, błogość dosytu rozpiera serca zadowoleniem i błyska w oczach.

Przecież Rzeczpospolita się wali, sądny dzień nastaje, a oni przy zastawionych stołach baraszkują z bezmyślnym śmiechem, przedają wolność za obiad, za dukaty, za ambasadorski uśmiech, za protekcję w sprawie granicznej, za order przez złość do poczciwszego sąsiada, często z obrażonej pychy, częściej z żądzy wyniesienia się nad drugich i chciwości, a zawsze przez obojętność na sprawy krajowe i niepodobną do pojęcia bezmyślną lekkomyślność.

Na szczęście dla Zaręby obiad wrychle się skończył i on mógł powstać od stołu, ale nikt więcej nie ruszył się z miejsca, gdyż na skinienie Łobarzewskiego Borowski, majordomus Sieversowy, puścił w obieg kilkadziesiąt pękatych flach węgrzyna. Zdumieli się takiej niecodziennej siurpryzie, przyjętej zresztą powszechnym aplauzem, i wnet humory jęły wzrastać jakby na drożdżach, i rosła lubość, konfidencjonalne zwierzenia i wybuchy rzewnych serdeczności. Poszły różne zdrowia, Łobarzewski pił ambasadorskie, ktoś huknął: "Kochajmy się!", za czym jęli się cmokać z dubeltówki, a prawić sobie czułe dusery, ktoś nawet rzewnie zapłakał, gdy zaś przeminęło wzruszenie, przysiedli znowu do kielichów i pociągali akuratnie, że liberia ledwie nastarczyła dolewać. Kto zapalił lulkę, kto prawił, kto rozwalony w krześle zadrzemał błogo, kto przysunął się do większej kupy, gdzie jakiś facecjonista łgał aż się kurzyło, a wszędy szła luba gawęda w materiach najmilszych, o koniach, o sporach granicznych, o spodziewanych sperandach, o polowaniach, że zrobiło się w sali jakby na jakich imieninach w jakiejś Wólce, gdzie to wszyscy się znają, wszyscy powinowaci, a przyjaciele i sąsiedzi. Na próżno Nowakowski przypominał porę pójścia na sejm, bo właśnie wybiła czwarta, na którą solwowano sesję.

– Sesja nie zając, nie ucieknie – śmiał się jeden z posłów.

– Ważne materie są wyznaczone, sprawa delegacji do traktowania z Prusami.

– Bierz licho króla pruskiego i ciotkę jego, nie marudź waszmość i siadaj. Mości Borowski, każ no dać jeszcze tego z czarnym krzyżykiem na laku.

– A nam borgońskiego, jeśliś łaskaw – dorzucił ktoś drugi.

– Srogi ekspens co najprzedniejszych win – szepnął Klotze do ucha Zarębie.

– Właśnie, a waść zapewniałeś o skąpstwie ambasadora?

– Ba – zaczął drwiąco – na sobotę naznaczono w sejmie ratyfikację traktatu z Rosją, więc Sievers już od dzisiaj nie ma serca odmawiać niczego swoim socjuszom! Ale chodźmy, czekają porucznika w pałacowym żardinie.

– Kasztelan?

– I ktoś więcej.

Poprowadził bocznymi schodami do ogrodu.

Po deszczu nie było już ani śladu; wspaniałe, sierpniowe słońce niosło się po błękitach, potrząśniętych tu i owdzie białawymi chmurkami; tylko boguwole zawzięciej gwizdały w gąszczach, żywiej połśniewiały liście i rzeźwiejsze powiewy biły światem.

– Cudnyż to prospectus! – szepnął Zaręba stając na pałacowym tarasie. Jakoż ogród, niegdyś przez Tyzenhauza założony, był nadzwyczaj foremny i w najlepszym smaku: kwadratowy, ujęty przez wysokie pod sznur cięte grabowe szpalery, pełne szmaragdowych nisz, gdzie się bieliły wdzięcznie powyginane boginie, hermy z głowami satyrów, lub półkoliste marmurowe ławy; żwirowe drożyny biegły wzdłuż tych ścian zwartych i akuratnie wyciągnięte rabaty, obrzeżone barwinkiem, z których dźwigały się potrzaskane kolumny, spowinięte bluszczami, oraz wielkie białe urny, w pośrodku zaś żardinu przyciętymi bukszpanami malowane ornamenty dawały postać olbrzymiej tarczy herbowej o polach płonących żywymi farbami róż nisko rozpiętych, lewkonii i goździków krwawych; królewski ciołek leżał na tarczy wyczyniony białymi kwiatuszkami stokroci.

Po ścieżynach śmigały jakieś dzieci rozwrzeszczane, a na pałacowym tarasie w cieniu kwitnących granatów, cytryn i oleandrów zabawiała się nie nazbyt liczna socjeta wspaniałych dam. Sievers we fraku barwy piaskowej, w białej chuście do pół brody, w kunsztownie zafryzowanych puklach, uśmiechnięty jak zwykle, z dobroduszną i wielce dworną galantuomią, czytał półgłosem jakiś list, snadź bardzo czuły, gdyż łzy świeciły mu w oczach i głos brzmiał rzewnością.

Damy, siedzące zwartym kręgiem i wpatrzone w niego, dawały postać wniebowziętych, wznosiły rozłzawione oczy z omdlewającym uśmiechem, a z ich piersi, jakby zniewolonych nadmiarem czucia, rwały się ciche westchnienia i niby bezwolne głosy uwielbień. Czytał bowiem list ostatnio otrzymany od swojej córki, a treścią jego było, że małej Frydzie wyrżnął się pierwszy ząbek, że Jakubek, faworyt dziadka, rozbił sobie nosek, ale dzięki

Najwyższemu i okładom z rumianku już mu przeszło. List skończył się gryzmołami najstarszej wnuczki, Trudy, które ambasador pokazywał z dumą i szczerym wzruszeniem.

Właśnie na cześć jej urodzin wyprawiał był dzisiaj podwieczorek dla progenitury swoich przyjaciółek i nasyciwszy wierne serca swoim szczęściem, zawołał na dzieci biegające po ogrodzie. Opadły go ze wszystkich stron, a on niezmiernie temu rad tulił je do piersi, gładził, całował i obdarowywał szczodrze cukrami.

Scena była tak wzniośle wzruszająca, że kasztelan, siedzący nieco na stronie, ledwie powstrzymał się od śmiechu, lecz dojrzawszy wchodzącego Zarębę położył palec na ustach i wskazał miejsce obok siebie, bo po rozpierzchnięciu się dzieci damy jęły podziwiać miniatury ambasadorskich latorośli, a czyniły to z pobożnym namaszczeniem, znowu nie szczędząc kłamliwych uwielbień i przewracania oczami. Panie Ożarowska, Radziwiłłowa, Potocka Jula, hrabina Camelli, Załuska, Narbuttowa i parę jeszcze innych wprost się prześcigały w głośnych admiracjach, tylko szambelanowa, siedząca z boku i zapatrzona w dzieci, nie brała w tym chórze udziału.

Przesiadł się do niej Zaręba.

– Wypada, byś mnie zabawiał, skoroś tu jedyny! – żartowała wyciągając rękę.

– Nawet nie imaginuję, jakbym temu podołał.

– Spróbuj! Czemuż tak na mnie dziwnie patrzysz? – poruszyła się niespokojnie.

– Boś piękna jak nigdy. Na ludzkie nieszczęście – dodał cichutko.

– Wszak zbrojnyś w najdoskonalszą obojętność – uśmiechnęła się dziwnie smutnie. Nie zdążył odpowiedzieć, gdyż kasztelan powiódł go prezentować. Sievers okazał mu szczególną łaskę, zaszczycając paru słowami i życzliwym uściskiem ręki, po czym damy wzięły go w swoje obroty, zwłaszcza hrabina Camelli zaczepiała go ustawicznie ognistymi spojrzeniami, pani Ożarowska wyrzucała zaniedbywanie ich domu, pani Załuska inwitowała na swoje poniedziałkowe causetty, księżna Radziwiłłowa próbowała z nim dyskursu o różach, Jula Potocka traktowała o swoich synaczkach, a jakaś piękność, podobna wystrojonej kukle, dobywała z niego wiadomości o barwach szalów noszonych w Paryżu. Znalazł się w nie lada opałach, lecz wyszedł z nich zwycięsko, szermując słowami z wprawą i brawurą. Był przy tym dwornie chłodny, uprzejmy i w tym ożywieniu tak dowcipny, błyskotliwy i piękny, że Izie zrobiło się czegoś przykro. Przysiadła się bliżej, usiłując ściągnąć na siebie jego spojrzenia, lecz on, zajęty tą pustą szermierką słów, spojrzeń i uśmiechów, nawet jej nie zauważył. Odsunęła się obrażona.

Naraz ostro zabrzęczały ostrogi, jakiś oficjer w pełnym moderunku podszedł do Sieversa, promenującego się wraz z kasztelanem po tarasie i podał mu list. Ambasador złamał pieczęć i przeczytawszy zwrócił się cicho do kasztelana:

– Nowe kabały! Szydłowski w gorącym przemówieniu protestuje przeciwko ratyfikacji naszego traktatu, właśnie na dzisiejszej sesji złożonemu do laski przez hrabiego Ankwicza, Skarzyński mu sekunduje, zelanci podnoszą burzę i wszyscy zapisują się do głosu. Marszałek skonsternowany brakiem, większości, opozycja górą. Zaklaskał w dłonie i szepnął coś starszemu nad liberią.

Za chwilę zjawił się Łobarzewski z wielce wystraszoną twarzą.

– Czemu waść jeszcze nie na sejmie? – pytał surowo ambasador.

– Właśnie piją zdrowie waszej ekscelencji – bełkotał pijanym głosem.

– Każ wszystkim posłom ruszać natychmiast: w sejmie pilna okoliczność. Hrabia Ankwicz wyda dyspozycje względem głosowania. Mości majorze, proszę mi rychło wyzbyć się chmielu!

– Był już groźny, uśmiech gdzieś się zapodział z wąskich, zaciętych warg, oczy błyskały gniewem, sprężył się cały, głos mu świszczał niby brzeszczot, stał się naraz władczy, rozkazujący i nieubłagany. Relację marszałkowską schował i odprawiwszy oficjera i Łobarzewskiego szepnął: – Ach, ci zelanci zmuszają mnie do postąpień wbrew życzeniom serca. Protestacje zgubne dla kraju, fanfaronady! – Mości majorze – zawołał nagle za oddalającym się – w dni sejmowe nie przetrzymuj kompanii przy stołach, niechże na sejmie wypełniają swoją powinność! Chodźmy, kasztelanie, do róż, jakie mi dzisiaj ofiarowała księżna Radziwiłłowa. Zobaczysz cuda.

W końcu tarasu różany gaj, podobien do gorejących krwawo płomieni, dyszał odurzającymi zapachami: były w nim róże niby stężałe płaty krwi, były jak tajemniczo lśniące karbunkuły, jak rozkoszą spalone tchnienia, jak usta nienasycone pożądaniem i uśmiechy anielskich obietnic, wtulone w pąki warg dziewczęcych, były jak krzyk mdlejący w pustce i jak rozpacznie daremne wyzwania; były krwawe jak rany wiecznie żywe, były okrutne wyniosłością i w tragicznej urodzie jedyne; lecz były też czarem nocy czerwcowych opite, zapachów pełne i takiej piękności, że jeno sennym zjawom podobne.

Purpurowa pieśń zdała się dobywać z onego gaju i bić w niebo, w słońce, we wszystek świat śpiewać tryumfalną glorię upojenia.

Sievers całą istnością zanurzał się w ten wonny, purpurowy obłok, obchodząc dokoła, tykał wyschłymi palcami chłodnawych płatków i tak satysfakcjonował rozmodloną duszę, aż mu oczy zachodziły bielmem rozkoszy i wstrząsał się z lubości. Napawał się barwami, brał je w pamięć zmysłów, odchodził z żalem i powracał jeszcze, nie mogąc się oderwać ni dostatecznie nasycić.

Dopiero lokaj oznajmiający podany podwieczorek wyrwał go z lubych kontemplacji i zwrócił do stołu, gdzie już sadowiła się rozbawiona dzieciarnia pod okiem matek;wziął pierwsze miejsce pomiędzy nimi i niby dziadek najczulszy sam rozdawał łakocie i pilnie łagodził wybuchające co chwila spory.

Kasztelan z Zarębą, zepchnięci na szary koniec, siedzieli obok siebie.

– Czy byłbyś gotów na dalszy wojaż? – zapytał cicho.

– Jeśli ważne okoliczności, a wujaszek dobrodziej rozkaże...

– Pojechałbyś do Petersburga jako towarzysz tego, który powiezie traktat... Oniemiałe oczy podniósł na kasztelana i znowu posłyszał:

– Bądź gotowy na każdy wypadek... wielu już zabiega o ten zaszczyt, ja pragnę go dla ciebie. Ani pary z ust o tym! Staraj sobie ująć ambasadora...

Powstały nagle rumory, liberia bowiem wnosiła spore łuby, z których Sievers jął wydobywać kosztowne suweniry i rozdawać je dzieciom wśród szalonych wybuchów radości; damy rozczulały się do łez jego wspaniałomyślną dobrocią.

– Chodźmy na promenadę – zaproponowała Iza– nie znoszę wrzasków Zarębą podniósł się posłusznie i poszli drożyną pod szpalerami.

Boguwole gwizdały im nad głowami przelatując z drzewa na drzewo, cierpki zapach świeżo ciętych bukszpanów drażnił nozdrza; słońce było już nisko i chłód zawiewał od pól. Szli w milczeniu, często podnosząc na siebie oczy, czegoś niepewni oboje, wzruszeni oboje, z rozkołatanymi sercami oboje. Coś nagle stawało się pomiędzy nimi, jeszcze nikłe niby pajęczyny, jeszcze łamliwe i trwożne, ale już obmotujące ich jakby w kokon przeczuwań tego, co ma przyjść za chwilę. Zarębą poczuł, jako coś musi się stać niechybnie: powiedziały to jej oczy dziwnie świecące, a zarazem nieprzytomne, jej zadumana twarz, jej usta rozdrgane i jakby z trudem powstrzymujące jakiś krzyk. Szła nieco pochylona, skupiona w sobie, jakby szła naprzeciw czegoś dawno wyczekiwanego. Jakieś wichry ją szarpały, jakieś myśli kłębiły się pod czaszką i pierś rozpierały czucia gwałtowne, gdyż bił od niej gorączkowy niepokój. Szła coraz prędzej, obtulając się nerwowo w złoty szal, spadający jej co chwila z ramion.

– Pamiętasz nasze spacery w Górach? – spytała przystając nagle.

– Rad bym o nich zapomniał – padła odpowiedź, nie poradził jej powstrzymać.

– Dlaczego? – rzuciła krótko, blednąc straszliwie.

Mróz przeszył mu serce, lecz zlitowawszy się jej bladości rzekł spiesznie:

– Wydajesz się być zmęczoną, usiądźmy...

– Dlaczego? – powtórzyła, jakby wywołując cios, na który już oczekiwała z pochyloną głową i zamierającym sercem.

– Aby nie pamiętać twoich zdrad – uderzył kamiennym głosem.

Osunęła się na ławę ukrytą w niszy szpaleru, łzawy żal wyjrzał z jej rozgorzałych oczu i czoło osnuwało się palącym cieniem wstydu.

– Chciałaś, tom ci rzekł. Zdradziłaś mnie, byłaś moją wobec Boga i przysiąg, ufałem ci, a poszłaś za innego! Zniewoliła cię przynęta bogactw i swawoli – ciągnął nieubłaganie. – Czy ty rozumiesz mowę nieszczęścia? Prawda, ciągłe bale, asamble i amuretki nie dały ci sposobnego do zastanowienia czasu – szydził uniesiony gwałtownym przypływem żalów. – Nie kochałaś mnie nigdy i kłamliwymi były twoje przysięgi, kłamliwymi twoje całunki, kłamliwym wszystko. Ćwiczyłaś się tylko na mnie, przymierzałaś na moim sercu swoje zaloty niby stroiki na kukle, dla zabawy jeno i wprawy!

– Sewer! – jęknęła – Sewer, menażuj mnie.

– Sponiewierałaś mnie, ale i sponiewierałaś siebie – syczał i ogarnięty szałem mściwego okrucieństwa, jął wymawiać wszystkie jej przewiny. Nie darował jej niczego, a cale niedobieranymi słowy smagał dziką, kąśliwą wzgardą. Przyszła mu nareszcie ta upragniona chwila zapłaty za wszystkie udręczenia i rozpacze. Oto siedziała przed nim z twarzą zalaną łzami, wystawiona jakby pod pręgierz, ledwie już żywa z bólu, lecz zarazem taka bezbronna, męczeńska i smutna, że naraz chwyciła go litość. Nie było już bowiem tamtej, pięknej i wyniosłej szambelanowej, damy królewskich salonów, nie było nawet tamtej, dawnej Izy z Gór, a jeno jakaś nieszczęsna dusza wijąca się w męce, targana szponami zgryzot i rozpaczy.

Ulękł się własnego dzieła, nie wiedząc teraz, co począć, gdy ona podniosła na niego przełzawione oczy i przez błyskający tkliwością uśmiech szepnęła:

– Kocham cię, kocham cię zawsze!

Porwał się precz, jakby odtrącony strachem, tak jej niespodziewane słowa wydały się obłędne i zgoła niepodobne do wiary. Jakiś zawrotny dur go pochwycił, że stał nic nie pojmując i wszystek w lodowatym dreszczu, patrzył w jej oczy rozwarte szeroko jak w złowrogie przepaści. Naraz piorunowy błysk przeszył mu serce, omroczone trwogą, i zalał ślepiącą radością – oto zrozumiał prawdę jej słów i uwierzył w cud. Porwany płomienistym wichrem rzucił się do jej stóp, w jej objęcia rozchylone niby wrota rajów. Co mu było wieczną tęsknotą, spłynęło teraz świętą łaską szczęścia, słonecznym hymnem miłości. Ogarnął ją żarem uniesień i miłowania, scałował wszystkie łzy i taką mocą uczucia przejął, że spragnionymi usty szukała jego ust, że każde jej spojrzenie było pocałunkiem, a każdy pocałunek wyznaniem, przysięgą i ognistym oddawaniem się na śmierć i życie. Jej szepty, sycone namiętnym warem, przesłodką litanią osnuły mu duszę, iż wszystką rozkosz kochania poczuł i szczęście wszystkiego żywota.

– Daj ust, daj jeszcze! – bełkotał pijąc z nich nienasycenie.

– Lituj się, zamrę... – szepnęła mdlejąco, aż wypuścił ją z ramion, sam również nieprzytomny i ślepy od żarów. Lecz nim nabrał tchu i zdołał powiązać rozpierzchłe myśli, poczuł znowu na ustach jej palące usta i nowe fale warów grążyły go na dno niewypowiedzianej rozkoszy. Od tarasu zabrzmiały wrzaski dzieci, więc powstali spiesznie i trzymając się za ręce, jak niegdyś w Górach, przemknęli się w park, za szpalery.

Objęła ich cisza, chłód i zieleń, przesiana czerwonawym brzaskiem zachodzącego słońca, wyniosłe brzozy bieliły się bez ruchu, a tylko mdły naród krzaków szemrał i trząsł się lękliwie.

Poszli jakąś drożyną nie wiedząc gdzie i po co, lecz już jedni czuciem i jedni szczęśliwością. Milczeli: starczył im uścisk dłoni, głębokie zajrzenie sobie w oczy, czasem szept, spływający wraz z pocałunkiem. Dusze ich brały w siebie uciszenie tych drzew, ekstatyczną cichość zapominań i przebaczenia.

Czasem patrzyli w słońce widne między pniami, to zaczynali uciekać niby spłoszone dzieci, kryć się po gęstwach i cieniach: niekiedy przysiadali na darniowych ławkach, obsadzonych leszczyną, by się skrzepić pocałunkami, szeptać w sekrecie tkliwe słówka, śmiać się z byle czego i pierzchać za lada przyczyną, jak niegdyś w Górach.

Wyszli do jakiegoś sadu i zagrodziły im drogę gałęzie ciężarne jabłkami, spodem słał się zielony kobierzec traw, gęsto przetkanych kwiatami, kręta ścieżyna prowadziła w głąb. Poszli nią bez wahania. Po drodze zerwała jabłko, nadgryzła i podała mu ze śmiechem.

– I Adam zjadł, i został wypędzony z raju. O Ewo kusicielko, Ewo! – śmiał się radośnie.

– To Adam, ale Sewer zjadł i został wpuszczony do raju. Posłuchaj, a wejdziesz. Jakoż wnet wyszli na łączkę przerżniętą srebrzystym strumykiem i pełną niezapominajek; pasło się na niej stadko białych owiec i swawoliły jagnięta w niebieskich obrożach. Jakiś paysan, wsparty malowniczo na zakrzywionym kiju, z piszczałką przy wargach, przybrany cudacznie w wstęgi, stał niby na straży.

– Jakby żywcem przeniesione z francuskiego kopersztychu! – dziwował się, ale zdumienie jeszcze wzrosło, gdy go wprowadziła do maleńkiej zagrody, za wyplatany łoziną płotek, gdzie stała niska chata, pokryta słomą, z boku tuliła się obórka, przy której wesoło machał ogonem srogi bryś na łańcuchu i krzekotało stadko kur. Przyzbę chaty wysłano darniną, pod progiem żółcił się piasek, przytrzaśnięty sosnowym igliwiem, na dachu sprośnie gruchały gołębie, zaś nade drzwiami, wywartymi na rozcież, pucołowate amorki dźwigały białą tablicę, gdzie w otoku bluszczów czerwieniły się słowa Vergila:

Amor omnia vincit et nos cedamus amori.

W progu stała hoża pasterka, przystrojona w kwiaty i wstęgi, zaplecione w loki kunsztownie pozawijane, i pochylając się im do nóg zapraszała w gościnę do ośmiokątnej izby, udającej chłopską, zastawionej prostym sprzętem, ale obwieszonej gobelinami, wyrażającymi tkliwe, pasterskie historie.

– Chloe w zjawionej postaci, zgoła jakby na teatrum! – wołał żartobliwie.

– Tutaj miał się odprawiać dzisiejszy podwieczorek, ale z przyczyny rannego deszczu ambasador wybrał taras. Ależ tu ślicznie! – unosiła się zachwytem.

Jakieś wrzawy buchnęły z głębi chaty wraz z przytłumionymi brzękami mandolin Zaręba pobiegł zobaczyć, co to za brewerie.

– Oficjerskie sielanki – objaśniał po chwili – grenadierscy pasterze pląsają ze swoimi pasterkami pod wtór bałabajek i tłuczonych flach. Wyjdźmy stąd. – Miała jakieś pytanie na ustach, ale poniechawszy szepnęła ze szczerym żalem: – Marzyłam słodką solitiudę wraz z tobą, tymczasem musimy iść precz...

Przysiedli jednak pod chatą, gdyż we wrotniach zagrody ukazał się pasterz otoczony owcami, przygrywał na fujarce, a jagnięta, pobrzękując dzwoneczkami, czyniły dokoła niego ucieszne skoki.

Iza rozpływała się w uwielbieniach nad tym czułym aspektem, nie szczędząc przy tym pięknemu pasterzowi łaskawych słów, a i srebrem brzękających uznań.

I gdy się tak ciesząc wdzięcznym obrazem przeplatali zabawę lubymi pieszczoty i całunkami, zjawił się nagle jakby spod ziemi jej wierny kozaczek i jął coś szeptać w sekrecie. Ściągnięciem brwi pokryła jakoweś zakłopotanie i odezwała się głośno:

– Powiedz, że zaraz przyjadę. Ruszaj! Szambelan ciężko zaniemógł i nie wypada mi pozostawiać go samym w takim stanie – objaśniała wielce zafrasowana.

Ta niespodziewana troskliwość o męża targnęła nim cichą zazdrością.

– A może to tylko kabała! – podjęła. – Bywało, wzywa mnie pod pretekstem nagłego pogorszenia, przychodzę, a on szydzi, bo jeno pragnął mi popsuć zabawę. On jest pełen takich niegodziwych fortelów. Nawet nie imaginujesz, co ja z nim wycierpię – westchnęła podnosząc chusteczkę do suchych oczu.

Wracali już do pałacu. Zachodnia strona nieba stała w krwawych łunach, że cały park zrumienił się od pożogi a białe gzła brzóz polśniewały purpurą.

Z gąszczów szemrały świergoty zasypiających ptaków i rozpływały się duszące zapachy. Modrawe przysłony zmierzchów spływały z wolna na świat.

Szli przytuleni do siebie, splątani ramionami, jakby wrośnięci w siebie. Iza żałośnie, zmęczonym głosem wyskarżała się na swoją dolę nieszczęsną i męża.

– Zawsze pora do wyrzucenia go za drzwi i separacji – przerwał porywczo.

– Papa już się radził jurystów. Znajdują jakieś trudności, a przy tym szambelan nie chce się zgodzić. Boże, czemu mnie przyniewolili do małżeństwa?

Miał już na ustach pytanie o rzekomej deklaracji Cycjanowa, lecz się powstrzymał i tylko szepnął posępnie:

– Mszczą się na tobie złamane przysięgi! – Wzdrygnął się cały.

Zamknęła mu usta pocałunkami, oplotła sobą, wpiła się w niego, że porwany nową falą żarów zdał się na łaskę jej szczodrobliwej miłości, nie pomnąc już o niczym, nawet i o sobie. Spłoszyły ich dopiero jakieś śpiewy i brzęki klawecynu,

– Niechaj nie czekam nadaremnie – szepnęła z ostatnim pocałunkiem.

Próbował się usprawiedliwiać, wskazała bliskość pałacu i rzuciła:

– Kocham cię! Ostatnie okno na ogrody, pamiętaj...

Na pałacowym tarasie pląsały dzieci dokoła arlekina, usadzonego na wysokim taborecie, i śpiewały. Chór srebrzystych głosików podzwaniał niby radosny chór ptasząt i niby rój motylów czy kwietnych płatków wirował w cichym, modrawym od zmierzchów powietrzu. Hrabina Camelli przygrywała dyskretnie, a ten krąg zrumienionych twarzyczek, roziskrzonych oczów i powiewających włosów i strojów kołysał się rytmicznie i zawodził z uniesieniem:

Arlequin tient są boutique
Sur les marches du Palais,
Il enseigne la musique
A touts les petits valets.

I teraz każde z osobna podchodziło do ariekina, dygało przed nim z wdzięcznym grymasem, a reszta śpiewała wesoło:

Oui, Monsieur Po–
Oui, Monsieur Li
Oui, Monsieur Chi–
Oui, Monsieur Polichinel!

Wybuchnęły burzą śmiechów rzucając się ha niego i szarpiąc na wsze strony.

Socjeta również zabawiała się wybornie, Sievers zaś, rozrzewniony do łez, pierwszy gorąco aplauzował, nawet wtórując dalszym zwrotkom.

Iza wymknęła się niepostrzeżenie, tylko Zaręba, posłyszawszy turkoty jej pojazdu, coraz niecierpliwiej wyczekiwał końca zabawy, nudziła go bowiem setnie, a że przy tym był jakby upity szczęściem i zgorączkowany, jął dość oboesowo poczynać sobie z damami ku ich widocznej kontentacji.

Mrok już był zupełny, gdy się nareszcie znalazł na wolności i nie bacząc na wuja, który go chciał wieść do biskupa i tam szerzej rozważyć wszelakie ewenta wojażu do Petersburga, uciekł mu sprzed pałacu, tak strasznie pragnął pozostać sam na sam z marzeniami o Izie.

Wieczór zapadał ciemny i chociaż na zachodzie jeszcze tliły się krwawe rozlewy zórz, niebo zaciągało się posępnie, chwilami zrywał się wiatr, drzewami szarpał i prześwistywał w ciemnych i pustych uliczkach, bowiem kamienice i dworki stały już czarne i szczelnie pozawierane, świeciło się tylko tu i owdzie w pałacach i na rogach ważniejszych ulic, gdzie kolebały się na sznurach latarnie, zaprowadzone dopiero czasu teraźniejszego sejmu, pod nimi zaś gęstym igliwiem bagnetów polśniewały ronty, pilnie baczące za powozami, a pieszych, jeśliby się nie wykazali pozwoleniem komendanta, obowiązane dostawiać na hauptwachę. Albowiem Grodno zostało podzielone na cztery kwartały i oddane pieczy czterech jegierskich batalionów, które każdej nocy gęstymi kordony, niby sieciami, obstawiały wyloty ulic, przejścia i domy, zamieszkane przez znaczniejszych zelantów. Szpice kozackie również patrolowały wałęsając się po zaułkach i myszkując na swoją rękę.

Zasię przy tak żarliwej trosce aliantów o spokojny sen powszechności Grodno już o dziewiątej godzinie z wieczora brało pozór jakby wymarłego miasta, bo jeno z rzadka, i to snadź z przymusu okoliczności, jeśli się przemykał jakiś człowiek, częściej natomiast szpieguny węszyły pod okiennrcami, na podjazdach oświetlonych pałaców lub przy kafenhauzach pozornie tylko zamkniętych.

Zaręębie tak wrychle obmierzły sołdackie indagacje, że spostrzegłszy pod pałacem Ogińskich jakiś powóz, zbliżył się z pewną propozycją, lecz jakże się zdziwił poznając służbę szambelana.

– Co wy tu robicie? Kto przyjechał?

Dowiedział się, jako szambelan był na wizycie u starej pani hetmanowej.

– Dawno jesteście? – spytał prawie bezwiednie.

– Przyjechalim prawie o piątej.

Odszedł bez słowa i stanąwszy w cieniu, jakby się zapatrzył w konie i ludzi.

– To dziwne, zachorzał ciężko i siedzi tyle godzin na wizycie. Co to znaczy? Od piątej! – snuły mu się niepokojące myśli. – Od piątej! A była już prawie ósma, jak ją wzywał do siebie. W tym jakaś kabała. Prawda, żaliła się, że jej niekiedy to urządza. Zupełnie w jego smaku. Bezsilne truchło, mści się szpilkowymi ukłuciami. Dziecinne zgoła sposoby. Naturalnie, wyrządził jej żakowskiego psikusa.

Wzruszył ramionami i poszedł ku domowi grążąc się znowu w przypomnieniu niedawnych rozkoszy. Wszystko stało się tak nagle, a zwłaszcza tak nieoczekiwanie, że jeszcze nie wyzbył się oszołomienia, jeszcze nie mógł zebrać myśli.

– Zali to podobne do wiary? – pytał w zdumieniu – więc ona mnie kocha? – I odpowiedź czuł jeszcze na ustach spalonych jej całunkami, w tętnach lubością wzburzonego serca, w przejmujących dźwiękach jej przysiąg i zaklęć, a jednak zdało mu się to więcej snem, jakich już tyle prześnił, niżli prawdą.

Zapukał w umówiony sposób do swojej kwatery, gdy nagle wstrząsnęła nim myśl:

– A jeśli zmyśliła jego chorobę?

Kacper otworzył drzwi stając w oczekującej pozycji.

– Wrócę za chwilę, poczekaj – zaszeptał i nim tamten zdołał się odezwać, już go nie było, przepadł w nocy jakby porwany huraganem.

– Ostatnie okno od sadu – powtarzał obłędnie, a z takim uczuciem, jakby śpieszył na schadzkę upragnioną od wieków. Władał sobą doskonale, a zarazem duszę miał pełną dziwnego lęku i omroczony mózg.

Dom szambelana jeszcze świecił paru oknami; w kącie bramy, wywartej na rozcież, przy jakimś mdłym kaganku, służba grała tak zajadle w chapankę, że nikt go nie zauważył; na schodach było pusto i ciemno, w przedpokoju zaś pierwszego piętra, wciśnięty w kąt, chrapał jakiś żołnierz i ani drgnął na jego wejście.

– Patrzy na czyjegoś ordynansa! – oślizgłe podejrzenie przeszyło go na wskroś. W sali paliła się olejna lampka, w sąsiednim pokoju było ciemno, jak również i w następnym, dopiero w ostatnim, właśnie tam, gdzie było "ostatnie okno od sadu", cisnęło się światło przez przywarte zaledwie drzwi.

Kobierce tłumiły kroki. Szedł nie bacząc już na nic, niezdolny do powstrzymania się ni odwrotu, jak w ataku, jeno że szedł coraz wolniej i ciężej się dźwigał na stromy szaniec, gdzie nań czekało zwycięstwo lub śmierć.

Naraz sperlony śmiech rozprysnął się kaskadą i jakieś namiętne szepty. Zatrząsł się i bezwiednie zmacawszy rękojeść szpady pchnął drzwi.

W szerokiej, niskiej markizie siedziała Iza z Zubowem. Byli splątani uściskiem, zwarci, jakby stopieni ze sobą, w ognistych pocałunkach. Kandelabr, świecący z boku, straszliwie uwidoczniał tę całą scenę.

Na skrzyp drzwi Iza wyrwawszy się z objęć kochanka stanęła w skamienieniu.

– Nie przeszkadzam, baw się dalej – rzucił z galantuomnym ukłonem, cofając się za próg. Postąpiła za nim parę kroków, jakby pragnąc przemówić.

Wyszedł wolno, automatycznym krokiem straceńca.

W owych to chwilach najkrwawszym z wysiłków wyszarpał ją ze swojego serca na zawsze. Umarła w nim nagle ta śniona od dzieciństwa, więc ją pogrzebał wraz ze swoimi marzeniami młodości i przywalił ciężkim kamieniem wzgardy. Ta zaś, jaką później spotykał na świecie, była mu już zgoła obcą i obojętną, widział ją tylko gamratką, jakich nie brakowało w ówczesnej socjecie. Nie myślał jej nawet unikać, a jeśli zdarzyła się okoliczność, był dla niej powinnie grzecznym i okazowując twarz uśmiechnioną patrzał na nią niewidzącymi oczyma lodów.

I cóż go to aktualnie obchodziło, jako Zubow, od tego pamiętnego wieczora, nie pokazał się już w pałacu, jako Cycjanow powrócił znowu do łask, jako zaczął się plątać koło niej i zabiegać o względy królewski przyjaciel, kawaler Littlepage, piękny Amerykanin i persona wielce tajemnicza.

Dalekim się poczuł od tych miałkich zgryzot amorów, turbacji a zabiegów o kochanki lubej spojrzenia i względy łaskawsze, więc tym żarliwiej dał się jarzmu obowiązków i wytężonej pracy, a było jej tyle i tak brzemiennej następstwami a zarazem niebezpiecznej, że zdawał się w miarę przeszkód olbrzymieć i udziesięciokrotniać w siły i przebiegłe męstwo. Aniby komu przyszło do głowy, żeby w tym modnym francie podejrzewać spiskowca i jakobina. Wszak całe dni i noce był na wszystkich oczach; wałęsał się po mieście, wystawał z drugimi pod kafenhauzem, promenował się z damami, bywał na balach i asamblach; noce zaś widziały go zarówno przy faraonie, jak i na Ankwiczowskich bachanaliach i alianckich oficjerów pijatykach; nie gardził nawet kompanią szujów i jurgieltników. Uganiał się też za miłostkami, aż zaszeptano o romansie z hrabiną Camelli, która go nazbyt czule wyróżniała, chociaż ani dbał o jej awanse. Słowem, żył modnie, szumnie i wesoło, zapełniał sobą wszystkie widne miejsca. Była to bowiem tylko maska, przywdziana dla omamienia zbyt ciekawych oczów, aby tym swobodniej czynić ku pożytkowi sprawy. Bywało, jako w ciągu godziny pokazywał się w dziesięciu miejscach, a potem zasię, przemieniony nie do poznania, wędrował z Kacprem po karczmach i zajazdach, to z ojcem Serafinem jeździł na przeróżne penetracje i łowy gemejnów, to przemykał się z ważkimi relacjami do Działyńskiego, dawał schronienie egzulom i słał pod najrozmaitszymi pozory do Warszawy i południowych województw całe transporty broni, furażów i ludzi. I mimo tej niesłychanie wyczerpującej pracy, ciągłej gorączki pośpiechu i czyhających na każdym kroku niebezpieczeństw czuł się doskonale, zmizerował się tylko tak znacznie, że któregoś dnia pod kafenhauzem rzekł mu drwiąco Woyna:

– Patrzysz na Piotrowina. Wiem, twoja choroba nazywa się febris Camelli.

– Nie trafiłeś, nazywa się powinność! – odparł prosto. – Szukałem cię właśnie. Jakże się miewa nasza motia?

– Skonało biedactwo. Jeszczem do niej dołożył pektoralik po świętej pamięci staroście.

– Fortuna mirabilis. Chciałbyś spróbować szansy z tym oficjerkiem, który stoi na rogu? Nazywa się Iwan Iwanowicz Iwanow. To przyjaciel Kaczanowskiego.

– Próbuję nawet z diabłem, jeśli pobrzękuje dukatami. Ale tak mi się złożyło, żem się aktualnie do cna wyekspensował, chyba zagram w ćwika na orzechy.

– Więc kładę fundamentum nowej motii – wsunął mu w rękę ciężki rulon.

– Z czegóż mam wyiskać tego gamonia? – w lot pojął jego intencję.

– Cyfrę eskorty, z jaką wyrusza, ścisły termin i czy na pewno ma rasztak w Mereczu.

– Kiedyż musisz o tym wiedzieć?

– Przed wtorkiem rano. Chciałbyś?

– Rzekłem. Nie pytam, więcej, twoje dukaty i twój sekret. Czekajże, jakby go tu zażyć? Hm, buzię ma głupawą, lecz oczy chytreńkie – przyglądał się oficjerowi coraz baczniej. – Lubi łykać dużo i byle co, od tego żołnierz; przepada za karteczkami, złotem i przyjacielstwem, od tego Iwanow; a że podwiki pachną mu rajem, naturalne, bo młody i głupi – medytował półgłosem.

– Może go znasz?

– Zbędne. Zresztą faraon najserdeczniej nas pobrata. Prawdziwa krotochwila. Ha! ha! snadź i ja mogę się na coś przydać. – Po chwili podjął znowu, ale już prawie poważnie: – Gdybyś mnie potrzebował i w drugich okolicznościach...

– I jak jeszcze. Może byś chciał pomówić ze szefem lub Jasińskim?

– Daruj mi życie, dziękuję; jeden za cnotliwy i zaraz kiepską łaciną wystąpi z oracją, jakby na pogrzebowej stypie, drugi zaś składa zbyt ckliwe rymy. Sprawia mi to w uściech smak, jakbym całował mamkę, mdli mnie. Wolę już z tobą, jako wolontariusz i dla zabawy.

– Jak chcesz! Patrz no, tłok na ulicach, niczym na odpuście w Berdyczowie.

– A małyż to jarmark w Grodnie! Każdy ciśnie się z czymś na przedanie. Szkoda jeno, że Sievers tanio płaci, a Buchholtz skąpy; będzie dużo zawiedzionych – podrwiwał z uśmiechem. Jakoż w istocie Grodno w tym czasie, w połowie sierpnia, dawało frapujący obraz, jakby zbiegowiska ze wszystkich stron Rzeczypospolitej; przepełnione też było nad miarę, a wciąż jeszcze nadciągały całe karawany objuczonych powozów, bryk pod płóciennymi budami, jeźdźców i pieszych, że miasto huczało ustawicznym gwarem i turkotami.

A wśród ciżbiących się w ulicach wyróżniały się wojskowe kurty i zawadiackie miny oficjerów; jedni, mieniąc się być z brygad zagarniętych przez Moskwę, zabiegali o zaległe jeszcze z czasów bywszej wojny lenungi; drudzy suplikowali u sejmujących stanów o zaopatrzenie za wysłużone lata i poniesione rany; byli, którzy ściągali jeno dla zabawy, na poszukiwanie przygód i fortuny; ale byli i tacy, których delegowali towarzysze i żołnierze dla zasięgnięcia języka względem insurekcji, do czego wojsko parło całą mocą serc wiernych ojczyźnie; tych znał Zaręba, zamieniając z nimi porozumiewawcze spojrzenia lub znaki.

Zasię poza tym tłumem szlacheckim, zalewającym Grodno, roił się jeszcze liczniejszy tłum pospólstwa: biedoty różnej, gemejnów, zbiegłych spod bata chłopów, służby bez miejsca, ultajstwa i nawet ludzi wolnego stanu, szukających sposobów do życia; coś z nich przygarnęli łyczkowie, coś uwiesiło się przy pańskich pocztach i dworach, coś się rozlazło po świecie, ale największa liczba przepadała gdzieś bez śladu.

Przecież nie darmo co dnia warkotały tarabany za Niemnem pod karczmą Potockiego, lała się gorzałka, brząkało zdradnie złoto i odprawiały się pijatyki od rana do rana; że potem nocami pijane kupy nieszczęśników popędzali kozacy nahajami do obozu w Łosośnie, o tym mało kto wiedział. Werbowano i dla króla pruskiego, jeno tajniej i srodze przebierając. Angielczyk także próbował zapuszczać zagony, acz nie nazbyt fortunnie. Werbował i Zaręba przez swoich ludzi, nie tyle jednak, wiele by mógł i chciał, gdyż brakowało mu pieniędzy i groziły podwójne niebezpieczeństwa: od swoich i od wrogów, a zwłaszcza od swoich. Właśnie był nad tym deliberował, gdy ujrzał w ciżbie ojca Serafina. Bernardyn żarliwie kwestował wśród modnych frantów, podpierających kafenhauz, przeciskał się z pokorną miną i podtykając tu i owdzie tabakierkę trząsł skarboną, lecz miasto choćby miedziaków, zbierał jeno szczodrą jałmużnę drwin i jadowitych przygryzków.

– Pocieszna gęba – zauważył piękny Narbutt – trzeba go zażyć z mańki.

– To ćwik nie lada, splantuje cię i poda na śmiech! – reflektował go Woyna. Ale Narbutt, jako wielce we własny dowcip zadufany, odezwał się drwiąco:

– Jak to! bernardyński kwestarz i bez stadka owieczek?

– Boć aktualnie mam jeno z baranami sprawę– odrzucił zuchwale, aż Narbutt poczerwieniał i syknął w alteracji:

– Snadź edukację brałeś za trzodą, kiedyś grubianin!

– Co kogo boli, o tym mówić woli! – odciął kwestarz pokornie schylając głowę, a podnosząc skarbonę.

Młodzież zaczęła się uśmiechać, Narbutt zaś, już do żywego dojęty, stuknął gałką laski w jego tonsurę i rzekł wymuszenie:

– Próżno tu czego szukać, kiedy huczy jak w pustej stodole.

– Fronti nulla fides! – szepnął skromnie. – Zresztą, bitemu milczeć przystoi, bo jak mój przeor powiada:

"Szkoda balsamu do kapusty, a różanego olejku na buty."

Tu już gruchnął śmiech powszechny, że aż się brali za boki, z czego korzystając bernardyn przysunął się do Zaręby i trzęsąc skarboną szepnął:

– Kacper nie wrócił. Markietan czeka! – i odszedł z wolna, potrząsając skarboną i nie bacząc na kpiny ni nawet dość przykre szturchańce.

Zaręba, pomimo zaniepokojenia o losy Kacpra, wysłanego do spenetrowania Merecza na okoliczność wyprawy Kaczanowskiego, pozostał jeszcze pod kafenhauzem, przyglądając się nieskończonej defiladzie pojazdów, pora bowiem była przedwieczorna i wszystka socjeta wyjeżdżała na miasto zażywać chłodu i powietrza. Kłaniał się też co chwila znajomym: przejechał kasztelan z Izą i Terenią, Marcin zaś odprawował asystę przy drzwiczkach na ognistym kasztanie; jechała księżna Radziwiłłowa z panią Ożarowską we cztery siwe araby, przystrojone na łbach w czerwone pióropusze; przejechały barwy królewskie, wiozące na Zamek panią Tyszkiewiczową; jechała hrabina Camelli w wąskiej visavisie ze swoim bratem, Martinim, i na ukłon Zaręby odpowiedziała wielce czułym uśmiechem, aż Woyna westchnął zazdrośnie.

– Gdybyż tak pod moim adresem! Piękna diablica! A tamta chyba jeszcze groźniejsza! – dorzucił, pochylając się dwornie przed margrabianką Luhlli, siedzącą w kanarkowoczerwonym powozie w towarzystwie kawalera Littlepage.

– Obie bym wydał pod pręgierz! – odburknął niecierpliwie.

– Nawet Inflantczyk promenuje się dzisiaj – szepnął ktoś ujrzawszy biskupa Kossakowskiego, jadącego z panią Zabiełłową i chudym kapelanem.

– Jakżeż ci smakują jego służby? – rzucił cichutko Woyna.

– Przydałbym go tamtym damom za socjusza, jeno nieco wyżej...

– Tak cię rozumiałem – powiedział, jakby uradowany jego tonem.

– Pono chciał zelantom płacić po sto dukatów za poniechanie opozycji na dzień ratyfikacji traktatu z Rosją, prawdaż to?

– Prawda, jeno że nie zjurgieltował ani jednego. I bez nich ma większość!

– Albo ją kupi. Kiedyż ratyfikacja?

– Niby w sobotę, ale dopiero w poniedziałek może się dostać na turnus, a może się jeszcze uda przewlec, a może coś jeszcze przeszkodzi...

– Trumna gotowa i wieko zapaść musi, grabarze czekają – wskazał Cycjanowa, który stał w swoim wisky niby na tryumfalnym rydwanie, powodując czwórką karoszów obwieszonych brzękadłami; von Blum siedział przy nim.

Zapatrzyli się w sznur powozów, co niby wąż migocący farbami wyginał się w różne strony i sunął nieustannie – aż ćmiło się w oczach od przepychu strojów pięknych dam, pióropuszów, brylantowych trzęsień, liberii, zaprzęgów, złoceń i bezcennych koni, a pogodne twarze, wesołe spojrzenia, wybuchy śmiechów i nie milknące gwary rozmów nie dawały nawet pozorów, jako już nad wszystkimi pobrzękują kajdany, jako to jeden z ostatnich dni wolności...

– Chwałaż ci, Fortuno! – zawołał naraz Woyna kłaniając się uniżenie jakiemuś przejeżdżającemu personatowi o czerwonej, okrągłej twarzy i czarnych wąsiskach zawadiacko wykręconych.

– Mój ojciec chrzestny i opiekun! Anim się go spodział teraz w Grodnie. To wojewoda sieradzki, Walewski. Lecę, żeby mnie kto nie uprzedził w służbach, ale o twojej sprawie nie przepomnę. Zaręba poszedł na pocztę spodziewając się tam znaleźć markietana, o którym szepnął ojciec Serafin, gdy przed Dominikanami natknął się na Borysewicza. Majster był prosto od roboty, zachlapany wapnem i w fartuchu; zrobił znak wtajemniczonych i skręciwszy do kościoła w boczną nawę jął trwożnie szeptać:

– Mój dom pod strażą jegierskich kordonów: kto się zjawi, tego zaraz ciągają na Horodnicę. Biegam, żeby ostrzec naszych panów.

Pana Krasnodębskiego nie puszczają ze stacji, za przeproszeniem, nawet dla własnej potrzeby. Opowiadali na mieście, jak pana Łomżyńskiego wywieźli dzisiaj w nocy...

– Jeszcze nie, ale tak samo siedzi w domu pod strażą. Jakże się ma kapitan?

– Rano był u niego ksiądz Meier z Panem Jezusem.

– Co się stało? – strwożył się ogromnie – onegdaj zdawał się być zdrowym...

– Nie jest mu gorzej i dzisiaj – uśmiechnął się przebiegle. – Ale skoro jegry obstawiły wszystkie okna i drzwi, pan kapitan, wystrachawszy się o jakieś ważne papiery, kazał mi wołać księdza, jako niby do ciężko chorego... Juści, ksiądz wyniósł pod komżą, co było potrza, ze Świętymi Sakramentami szedł, to któż by go śmiał podejrzewać! Pan Żukowski to fortelna głowa!

– Pozdrówcież go ode mnie – wyciągnął rękę, którą Borysewicz uścisnął bez uniżoności, a z wielką atencją i rzekł tajemniczo:

– Jeszcze ździebko postawszy pod kościołem.

Zaręba nie przywiązywał wagi do uwięzienia w domu Krasnodębskiego i drugich patriotów, gdyż była to stała metoda Sieversa, że przed każdą ważniejszą sesją sejmową próbował terroryzować opozycjonistów, zmuszając ich więzieniem i groźbą Sybiru do głosowania z powolną sobie większością, wiernych ojczyźnie nie przełamał, ale popędzał do żarliwości powolnych sobie.

W długim dziedzińcu poczty, cale obstawionym szopami a zapchanym wszelakim sprzężajem, ledwie odszukał markietana i pod pretekstem kupna furażów dla koni kazał się prowadzić do spichlerza i tam dopiero przy targach i oględzinach owsa dowiedział się, jako wielki transport kożuchów jest gotowy do wysłania.

– Dwa tysiące sztuk, krótkie, akuratnie dla naszej kawalerii – szeptał markietan wskazując oczyma kupę nakrytą zielonymi płachtami, od której biły srogie fetory skór baranich. – Pułkownik Jasiński przysłał je w sianie. Bieda, że dalej nie sposób tak samo transportować, przewozić zaś zwyczajnie nieprzezpiecznie: mogą je alianci zarekwirować dla siebie... Zaręba, który w takich okolicznościach łacno znajdował sposoby, zagadnął:

– Waść furażuje i armię Igelströma?

– Nie dawniej tygodnia wysłałem dla niego trzysta korcy owsa.

– To jesteśmy w domu – zaśmiał się wesoło. – Trzeba mu pchnąć i kożuchy...

– Można się ważyć – w lot pojął fortel porucznikowski. – Papiery i eskortę da mi generał Dunin, tylko jak transport dojdzie naszych składów?

– Eskorcie poskręca się karki, a kożuchy przepadną. Niech szukają...

– Azard to niemały, a jeśli się nie poszczęści?

– Wiele bryk i pod jakim konwojem? – pytał zbywając milczeniem, jego wątpliwości.

– Dziesięć i tyluż kozaków ze starszym: więcej się nie daje, boć trakt warszawski przezpieczny i w każdym mieście po drodze stacjonują ich huzary.

– Dwudziestu gemejnów przebranych za koniuchów da sobie z nimi radę, byle jeno mieli broń na podorędziu i sprawną komendę.

– Kacper byłby najsposobniejszy.

– Potrzebny mi tutaj. Dam jednego warszawiaka: ultaj i obwieś, ale jedyny, gdzie trzeba otumanić i wywieść w pole. Przyślę go jeszcze dzisiaj. A waszmość winien się ubezpieczyć na każdą okoliczność: stawka niemała.

– Co dzień azarduje się głowę. Może waszmość obejrzy konia, cudo prawdziwe – przemówił naraz głośno, zoczywszy jakichś ludzi – postawił go do przedania pan kapitan von Blum.

Krzyknął na swoich Tatarów, żeby konia prowadzili na okólnik.

– Pono zdobyczny pod Mirem – objaśniał tonem niedowierzania.

– Prędzej w cudzej stajni – odrzekł i obejrzawszy konia, zresztą cale godnego, pojechał do domu, bo już był i wieczór zapadał.

Kacpra nie było jeszcze, Kaczanowski chrapał w swojej stancji jakby po gorących dyskursach z flachami, a Staszek wyśpiewywał gdzieś w stajni pod wtór Maciusiowej fujarki, aż się rozlegało.

Kapitan opierał się przeznaczeniu Staszka do prowadzenia transportu, ale chłopak, skoro się o tym dowiedział, rymnął mu do nóg i tak gorąco suplikował, że zgodzić się musiał, boć i Zaręba dał swoje racje.

– Żebym szedł na czworakach i nosem się podpierał, a wszystko sprawię akuratnie, wedle rozkazu – szeptał, ledwie dysząc z radości. Zaraz też poleciał do markietana i zjawił się dopiero, gdy już transport był gotowy do drogi.

Ledwie go poznał Zaręba, tak był przemieniony, stanął bowiem przed nim w ogromnym kożuchu, rozchełstanym na piersiach i w zgrzebnej koszuli; łapcie miał na nogach, baranią czapę w garści, minę gapia i cuchnął stajnią, aż wierciło w nozdrzach.

– Melduję pokornie: o świcie ruszamy – sprężył się bezwiednie.

– Jedźże z Bogiem – dał mu parę dukatów i szczegółową instrukcję.

– A uważaj: dowieziesz, czeka cię szarża; zaś pokpisz sprawę, kozacy cię powieszą.

– Proszę pana porucznika, rodzony syn mojego ojca wisiał nie będzie – zapewniał z zapalczywością.

– Niech jeno ździebko pociągnę nosem warszawskich frykasów, a stawię się. Bardzo czule pożegnał go Kaczanowski, bo trzasnął go w kark i krzyknął:

– A zbłaźnij się, to ci nakuję pyska, że cię rodzona matka nie pozna nawet na Sądzie Ostatecznym. – I wyszedł srodze nabzdyczony, nie omieszkując jednak wetknąć mu w garść paru złotówek, aż Staszek zapłakał rzewliwie, wyznając się w sieniach Maciusiowi.

– Psia twarz, taka mnie tęskność rozbiera za Warszawą, że chyba na rogatce pierwszemu lepszemu Żydowinowi pejsy obtargam z radości.

– Pachną ci warszawskie kiecki – zachichotał Maciusiowy bas.

– Głupiś, pachnie mi, ale matusina łaska.

Zaręba nie słyszał więcej, bo i w nim wzbudziła się naraz tęsknota za matką, która tam na próżno wyczekiwała jego powrotu. Serce mu nabrzmiewało tkliwością wspomnień rodzinnych i rozrzewnieniem, więc żeby się im nie pozwolić opanować, rozprawił się z Maciusiom awansując go z forysia na przybocznego ordynansa, na czas nieobecności Kacpra. Parob stanął w pąsach, a pucołowata, ogromna twarz zaświeciła mu radością; rozrosły był jak dąb, chociaż jego niebieskie, lniane oczy miały dziecinną słodycz i naiwność; ponad wszystko kochał swoje konie, potem swojego pana i żołnierkę, w bitwach stawał tak zajadle, że jak wypadła okoliczność, to pazurami dusił wrogów; mocny też był jak niedźwiedź, harmatę mógł ruszyć z miejsca i konia podnosił na barach, ale przy tym wszystkim nierzadko brał kije za rozpustę, pijaństwo i niesubordynację. Zaręba dostał go wraz z Kacprem od ojca, jeszcze do kadetów i kochał obu prawie jak braci.

– Wedle rozkazu pana porucznika – odrzekł po chwili, dobrze ułożywszy sobie w głowie, co usłyszał – to konie po mnie weźmie Pietrek? – spytał trwożliwie.

– Juści, ale miej oko na stajnię, nie chlaj i nie zadawaj się z bele kim, rozumiesz?

– Wedle rozkazu – aż mu gnaty trzeszczały, tak się sprężył – zaś bułanków Pietrkowi nie ustąpię – wykrztusił zdeterminowany na wszystko.

– Na lewo zwrot, marsz! – skomenderował zniecierpliwiony,

zabierając się do wyjścia. Maciuś jednak za wygraną nie dał, bo w sieniach zaparł mu drogę, za nogi ułapił i całując po kolanach skomlał płaczliwie:

– Melduję pokornie, jako tej trąbie Pietrkowi za wołami chodzić, a nie kumać się z ogierami. Już kamieniem doma siedział będę, gorzałki nawet nie powącham, ale i koni nie oddam. Loboga, zmarnują się sieroty przeze mnie, zmarnują.

– Rzekłem. Odstąp! – zawołał groźnie i poszedł do ojca Serafina, by go wyprawić na poszukiwanie Kacpra. Zasię potem przemykał się zaułkami na kwatery delegatów, jacy się byli zjeżdżali ze wszystkiej Rzeczypospolitej; miało ich się zebrać od wojska i województw kilkunastu. Ściągali do Grodna pod przeróżnymi pretekstami a przebraniami, byle nie zwrócić na siebie uwagi szpiegunów. Zwłaszcza że ostatnie dni były przesycone dziwnie gorączkową atmosferą niepokojących podejrzeń, złowrogich pogłosek i trwożnych wyczekiwań. Niepokój przy tym budziły coraz większe masy wojsk alianckich, zalewające Grodno, coraz częstsze aresztowania posłów i szepty o tajnie, nocami wywożonych na Sybir. Zasię odgłosy obrad sejmowych jakby dolewały jeszcze oliwy do ognia, sesje bowiem bywały coraz burzliwsze, przeciągały się nad miarę, gdyż Buchholtz słał ciągle noty do najjaśniejszych stanów, trzymane w takim ekstraordynaryjnym i obraźliwym tonie, że jątrzyły nawet najpowolniejszych konfidentów Sieversa i zapalały nienawiść w całej powszechności. Na taką zuchwałość patrioci każdego dnia i w słowach najczulszych zaklinali sejmujące stany, aby zupełnie nie traktować z królem pruskim, piętnując jego zbójeckie praktyki, jego przeniewierstwa i podłe zdrady. I nie policzyć tych wierszyków, gazetek pisanych, paszkwilów i pism przesyconych nienawiścią do niego, jakie kursowały wśród publiczności. Już nie pytano, jak czasu bywszego sejmu: z Fryderykiem czy z Katarzyną? Powszechność bowiem gotowa była do sojuszu nawet ze wściekłym psem, byle się jeno przyczynił do wygniecenia plugawego prusactwa. A już sprawa zagarniętej przez Prusy Częstochowy rozniecała burzliwe manifestacje nienawiści; szlachta trzaskając w szable przysięgała zginąć raczej niźli pozwolić profanacji świętego miejsca.

Takie okoliczności snadź szły na rękę Sieversowym zamysłom, bo często jeno figurycznie, ale częściej sub secreto, podsycał opór przeciw uroszczeniom pruskim, dając obłudnie rozumieć, jako tylko do pory sposobnej toleruje się ich piekielne machinacje, a jakby na przekonanie o swojej szczerości bardzo wstrzemięźliwie forytował na sejmie Buchholtzowe noty, więc tym skwapliwiej ślubowano wierność wspaniałomyślnej aliantce i tym szczerzej dufano w gwarancje...

VIII

A tymczasem nadszedł pamiętny dzień 17 sierpnia.

Dzień wstał był jasny, słoneczny i obficie oroszony, ale wkrótce po wschodzie podniósł się suchy wiatr i tak żarliwie zamiatał ulice, że miasto utonęło w duszących tumanach pyłów; nie przeszkadzało to fakcjonistom, bo już od wczesnego ranka zapanował pomiędzy nimi gorączkowy ruch; jęli się uwijać Sieversowi konfidenci objeżdżając poselskie kwatery. Jeździł marszałek Bieliński, jeździł Miączyński, jeździł Łobarzewski, jeździł biskup Massalski, jeździli różni dygnitarze, zwłaszcza litewscy. Latały gońce z listami, galopowali konni, snuły się różnobarwne liberie, widniały nawet królewskie barwy, roznoszące pisma pod pieczęciami kancelarii sejmowej. Zaś u Ankwicza, jakby w hetmańskiej kwaterze przed bitwą, odbywały się nieustające narady i próbne liczenie głosów; formowano tabelę pewnych, dawano dyspozycje, rozdzielano role i układano plantę działania na każdą okoliczność walki z opozycjonistami.

Sesja była solwowana na czwartą z południa, lecz jeszcze o drugiej nie mając absolutnej pewności wygranej posłano Boscampa i Nowakowskiego, aby tym, którzy się chwiali lub ulegli nagłym skrupułom sumienia, lub chcieli się drożej sprzedać – przemówili, gdzie brzękiem złota, gdzie obietnicą królewskich faworów, gdzie pogrozą ambasadorskich gniewów albo i politycznymi racjami. Na opozycję, zwłaszcza do znaczniejszych person, wypuszczono kasztelana, który w miarę okoliczności przyodziewał się w senatorską powagę, to w rubaszność brata łaty, to w rozum męża in statu i głębokie maksymy, próbując tym kusić a przyniewalać. Sporo zelantów deklarowało się przejść do większości nie widząc możności dalszego oporu, więc uradowany powodzeniem zajechał i do Skarzyńskiego–łomżyńskiego. Krzywousty przyjął go chłodno, cierpliwie wysłuchując kwiecistej oracji o błogościach, jakie spłyną na kraj z ratyfikacji traktatu z Rosją, lecz w końcu, znużony brzękliwością jego głosu, wyrzekł godnie:

– Co powinienem ojczyźnie, wiem i będę głosował zgodnie ze

sumieniem. Wtedy kasztelan wynosząc jego rozum i patriotyzm jął napomykać o jakiejś wakującej kasztelanii, którą by król rad ferował tak zasłużonemu obywatelowi.

– Każdy stołek znaczy mi tyleż co i senatorskie krzesło – zakończył rozmowę. Rozeszli się prawie wrogo, niezrażony jednak kasztelan pojechał próbować szczęścia jeszcze u Krasnodębskiego. Lecz i ten nie okazał się powolniejszym, bo wysłuchawszy jego uwodzących racji podprowadził go do okna i wskazując grenadiera wartującego pod domem, wyrżnął prosto z mostu:

– Pilno panu kasztelanowi zostać jego parobkiem, mnie zaś cale się nie śpieszy. Na takie dictum kasztelan wyniósł się, aż przysapując z alteracji, ale spotkawszy w sieni Zarębę, wychodzącego od Żukowskiego, rozjaśnił oblicze.

– Odwiedzałem chorego towarzysza – objaśnił krótko. – Czy wuj prosto na sejm?

– Muszę jeszcze wstąpić do domu, siadaj ze mną – warknął i dopiero w powozie puścił wodze żalom i rankorom przytajonym, czyniąc zelantów sprawcami nieomal wszystkich klęsk publicznych. – Na szczęście – zakonkludował przy wysiadaniu – jako większość po stronie patriotów i ludzi miarkowanych rozumem opinii, która nie pozwoli się zmajoryzować demagogom i pyskaczom sejmikowym.

– Tym ci fortunniej dla ojczyzny! – bąknął Zaręba idąc za nim.

– Zajrzyj do kobiet, dam tylko dyspozycje Klotzemu i zaraz jedziemy.

W sali nieliczna, ale wybrana socjeta dam, z szambelanową na czele, obsiadła zwartym kręgiem jakiegoś francuskiego fircyka, który demonstrując kukły, przystrojone wedle ostatniej mody, przywiezione prosto z Paryża, prawił nieustannie i zarazem wyciągał z pudeł coraz nowe stroiki, wstęgi, świecidła, jakby z pajęczyn utkane szale, kapelusze i wszystko to rzucał na wyciągnięte łakomie ręce pań, a gdy się już nieco nasyciły, zasypał je niespodzianie jakby ulewą jedwabnych eternelów, damisów, barakanów, szarszedronów, pik, kamlotów, dym i atłasów – stożąc przed ich olśnionymi oczami jakoby chmury mieniące się wszystkimi farbami tęczy.

Damy oniemiały wobec takich cudów i nurzając lubieżnie ręce w jedwabiach i napawając się ich chrzęstem, barwą i miękkością pokazywały się być wniebowzięte z rozkoszy. Zaś francuski handlarz, jako mistrz prawdziwy nie pozwolił im ochłonąć, bo w jakiejś upatrzonej chwili błysnął przed nimi sepetem, wypełnionym po wręby klejnotami. Podniósł się szmer modlitewnych uwielbień. – Charmant! – wołała jedna z oczami pełnymi łez. – Magnifique! – łkała jakaś dusza wstępująca do rajów. – Délicieux! – płynęło ekstatyczne westchnienie. – Inoui! – śpiewały mdlejące głosy upojeń.

– Madame la princesse, s'il vous plaît – zaszczebiotal kupczyk i z małpią zręcznością przystroił którąś w sznury pereł.

– Madame la comtesse, s'il vous plaît – i drugą przyozdobił w szmaragdy.

– Madame la baronne, s'il vous plaît – diamenty innej wpiął we włosy.

– Madame la marquise, s'il vous plaît – pierścionkami zdobił piękne paluszki. Skakał przy tym niby pajac, kłaniał się, uśmiechał, rozpływał w zachwytach nad każdą z osobna, podawał zwierciadło i coraz nowe klejnoty.

– Prawdziwy sabat próżności! – drwił zanosząc się śmiechem szambelan, siedzący pod oknem z Kubusiem przy boku, gdy Zaręba podszedł do niego.

– Każdy się modli do swojego boga – odparł kierując się do kasztelanowej, jak zawsze przerażająco bladej, niby luna spowinięta w krepy, która siedziała na stronie z błędnym uśmiechem na ustach.

– Prosiłam Kapostasa i postawił ci horoskop – szepnęła przytrzymując mu rękę.

– Wyszło, że zginę na wojnie albo dożyję lat sędziwych – żartował.

– Nie – zawahała się chwilę – czekają cię pono długie wojaże...

– Może to znaczy: po Sybirze! – wzdrygnął się – zobaczymy, co warte jego profetowania – odpowiedział i wyszedł, gdyż kasztelan przysłał po niego.

Pojechali już prosto na sejm.

Plac podzamkowy był zapchany wojskami; grenadierzy Cycjanowa obstawili gęstymi kordonami wyloty ulic, fosy, most, Niemnowe brzegi, a nawet i dziedziniec zamkowy, harmaty rychtowały swoje paszcze spiżowe na sejm i miasto.

Generał Rautenfeld, ten ci sam, który miesiąc temu siedział w pełnym uzbrojeniu na sesji sejmowej obok tronu i bagnetami wymusił uchwalenie traktatu z Rosją, dzisiaj również trzymał komendę i stojąc w wejściowym krużganku w otoczeniu oficjerów, jakby czynił honory domu, witając nadjeżdżających posłów.

W ogromnej sieni sejmowej panował już niemały ruch i przytłumiony gwar; izba poselska zgromadziła się prawie w komplecie, czekano tylko na marszałka i wielkiego kanclerza: seriarz materii, mających iść dzisiaj ad turnum, krążył z rąk do rąk. Fakcjoniści jednak, pomimo rozstrzygającej większości, jaką stanowili, poruszali się jakoś niespokojnie: jakieś karteluszki chodziły pomiędzy nimi, jakieś słowa podawali sobie do ucha; krzyżowały się porozumiewawcze spojrzenia, uściski rąk i tajemnicze szeptania. Łobarzewski, że dzień był upalny i dziwnie suchy, ochładzał się piwem przy stole, gdzie podawano zimne dania, i jako widomy wódz tej falangi, co chwila wydawał jakieś zlecenia, sprawdzał tabelę obecnych i słał hajduków do zapóźnionych.

Drzwi do izby sejmowej i kancelarii trzaskały nieustannie, wciąż tam ktoś szedł i wychodził: niekiedy liberia królewska wyszukiwała kogoś, to zjawiał się Friese lub ksiądz Ghigiotti, a poszeptawszy z tym i owym znikał za drzwiami prowadzącymi na królewskie pokoje, chwilami zaś napływała z galerii sejmowych burzliwa fala głosów i tupotań, gdyż były zapełnione do ostatniego miejsca, pomimo kordonów i wstrętów, czynionych arbitrom.

Jakby huragan uderzał raz po raz w mury i przewalał się po sieniach, aż nagle milknęły szepty i rozbłyskiwały trwożne spojrzenia. Na próżno biegał tam Roch, starszy nad służbą zamkową, i przyciszali marszałkowscy pachołkowie: galerie coraz częściej dawały znać o sobie wrzaskiem niecierpliwych wyczekiwań, jakie zresztą i dla wszystkich stawały się już niemałą udręką. Nawet mirowscy, trzymający straże wewnątrz gmachów, ale z karabinami bez bagnetów i ostrych nabojów, nie mogli ustać spokojnie, dawał bowiem się słyszeć ustawiczny dygot kolb, cicho szczękających o posadzki.

Jedni tylko zelanci okazywali spokojne twarze – spokój to jednak był udany, gdyż dręczyła ich straszna troska o ten bój, jaki mieli rozpocząć za chwilę, a pewność klęski przejmowała ich rozpaczą niewysłowioną. Ale cokolwiek mogło wypaść, stawali z powinnym męstwem i stoicką determinacją. Kimbar dumnie i wyzywająco toczył orlimi oczyma; Skarżyński stał zagłębiony w rozważaniach; Mikorski coś pilnie konotował; Krasnodębski nie wypuszczając z ust lulki otaczał się kłębami dymów; Szydłowski zaś, Ciemniewski, Karski, Zieliński, Go– sławski, Plichta i reszta pokazywali nieprzeniknione oblicza i wyniosłą obojętność.

Było też i nieco sprzysiężonych: Działyński, wysoki, smukły, o bladej, ascetycznej twarzy, przybrany w czarny jakby żałobny kontusz, patrzył w dziedziniec na połyskujące bagnety grenadierów; Jasiński równym mierzonym krokiem chodził tam i z powrotem; Kaczanowski popijał z Łobarzewskim, jakby w serdecznej komitywie; Zaręba siedział w jakimś kącie z Żukowskim, który podobien do Piotrowina, ciągnął oczy swoją bladością i płonącymi oczyma. Było też sporo znacznych person, przychodzących na sejm jakby na ucieszne teatrum, próżniaków, węszących za nowinkami. Znalazł się i Woyna, co niepomiernie zdziwiło Zarębę, ale w tej chwili śród warkotania tarabanów i prezentowania broni weszli dygnitarze, wyczekiwani z taką niecierpliwością.

Zaręba wcisnąwszy się na galerię znalazł miejsce przy podkomorzynie.

– Czuję, jako dzisiaj muszą być burdy – szepnęła. – Boże, chyba się roztopię! – zajęczała, ledwie już dysząc z gorąca i przybielając twarz pokrytą bruzdami potu. Murzynek wachlował ją nieustannie, niewiele to jednak pomagało, gdyż upał był wprost nie do wytrzymania. Słońce, pomimo iż dochodziła piąta, lało przez okna pożogą światła i żarów; sala przemieniła się jakoby w piec ognisty, pełen rozdrganych i duszących płomieni, brakowało już powietrza do oddychania i w tym skwarze i straszliwym tłoku, jaki panował, co chwila rozlegały się wrzaski tratowanych i kłótnie o miejsca. Parę omdlałych dam wyniesiono przy wtórze drwin pospólstwa, które rozdrażnione spiekotą i długim wyczekiwaniem, dawało sobie folgę w każdej okoliczności, to witając rzęsistymi aplauzami znaczniejszych zelantów, to groźnym pomrukiem i przezwiskami znienawidzonych socjuszów Sieversowych.
– Ktoś instyguje to ultajstwo, bo zbytnio sobie pozwala – mruknęła podkomorzyna. Właśnie senatorowie zajmowali swoje miejsca przed tronem, gdy naraz jakby zagrała trąbka szczwaczy, puszczających sfornię, potem zaś chlusnęły krótkie, głuche naszczekiwania ogarów, zajadłe skowyty doganiania i buchnął rozdzicrający ryk zagryzanego zwierza – a tak udatnie, że szalony śmiech zapłacił jakiemuś trefnisiowi.

Przycichło jednak momentalnie, gdy posłowie powstali z ław na wejście króla jegomości w zwykłej asyście kadetów. Król zasiadł na tronie, ale był dzisiaj bardzo zbiedzony i jakiś osowiały, oczy miał wpadnięte, cierpkawy uśmiech i często podnosił do nosa złotą balsaminkę z pachnidłami.

Marszałek, uderzywszy trzykrotnie laską na znak rozpoczynania, pierwszym słowem zaprosił arbitrów na ustęp, nikt się jednak nawet nie poruszył z miejsca, więc zasię natychmiast wkroczyli grenadierzy i wśród piekielnych wrzasków i złorzeczeń wymietli galerię nastawionymi bagnetami. Pozostało tylko paru alianckich oficjerów, przebranych po cywilnemu, i służba.

Posiedzenie od razu wzięło obrót wielce burzliwy z przyczyny marszałka, który na zakończenie zagajenia powiedział, że "ustawa przeciwna systematowi Europy przywiodła Rzeczpospolitą do zguby, a sama tylko wielkość i wspaniałomyślność Katarzyny dźwignąć ją może".

Zerwały się namiętne protestacje przeciwko takiej konkluzji, on zaś, jakby tego nie słysząc, zalecał stanom ratyfikację, a sekretarzowi odczytanie traktatu.

– Prosimy o głos! – zawołali wraz Skarzyński, Mikorski,Krasnodębski, Szydłowski.

– Wprzódy winien być przeczytany traktat – zdecydował podając go sekretarzowi. Jeziorkowski powstał, lecz nim zdążył podnieść papier do oczu, skoczyli zelanci usiłując mu go wyrwać. Podhorski z przyjaciółmi runęli w pomoc oprymowanemu, rozpoczęła się szarpanina, cała izba porwała się z miejsc.

– Czytaj waszmość! Czytaj! – huczała większość trzaskając pięściami w pulpity.

– Nie waż się, zabraniamy! – krzyczeli opozycjoniści, Jeziorkowski zaś, targany na wszystkie strony, coś bełkotał, zgłuszony powszechną wrzawą i rumorem. Wreszcie Podhorski wyrwał go zelantom i już uprowadzał pod straż socjuszów, gdy Karski z Krasnodębskim odbili go nie dając nikomu przystępu na swoją stronę. Powstał straszliwy tumult, buchnęły gniewy, wszyscy krzyczeli jak opętani, że marszałek darmo bił laską wzywając do spokoju i powrotu na miejsca, lecz większość wciąż dopominała się czytania, zelanci zaś, nie dopuszczając do tego, niestrudzenie żądali głosu dla siebie. Marszałek jednak nie zezwalał, czym rozwścieczony Gosławski krzyknął do niego, aż zadzwoniły szkliwa pająków:

– Komuś waszmość pan przysięgał, ojczyźnie czy Sieversowi, że nie dajesz głosu? Tyszkiewicz spojrzawszy trwożnie w okienko nad tronem zwrócił się do sekretarza:

– Czytajże waszmość, czekamy. Jakoż Jeziorkowski oswobodziwszy się z niewoli wystąpił na środek izby i pod osłoną przyjaciół zaczął odczytywać traktat, pomimo nieustającej ani na chwilę wrzawy, zaciekle podtrzymywanej przez zelantów. Krzyczeli bowiem ze wszystkiej mocy, waląc przy tym w ławy czym popadło i raz po raz próbując wyrwać papier z jego rąk;

zwłaszcza Krasnodębski ryczał niby tur rozjuszony i gdyby nie mitygowania, byłby się wziął do szabli.

Król przerażony i na pół omdlały przysłał z błaganiem zaprzestania opozycji.

– Niech solwuje posiedzenie, to zaniechamy do następnego! – rzucił ktoś urągliwie, boć pragnęli chociaż odwlec ratyfikację traktatu rozbiorowego w nadziei, że może jeszcze jakie przyjazne okoliczności pozwolą zerwać nakładane kajdany, więc burza wybuchnęła ze zdwojoną siłą rozpaczy, aż kartunowa zasłona w okienku nad tronem poruszyła się gwałtownie i mignęła spoza niej posiniała z gniewu twarz ambasadora, zasię we drzwiach ukazał się Rautenfeld, a za nim groźnie ściżbione bagnety grenadierów. Nie ulękli się tego wolni i wolności broniący obywatele, nie ustąpili, ale pomimo ich nadludzkich wysiłków i chociaż nikt nie dosłyszał ani słowa, sekretarz zdołał odczytać projekt do końca i siadł na swoim miejscu. Wtedy Zieliński zagrzmiał ogromnym głosem:

– Projekt taki może być tylko dziełem zdrajcy, a i ten, który zabiegał o jego odczytanie, także jest zdrajcą.

Porwał się na to Ankwicz i podbiegłszy do marszałka krzyknął wzburzony:

– Sądu dopraszam się na siebie i pod laską staję. – On to wnosił o czytanie.

– I my żądamy sądu na siebie, i my stajemy pod laską! – zerwały się gwałtowne głosy i wszystka opozycja ruszyła do marszałkowskiego stołu. Ledwie Tyszkiewicz załagodził ten spór burzliwy, za czym jął w czułym przemówieniu zalecać spokój i uleganie koniecznościom. Król również perswadował daremność oporów i wyznawał się łzawo, jako przystąpił do konfederacji targowickiej tylko w imię gwarancji całości Rzeczypospolitej, "na fundamencie deklaracji imperatorowej, iż kraj nie będzie rozebrany – ale omylony zostałem", więc nie zostaje, jak tylko pogodzić się z losem. A biskup Kossakowski wykrętnymi słowy dowodził, jako ten alians przyczyni tylko szczęścia skołatanej ojczyźnie a pomyślności obywatelom. Miody, zdało się, płynęły z ust mówców, serdeczna jeno troska o powszechną szczęśliwość, górne maksymy o powinnościach cnotliwych – że ławy większości zagrzmiały aplauzami głębokiej kontentacji, lecz opozycja pozostała niewzruszona i Mikorski wołał:

– Wolę raczej polec na trupie ojczyzny, niźli żyć w wyrodka postaci. Niech ci, co są przyuczeni – patrzał groźnie na jurgieltników – wekslować honor i sławę na zysk osobisty, korzystają z tego szkaradnego przemysłu, ja obieram umierać cnotliwie i przeciwko traktatowi protestuję. A Kimbar dorzucił jadowicie:

 – Na cóż wam ratyfikacja, traktaty? Niepotrzebne to zgoła. Dosyć jest zapytać ambasadora, co wam rozkaże! Gwałt zaczął i gwałt dokończy...

W czasie tych przemówień większość uformowała propozycję złożoną do laski, a którą marszałek skwapliwie odczytał sejmującym stanom.

 "Czyli projekt ratyfikacji traktatu z Rosją może iść ad turnum lub nie?"

 Nowy huragan zatrząsł sejmem, zelanci bowiem opierali się propozycji ze wszystkiej mocy, zabierając głos jeden po drugim – każdy zaś całą głębią serca i rozumu zaklinał i błagał zaślepionych o litość nad ojczyzną; każdy wystawiał przed ich nieczułe oczy niedolę matki, obnażał jej rany i zmiłowania żebrał nad konającą w hańbie i opuszczeniu; każdy nad wydaną na łup dzikiego najeźdźcy płakał krwawymi łzami. Ale nie przebudziły się serca i sumienia zakamieniałe w nikczemnościach i podłym strachu, propozycja została przyjęta ogromną większością głosów.

 Zaraz potem ogłoszono przerwę, gdyż wszyscy byli znużeni i zgorączkowani. Zaręba wyszedł do sieni jakby z krzyża zdjęty, taki był blady i rozbolały.

 – Wszystko zawotują – szepnął do Żukowskiego, siedzącego na tym samym miejscu.

– Póki tchu w naszych piersiach, poty nadziei! – odparł głośno, aż ten i ów, ćwiczący przy zastawionym stole smakowite antypasty, obejrzał się ciekawie.

Zasię po przerwie Zaręba nie kwapił się już do sali sejmowej, pozostał w sieniach, gdzie sporo różnych person tak samo ze drżeniem serca wyczekiwało rezultatów turnowania. Wszyscy byli miotani jednaką trwogą i w ponurym milczeniu nadsłuchiwali odgłosów nadpływających z izby. A burza znowu srożyła się tam niemała, gdyż zelanci starali się na wszystkie sposoby nie dopuścić do głosowania i przewlec posiedzenie w tej nadziei, że król musi je solwować. Występowali więc coraz zajadlej i słowa jak uderzenia toporów i jak policzki spadały nieustannie na zaprzedaną większość, budząc gwałtowne protestacje i długie replikowania.

 Niekiedy, skoro przymknęły się drzwi wiodące do izby, w sieniach zalegało głuche milczenie, że jeno z dziedzińca szły odgłosy mierzonych kroków straży i świszczące mioty wichrów, krzyczących jakby przeciągłym jękiem milionów zaprzedawanych właśnie, jakby ich rozełkanym szlochem rozpaczy i żałośliwych wołań pomocy.

– Diable wesele czy co? – zaklął Kaczanowski zrywając się od pełnej szklenicy, kiedy wicher znowu uderzył zamiecią, od której zadygotały ściany i gasły światła. Wyjrzał na krużganek; noc była mętna i upalna, przez rozgwiażdżone niebo leciały białawe strzępy chmur; z fos zamkowych grały usypiające nukania żab, powietrze pachniało lipami, na grenadierskich biwakach buchały kędzierzawe ogniska.

Jakże leniwo i ciężko wlekły się nieskończone godziny oczekiwań, jakimże dreszczem trwogi przejmował serca każdy dźwięk zegarów! A kiedy zasię przyszła północ, rozgłaszana trąbami straży zamkowych, zdało się, jakby stado piekielnych zmor napełniło sienie i wybijały ostatnie chwile żywota; zabobonny lęk ogarnął poniektórych, żegnali się skwapliwie, ktoś pacierz zaszeptał gorący na intencję ojczyzny konającej w tej godzinie, inni zaś pozrywali się z miejsc...

Ale posiedzenie trwało wciąż i trwała beznadziejna walka tej garści, co niby załoga tonącego korabia jeszcze opierała się rozszalałym szturmom fal i wszelakich potęg i ciemności; szli na dno, śmierć już powiewała nad nimi zwycięską chorągwią, głosy ich ginęły w rykach żywiołów, męstwo było daremne, ratunek niepodobny – ale walczyli do ostatniego tchu.

W izbie panował chaos, tumulty i szamotania; kłębowisko namiętności, rozjuszonych oporem, skowyczało wściekłością. Co chwila wybuchały partykularne animozje i prawdziwe huragany wzajemnych rankorów i złorzeczeń, bowiem jakby szał ogarnął większość, tak namiętnie palii do zguby, gorączka ich trawiła sumienie zaczynało kąsać, przepalał wstyd publicznie zarzucanych zdrad, więc byle rychlej dojść głosowania, byle rychlej stoczyć się w dół hańby i zbrodni, byle rychlej, boć przy tym i ambasador mógł się już zniecierpliwić przewlekłością deliberacji, błyskały niekiedy jego niezadowolone spojrzenia i wzgardliwe uśmiechy, smagające niby biczami. Przyczaił się bowiem w tym oknie nad tronem, jak pająk w pośrodku sieci mądrze zaciągniętej, cierpliwie wyczekując niechybnego łupu...

Z kuchni królewskiej znoszono mu buliony i chłodniki dla skrzepienia nadwątlonych sił, a królewskie siostry przychodziły umilać jego samotność i nużące godziny wyczekiwań, lecz prowadząc galantuomne rozmowy nie tracił ani wyrazu z mów opozycjonistów, rozsyłał ołówkiem pisane kartelusze z radami do króla, pouczał marszałka w materii surowszego trzymania się regulaminów, budził żarliwość Kossakowskiego, konfidentom dawał nawet konspekty replikowań, polecał wyganiać arbitrów, wciskających się ustawicznie na galerię i niestrudzenie czuwał nad wszystkim. Rautenfeld często zazierał pytać: zali już nie pora przemówić bagnetami? Nakazywał cierpliwą wyrozumiałość żaląc się przed damami na zaślepienie opozycyjnych szaleńców! Wszak co tylko poczynał, miało jedynie na względzie pomyślność tych lekkomyślnych Polaków, których obiecywał uszczęśliwić nawet na przekór ich samych. Więc gdy Ankwicz w jednej z mów powiedział: "bo dawne gwałty na osobach zmieniły się potem w gwałty przeciw całemu krajowi wymierzone" – posłał mu naganę za demagogiczne zwroty i rzekł zjadliwie:

 – Hrabia skarbi sobie łaski zelantów na wszelką okoliczność. Królewskie siostry nie znajdowały słów dosyć wielbiących jego ludzkość i szlachetność, więc im za to szeptał gorące pochwały brata, pokazując w nim wzniosły obraz monarchy, poświęconego tylko ciężkim obowiązkom uszczęśliwiania swoich poddanych. Roztkliwiał się do łez nad jego zmęczeniem, ale się nie zgodził na solwowanie sesji do poniedziałku i zapowiedział, że nikogo nie wypuści z sejmu, dopóki nie uchwalą ratyfikacji. A kiedy mu zameldowali, jako już wszyscy upadają ze znużenia i wielu posłów zasypia, rzekł:

 – Jeśli będą jeszcze dłużej przeciągali, to ich każę orzeźwić! – I polecił harmaty trzymać w pogotowiu, a dokoła Izby postawić zdwojone kordony.

Już druga dochodziła po północy, a posiedzenie jeszcze się ciągnęło, gdyż zelanci zgoła nadludzkimi wysiłkami starali się je wciąż przewlekać.

Zmieniono już świece w pająkach, wielu posłów drzemało w cieniach galerii, nawet służba wyprężona przy drzwiach zasypiała ze znużenia. Król co chwila trzeźwił się solami, a w krótkich przerwach walił się jak martwy w swoim gabinecie i leżał bez sił i pamięci; ale na dźwięk marszałkowskiego dzwonka zrywał się i przyoblókłszy twarz w dostojność powracał spiesznie do izby, bo czuwały nad nim władcze oczy, w korytarzach migotały bagnety grenadierów i Rautenfeld krążył dokoła w coraz niecierpliwszym usposobieniu.

 Więc Stanisław August zabierał miejsce na krześle tronowym i dalej asystował rozprawom. Siedział jakby pod pręgierzem, wystawionym na tysiączne docinki zelantów, pod gradem ich spojrzeń wzgardliwych i uśmiechów nienawiści – siedział rozumiejąc straszliwą wagę dnia dzisiejszego i rozbolały niedolą ojczyzny, a pierwszy chylący kark pod jarzmo z nikczemnej słabości, niezdolny ni do walki, ni do oporu, ni do życia, ni do śmierci.

Na ruinie Rzeczypospolitej wznosił się jego tron, panujący jeno hańbie, jeno zdradom, nieszczęściom i łzom zaprzedawanych – on zaś tylko jednym, turbowal się naprawdę serdecznie: czy potencje rozbiorowe w nagrodę jego powolności spłacą mu długi i zapewnią wygodny ostatek żywota?

Z dręczącą ciekawością przyglądał się jego obliczu Zaręba, lecz nie mogąc z niego odcyfrować człowieka ni króla, szedł błąkać się po korytarzach, wchodził na galerię i znowu powracał do sieni, pod drzwi izby, z której nieustannie buchały wrzawy, ale nigdzie nie mógł długo wytrzymać, ziemia paliła mu się pod stopami, miotały nim rozpacze i niepokoje, że przysunął się do Działyńskiego, lecz tknięty świdrującymi oczyma przechodzącego Boscampa, stanął przy Żukowskim. Kapitan był również zgorączkowany i mrukliwie odpowiadał. Jasiński coś szeptał z podkomorzyną, Kaczanowski pił, kilku zaś sprzysiężonych zamknęło się w komorze hauptwachu z Marcinem Zakrzewskim, który był dopiero od północy objął służbę, peregrynowal więc dalej samotnie, gdy przysunął się Woyna i zaszeptał:

– Iwanow rusza we wtorek na wieczór, prowadzi partię zwerbowanych gemejnów, cyfry konwoju nie wiem, odprowadzają go przyjaciele do Merecza.

– Ważne mi powiadasz rzeczy! – znikło rozdrażnienie i niepokój, sprężył się jakby do skoku i snadź już wiedział, co począć, bo rzekł:

– Nie jedź z nimi...

– Tyłem przegrał do niego, że niech go już moje oczy więcej nie zobaczą. Zaręba poszedł z tym zaraz do Kaczanowskiego, który uśmiechnąwszy się radośnie przeglądał kieliszek pod światło i zaszeptał:

– Dobra nasza. Jaż miałbym opuścić przyjaciela? Nigdy, pojadę z nimi! Rumor naraz powstał, zaczęli się cisnąć do izby, rozpoczęło się wetowanie. Cała Izba powstała, zaległo głuche milczenie, każdy z posłów składał swój głos do urny, stojącej przed marszałkiem, i powracał na miejsce – ciągnęli dziwnie lękliwie i ze spojrzeniami morderców, kroki ich huczały niby młoty bijące ostatnie gwoździe do trumny, grób już czekał, a składane wota padały jak przygarście piachu. Król stał w majestatycznie rozbolałej pozycji, w asyście biskupów i senatorów: wszak pogrzeb był nie lada, choć nieme egzekwie.

W oknie nad pustym tronem, bieliła się głowa spadkobiercy.

– Boże, miłosierdzia, Boże! – załkał jakiś głos i zniknął w złowrogiej cichości. Mikorski z twarzą ukrytą w dłoniach płakał, po surowym, przemęczonym obliczu Skarzyńskiego toczyły się łzy, żłobiące bruzdy wiecznej męki, reszta zelantów patrzyła na ten korowód grabarzów oczami szaleństwa. Słychać było kołatanie ich serc, krzyk rozpaczy targał im wnętrzności, dygotali febrycznie, spalone gorączką usta żebrały o cud zmiłowania, choćby o łaskę nagłej śmierci.

Rozpoczęło się obliczanie wotów.

Świece już dopalały się w pająkach i gasły jedna po drugiej; przez szyby sączył się blady świt i pierwsze ćwierkania ptaków; wybiła trzecia i minuty stawały się męką i powolnym zamieraniem, mdlejące oczy czepiały się skrytorów, obliczających głosy, aż wreszcie marszałek poruszył się i przeczytał:

– Affirmative 66. Negative 21. Ratyfikacja traktatu z Rosją przyjęta!

– Wszystko skończone – buchnął jakiś rozszlochany glos.

– Jezus Man–ial Jezus Maria! Jezus Maria! – ktoś wołał obłędnym głosem. Kasztelan ujawszy Zarębę pod ramię szepnął mu do ucha:

– Gotowyś? Za godzinę musisz ruszyć do Petersburga...

– Nie pojadę! – odpowiedział takim głosem, że kasztelan opuścił go bez słowa. W sieniach rozlegały się tu i owdzie łkania i zionęły przekleństwa na widok fakcjonistów, przemykających się chyłkiem i lękliwie, zwłaszcza po odjeździe ambasadora, który się spieszył, by wyprawić gońców z radosną wieścią do Petersburga. Po wyjeździe zaś jego, gdy zdjęto kordony i wojska odeszły, sprzysiężeni zebrali się w jakimś kącie, gdzie uradzono spotkać się za parę godzin u Bernardynów na mszy przeorskiej – a Działyński, kiedy się rozstawali, powiedział głośno:

– Nil desperandum!

IX

Słońce już grało po szybach, dzień się rozgłaszał wesołym świergotem ptasząt i powiewami lubej aury, gdy w celi przeora zeszli się sprzysiężeni; oczekiwano tylko Działyńskiego i

Kapostasa. Pucołowaty mniszek jął zastawiać runtowe misy bernardyńskich specjałów i wazy z polewkami, ale nikt nie kwapił się do jadła mimo rannej pory, obstąpili bowiem Żukowskiego, który ciągnął dalej relację, zaczętą w korytarzach.

– Sprawa to bezecna i zgoła bez precedensu. Generał Lubowidzki rozesłał kresy do wszystkich generałów, komendantów i wszystkich znaczniejszych sztabsoficjerów brygad Kawalerii Narodowej, przednich straży i pieszych regimentów, aby się stawili w początku marca na jego kwaterze w Nowochwastowie. Dosięgnął mnie ten nakaz w Zwinogródku, gdzieśmy stacjonowali z majorem Wyszkowskim. Zafrapowała nas ta okoliczność, aleśmy ją zrozumieli w związku z pogłoskami, jakie chodziły o ruchach naszych oddziałów, rozkwaterowanych po całej Ukrainie; prawdy trudno było dociec, gdyż byliśmy poprzegradzani od siebie alianckimi wojskami niby groblami, przez co poczty ze światem jakby nie istniały. Wyruszaliśmy z nadzieją zasięgnięcia języka gdzieś po drodze. Akuratnie wiedział każdy co i my. Stanęliśmy w Nowochwastowie o zmierzchu. Oberże były zapchane, nawet w stodołach brakowało miejsca. Szczęściem wziął nas na kwaterę pułkownik Dobraczyński.

– Co się tu dzieje? – pytamy.

– Nie wiem – powiada – generał Lubowidzki nie dopuszcza nikogo do siebie, ale na coś niedobrego się zanosi: obozy rosyjskie zatoczono za parkiem pałacowym, dwa pułki grenadierów i pułk kozaków, komendę trzyma generał Zagrodzkij.

Wieczorem poszedł do generałowej na przewiady major Wyszkowski jako jej dawny znajomy. Zatrzymała go na kolacji, ale nic nic powiedziała, Lubowidzki zaś nawet nie pokazał się do stołu.

Ciężko nam zeszła ta druga noc, prawie nikt nie zasnął: żarły turbacje, niepokoiły dudnienia przetaczanych harmat, końskie tętenty, obozowe rumory i ogniska na biwakach, od których zajęła się jakaś chałupa, że te nieustające alarmy postawiły na nogi wszystkich jeszcze przed świtaniem. Zebraliśmy się na kwaterze generałów Wielowiejskiego i Ponparda, i o dziesiątej rano mając ich na czele ruszyliśmy do pałacu. Grenadiery, wyciągnięte w długą ulicę, prezentowały broń, warczały tarabany i trąby podnosiły srogie fanfary, mnie zaś przejmował smutek, a Dobraczyński idący obok szeptał jakby nieprzytomnie:

– Mam złe przeczucia... czegoś dziwnie się boję! – Trząsł się cały i ciężko dychał. Pałac znaleźliśmy otoczonym poczwórnymi kordonami, przeciw okien wyrychtowane harmaty, kanonierów na pozycjach, jaszcze z amunicją były otwarte, konie w przepisanym oddaleniu, a na stronie ruszty do grzania fajerbalów.

– Fest się tu jakowyś gotuje czy co! – powiedział major Wyszkowski.

– Prędzej paradne egzekwie będą się odprawować, zobaczysz – mruknął Dobraczyński. Wpuścili nas do sali. Ogromna była, przez dwa piętra, na białych słupach wsparta, pawimenty jak zwierciadła, okna do ziemi na trzy strony świata wychodziły, sprzęt bogaty, godzien choćby królewskich pokojów. Stanęliśmy kupą i patrzym w dziedziniec na szeregi żołnierstwa. Słońce właśnie było się ukazało, aż zagrały bagnety i śniegi się roziskrzyły, kiedy naraz zajazgotały janczary i brzękadła, jakaś kibitka w eskorcie czterech kozaków zajechała pod okna sali, a za nią już wali druga, trzecia, dziesiąta, dwudziesta i stają jedna przy drugiej w pięknym ordynku. Narachowałem ich czterdzieści trzy, a każda w asyście czterech dońców, pod budą i z podróżnymi łubami w trokach.

Rozmyślałem, co by to miało znaczyć, kiedy Dobraczyński się odzywa:

– Właśnie nas też czterdziestu i trzech...

Mróz mnie przeszedł, liczę: cyfra wypada akuratnie, tylu nas było w sali.

– Wystawili nas tu jakby na jarmarku – niecierpliwił się któryś.

– Wnet się tu znajdą handlarze zmacać nam szpądry – próbował żartów Kopeć. Jakoż w tej minucie drzwi od sieni wywarły się na rozcież, wpadł oficjer ze szpadą w ręku, a za nim rypały grenadiery z pochylonymi bagnetami jakby do ataku, że wielu z nas chwyciło za rękojeści...

Obstawili wszystkie drzwi i okna, zaś reszta wyciągnęła się pod wielkimi podwojami, które zaraz się otworzyły i wkroczył na salę generał Lubowidzki, aktualny komendant wojsk Rzeczypospolitej na ziemiach ukrainnych. Był w mundurze rosyjskim i miasto niebieskiej wstęgi Orła Białego miał na sobie czerwoną Św. Aleksandra. Za nim wszedł generał Zagrodzkij z kupą swoich oficjerów i ksiądz w komży i stule, z krzyżem w prawej ręce...

Cała ta godna kompania wzięła miejsce na środku sali.

Sformowaliśmy się naprzeciw, ramię przy ramieniu, jak czasu parady. Cichość zapadła, serca tłukły się jak młoty, a niejednemu i zęby szczękały. Lubowidzki obrzucił nas rozbieganymi oczyma; siny był, pot mu ściekał po twarzy i ręce latały; cofnął się nieco i głosem schrypniętym jął oznajmiać – jako najjaśniejsza, najłaskawsza i najpotężniejsza imperatorowa całej Rosji najmiłościwiej raczyła wcielić te województwa do swego państwa...

– Nie ma zgody! – huknął Dobraczyński łamiąc powinną subordynację.

– ...jako wojsko polskie – ciągnął dalej Lubowidzki – tu znajdujące się będzie również wcielone do armii rosyjskiej, mundury i lenungi pozostają się też te same, tylko srebrne feldcechy zamienią się na złote.

Wystąpił adiutant z pękiem złotych feldcechów dla rozdania, nikt przecież ręki nie wyciągnął; staliśmy jakby spiorunowani, nieprzytomni zgoła i nie wiedzący, zali naprawdę mówiono do nas? Zali nie jest wszystko igraszką pobłąkanych zmysłów i chorą imaginacją?

Ale nie: grenadierzy w pogotowiu, harmaty na dziedzińcu, kibitki pod oknami, wraże twarze dokoła i przed nami ten parricida obwieszony orderami. Hańba, zdrada i przemoc! Ostatnia godzina wybiła naszej wolności. Jezus! myślałem, że trupem padnę, że mi się serce rozwali z męki, że oszaleję...

Wyszedł generał Wielowiejski jako najstarszy i naszym imieniem zdeterminował:

– Bez dymisji od króla dawnej służby porzucać a nowej przyjmować nie możemy

– I nie chcemy – padło wraz kilkanaście głosów.

Skonsternowany Lubowidzki zaszeptał do Zagrodzkiego, grenadierzy się poruszyli. Wtem Dobraczyński nakrył głowę i wyrwawszy szablę krzyknął straszliwym głosem:

– Zdrada! Śmierć zdrajcy! Rozsiekać! Za mną! – i runął na Lubowidzkiego. Za nim skoczyło paru z sukursem., lecz nim szable dosięgły nikczemnego, okrył go mur bagnetów, nawała żołdactwa spadła, przygniotła i zemstę nam z rąk wydarła. Dobraczyński padł ciężko ranny i do trzeciego dnia skonał z ran i rozpaczy...

Umilkł wyczerpany, lecz po chwili podniósł się, szablę wyrwał z pochwy i zawołał:

– Pułkownikowi Dobraczyńskiemu, dowódcy pułku przedniej straży szefostwa księcia Ludwika Wirtemberskiego, zmarłemu w obronie wolności – wieczna cześć i pamięć wieczna!

– Wieczna cześć i pamięć wieczna! – powtórzyli prezentując obnażone szable. Łzy tkliwości zrosiły wynędzniałe jagody Żukowskiego, lecz przemógłszy wzruszenie mówił dalej:

– Zasię po wyniesieniu Dobraczyńskiego Lubowidzki wezwał cały nasz kor do przysięgania nowej pani. Opornym pogroził Sybirem: wszak kibitki już stały nagotowane. Ksiądz więc odczytał rotę przysięgi na wierność. Żaden jej nie powtórzył, ale wszyscy musieli się podpisać: bagnety zrobiły swoje.

A w Zwinogródku, zaraz po powrocie, komendant Kublicki zebrał całą brygadę i rozkazał jej przeczytać generalskie lauda i złożyć przysięgę. Już kapelan wystąpił przed front, gdy wybuchnął straszliwy krzyk protestacji. W jednym mgnieniu brygada rzuciła się z pałaszami na Kublickiego chcąc go rozsiekać za zdradę. Ledwieśmy ocalili niewinnego, ale nie sposób wypowiedzieć, co się potem działo. Widziałem, jak całe szwadrony pocztowych ryczały niby małe dzieci, jak z rozpaczy łamali broń i uciekali, gizie ich oczy poniosły, jak wili się w męce i rwali włosy. A nawet zebrała się kupa zdeterminowanych rzucić się na najbliższy obóz nieprzyjaciela i chociażby paść, byle jeno nie znosić dłużej hańby i sieroctwa. Niechaj powiedzą Tuliszkowski, Wyszkowski, Kopeć, Kozicki, jak wielu wślizgiwało się nocami na nasze kwatery i skomlało jak o zbawienie, żeby ich prowadzić na wroga. Przynosili ostatnie grosze na zakupy prochów, składali swoje porcje sucharów, gotowi byli na głód i nędzę, byle jeno wystąpić do walki. Taka to w prostych gemejnach ochota, fantazja i czułość na losy ojczyzny.

– Bo żołnierz nie rozumie się na paktach, przymierzach i politycznych racjach, póki wróg w granicach Rzeczypospolitej – zabrał głos kapitan Chomętowski, delegowany imieniem gwardii koronnej. – Podobnie było zeszłego roku w obozach po przystąpieniu króla do targowicy i ogłoszeniu rozejmów. Pod Sieciechowem szliśmy całymi oddziałami błagać księcia Józefa, by króla nie słuchał, pakty podeptał i prowadził na wroga. Na darmo, ani dał sobie o tym mówić. Dopiero jak Kościuszko z Zajączkiem przełożyli mu imieniem tajnio skonfederowanych wojsk, żeby wziął całą władzę nad krajem, króla do obozu sprowadził, uniwersały na pospolite ruszenie wydał, zaś całą mocą narodu na wroga uderzył, czego niechybnym skutkiem byłaby wiktoria, książę zaczął się zastanawiać... Myśmy bowiem, chcieli: króla mieć w garściach, rząd sformować w obozie, targowickich hersztów przepędzić, jurgieltników oddać mistrzowi, miastom odebrane swobody przywrócić, chłopstwu wolę i ziemię podarować. Jakiż wróg oparłby się Rzeczypospolitej wolnych i równych obywateli? Zali przykład Francjej, odnowionej systemami ludzkości, nie dawał słusznej pewności zwycięstwa? Zali wolność nie najstraszniejszy oręż na tyrany? Więc aby uskutecznić te zamierzenia, zjechała do obozu księżna Czartoryska,żona księcia generała ziem podolskich, przyjeżdżał Ignacy Potocki, pisali listy Kołłątaj i Małachowski, wojska błagały i naród czekał zbawczej decyzji. Tyle wreszcie zdziałano, że książę jął się przechylać do projektów konfederacji, już Zajączek miał ruszać z pocztem wybranym po króla, choćby go przyszło brać sita spośród gamratek i cudzoziemskich opiekunów, zdeterminowany. Naraz przyleciały sztafety z listami, po których książę umyślił do tej ekspedycji dać księcia Eustachego Sanguszkę, jakby się obawiając, że pod Zajączkiem może się królowi przytrafić w drodze jakowyś niefortunny casus... Zaś w końcu poniechał wszystkiego. Snadź bał się azardów wojny, przekładając gwarancje imperatorowej i podłego egoizmu podszepty nad szczęście i wielkość ojczyzny. A mógł wziąć koronę z rąk niegodnych, o co go na kolanach suplikowali, mógł w przyszłe wieki zasłynąć cnotą i bohatyrskim jeniuszem. Ale że milsze mu były przewagi w amuretkach, to niechże go pierwsza kula nie minie albo i stryczek przy okoliczności! – brysnął rozżaloną nienawiścią.

– Wszędzie to samo: zdrada lub małoduszność gubi wybrane okazje podźwignięcia kraju – przemówił Onufry Morski, kasztelan kamieniecki, gorącego serca i cnót wielkich obywatel, który czasu ostatniej wojny na własną rękę prowadził partyzantkę na tyłach nieprzyjacielskich.

– Nie przeboleję straty Kamieńca wydartego bezecną zdradą Złotnickiego. Właśnie rok temu, kiedy uformowana konfederacja wojsk, o czym wspominał kapitan Chomętowski, nie wzięła dobrego skutku, a pomimo zawartego pokoju nieprzyjaciel gospodarzył w Rzeczypospolitej, dojrzało postanowienie nieczekania okoliczności na wznowienie wojny. Kamieniec zaś był upatrzony na ostoję insurekcji, miał zaczynać pierwszy i legnąć nieprzebytym progiem na drodze nieprzyjaciela, nimby Korona z Litwą uporawszy się u siebie nie pośpieszyła wszystką mocą i całe teatrum wojny przesunęła na ukrainne województwa. Zamysł był wspaniały, spłodził go jeniusz Kościuszki, a generał Orłowski, komendant Kamieńca, zabrał się żarliwie do wzmacniania fortalicji, gromadzenia prochów, furażów, harmat i ściągania co zdolniejszych oficjerów; wszystko się działo szyto–kryto, gdy Złotnicki, jakby odgadłszy, co się święci, zjawił się jakoś w kwietniu z królewskim patentem, fortragującym go na komendanta fortecy. Objął ją i sprzedał wrogowi za piętnaście tysięcy dukatów, szarżę generalską i ordery. I chodzi jeszcze po świecie żywy! Boże! – zajęczał w bezsilnej wściekłości.

– Sulli nam potrzeba na pokaranie tych zdrad, niezbłaganego topora! – zawołał ktoś z ponurą zaciętością.

Trzymający straż pod oknami ojciec Serafin zapukał w szyby umówionym sposobem, na co Zaręba wystąpiwszy na środek oznajmił uroczyście:

– Najprzewielebniejszy mistrz i namiestnik Wschodu Poznania zaprasza braci! – Jasińskiemu zaś zaszeptał: – Może zabłądzić ktoś nazbyt ciekawy i miasto sprzysiężonych znajdzie braci masońskich na kapitule...

Pozrzucali płaszcze i większość okazała się w kurtach i przy prostych pałaszach.

Otwarły się małe drzwiczki zamaskowane klatkami, którymi weszli do małej sklepionej sali, wybielonej, pustej, pełnej stęchlizny i mrocznej; na jedynym oknie wisiał rozpięty ogromny Chrystus, dotykający stopami podłogi, pod nim za prostym stołem siedział Działyński, szef dziesiątego regimentu, dusza sprzysiężenia i jego widoma głowa, nieco z boku zaś widniał Kapostas, bankier warszawski, Węgier rodem, ale polskiej ojczyzny syn oddany.

Wchodzący składali pozdrowienia przepisanymi znakami, gdyż szef miał na szyi klejnot namiestnika loży masońskiej: złoty krzyż maltański na zielonej wstędze, a Kapostas, jako brat wyższego stopnia, pelikana na czerwonym kordonie, odznakę kawalera Różanego Krzyża, Szkockiego Rytu.

Działyński nakrył głowę i wydobywając do połowy szpadę zapytał surowo:

– Zali są między nami profani?

– Sami doskonali bracia i całego polskiego Wschodu delegaci – odpowiedział Zaręba podając mu obraz zgromadzonej loży, to jest katalog obecnych.

– Loża przypadkowa, afiliacyjna, więc musi odbywać się bez rytuału – zdecydował odkrywając głowę i uderzył drewnianym młoteczkiem trzy razy w stół. – Kapitułę ogłaszam otwartą. Miejsce ni pora nie odpowiednia, zatem pracować będziemy bez przepisanych świateł i ceremonii. Zabierzcie miejsca, najmilsi bracia.

Zasiedli w powinnym milszemu, z twarzami zwróconymi do mistrza.

Że zasię kapituła była jeno pozorem, więc miasto aktualnych spraw i obrzędowych ceremoniałów masońskich Kapostas rozwinąwszy wielki papier pokryty emblematami śmierci jął odczytywać nazwiska braci różnych lóż i stopni, którzy wczoraj na sejmie wetowali za przyjęciem rozbiorowego traktatu.

A kiedy skończył, podniósł się pułkownik Jasiński, Wielki Mówca loży "Doskonała Jedność" na Wschodzie Wilna, wnosząc przeciwko nim ogniste oskarżenia o zdradę ojczyzny, praw sprawiedliwości i "Wielkiego Budowniczego". Mówił bez zwykłej symboliki masońskiej, krótko, dosadnie i zapalczywie.

– Wnoszę ogłoszerue ich za nieprzyjaciół ludzkości, wypędzenie z lóż i ukaranie śmiercią.

– Śmierć zdrajcom! Nienawiść tyranom! –, poszedł głos i szczęk wydobywanych szabel. Działyński uprzedzał, jako nie składając loży zwyczajnej, otwartej bez rytu przepisanego, tym samym nie mają prawa sądu i kary.

– Ale obrażona w nas ludzkość żąda słusznej sprawiedliwości wymierzenia.

– Jeśli żądanie przejdzie unanimitate vocum, prześlę je Wielkiej Loży na rozpatrzenie.

– A więc składajmy wota, bracia najmilsi! – zawołał Jasiński, a zbliżywszy się do stołu uderzył sztychem szabli w papier i wyrzekł: – Śmierć zdrajcom!

– Śmierć! – powtórzył Żukowski, brat wybrany z loży żytomierskiej "Ciemność Rozproszona".

– Śmierć! – zakrzyczał ksiądz Meier z Woldy, brat loży warszawskiej "Doskonały Sarmata" i wydobytym spod sutanny puginałem uderzył w papier z nienawiścią.

Potem bił sztychem Pawlikowski, brat wyższego stopnia z loży warszawskiej "Świątynia Izys", a za nim bili bracia tejże samej loży: Eliasz Aloe, Chomętowski, Zaręba Sewer, kapitan Kaczanowski i Czyż Jan.

Z loży dubieńskiej "Doskonałe Milczenie" wotował Kopeć, major Ochocki Duklan, Mor– ski Onufry i brat wyższego stopnia, ksiądz Jelski.

Z loży na Wschodzie Grodna "Szczęśliwe Oswobodzenie" szli bracia: pułkownik Korsak, książę Gedroyć generał, Grabowski pułkownik i Grosmani, "municypał" wileński. Zakończył porucznik Biegański z loży warszawskiej "Tarcza Północna", który rzucił się na papier niby na żywego wroga i pociął go w znak krzyża świętego Andrzeja.

Wszyscy jednogłośnie wetowali za śmiercią. Podziurawiony i pocięty papier Działyński schował i rzekł:

– Bracia, zasię aktualnie zapomnijmy o zdradach i podłościach, a przystąpmy do prac podźwignięcia ojczyzny. Naczelnik oczekuje pod Krakowem na wieści o stanie przygotowań na Litwie i Rusi, więc braci delegatów od wojsk proszę o składanie relacji.

– Skarb i wojsko! – zawołał stentorowym głosem Korsak, jak to był czynił na Wielkim Sejmie przy zdarzonej okoliczności.

– Zaiste, węgielne to kamienie wojny – odparł Działyński, zasadzając do pióra księdza Me–iera z Woldy i Pawlikowskiego, wielce biegłych w cyfrowanym piśmie do konotowania ustnych relacji.

Kopeć z Żukowskim imieniem dywizji ukraińskiej składali tabele wiadomości stanu wojsk, zapasów, koni, dróg, brodów, miejsc bronnych, cyfry sprzysiężonych oficjerów i gemejnów oraz plany obozów nieprzyjacielskich i liczby wojsk.

Książę Gedroyć złożył toż samo o wojskach kwaterujących na Litwie.

Jasiński – o całym korpusie artylerii litewskiej i wojskach rosyjsklich.

Grabowski – o komendach stojących na Żmudzi aż po Bałtyk i Lipawę.

Korsak imieniem Wawrzeckiego dał wieści z Inflant po Rygę.

Amilkar Kosiński, porucznik, komisarz wojskowy sprzysiężenia przy obóżnym Prozorze, jednym z najżarliwszych promotorów insurekcji, przedstawił relację z Pińszczyzny i złożył kilkanaście tysięcy dukatów skolektowanych w tamtych stronach.

Relacje na ogół były pomyślne, cyfra związkowych wysoka i głębokie ukochanie sprawy, ale wszędzie brakowało gotowej amunicji, harmat, koni, przeróżnego moderunku i pieniędzy. Powszechnie też narzekano na obojętność oficjerów wyższych stopni, małoduszność osiadłej szlachty i magnatów. Delegaci, wystawując czulą dyspozycję wojsk dla ojczyzny i gorące pragnienie zmierzenia się z wrogiem, żądali zdeterminowania daty wybuchu. Bowiem groza redukcji, mogącej być uchwaloną lada dzień, dyktowała słuszny pośpiech w działaniach.

– Jeśliby wojsko rozpuszczono przed czasem, wszystko by przepadło – konkludował Kopeć.

– Deliberacje nad redukcją możemy na sejmie jeszcze przewlekać – odezwał się Zieliński – a nawet po uchwaleniu nie zaraz nastąpi wykonanie, bo abszytowanym trzeba wypłacić zaległe lenungi, a kasy wojskowe puste.

– Już i tak bataliony dekompletuje dezercja i werbunki aliantów.

– Czy prawda, jako arsenał warszawski już obsadzili Rosjanie? – ktoś spytał.

– Igelström próbował, ale generał Cichocki nie dał się zjeść w kaszy, a teraz na noc podwaja straże, zaciąga łańcuchy i trzyma w pogotowiu harmaty...

– Czy aby wytrwa w cnotliwym sentymencie dla sprawy? Wszak to królewski konfident.

– Ćwik to nie lada i obrotny w politycznych kabałach, ale oficjer wysokiej instrukcji i szczerze polskie serce, przysięgę złożył i dałbym szyję, że nie zrewokuje – zapewniał Działyński zwracając się do skryptorów, bo właśnie skończyli cyfrowanie résumé wszystkich relacji, opatrzył je pieczęcią i rzekł do Biegańskiego:

– Mości poruczniku, ten pak zawieziesz do Krakowa i wręczysz Sołtykowi, tam ci powiedzą, co czynić dalej. Zaręba, wydaj waść znaki traktów i stacji pocztowych. A waszmość, kapitanie Chomętowski, powieziesz wtóry egzemplarz panu marszałkowi Potockiemu do Drezna – obrócił się do reszty. – Jednak nie prędzej września możemy się spodziewać zdecydowania terminu, wyprawiane relacje zaważą na zdeterminowanie.

Opuścił prezydialne miejsce, tym samym klauzura milczenia, surowo przestrzegana na masońskich kapitułach, przestała obowiązywać i potoczyły się żywe rozmowy, zwłaszcza oficjerowie burzyli się na odwlekanie wybuchu.

– Wszak wojska czekają tylko znaku! – podjął Czyż, miajor gwardii. – Małopolska gotowa, trzynaście tysięcy skonfederowanych wyczekuje w Krakowskiem...

– Garnizon warszawski zjednany i może zaczynać choćby jutro – rzekł Kaczanowski.

– I dywizja litewska w gotowości – oświadczył Grabowski.

– Zaś oddziały ogarnięte moskiewskim kordonem również – upewniał Kopeć.

– Do całego obrazu brakuje wieści z Wielkopolski – zauważył Zieliński.

– Pracuje tam Gliszczyński nie bez widoków fortunnego skutku.

– Niechaj wraz wybuchną: Kraków, Warszawa i Wilno, a płomień ogarnie cały kraj.

– Wojsko gotowe, dobrze, ale gdzie mamy skarb? – rzucił Korsak.

– Republika francuska obiecuje swojej polskiej siostrze udzielić pomocy pieniężnej na walkę: wszak w królu pruskim mamy wspólnego wroga, wszak jednako biją serca dla ludzkości nad Sekwaną, Wisłą i Niemnem, jedne systemata wolności, równości i braterstwa zbroją nas przeciw tyranom – wygłaszał płomiennie Eliasz Aloe.

– Boże! – gorączkował się Jasiński – mieć sto tysięcy żołnierzów, pospolite ruszenie i uzbrojone chłopstwo w rezerwach, w jednym dniu zapalić pochodnię wojny od krańca do krańca Rzeczypospolitej, a jedna noga nieprzyjacielska by nie uszła żywa. Gniew obrażonego narodu jak gniew natury powinien wybuchać nawałą piorunów i huraganem...

– Wielbię takie ogniste sentymenty, lecz nazbyt daleko i górnie niosą pułkownika poetyckie imaginacje! – szepnął pobłażliwie Kapostas.

– Gdzie sięga uczucie imaginacji, tam sięgną i człowiecze zamierzenia.

– Człowiek nie postąpi kroku na przekor przeznaczeniu. Jeśli gwiazdy przyjazne, to Dawid zwalczy Goliata, pastuch uczyni cuda, zaś Nazarejczyk trzeciego dnia zmartwychwstanie – dowodził tonem, głębokiego przeświadczenia.

– Zali bohaterstwo, cnota i słuszność nic nie znaczą? Kapostas, który był członkiem sekty Illuminatów i uczonym w żydowskich księgach, rzekł:

– Na początku było Słowo, a Słowo było u Boga, a Bogiem było Słowo – reszta to jeno pozór mamiący, cień gwiazd lecących w bezmiary ku nigdy niedosięgłej Istnośoi. Tylko mędrzec, posiadający tajemnice Słowa, mocen zrozumieć tajnie przeznaczenia.

Jasiński słuchał wywodów z grzeczności jeno, gdyż bardziej tentowała go rozmowa prowadzona obok przez Pawlikowskiego z grupą oficjerów.

– Na jakimże systemacie opieramy insurekcję, jak myślicie waszmościowie?

– Na systemacie Konstytucji Trzeciego Maja – odrzekł Kopeć.

– Wszak i na nią nie godzą się nasze królewięta – wtrącił Żukowski.

– Rzeczpospolita nie będzie żebrała przyzwolenia pod złoconymi drzwiami magnatów.

– Słusznie. Dla nich to za wiele, a dla nas za mało – mówił Pawlikowski, zacięty klubista i jakobin, autor wielu pisemek politycznych. – Systemat Konstytucji Trzeciego Maja nam nie wystarcza. Jeśli bowiem chcemy poruszyć cały naród, musimy dać wolność wszystkim stanom. I tylko na takim fundamencie budowana społeczność ostoi się przeciw tyranom. Już Staszic pisał, jako bez odmiany poddaństwa chłopa doczesne są i płonne wszystkie inne odmiany.

– Pierwej uratować Rzeczpospolitą, a później dawać swobody.

– Tylko z wolnymi można wywalczyć wolność.

– Wszak nikt do niewoli, a każdy rodzi się do wolności.

– I posłuszeństwa prawom natury – posypały się głosy klubistów.

– Właśnie te wzniosłe systemata ludzkości dawają Francji przewagę nad tyranami. Parsknął na to Kaczanowski, lecz pohamowawszy się rzekł rubasznie:

– My zaś po staremu kładziemy nadzieję w żołnierzach i harmatach...

– Nie potrzeba – mówił nieskonsternowany Pawlikowski – aby szlachta straciła swoje swobody, ale potrzeba, by swoje prawa upowszechniła powiększając liczbę obywatelów wolnych.

– A waszmość uwolniłeś już swoich poddanych? – zagadnął złośliwie Kaczanowski, doskonale wiedzący, jako ten żarliwy obrońca chłopów jest piotrkowskim mieszczaninem i prócz cnoty, męstwa i rozumu nie posiada innej substancji. Nie doczekawszy się responsu jął się burzyć przed Zarębą:

– Jaki mi dobrodziej z cudzego! Śmierdzi o milę inkaustem. Liznęło to francuskich książeczek i udaje statystę. Skryba! – mamrotał z głęboką awersją.

I na tym poprzestał, gdyż Morski głośno odpowiadał komuś:

– Powszechność? Juści, że przychylność ma w duszy do naszych zamierzeń, ale jednych ciśnie do ziemi żelazna stopa Prusaka, drugim respekty powinne wmuszają jegierskie bagnety, innych oślepia wiara w gwarancje i wydaje się im zbędna jaka bądź odmiana. Są znowu, którzy na wszystko patrzą oczami swoich jaśnie wielmożnych protektorów. Mniemam jednak, że większość czuje poczciwie i bolejąc nad upadkiem Rzeczypospolitej skłonna jest do ofiary...

– Niemała liczba – przemówił Działyński – ociąga się nie przed ofiarą krwi i mienia, lecz przed odmianami praw i jakobińskimi maksymami. Przykład Francji daje do myślenia szlachcie i trwoży, zwłaszcza że przeróżne pisma i zapaleńcy rozsiewają po kraju nazbyt jakobińskie opinie. Uważałbym koniecznym rozpowszechnić wiadomość o prawdziwych celach naszych zamierzeń. Uspokojone umysły łacniej będzie można skłonić do ofiarności...

– Otóż to, suplikować u stóp waćpanów, waszmościów, wielmożnych i jaśnie wielmożnych, by raczyli rzucić jakowyś zbędny ochłap wspomnienia dla ginącej ojczyzny – zawrzał Pawlikowski. – Cnotliwy obywatel nie zna nad obowiązek troski o szczęście powszechności, kto zaś tego nie czuje, temu spełnienie powinności godzi się nawet nakazać!

– Godzi sdę nawet przymusić! – ozwał się mocno ksiądz Meier – a opierających się woli powszechnej trzeba wytrącić jako wrogów ludzkości. Tak czynią rewolucjoniści francuscy, a w skutkach osiągnęli zwycięstwo cnoty i rozumu nad egoizmem, ludzkości nad tyranią. Wola narodu stanowi prawa. Na naszych sztandarach winno być napisane: "Qui non est nobiscum, est contra nos!"

– Kto nie z nami, ten przeciw nam! – przywtórzyli socjusze z zapałem.

– Szanować opinie drugich jest powinnością rozumu – zauważył Działyński, popierany przez umiarkowańszych, lecz ksiądz Meier zakrzyczał namiętnie:

– Veto, protestuję. W tym właśnie źródło polskiej anarchii: szanowanie cudzych a sprzecznych opinii wiedzie do lękliwego baczenia na drugich, do wyrozumiałej pobłażliwości nawet oczywistym zdradom i wrogom. I biskup Kossakowski wyznawa opinie polityczne, i król je wygłasza, i targowiccy herszowie w imię swoich opinii wydali kraj nieprzyjacielowi. Mamyż ich opinie szanować i uważać? Nie, precz z tym! Nie ma być tolerowanych w Polsce opinii nad opinie prowadzące do podźwignięcia Rzeczypospolitej na zasadach: równości, wolności, braterstwa i niepodległości...

Działyński, aby nie zaogniać antagonizmów, nie replikował, a zwrócił się do Amilkara Kosińskiego, który opowiadał o Prozorze i Polesiu.

 – A najdziwniejsze, jako pomiędzy Poleszukami rozpowiadają, że w kilku niedzielach rozpocznie się wielka bitwa z Moskwą. Pod Owruczem mieli już chłopi widzieć całą armię polską, ciągnącą lasami na Wołyń. Wyliczali cyfrę harmat, wozów i koni. Widzą już to, co się ma dopiero stać...

– Prostaczkowie bliżej są Boga i wiara ukazuje im, czego mędrcy nie dojrzą – szepnął ksiądz Jelski, świętobliwy kapłan i żarliwy patriota.

– Mniemania o bliskiej rewolucji rozpowszechniają się i po całej Rusi – zaczął Żukowski – a strach przed okupacją ogarnia coraz większe masy ludu ukraińskiego. Sam widziałem, jak skoro kordon rosyjski posunięto od Wasilkowa na zachód ku Ikwie, cała ludność chciała uciekać do dzierżaw pozostałych przy Rzeczypospolitej. Miałem pocztę z Kijowszczyzny, że i teraz na wieść, jako Rosja na stałe zajmuje tamte strony, chłopi tysiącami uciekają do Polski, a zapobiec temu nie ma sposobu.

– Bo z nowym panowaniem niedola chłopa jeszcze się pogorszy.

– Z tej przyczyny i dawna Sicz zaporoska chce z nami traktować...

Wpadł zadyszany przeor zapraszając na skromną przekąskę. Rozdał jeszcze Działyński nieco patentów, podpisanych przez Kościuszkę, a fortragujących upatrzonych przez Wielką Radę mężów na generał–majorów niektórych województw i powiatów: mieli je powieźć delegaci od wojsk, i poszli do przeorskiej celi, dochodziło bowiem południe i już niejednemu grzecznie kiszki marsza grały.

Pucołowaty braciszek przy pomocy grubego kanafarza zastawił stół, a przeor pieszczotliwie zapraszał do jadła i kiedy zabrali miejsca; odezwał się nieśmiało:

– A pośpieszajcie, waszmościowie, żeby wyjść z kościoła wraz ze wszystkimi. A ledwie się za nim drzwi zamknęły, kosy zagwizdały rzęsistego poloneza, jakoby sfornie zestrojona kapela; mniszek uwijał się koło poodsłanianych klatek poświstując cichutko do wtóru. Zasię i suma szła jeszcze w kościele, więc dalekie przymglone granie organów i pogłosy śpiewań raz po raz wdzierały się do celi ulewą słodkich brzmień i dźwięków.

Jakiś cichy, łzawy smutek opłynął wszystkie serca, milczenie zaległo, niejeden dumał przyszłe swoje losy i nadzieje, niejednemu łza zaćmiła oczy, a do pamięci cisnęły się drogie postacie. Nawet Działyński wzdychał żałośnie, tocząc oczyma po twarzach socjuszów. Zaś Kapostas przenikliwym spojrzeniem zdał się ważyć dolę każdego i twarz mu posępniała chmurą żałoby i smutku.

Ze ściśniętym sercem patrzył na tę żywą litanię świętych polskiego kalendarza wolności, która odtąd aż po wiek miała olbrzymieć i rozsnuwać się w łańcuch nieustannych poświęceń, wysiłków, ofiar i bohaterstw – na ten święty huf rycerzy, dobrowolnie idących na wyłom kłaść głowy swoje i serca, gwoli zmazaniu win ojcowskich i gwoli dźwignięciu Ojczyzny i szczęścia powszechności.

Zarębę wywołał braciszek. W korytarzu czekał ojciec Serafin.

– Od Kacpra!

Podał mu zbrukany karteluszek, zapisany ołówkiem.

– Jezus Maria! Zagarnęli go werbownicy moskiewscy! Jest w

obozie grenadierów, prosi o ratunek. Kto przyniósł tę wiadomość?

– Mój wiernik, któremu udało się przedostać do obozu.

– Boże, choćbym miał zapłacić głową, a muszę go wyrwać z niewoli. Biedny chłopak! Rozpacz nim miotała, łamał ręce.

– Pół szwadronu mirowszczyków może siąść na koń, Staszek ich skaptował.

– Na całe pułki się nie porwę. Siedzi chudziak zakuty wraz z pięćdziesięciu drugimi, nie wie, kiedy ich wyprawią i gdzie! Prawdziwa desperacja! A tak się bałem o niego! A może to tę partię poprowadzi do Merecza Iwanow, przyjaciel Kaczanowskiego?

Ożywił się nagle, oczy zaiskrzyły mu się powziętym postanowieniem.

– Niech ojciec zaczeka na mojej kwaterze. Przyjdę z kapitanem, to razem rozważymy pewien plan. Co za nieszczęście!

Ledwie wrócił do celi zabierając swoje miejsce, gdy Działyński powstał. Wszyscy zerwali się na nogi, wierne oczy wbiły się w niego, a on podnosząc w górę kielich wyrzekł krótko:

– Śmierć lub zwycięstwo!

– Śmierć lub zwycięstwo! – odkrzyknęli z mocą i wszystkie kielichy rozbryznęły się o podłogę.

X

 Nieprzenikniony mrok leżał pod konarami sosen i głucha cichość nocnych godzin, że jeno chwilami rwały ją bełkoty wód Niemnowych, przedzierające się wskroś ciemności, to jakoweś szemrania podobne przytajonym westchnieniom lub suche trzaski opadających gałązek. Noc była późna, gwiazdy świeciły blado, ledwie widne w płachcie nieba zasnutej płowymi mgłami, całym światem płynął głęboki spokój uśpionej ziemi i nagrzane, wonne tchnienia borów.

– Jadą, głosy lecą po rosach! – zaszeptał naraz ojciec Serafin przykładając ucho do ziemi; jakoż istotnie, od strony Grodna powiały dalekie jeszcze i niewyraźne odgłosy. – Za jakie pół godziny nadciągnąć powinni...

– Niechby, mierzi mi się to czekanie. Cóż podkomorzyna? – szepnął Zaręba.

– Ma pomieszczenie choćby dla wszystkich, zaraz przy mnie wysłała umyślną sztafetę z li- stem do swojego komisarza w tamtych dobrach. Żarliwa to patriotka, zaś dla waszmości gotowa się ważyć na wszystkie azardy...

– A przewóz na Niemnie? – zagadnął, nierad poruszania tamtych materyj.

– Gotowy. Trojakowski, mądrala, prowadzi szkuty ze zbożem i wołami do Prus i właśnie wypadła mu potrzeba zatrzymania się pod Mereczem. Zajdzie okoliczność, to w mig przewiezie wszystkich na drugą stronę, a potem już głowa Kaczanowskiego, żeby się wywinął, jeśliby pogoń ruszyła za nim.

– Krzyk od Niemna, tam nasze widety! – zerwał się nasłuchując trwożnie.

– Wołania flisów – upewniał ojciec Serafin – nocują gdzieś pod brzegiem. Od paru dni Niemen aż się roi od statków. Pono kilku panów dostało od Buchholtza permisję wolnego spławu zboża i wołów do Prus, więc się śpieszą i wielkie handle prowadzą.

– Kupił ich powolność przy głosowaniu nad traktatem. Gdzie ojciec widział dzisiaj Kaczanowskiego?

– Na kwaterze Iwana Iwanowicza, którego jak powiadają, obuł w swoje buty i wyprawia z nim, co mu się żywnie podoba. Prawdziwi to już bracia czopowi. Zajrzałem tam niby po kweście. Pili właśnie z przyjacioły. Kapitan udając, jako widzi mnie po raz pierwszy, wyprawiał różne krotochwile i paskudnie mi przymawiał, ale na odchodnym rzucił mi dukata.

– Zawsze skory do szastania swoim i cudzym.

– Kiesa mu spęczniała, boć zdeklarował się przejść w służbę imperatorowej, Cycjanow obiecał mu pułkownikowską szarżę i sute wypłacił culagi. Niemało też musiał wygrać od nich w karty. Powiadał mi, jako nieprzyjaciół godzi się trapić na każdy sposób i podchodzić, aby ich tym skuteczniej zwalczać...

– Zbytnio się jednak azarduje, może ponieść szwank na honorze...
  Nie dbaj, chociaż zła wieść o tobie gruchnie,
  Bo kto nie je czosnku, ten nim nie cuchnie może sobie śmiało rzec, a naszej sprawie niemałego przysporzy pożytku. Wywinie się on gładko z tych okoliczności, nie zbraknie mu fortelów. Porucznik potem wraca do Grodna?

– Dla odwrócenia podejrzeń muszę się sprezentować między socjetą i poszwendać tu i owdzie. Mam też wiele nieukończonych spraw, chciałem właśnie z Kosińskim układać regulaminy dla lipawskich wolonterów, gdy mnie zaskoczyła ta nieszczęsna okoliczność z Kacprem...

– Admiruję sentymenty waszmość porucznika!

– Bliższy mii on, niźli byłby rodzony brat. Lękam się jeno, czy aby go nie wysłali z Grodna bocznym traktem i pod szczególnym konwojem.

– Jeszcze wczoraj widziałem go w obozie na Łosośnie i on mnie dojrzał. Na nieszczęście przystępu do niego wzbraniały straże. Dałbym jednak głowę, że go transportują z drugimi. Gdyby tak można wpaść na nich znienacka,odbić Kacpra i w konie! Wiem wszystkie brody na Niemnie...

– Chwalę kawalerską fantazję jegomości, lecz naszą powinnością odbić wszystkich nieszczęśników wraz i z tymi w Mereczu. Hłasko z ludźmi już tam gdzieś pod miastem czeka na nas. Maciuś! – podniósł nieco głos – właź na drzewo i popatrz w stronę Grodna. Nie pora na bitwę – zwrócił się szeptem do mnicha – wygnietliby nas co do jednego. A przy tym nasza wyprawa ma wziąć obrót, jakby zwerbowani podnieśli bunt, pobili straże i uciekli. W tym właśnie będzie dowcip Kaczanowskiego, żeby nam chwilę napadu przysposobił.

– Więc to dlatego mirowscy przybrali się na wyprawę niby ultaje...

– Melduję pokornie: widać już ognie pochodniów – szepnął Maciuś.

– Dobrze. Koniom założyć na kopyta wiechcie, nozdrza obwinąć, wedety ściągnąć od rzeki, cofnąć się na pół strzelania i czekać znaku.

Cień Maciusia przepadł bez szelestu, zaś Zaręba przyłożył się do ziemi nasłuchiwać – już wyraźnie roznosiły się skrzypienia wozów i stąpania koni.

 – Wolałbym bitwę niźli takie wyczekiwanie – mruknął ojciec Serafin,

– Przypominam: jeno dla salwowania życia wolno zabijać.

– Jak rozkaz, to rozkaz! – odburknął i wziął się do odmawiania różańca. Cisza pokryła szepty, bór stał nad nimi zatopiony w nocy, głuchy i jakby zdrętwiały we śnie; żywiczne zapachy przejmowały luboscią, niekiedy nikłym szelestem spływało sosnowe igliwie, to jakaś niedojrzana gałąź musnęła pieszczotliwie po twarzach. Siedzieli skuleni pod krzami karłowatej brzeziny; szeroka droga szarzała przed nimi niby pas zgrzebnego płótna, pochylone nad nią sosny zdawały się patrzeć w stronę, od której napływały coraz głośniejsze turkoty wozów i brzęki jakiejś kapeli.

 – Iwan Iwanowicz swoją kompanią zamyka pochód – szepnął mnich.

– Myślałem, że się przodem wysforuje. Licz jegomość konwojujących. W tył, za blisko drogi! – Przeczołgali się parę

kroków w głąb lasu i przypadli na ziemię bez ruchu, gdyż jął się wynurzać z nocy szary, ledwie rozeznany pochód. Przodem jechała kozacka szpica, zajmująca całą szerokość drogi, człapiąc z wolna i kiwając się sennie na koniach, zaś dopiero w pewnej odległości toczyły się czterokonne drabiniaste wozy słomą wymoszczone i pełne leżących ludzi; eskortowali je dragoni, rozciągnięci po obu stronach w długie gąsiory. Jechali dosyć wolno mimo prania batów i pokrzykiwań woźników, gdyż konie miały ciężko w piaszczystej drodze i nieco pod górę. Na samym ogonie szły dwie landary w asyście kozaków z pochodniami zatkniętymi na pikach, a przepełnione wesołą kompanią, która zabawiając się butelkami, co chwila wybuchała pijacką wrzawą i krzykami, co chwila też odzywały się bałabajki, a do wtóru leciały takie śpiewki, pokrzyki, śmiechy i brzęki tłuczonych o koła flach, że cały bór napełniał się swarliwymi głosy i odkrzykiwał echami. Brzaski pochodni otaczały czerwoną, dymną glorią powozy, że łacno mógł rozeznać twarze wszystkiej socjety. Kaczanowski siedział w pierwszym powozie, najwięcej pijąc i najgłośniej baraszkując, lecz wymijając przytajonego w ciemnościach Zarębę, jakby tknięty przeczuwaniem, uniósł się nieco z siedzenia i ryknął potężnym basem umówioną piosenkę:
Przyszła dziewka do klasztora, do klasztora, do klasztora.
 Podajcież mi tu przeora, tu przeora, tu przeora!
 Chcę się spowiadać.
 Długo jeszcze rozlegał się jego głos przepity, huczały wrzaski, brząkania bałabajek i długo krwawiły się w mrokach odblaski pochodni. Dopiero kiedy wszystko przepadło w oddaleniu, Zaręba porwał się na nogi.
 – Konwojowych dragonów trzydziestu i dziesięciu kozaków – meldował Serafin.
 – Nie dojrzał ojciec Kacpra?
 – Ba, nie sposób było rozpoznać kogo na wozach: leżeli pokotem jak pobici. Zaręba zakwilił jak czajka i po chwili zaszemrały ostrożne stąpania.
 – Konie wziąć krótko i gąsiorem za mną marsz! – rozkazał, drogę pierwszy przeszedł i zmacawszy jakąś ścieżynę, wiodącą w stronę Merecza, ruszył prędko. Maszerowali w milczeniu i takiej cichości, że nie zabrzękła podkowa, koń nie zaparskał ni się kto potknął o korzenie; sunęli niby trwożne cienie unikając polanek i miejsc otwartych, bowiem jeszcze niekiedy górne powiewy przynosiły pogłosy śpiewań i muzyki. Dosięgli jakiejś drogi, biegnącej krajem

borów i skoczywszy na siodła pognali co tchu, aż koniom zagrały wątroby, nie dbając, że gałęzie siekły ich po twarzach. Pędzili tak z dobrą godzinę, mijając jakieś pola piaszczyste, wsie ledwie w mrokach dojrzane, wyłysiało wzgórza, grząskie rzeczki, a kręcąc w różne strony jakby za zgubionym tropem, bo chociaż do Merecza, z miejsca gdzie czatowali, była zaledwie milka, to kołując dla przezpieczności nadłożyli przeszło dwie. Stanęli jednak pod miastem w porę, gdy właśnie hałaśliwa kawalkada Iwana Iwanowicza wtaczała się w rogatki. Tutaj ojciec Serafin, jako znający okolicę, wziął komendę i rozkazawszy pozsiadać z koni powiódł ich tyłami domów i ogrodów, cyrkulując z wielką ostrożnością ku Niemnowi. Merecz bowiem, pomimo spóźnionej godziny, nie zażywał jeszcze wywczasów; z rynku buchały łuny jakby biwakowych ogniów i roznosiły się liczne głosy. Doszedłszy wylotu jakiejś ciemnej uliczki w poprzek przekopanej i zagrodzonej częstokołem, Serafin udał głos sowy, na co zjawiła się, jakby spod ziemi, jakaś postać, szepcąca dosyć wyraźnie porwane słowa "Zdrowaś":

– ...łaskiś pełna i błogosławiona...

– ...między niewiastami... – dopowiedział Zaręba rozpoznając Hłaskę, który pociągnąwszy wszystkich do pobliskiej stodoły jął prędko mówić:

– Leżą w rynku, chłopa pięćdziesiąt i dwa; trzydziestu samych dezerterów z różnych regimentów zagarniętych na Ukrainie i batami przymuszonych do służby imperatorowej; wyłowili ich szpieguny ma Niemnowych przeprawach i siłą pobrali; ci są gotowi na każdy azard, byle się zbawić srogiego losu, gdyż czeka ich łamanie kołem i pędzenie przez rózgi. Trzymają ich w pętach i srogo strzegą. Porozumiałem się z nimi, a uzbroiłem w krócice i noże na wszelką okoliczność. Reszta to przeróżni obwiesie, ultaje i gemejny zdezarmowanych pułków, zwerbowani obietnicami nadzwyczajnych lenungów i gorzałką, zaś potem kijami zapędzeni do obozów. Podniosą się również ochotnie, bo im zapachniała wolność. Rozdałem wszystkim po dukacie i markietanowi zapłaciłem, żeby ich obficie pożywiał. Straży niewiele: czterdziestu jegrów i piąci kozaków, tylko konwojowy oficjer wielce szczwany i nie pijanica. Są jeszcze wozy wypchane tubami, pono pełne skarbów złupionych czasu zeszłorocznej wojny, a teraz dopiero prowadzone w głąb Rosji; zaś pod osobną strażą komuchów prowadzą też tabun grzecznych koni. Wozy i konie kwaterują w proboszczowskiej stodole na kowieńskim trakcie. Moich żołnierzów rozstawiłem po mieszczanach, a konie przy rzece. Trojakowski trzyma łodzie w gotowości, boć w każdym wypadku zrejterować nam przyjdzie za Niemen. Mają wyruszyć w stronę Wilna i zaraz po befelu – składał akuratną relację. Ojciec Serafin wypytywał go jeszcze o różności, a Zaręba, przeodziawszy się w kożuch Maciusia i zasadziwszy głęboko na oczy jego baranicę, rzekł cicho:

– Teraz nam jeno czekać znaku Kaczanowskiego. Pójdę na zwiady, prowadź waszmość. Wzięli się błotnistą, ciasną uliczką na obszerny rynek gęsto obudowany, na środku którego pod wyniosłymi drzewami paliły się biwakowe ogniska i przy nich wiankiem leżeli więźniowie. Tabor wozów otaczał ich wałem, tworzącym rodzaj obronnego szańca, w przerwach stali jegrzy z karabinami, reszta zaś żołnierzów, ustawiwszy broń w kozły spała pod osłoną wozów.

W oknach domów, stojących do rynku szczytami, powspieranymi na słupach, błyskały światła, sporo ludzi kręło się w podsieniach i szwargotały Żydy.

– Wstąpmy na moją kwaterę – zaproponował Hłasko prowadząc przez jakąś niską sień do stancji ogromnej i cienej, z oknami na rynek. Naprzeciw wznosił się biały, przysadzisty dom, mieszczący austerię. Właśnie przed nią powstawał niemały gwar i bieganina, wszystkie okna rozbłysły światłami, tam bowiem zajechał tabor Iwana Iwanowicza, landary wtoczono w podwórze, a wozy wyciągnięto pod sąsiednimi domami pod strażą spieszonych dragonów. Słyszeć się dawał rozkazujący gniewnie bas Kaczanowskiego.

– Ten w każdej okoliczności brać musi komendę – uśmiechnął się Zaręba.

– Wasza wielmożność pozwoli nakarmić tych nowych?–pytał jakiś głos z głębi.

– Dawaj, co zjedzą i wypiją. To mój gospodarz, człowiek oddany, krewniak Borysowicza z Grodna – dał objaśnienie Hłasko.

– Doskonała sposobność – pomyślał Zaręba przystępując do gospodarza. – Poczekaj, as– pan, pomogę ci w robocie. – I poszedł dźwigać wespół z jego parobkiem ciężkie niecki, napełnione chlebem i kiełbasami. Hłasko zrzuciwszy pychę z serca poniósł za nimi grzeczną beczułkę gorzałki.

Dragoni zrazu wzbraniali przystępu do więzionych, lecz przejednani szczodrym poczęstunkiem, udali niewidzących i głuchych, maszerując wymierzonym krokiem wzdłuż taboru i z powrotem, a jeno przynaglając do pośpiechu.

 Na wozach podniosła się niemała radość, pokazywały się rozjaśnione twarze, wyciągały ręce, rozlegały mlaskania języków na czujny zapach kiełbas i gorzałki. Zwłaszcza że nikt za to ręki po zapłatę nie wyciągał. Przypinali się też do jadła niby wygłodniałe wilki.

 Zaręba penetrując wóz po wozie odszukał wreszcie Kacpra. Leżał skrępowany postronkami jak baran, ale na znajomy głos uniósł się nieco i jakoby zamarł w zdumieniu, nie dowierzając własnym oczom.

 – Ani mrumru! Podjedz trochę – zaszeptał karmiąc go niby dziecko i pojąc. Chłopak przełykał z trudem polewając kiełbasę radosnymi łzami wzruszenia.

– Czekaj krzyku sowy... Straże wiązać... zbierać się przy rzece – szeptał i korzystając, że żołnierz był odwrócony plecami, rozciął Kacprowi sznury na rękach i wtykając mu krócicę i puginał zdążył jeszcze powiedzieć: "Nie zdradź się!" Rzucił ogromne pęto kiełbasy na wóz i spiesznie uskoczył w tył, gdyż żołnierz powracał i przy wozach ukazał się jakiś oficjer. Stanął potem w kupie Żydów i pospólstwa pod oknami austerii, gdzie się już rozpoczynała hulanka, grały bałabajki, pito, wrzeszczano i śpiewano.

– Teraz wierzę w pomyślny skutek – szepnął Hłasko przysuwając się do niego.

– Żołnierzom wątpić nie wolno – odszeptał, pilnie zazierając w okna, poza którymi migała postać Kaczanoskiego. Zdał się być sfrasowanym i jakby niespokojnym, tak kręcił się po izbie i ukradkiem rzucał oczyma w szyby, ale wyszedłszy na dwór dla uczynienia ulgi naturalnej potrzebie, jął sobie przygwizdywać. Zaręba zaświstał umówionym sposobem, na co twarz mu pojaśniała kontentacją i powróciwszy do kompanii rozpowiadał coś tak krotochwilnego, że pokładając się od śmiechów pili jego zdrowie, niepomierny podnosząc wrzask. Po jakimś czasie wytoczono ogromną beczkę piwa dla konwojów i pachoły, odbiwszy czop, zaczęły nalewać w kwarty i podawać. Gemejny, snadź trzymane w srogich ryzach, nie tknęli napitku zezując jeno trwożnie ku oknom i starszyźnie. Czekali na przyzwoleństwo; dopiero na rozkaz Kaczanowskiego, odsunąwszy się w głąb rynku, dalej oficjerskich oczów, wzięli się po swojemu zabawiać. Zwłaszcza iż Hłasko polecił im dodać antał gorzałki, miodu spory półbeczek i całą solówkę śledzi.

 Zasię w austerii oficjerska kompania zabawiała się coraz huczniej i weselej. Wywarto okna z racji gorąca, pozrzucano mundury, bałabajki nieustannie wygrywały, tańcowano i pito na umór. Grodzieńskie panny, porozdziewane do koszuli, z rozwiązanymi włosami, bose, pijane, krążyły z rąk do rąk wśród wybuchów dzikiego śmiechu, pisków i siarczystych całowań. Co chwila zrywały się hulaszcze, nieprzystojne piosenki, a do wtóru tłuczono szyby, flachy, bito nogami w stoły i rozbijano sprzęty. Znalazły się nawet i jakieś oberwane, brudne bosówki, sprowadzone z miasteczka; zmuszano je do picia i nahajami niewolono do pociesznych skoków, pisków i tańców. Austeria trzęsła się już od wrzasków, tupotów i wściekłej hulanki.

Kaczanowski wciąż i niestrudzenie przewodził pijatyce; pił za dziesięciu, najgłośniej krzyczał, i preparując zabójcze mieszaniny z wina, gorzałek i miodów, wznosił coraz to inne zdrowia, przymuszając wszystkich do ich spełniania, jeśli zaś który "z czopowych braci" osłabnąwszy walił się nieprzytomnie na podłogę, kazał go brać kozakom na rozpostartą krymską burkę, intonował pijackie egzekwie i skropiwszy go obficie winnym lagrem odprowadzano znaczonego pijaństwem do ciemnej komory, przy sprośnych śpiewaniach, pobrzęku kielichów i jękliwym zawodzeniu bałabajek.

Wkrótce większość kompanii była już nieprzytomna i coraz wrzaskliwiej taczająca się od ściany do ściany. Któryś oddawał na stół, że go tam przyparła potrzeba; inny zaś wyprężywszy się na środku karczmy jął grzmiąco komenderować jakoby rotą i rypać krokiem w miejscu, aż natrafiwszy na wystający dyl zwalił się na podłogę; ktoś znowu w koszuli jeno i hajdawerach, z flachą gorzały w garści, bił pokłony do ściany i przepijał raz po raz; jakiś gołowąs zapalczywie obcinał świece szablą; dwóch starszych wiekiem, o twarzach poznaczonych srogimi plejzerami, obłapiało się nieustannie i spowiadając się przed sobą z grzechów płakało nad sobą rzewnymi łzami.

– Powiedz, żem świnia, podlec i wór! – bełkotał jeden wśród nieustającej czkawki.

– Ty mi pluj w twarz i biej w mordu! Ty, jeśliś mój przyjaciel! – spierał się drugi. Jakaś dziewczyna w mokrej od wina koszuli, zwinięta w kłębek, spała w kącie na kupie mundurów i rynsztunków, drugie rozwalały się pijane po ławach lub słychać było ich lubieżne wizgi z bokówki, że izba dawała obraz wielce już obmierzły i wstręt budzący. Tylko jeden Iwan Iwanowicz, chociaż pił za jedno z wszystkimi, trzymał się jeszcze krzepko i rozgniatając pocałunkami wargi swojej "duszki", trzymanej na kolanach, bełkotał najczulsze zaklęcia.

– Wytrzymały łeb! – pomyślał o nim Zaręba, spokojnie wyczekujący końca libacji. Poszedł sprawdzać jej skutki pomiędzy żołnierstwem. Spali już pod wozami i gdzie popadło; jedne warty dawały jeszcze pozór czuwania, bo tu i owdzie drzemał jakiś żołnierz, wsparty na karabinie, lub chodził ołowianym krokiem senny, z zamkniiętymi oczyma, dźwigający się jeno mocą strachu.

Ognie biwaków pogasły, pospólstwo się porozchodziło, okna domostw pociemniały i cały rynek obtulił się w nieprzeniknioną noc, cichość i sen.

Zasię na wozach i wpośród leżących przy zagasłych ogniskach powstawał stłumiony, ostrożny ruch jakby pełzań, szeptów i chrzęstów słomy.

Zaręba usiadłszy pod kwaterą Hłaski dawał baczenie na austerię, która już znacznie przycichała, nawet głos Kaczanowskiego rozlegał się ciszej.

Ciemna noc leżała jeszcze na ziemi, zasię jeno na wschodniej stronie niebo zafarbowywało się już perłowymi brzaskami, gwiazdy gasły niby oczy snem zmorzone, koguty zaczynały piać i od Niemna wstawały chłodne powiewy.

– Ludzie aż dygocą z niecierpliwości – szepnął Hłasko stojąc przy nim.

– Lada chwila skoczymy, tam się dopalają świece i już wszyscy pijani – wskazał karczmę.

– Droga na trakcie grodzieńskim przekopana?

– Co tylko meldowali o skończeniu.

Odszedł na swoją pozycję.

– Maciuś! – parob siedział w kuczki obgryzając jakąś kość – podsuń się do Kacpra i w razie czego daj mu pomoc. Masz tu gorzałki!...

Czas wlókł się wolno i świtanie rozlewało się jakoby morzem seledynowych brzasków, że szpiczaste dachy domostw i wieże kościelne zdały się wyrastać i coraz bardziej czernieć na jaśniejącym niebie.

Naraz zahuczał trzykrotnie w ciszy głos puchacza.

Zaręba porwał się w stronę Kacpra, który właśnie na sygnał Kaczanowskiego rzucił się z kamratami wydzierać broń strażom i wiązać pokonanych.

Wyrwały się wściekłe wrzaski, odgłosy uderzeń i dzikie szamotania. Mirowscy niby zgłodniałe wilki wpadli na resztę widet i rozpoczęła się powszechna bijatyka. Z ciemności zalegających plac, spod wozów i,domów, wybuchały niekiedy straszliwe krzyki, niekiedy charczenia żałosne, głuche stękania przyduszonych, a czasami płaczliwe głosy o zmiłowanie. Ale niełatwo przychodziło zmożenie jegrów, bowiem wielu, snadź mniej pijanych, zrywało się na pierwszy krzyk i nie nalazłszy swoich karabinów broniło się pięściami z ponurą determinacją i niezrównaną zawziętością, że w całym rynku zakotłowało się jakby w garnku. Przetaczali się ze strony na stronę i wśród przekleństw i wścieklizny rypali się o ziemię, o wozy i ściany, o co się jeno dało. Miasteczko rozbudziło się wystrachane, trzaskały okna, gdzie błysnęły światła, ludzie wybiegali w koszulach, uderzyły baby lamentami, podniosły się płacze dzieci, pieski zaczęły naszczekiwać i ganiać jak oszalałe.

Nagle gdzieś, jakby przed austerią, zawarczał gwałtownie bęben, bijący na trwogę, a z sieni wypadł Iwan Iwanowicz z szablą w jednej ręce i pistoletem w drugiej.

– Za broń! Formuj się! – zaryczał ze wszystkiej mocy i strzelił. Kacper skoczył na niego, lecz nim dosięgnął pazurami, wziął szablą przez łeb i zwalił się na ziemię, on zaś jak stał w hajdawerach i koszuli, dopadłszy dragońskich koni, stojących wpodle karczmy, śmignął na siodło i wraz z paru kozakami pognał ku rogatce, aż iskry posypały się spod kopyt.

Strzelił za nim Zaręba. Iwan Iwanowicz chwycił się jeno za pośladek i bijąc konia nogami i płazem przepadł w ciemnościach.

– Wachmistrz Grodzicki, bierz dziesięciu mirowskich i gnaj za nim, co jeno pary w koniach i na przełaj do grodzieńskiego traktu, a jeśli nie zgonisz w pół godziny, powracaj – rozkazał Zaręba i zlustrowawszy, jako wszystkie pobrane gemejny już w pętach i zawleczone do jakiejś stodoły, zajął się dopiero Kacprem. Przenieśli go pod studnię w rynku i ułożyli na zaobycznych burkach; miał głowę srodze nadłupaną, obficie krwawił i leżał nieprzytomny. Na szczęście ojciec Serafin, majster od zalepiania plejzerów, opatrzył go akuratnie i wytrzeźwił.

– Wyliże się. Żeby nie tak z bliska, byłby mu rozłupał głowę jak dynię. Nie lada gracz z tego Iwana Iwanowicza! Jakże się teraz czujesz?

– Bóg zapłać, niezgorzej. Nawet kija nie miałem w garści – jęknął w konfuzji.

– No cicho, stało się – szepnął Zaręba obcierając mu zroszoną potem i krwią twarz. – Może zdarzy się okoliczność, to mu oddasz za swoje. Maciuś, konie dawaj! Nie bój się, nie zostawię cię tutaj. Mości Hłasko, jak tylko pogoń wróci, zbierz mirowskich i odprowadź, skąd ich wziąłeś, pozwól im po trzy dukaty na głowę, dobrze się sprawili. Waszmości głowa, żebyś się nie zetknął z pogonią. Spotkamy się w Grodnie. Czy aby przeniesie drogę? – spytał szeptem Serafina wskazując rannego.

– Musi, pojadę z wami. Przyjdzie nam kołować światami dla przespieczeństwa. Zjawił się Kaczanowski, który podawszy sygnał napadu przepadł był gdzieś, aby zejść z oczów swojej kompanii, pytając właśnie, co by z nią teraz począć.

– Znieść wszystkich, jak są powiązani, do komory, broń odebrać, ale wszystkie bagaże zostawić. Zagrozić pod gardłem karczmarzowi, żeby ich oswobodził dopiero w południe. Nieradzi będą powracali do Grodna. Ale ten Iwan Iwanowicz, jeśli się wymknie, narobi nam bigosu, za jakie trzy, cztery godziny nadciągnie pogoń!

– Nie będę na nich czekał; wsadzę swoich ludzi na zdobyczne konie i pisz do mnie na Berdyczów – zachwiał się i ledwie nie runął. – Psia twarz, jakoś mnie zamroczyło.

– W nogach błąd, kiedy w głowie nierząd – zaśmiał się uszczypliwie kwestarz.

– Zgaga mnie piecze, diabli, spiłem się czy co? Te, chamie, skocz no do karczmy i przynieś miskę kwaszonej kapusty, najskuteczniejszy to medykament.

– Waszmość nalałeś w siebie, że i beczka nie wstrzymałaby więcej.

– Aleśmy swojego dopięli, a Iwana Iwanowicza wystrychnąłem na dudka.

– Będzie on waści wspominał ze zgrzytaniem zębów! – odezwał się Hłasko.

– I, pogniewał się wójt gdański na króla polskiego – machnął wzgardliwie ręką. – Niechże szuka wiatru w polu. Może waszmość zrobi przegląd tych drapichrustów. Zaręba, jako dowódca całej wyprawy, poszedł do ludzi gmerzących się przy ogniskach na nowo rozniecanych.

– Formuj się! Frontem, na prost. Marsz! – krzyknął Kaczanowski jakby na paradzie. Wataha zemknąwszy się w linie rypnęła nogami, aż zadygotała ziemia.

– Raz, dwa! Raz, dwa! Stać! – Wparli się w ziemię jak wryci przed Zarębą. Roześmiał się, gdyż większość przebrana była w mundury i rynsztunek pozdzierany z gemejnów wziętych do niewoli, a komu zbrakło karabina, ten kozacką pikę niósł na ramieniu, nawet dobosze stali na flankach.

– Taka parada ściągnie uwagę.

Nie był zadowolony.

– W łachmanach byli, bez butów i już ich wszy nosiły – usprawiedliwiał się markotny z przygany. – W pierwszym miasteczku każę krawietom ponaszywać obszlegi w naszych barwach i kto tam rozpozna. Prawie na sto chłopa nowy moderunek, to nie bagatela. Konie i wozy wysłałem do przeprawy. Chciałbym się zaszyć w lasy zaniemeńskie jeszcze przed dniem. Pora mi ruszać!

Wyprawiwszy ludzi do przeprawy wziął od Zaręby pieniądze na ekspensa, instrukcję i planty okolic, jakimi wypadało się przedzierać do brygady Madalińskiego, stacjonującej gdzieś nad Narwią, koło Ostrołęki, czule pożegnał towarzyszów i odszedł wielce chwiejnym krokiem.

– Szalona pałka. Nie chciałbym się należeć w jego skórze – wyrzekł Hłasko i ruszył do mirowskich, oczekujących na niego gdzieś w ogrodach.

– Kacpra weźmiemy na konia między siebie – kłopotał się Zaręba.

– Coś z nim gorzej, spojrzyj waszmość na niego – szepnął trwożnie mnich.

– Nie zostawię go w Mereczu, będą tu trzęśli do ostatniego bebecha. Wezmę go przed siebie na konia i jakoś dowiozę. Kacper! – pochylił się nad nim, ale ranny nie wydał głosu, poruszył jeno wargami, jakby go opuszczała przytomność.

– Boże miłosierny! Radź, ojcze! – Chwycił się desperacko za głowę.

– Wezmę go na swój kwestarski wózek, czeka tu na mnie od wczoraj, i dowiozę prosto na kwaterę podkomorzyny. Trzeba ją tylko uprzedzić.

– Maciuś zaraz pojedzie, ja zostanę z wami.

– Dla bezpieczeństwa pojadę sam. muszę drogi nadłożyć, ale wieczorem stanę w Grodnie. Jedź, waszmość, w bożą godzinę i nie marudź. – Przeżegnał go na drogę. Zaś prawie o samym wschodzie słońca wyjeżdżał z Merecza kwestarski wóz. Jak zwykle, przodem szły barany prowodyry, ogarniające spore stadko owiec kupionych naprędce, parob kiwał się na koźle, szkapy wlekły się leniwie, a ojciec Serafin, odmawiając pacierze frasobliwie rzucał oczyma na Kacpra leżącego pod budą i często wycierał mu gorzałką nozdrza i twarz. Właśnie brali się z grodzieńskiego traktu na lewo, na polną drogę, wiodącą ku lasom, gdy czerwone, ogromne słońce stanęło na niebie.

XI

Zarębie udało się z pomocą Bośniaków, należących do sprzysiężenia, przedostać na swoją kwaterę jeszcze przed otwarciem rogatkowych zastaw, pilnie strzeżonych od kozaków. I po paru godzinach odpoczynku, przybrawszy na siebie postać najmodniejszego z frantów, brzękający pieczątkami a łańcuchami, w chuście na szyi, że mógł się w niej zanurzyć po oczy, w pasiatej weście, w błękitnym fraku, w opiętych białych kiulotach, w szpiczastym kapeluszu, piękny, pachnący francuskimi wódkami, uśmiechnięty, mimo szczerej turbacji o Kacpra, zamierzał pokazać się na mieście dla zwrócenia na siebie uwagi, gdy Hłasko stanął w progu. Sterany był i obłocony, twarz mu jednak pałała wzburzeniem.

– Co się stało? – wielce się zaniepokoił. – Jakaś zła przygoda?

– Jak najgorsza! Każ mi dać jeść. I słuchaj, co mi się przydarzyło! Pognałem z Merecza i spokojnie o samym wschodzie stanąłem na ekonomii, gdzie mirowscy wypasują swoje konie. Rozdałem dukaty, zaleciłem sekret i zmierzam z chorążym pod jego namiot, żeby się nieco przespać. Wypada spod niego porucznik Zakrzewski. Czekał na nas od wczoraj: któryś z koniuchów doniósł mu o wymarszu dwudziestu pięciu ludzi. Wsiadł na mnie jak na żydowską kobyłę. Mówię durniowi łagodnie, jako waszmość wszystko mu wytłumaczy. Zbiesił się hebes jeszcze bardziej i kazał mnie brać w łyka. Na szczęście nie przyszło do tego, bo go nie posłuchali. Myślałem, że go szlag trafi, pobił gemejnów i obiecał wszystkich pod sąd hetmański oddać. Daję mu różne racje, przekładam, molestuję, a ten tnie tylko wciąż jak papuga: król, służba, powinność. Brus to ostatni, tak mi bowiem szpetnie przymówił, że wyzwałem go na rękę. Cały szwadron ściągnął do Grodna i daję szyje, że poleci ze skargą do króla i hetmanów i powinny złoży raport. Sprawa weźmie paskudny dla nas obrót.

– Kiep z tego Marcina, nie neguję, ale żołnierz dobry i z wielkiego sentymentu do króla może nam gorącego sadła zalać za skórę. Mniejsza o azard naszego życia, byle jeno sprawa nie doznała uszczerbku. Jakby zasię wzięli indagować gemejnów o okoliczności, toby się domacali kłębka. Na żywy Bóg, tego dopuścić nie można – mówił głęboko poruszony. – Nie ma czasu do stracenia!

– Cóż waść zamierza uczynić?

– Muszę Zakrzewskiego powstrzymać od składania raportów,

choćby mi przyszło użyć gwałtu. Nie ma drugiego wyjścia. Jedźmy, konie czekają.

Pojechali na Stary Zamek, będący w zupełnej ruinie, a gdzie na czas sejmu kwaterowali mirowscy, pełniący przyboczną straż króla jegomości. W bramie, miasto wrótni zagrodzonej barierą, stały warty z nasadzonymi bagnetami, w długim dziedzińcu, pełnym rumowisk, kupili się żołnierze, jakby coś uradzając, gdyż podnosiły się wzburzone głosy i zaciśnięte pieścić.

– Cóż się tu dzieje? – spytał Hłasko wachmistrza Grodzickiego, czekającego na nich.

– Obsadziłem bramę i wszystkie wyjścia, czekam rozkazów pana rotmistrza – zasalutował przed nim. – Byłbym nikogo nie wypuścił – szepnął znacząco. – Wszak tu chodzi i o naszą skórę. Już nas wszystkich brał na spytki.

– Stańże waść przy drzwiach, by nam kto nie przeszkodził... a czuwaj!... Zakrzewski mieszkał w narożnej baszcie, srodze już spękanej od góry. Zajmował dwie stancje w parterze, urządzone z żołnierską modestią. Właśnie był siedział pod wąskim oknem, koncypując raport, gdy weszli. Porwał się i na widok przyjaciela zaczął prędko mówić nie bacząc na żadne względy.

– Wiesz, co mi rotmistrz narobił? Zbuntował moich żołnierzów i poprowadził ich na zbój! Oficjerem jesteś, to rozumiesz, jaki to kryminał napadać w czasie pokoju na sprzymierzone wojska, i to pod bokiem króla i sejmujących stanów! Gardłowa to sprawa! I w mig się rozniesie, ambasador zażąda od króla satysfakcji, a na mnie nieszczęsnym wszystko się skrupi. Ja odpowiadam za szwadron przed królem i hetmanem. Zaraz pójdę z powinnym raportem, a waści każę zamknąć na odwachu. – Zaczął się gorączkowo ubierać. – Nie chcę stracić reputacji, nie przeżyłbym takiej osławy! Jezu Nazareński, żeby mnie pomówili o rozboje! – jęknął w rozpaczy i przypasawszy szablę zmierzył ku drzwiom. Zaręba stanął przed nim.

– Nie ruszysz się stąd krokiem bez naszej woli. – Głos mu świstał jak brzeszczot.

– Co to jest? Gwałt! Puść mnie, mam sprawę z rotmistrzem Hłaską. Ustąp!

– Cicho bądź! Pogadajmy po przyjacielsku. Ze mną masz sprawę, bo ja dowodziłem ekspedycją, rotmistrz spełniał moją komendę. Powiem ci rację...

Marcinowi z gwałtownego wzruszenia odjęło na chwilę mowę, stał sparaliżowany.

– Posłuchaj, w czym rzecz, a potem postąpisz wedle dyspozycji serca i rozumu. Ale snadź mię przekonały go racje i względy, jakie mu obszernie wykładał, bo wciąż się zaperzał, machał rękami, słuchać nie chciał i przerywał powołując się na swoją powinność, króla, hetmana i honor, kiedy zaś w końcu Zaręba zażądał od niego poniechania raportów i puszczenia wszystkiej przygody w niepamięć, Marcin, że raptus był i uparty w raz powziętej myśli a oddany królowi, wyrwał szablę z pochwy i zakrzyczał:

– Rota! Do mnie! – I rzucił się do drzwi, ale dwa gołe ostrza zagrodziły mu drogę, a wytrąciwszy szablę z rąk zmierzyły jadowicie w sercu.

– Milcz! Daję ci słowo honoru, że nie wyjdziesz żywy, jeśli natychmiast nie dasz kawalerskiego parolu, jako całą okoliczność zachowasz w najgłębszym sekrecie. Wybieraj! – dyktował Zaręba z ponurą determinacją, że Marcin, acz był mężnego serca, odskoczył w tył krzycząc protestująco:

– Rozsiekajcie, a króla nie zdradzę... rozsiekajcie...

– Ojczyźnie powinieneś więcej niźli królowi! Wybieraj, to nie krotochwila! Aż widząc niechybną śmierć, dał uroczysty parol na tajemnicę. Mało jednak dwadzieścia razy musieli mu przysięgać, jako postąpił słusznie, nie uchybiając swojej czci i powinnościom wobec króla.

– Szczęściem, dzisiaj na Zamku i w sejmie ma swoją kolej Gwardia Litewska, bo nie śmiałbym spojrzeć w oczy Najjaśniejszemu Panu – szepnął takim sfrasowanym głosem, że Zaręba ucałowawszy go rzekł pocieszająco:

– W swoim czasie król się dowie i za ten właśnie postępek posunie cię w szarży. Jeszcze mi podziękujesz. Załagodź gemejnów! Muszę się śpieszyć na miasto.

Hłasko tylko z nim pozostał i podjadłszy sobie należycie położył się do jego łóżka.

Zaręba kazał jechać do podkomorzyny, chciał prosić o schronienie dla Kacpra. Dzień był niezmiernie, upalny; słońce lało żary i blaski ślepiące; od murów buchało jakby z pieca ognistego, prażyły bruki, a rozpalone powietrze oblewało żywym ogniem. Miasto przybrało pozór wymarłego, ulice były puste, drzwi sklepów poprzywierane, zaś okna od strony słońca pozawieszano, czym kto mógł, nierzadko jakąś kiecką lub brudnymi płachtami.

– Dobre żniwa mają latoś w Grabowie! – wystrzelił naraz Maciuś z kozła.

– Głupiś! Poganiaj prędzej! Zapachniały ci, widzę, dożynki.

Maciuś jeno westchnął i odbijając na koniach swoje tęsknice ruszył z kopyta. Trafili na cale tkliwą scenę u podkomorzyny; na środku ogromnej sieni dwóch pachołów siedziało na trzecim, czwarty sypał siarczyste bizuny leżącemu, a marszałek domu Rustejko, pykając lulkę, flegmatycznie liczył odmierzane plagi, przekładając je niby plastrem poczciwymi sentencjami:

– Trzydzieści pięć... Boga wzywaj, a ręki przykładaj, leniu jeden... trzydzieści sześć... Nawet w Piśmie napisano Świętym: Duch Święty, panie dziu, rózeczką bić radzi... trzydzieści siedm... różdżka nigdy nie zawadzi... trzydzieści ośm... ale tobie, chamie, perswadować, to jakby, panie dziu, "imbrem in cribrum gerere". Czterdzieści! basta. Sługa porucznika. Masz szczęście, ultaju, dziesięć odlewanych ci się upiekło. Pocałuj boćka i do roboty! A nie rycz mi tutaj...

 Zaręba, nie cierpiący takich domowych egzekucji, przeszedł spiesznie na pokoje. Dopędził go zaziajany Rustejko.

– Zawiadomiłem podkomorzynę, jeszcze w sypialni. Może by piwa kazać dla ochłody? Gorąc, panie dziu. – Obcierał spoconą łysinę. – Mam utrapienie z tym ultajstwem, że niech Bóg broni. Jak nie przemówić do nich batem, nie rozumieją. Niechże porucznik, panie dziu, siada! Cóż, kiedy moja kuzyna rozpuściła ich, niczym dziadowskie bicze. Szkoły każe dla nich zakładać i na prawie czynszowym osadza! Słyszane to rzeczy! – załamał ręce stając niby posąg boleści. – Świegocą tam w główce, mój dziu, wróbelki, Świegocą! Każdemu powiadam: kij to najlepszy dla nich nauczyciel! Ale teraz w modzie wolnoście, rewolucje i jakieś tam filozofie! A są już i takie głupie sawanty, co i o równościach z poddaństwem perorują!

– Dziękuję, właśnie należę do tego rodzaju – wyrzekł złośliwie, ale Rustejko, nie zbity z pantałyku, chytrze przeszedł na inne materie, wyciągając długą litanię przeróżnych utrapień i anegdot, powtarzanych co dnia w kółko. Aliści na wejście kniaziówny Kisielówny zniknął i wyniósł się prędko. Kniaziówna, jakaś powinowata podkomorzyny i odwieczna rezydentka, chuda i skrzywiona niby pogrzebacz, z twarzą również haczykowatą, śniadą i starej wronie podobną, przybrana była modą z czasów ostatniego Sasa i pachnąca larendogrą pomieszaną z kamforą. Z niemałym majestatem czyniąc honory domu poprowadziła go na dalsze pokoje, pełne klatek z ptactwem i przeróżnych piesków, rozwalających się po krzesłach i kanapach; całe to bractwo na jej widok podniosło niesłychany wrzask. Zatkał uszy obzierając się za jakimś ratunkiem.

– Snadź porucznik nie uwielbia bożych stworzeń – szepnęła nikłym głosikiem.

– Owszem: na rożnie, w bigosie i potrawach; gotowane, pieczone i wędzone. Na żywo mniej sobie w nich smakuję – zaśmiał się rubasznie.

– Szkoda, jako w obozach nie perfekcjonują się tkliwsze sentymenty! – zauważyła z gryzącym uśmieszkiem, przygarniając do serca obrzydliwie spasione psiska.

Zbawił go od kłopotliwej odpowiedzi pajuk, zapraszający do podkomorzyny.

Zastał ją jeszcze w ogromnym łożu z mahoniu, jakoby w łodzi cudnie rzeźbionej i na srebrnych gryfach wspartej, pod szkarłatnym pawilonem, podtrzymywanym przez złoconych amorów. Złotawe przesłony okien i obicia ścian rozsiewały wdzięczne brzaski, w których podkomorzyna jawiła się piękną jak nigdy. Leżała ledwie nie obnażona i do pasa i już zbrojna w rynsztunek lubych powabów – wyblechowana i zrumieniona gdzie trzeba; spod misternego czepeczka wymykały się na śnieżystą poduszkę figlarne skręty włosów, jarzące oczy i nabrane krwią wargi obiecywały raje, zaś złotawa jedwabna kołdra należycie kusząco zdradzała zarysy jej bujnych kształtów. Zdała się być pochłoniętą oglądaniem jedwabiów, koronek i haftów, stożących się na kobiercu. Handlarz, klęczący przy otwartych łubach, podawał coraz piękniejsze i zachwalał ogniście. Murzynek stał przy wezgłowiu z poranną czekulatą i biszkoptami wyszczerzając olśniewająco białe zęby.

Ujrzawszy wchodzącego porucznika udała zażenowaną i osłaniając skrzyżowanymi ramionami piersi aż nazbyt widne i wydatne odprawiła wszystkich, a podając mu ślicznie uformowaną rękę kazała usiąść jak najbliżej.

Wyłuszczył cel swoich odwiedzin, a zniewolony naleganiami, opowiedział ewenta nocnej wyprawy. Zamilczał jeno przejście z Marcinem.

– Cały dom do rozporządzenia waćpana – zdeklarowała gorąco – wszystko, bierz, co chcesz, rządź jak u siebie. Tylko w żołnierzu widzę miarę człowieka! – wołała sławiąc bohaterstwo, walkę, bitewne zamęty; nawet krzyki zabijanych miały dla niej upajającą melodię, zaś gwarne życie obozów, pochody i niebezpieczeństwa uważała za raje. Emocjonowała się tak namiętnie, aż jej bose nogi wysunęły się spod przykrycia, oczy zagrały najcudniejszymi blaski, a całą przejął war krwie wzburzonej... Ponosiło ją, jak szlachetnego rumaka ponosi echo trąbki bojowej. Nie znał jej takiej i z uwielbieniem patrzył w jej twarz rozognioną, co jej tak uderzyło do głowy, iż pochwyciła go za rękę, ledwie już hamując miłosne zapały nagle wzbudzone.

Niemało przecierpiał, by się nie dać pokusom i siedzieć niby pień głuchy na jej szepty, lejące żary, spojrzenia pełne całunków, dotknięcia parzące ogniem, ruchy omdlałe i owych miłosnych pieszczot nieme a wyraziste obietnice.

Udawał, jako nie pojmuje tej mowy amorów, gapia czyniąc z siebie z rozmysłem. Aż pełna głuchego wzburzenia i zawiedzionych nadziei zadzwoniła na służbę.

Jakby za karę musiał jeszcze asystować przy ceremonii fryzowania i czesania włosów, nie puściła go od siebie nawet w chwili, gdy pokojowe wkładały na nią suknie, poczynając od koszuli; dzielił go tylko niski parawan, nie broniący cudnego widoku. Wytrwał, ale poczerwieniał jak toruńska cegła i był cały w potach.

– Musi być dzisiaj upał na dworze? – szepnęła zagryzając usta ze złości.

– Nadzwyczajny! – upewniał tonem, że roześmiała się udobruchana i rozumiejąc go onieśmielonym wobec siebie zapragnęła urobić powolnym.

– Zjemy razem obiad, zaś na podwieczorek zawiozę waćpana do hetmanowej Ożarowskiej, tam się ochłodzisz. Pozwól, proszę, chusta na szyi rozwiązana...

Wparła się w niego piersiami, lubując jego skłopotaniem i rumieńcami.

Ale przystał jeno na podwieczorek, gdyż odpowiadało to jego intencjom i dzisiejszej sytuacji, aby się wszędzie wystawiać na oczy.

Odjechał klnąc w żywe kamienie i pomimo szalonego upału włóczył się po bilarach i traktierniach, pilnie nasłuchując, zali nie mówią o Mereczu?

Snadź jeszcze się było nie rozniosło, gdyż wszędzie rozprawiano z niemałym zacietrzewieniem o pruskich materiach, jakie lada dzień miały być deliberowane na sejmie, o co już usilnie zabiegał Buchholtz, jego kreatury, a szczególniej jego talary.

– Podhorski z Józefowiczem wczoraj sporo przegrali do Bielińskiego, znaczy jako król pruski ekspensuje się już nie na darmo – szeptał na ucho sąsiadom u Sułkowskiego jeden z wszystko wiedzących, szlachcic spod Oszmiany, Jankowski.

– Kto się ośmieli na sejmie przemówić za traktatem pruskim, tego wziąć na szable!

– Najjaśniejsza aliantka ukróci te pruskie łajdactwa, zobaczycie!

– Żeby sama mogła się więcej obłowić.

– Bzdurum badurum, mój dobrodzieju! – ozwał się lekceważąco Jankowski. – Kossakowski właśnie kartuje połączyć całą Litwę z Rosją i przy jej pomocy wybić Prusakom zęby i odebrać, co zagrabili, a koronę w independencji utwierdzić!

Wrzawa buchnęła przy sąsiednim stole gęsto obsiadłym i ktoś powiedział złośliwie:

Szukszta, Pukszta, Puciata, Łopatta,
Zebrały się kpy z całego świata

Uderzył pięścią w stół i ruszył ku drzwiom nie bacząc na powstałe obrazy, groźne twarze i jeszcze groźniejsze słowa, świszczące jak kamienie. Odwrócił naraz głowę i rzekł wyzywająco:

– A kogo moje słowa swędzą, nazywam się Ruszczyc i jestem do usług waszmościów w kamienicy pocztamtu, gdzie kwateruję. – Zatoczył dumnie oczyma.

Kłótnia powstała z racji polityki, ale Zaręba już nie czekał końca i wkrótce się nalazł wraz z podkomorzyną w ogrodzie pani Ożarowskiej, gdzie pod olbrzymim tureckim namiotem, ustawionym wśród drzew, zebrała się wybrana socjeta. Tam już mówiono o Mereczu, podając sobie na ucho nowinę, szczerze przy tym dworując z przygody konwojowych oficjerów. I uważano to zajście za zwykłą awanturę.

Jeden tylko regimentarz Ożarowski, człowiek stary, przebiegły i w licznych kabałach wyćwiczony, inaczej miarkował, bo rzekł do Ankwicza stojącego z Woyną:

– To mi zalatuje czymś znacznie ciekawszym.

– Za zbiegami poprowadził kozaków von Blum, ten im zada bobu. Nie wiłem, czyli już ich batami nie zawraca – ozwał się jeden z przybocznych oficjerów hetmana.

– W paru dniach ujawni się cała prawda! Nie psujmy sobie przyjemności – zawyrokował Ankwicz ujmując pod rękę Woynę, z którym od pewnego czasu pozostawał w zażyłości. Posunęli się do margnabianki Luhlli, gęsto otoczonej, namiętnie admirowanej, cieszył się pono jej łaskami, o czym już szeptano powszechnie. Jakoż i nie mówiono więcej o Mereczu, socjeta nazbyt była zaabsorbowana sobą i siurpryzami podwieczorku.

Pod namiotem zaczął właśnie grać na klarynecie jakiś gruby

Niemiec w białej peruce: biegle przebierał tłustymi palcami, a dmuchając w instrument, aż mu pęczniały czerwone policzki, wyciągał tkliwe trele, gwiżdżące fiorytury i jękliwe ariety; darzono go rzęsistymi aplauzami, gdyż był protegowanym Sieversa i często grywał w jego prywatnym apartamencie. Większość jednak towarzystwa, przekładając swobodę, rozproszyła się po chłodnych, zacienionych altanach, szpalerach i boskietach. Zewsząd słyszeć się dawały rozbawione rozmowy i wybuchy śmiechów.

Zaręba, czując się niedysponowanym, miał ten podwieczorek za ciężką powinność, gdyż nudziła go socjeta, muzyka przyprawiała o mdłości, zaś miłosne gruchania za jedno z dyskursami polityków rozdrażniały do żywego. Mężnie się jednak wystawiał i pokazując twarz wesołą motylkował przy damach, sypiąc im kwieciste dusery i napuszone komplimenty. Tak był ściągał uwagę urodą, dowcipem i swoją niepokalaną francuszczyzną, aż pani Ożrowska wzięła go pod swoją szczególną opiekę. Wypocił się biedak za wszystkie grzechy, lecz na stanowisku wytrwał zyskując u niej niemałe awanse...

Ulitował się nad nim Woyna i wyrwawszy z tej opresji odprowadził na stronę.

– Uwzięła się na ciebie ta stara wysiedziana kanapa.

– Obiecuje mnie protegować do hetmańskiego sztabu – zaśmiał się.

– Ta szarża zbyt drogo by cię wyniosła. Baba całkiem zjełczaa. Miłosnych praktyk ma jednak wielką eksperiencję. Niejeden mógłby o tym, powiedzieć...

– W sam raz by jej przystać do jakiego regimentu na markietankę.

– Wieczorami grywają u Ankwicza. Chcesz wziąć się za bary z fortuną?

– Zali mi starczy amunicji! do takiej walki! A przy tym wysokie to progi...

– Pełny worek zapełnia najgłębsze przepaści; faraon równa lcpicj stany, niżli to myślą filozofowie! Cóż się to za burda stała w Mereczu?

– Słyszałeś – umknął z oczyma. – Szczegółów nie wiem. – Zdziwił się pytaniem.

– Człowieku, jak ty masz zawiązaną chustę na szyi? Gdyby to spostrzegł Ankwicz lub Narbutt, a byłbyś skompromitowany i ogłoszony sankiulotem.

– Nie ważę ja sobie żadnych opinii tych Muscadins. Widziałeś szambelanową?

– Nie przyjechała. Snadź odprawuje w domu żałobę po Zubowie – ani przeczuwał, jak to zabolało Sewera. – Nie uważałeś, w jak czułej komitywie kasztelan z Cycjanowem? Zwraca to nawet uwagę i różne domysły powstają z tej racji.

– Jestem w niełasce u kasztelana i widuję go tylko z daleka.

– Pójdziesz do Ankwicza? Zagralibyśmy do motii...

– Któregoś dnia poproszę cię o wprowadzenie. Ale –pochylił mu się do ucha – gdybyś ułowił coś ciekawszego względem awantury w Mereczu, zapamiętaj i powiedz. Sekretu proszę i sekret zapewniani. – Zawierzył jego poczciwości.

– Zrozumiałem od razu, jakoś tej sprawie bliski. Dobrze, właśnie nigdzie jak u Ankwicza lepiej się nie dowiem – zapewniał wyciągając rękę, gdyż zbliżała się majestatycznie podkomorzyna z nieodstępnym Murzynkiem.

– Uważaj, żeby dzieci nie były w czarno–białą kratkę lub w paski! – rzucił ze śmiechem. Było już po zachodzie, niebo stanęło w purpurowych łunach, co zapowiadało upał na jutro i wiatr, i zmierzch już rozpełzał się po ziemi, gdy odjechali do domu.

Zaręba pilił do powrotu w nadziei, że już tam zastanie Kacpra. Nie było go jeszcze. Czekał natomiast na podkomorzynę jej główny plenipotent dóbr, leżących w kordonie cesarskim, Siedlecki, szlachcic chuderlawy, miernej postawy, z rzadką bródką i w okularach; nosił się po polsku, w mowie był powściągliwy i z oczu patrzała mu poczciwość i rozum. Zamknęła się z nim w kancelarii, pozostawiając Zarębę na złośliwe przycinki kniaziówny, anegdoty Rustejki i piski domowej menażerii. Ścierpiał, zajęty wyczekiwaniem daremnym, i pozostał jeszcze na wieczerzy. Przeszła dosyć wesoło dzięki Siedleckiemu, który okazywał się być człowiekiem gładkich manier i rozległej nauki, nabytej w Krakowskiej Akademii. Srogie ewenta losów pozbawiły go fortuny dając w zamian szersze objęcie życia, dowcip i słodką rezygnację. Rozpowiadał ucieszne zajścia Glicjan z cesarskimi urzędnikami, a szczególniej jak sobie poczynał z nimi głośny wojewodzie Gozdzki. Przy czym cale nie respektując austriackich rządów, lecz jakie sam wyznawał opinie, nie zdradził się, mimo macań Zaręby. Równo o dziesiątej odprowadził go Rustejko na spoczynek, gdyż był upalił jednym tchem drogę z Krakowa.

Podniósł się również i Zaręba do odejścia. Nie puściła go i zaprowadziwszy do kancelarii wskazała rozłożone regestra.

– Zlituj się waćpan i pomóż! Gdzież ja, biedna białogłowa, uradzę takim liczbom! Rabują mnie, oszukują i pewnie do nędzy przywiodą, bo nie ma się komu ująć za sierotą i zatroskać! – lamentowała, lecz gdy nolens volens zasiadł do sprawdzania, z wielką biegłością pomagała zdradzając niepowszedni rozum i doskonałe rozumienie ekonomii. Skończył o pierwszych kurach nalazłszy wszystko w porządku co do jednego grosza.

Podziękowała mu z wylaniem i godnie, jeno utyskując powściągliwie nad swoją nieudolnością zarządzania wielką substancją. Był tak znużony i wyczerpany przygodami poprzedniej nocy i dnia, że oddał Maciusiowi lejce i zadrzemał, pomimo wybojów i podrzucań kariolki. Nie zauważył nawet powiększonych wart i patrolów snujących się po mieście. W domu już go czekało wezwanie do Działyńskiego, więc zaledwie przedzwoniono u Bernardynów na prymarię, musiał się śpieszyć do pałacu Ogińskich. Już tam na niego czekał szef wraz z Jasińskim i Amilkarem Kosińskim, "wojennym komisarzem" Prozora. Zasadził ich do wygotowywania instrukcji dla rozjeżdżających się delegatów, względem sposobów prowadzenia zapasów i ludzi, punktów koncentracyjnych i uzbrajania chłopstwa. Osobno szły katalogi dworów, oddanych sprawie w poszczególnych ziemiach, rozłożenia wojsk nieprzyjacielskich, linii komunikacyjnych i poczt. Wszystko bowiem przewidywało powstanie na początek września. Zasię generalną plantę insurekcji koncypował Kościuszko w Lipsku wespół z Potockim, Kołłątajem, Weyssenhoffem i drugimi, on też miał udecydować dzień i miejsce wybuchu.

Pracowali całe trzy dni, pomimo nadzwyczajnych upałów, zamknięci w niewielkiej komnacie pałacu, żywiąc się byle czym i sypiając na rozciągniętych burkach. Sam Działyński obsługiwał ich ze swoim ordynansem nie omieszkując parę razy na dzień przynosić i wieści, co się dzieje w mieście i na sejmie. Jakoś zaraz pierwszego dnia odraportował nowiny krążące o Mereczu.

Wtedy Zaręba przyznał się do swojego udziału, opowiadając wszystkie okoliczności. Nie w smak to poszło Działyńskiemu, Kosiński aż poczerwieniał z uciechy, a Jasiński niezupełnie obcy tej awanturze, że miał żywą imaginację, zawołał z uniesieniem:

– Waść by gotów wykraść całą armię Sieversowi!

– Gdybym dostał rozkaz – odparł nie bez przechwałki. – Muszę oddać sprawiedliwość Kaczanowskiemu, jego to głównie zasługa.

– Ten by diabła wyprowadził w pole. Byle jeno ni wpadli na jego tropy...

– Podziwiam, admiruję kawalerską fantazję, ale ni pochwalam! – krzywił się szef.

Nie było czasu na dłuższe deliberacje w tej materii. Ale na drugi dzień po południu wpadł Działyński wielce zgorączkowany.

– Wiecie? Oficjerów konwojowych zdegradowano, a gemejnów puszczają przez rózgi. Mówią już o Kaczanowskim Rautenfeld wściekły już latał w tej sprawie do Sieversa Hetman Kossakowski posłał szwadron w pomoc Blumowi a na swoją rękę całą sforę szpiegunów rozpuścił. Gotów wyłowić tych biedaków, a przez nich i dobrać się do twojej skóry, poruczniku.

– Zatroskał się o niego.

– Tanio mnie nie wezmą – odparł niemile dotknięty przypuszczeniem.

Działyński jednak nie przestał się kłopotać jego bezpieczeństwem, gdyż po skończonej pracy i przed samym odjazdem z Grodna znowu powiedział:

– Radzę ci, pakuj manatki i wyjeżdżaj. Rautenfeld powiedział, jako nie spocznie, dopóki nie wyśle na Sybir Kaczanowskiego i spólników. Doniósł mi o tym Mirosławski, on to wie od Ożarowskiego. Masz moją permisję, przyczaj się na ten miesiąc gdzie na wsi w Koronie, zresztą nie będą cię śmieli napastować. Zaręba rozumiał niebezpieczeństwo swojej sytuacji, lecz bez wieści o Kacprze ruszyć się z Grodna nie chciał, a na te wiadomości czekał już szósty dzień i coraz bardziej się niepokoił. Nie mniej trwożył się i własnym losem, Więc zaraz po wyjeździe szefa zaczął się pokazywać, gdzie tylko było można. Poszedł zuchwale na obiad do Sieversa, nie bez wstrętu obcując z najpodlejszymi jurgieltnikami. Zabiegał o fawory pani Ożarowskiej, towarzysząc jej wiernie na promenadach. Postarał się o inwitację margrabianki Luhlli, gdzie bywało niewielu, gra szła wysoka i panowały maniery godne królewskiej gamratki. Stał się domownikiem hrabiny Camelli, u której zbierały się szumowiny awanturników wszelkiego autoramentu, panował Littiepage, gospodarzył Boscamp, a uświetniał niekiedy Sievers, wielbiciel jej cudnego głosu. Odwiedził nawet któregoś wieczora Cycjanowa na Horodnicy. Pułkownik wydał się być serdecznym jak zawsze, częstował czajem, zwierzał się ze swoich amorów i nowej zgody z Izą, lecz ostrożnej wzmianki o Mereczu jakby nie dosłyszał. To go zastanowiło. – Coś podejrzewa! – myślał, na darmo próbując odczytać prawdę z jego bladych jakby ugotowanych oczu i życzliwej twarzy. Znalazł się i na niedzielnym przyjęciu biskupa. I znowu się zatrwożył, gdyż Kossakowski jakoś szczególniej go wyróżniając kazał mu siąść przy sobie i obcesowo rozpytywał, co mówią na mieście o Mereczu. Patrzył przy tym tak przenikliwie, jakby się czegoś dorozumiewając. Zadygotał pod tymi oczyma przyczajonego bazyliszka, lecz odzyskawszy rezon powziął zuchwały plan wywiedzeniia go w pole. Ale zaczął ostrożnie, kołująco.

– Słyszałem o tym zdarzeniu tyle wersji, że nie wiem, której dać wiarę.

– Nic dziwnego. Zaniepokojona powszechność snuje przeróżne ambaje, szuka winnych i żąda ich mieć ukaranymi. Napaść na wojska imperatorowej to niemała rzecz. Zrabowali przy tym skarb rosyjski na kilkadziesiąt tysięcy dukatów! Znasz może niejakiego Kaczanowskiego, kapitana? – zaindagował znienacka.

– Tyle, że wiernik to Działyńskiego, gracz, pijanica i oczajdusza.

– Przecież Działyński na zbój go nie posłał – oburzył się.

– Anibym śmiał suponować; powiadam, jakim znam Kaczanowskiego. To nie jego sprawka. Ale mówią dosyć zgodnie, że całą awanturę ukartowali werbownicy króla pruskiego. Nie zdaje mi się to podobnym do prawdy...

– Werbownicy króla pruskiego – zastanowił się poruszony. – A wiesz, ta wersja nie jest bez sensu. Nad tym należałoby się zastanowić.

– Bywało, jako w Warszawie wykradali gemejnów prosto z koszar – podsuwał chytrze. – W transporcie było podobno przeszło sto chłopa, to rzecz łakoma dla werbowników i niemała fortuna. Król pruski nigdy nie żałował ekspensów na żołnierzów. Chytrze umyślili całą rzecz podając w podejrzenie innych.

– A może o Kaczanowskim zmyślili dla zamydlenia oczów? – próbował bronić.

– Wyjechał z Grodna wraz z konwojowymi oficjerami jako ich kompan i towarzysz broni, spoił wszystkich w Mereczu, a podczas napadu gdzieś się zapodział...

– Weźmie za swoje, jeśli go dostaną – zauważył zimno, patrząc mu w oczy.

– I słusznie, a nigdy za mało. Za jego przyczyną odwlecze się znowu wymarsz wojsk rosyjskich – powiedział udanie bolejącym głosem. – Sievers będzie się zasłaniał potrzebą ugruntowania w kraju bezpieczeństwa i spokojności. Zabiłeś mi jednak klina tymi pruskimi werbownikami. Cóż w tym względzie wiesz jeszcze?

– Że i Buchholtz nie obcy tej kabale – brnął coraz zuchwalej – pono w ostatnich czasach głośniej zabrzęczały w Grodnie pruskie talery...

– To już czysta plotka. Król pruski nie znajdzie u nas swoich
popleczników, choćby i rozpuścił skąpego worka – oburzał się
pociągając go za język w tę stronę.

– Już ich nazywają... Ktoś nawet puścił na miasto ich katalog...

– Niegodne oszczerstwa jak i tyle drugich. Bym wiedział nazwiska
tych Katonów, podających najgodniejsze imiona w swoich podłych
paszkwilach, dałbym wiele – spojrzał oczekująco.

– Dałbym bardzo wiele. Nie miarkujesz, kto to być może?

– Jako żywo, nie widziałem jeszcze na oczy żadnego literaty –
wypierał się najszczerzej.

– Pewnie jakiś szczekacz z Kołłątajowskiej Kuźnicy – udobruchał
się prędko i podając mu rękę do pocałowania spytał wielce
przyjacielsko: – Kiedyż cię zobaczę w mojej kancelarii? Jakoś ci nie
pilno do pracy. Smakują hulki, amory, karteczki, co? Mówił mi
Woyna, jak się tu wisususjesz! – śmiał się grożąc mu palcem.
Przyobiecał w paru dniach stawić się do jego rozporządzenia i
odszedł przysięgając sobie najsolenniej nigdy już w życiu nie
przestąpić progów jego pałacu.

I peregrynował dalej po miejscach wszystkich zebrań, zabaw,
hulanek i kompaniach zatrudniających się kartami, i gdzie się tylko
spodziewał posłyszeć o Mereczu, tak go bowiem przeżerały
niepokoje o losy Kaczanowskiego, Kacpra i tylu odbitych
gemejnów. Pełno go też było wszędzie i głośno, ku zdziwieniu
znających jego wyniosły, surowy sposób myślenia i gorący
patriotyzm. Zelanci, z którymi spotykał się niekiedy u Zielińskiego
bądź u podkomorzyny, nie szczędzili przygan, znajdując jego
hulaszczy sposób życia cale niewłaściwym.

 –– Kto się zadaje z plewami, tego świnie zjedzą – rąbnął wręcz
Krasnodębski.

– Bo z jakim się wdajesz, tahim się stajesz! – dopowiedział
Skarzyński, z ojcowską zgoła powagą przestrzegając przed
ufrakowanym modnie ultajstwem.

Że nie mógł zdradzić się z powodów, podziękował im za rady nie
obiecując zresztą poprawy i nurzał się dalej we wszystkich
kałużach grodzieńskiego życia wyczekując z coraz większą
gorączką powrotu Kacpra lub jakiejś wieści.

 Któregoś dnia, po ciężkiej walce z sobą, odwiedził dom kasztelana.

 W bawialni zastał jeno Terenię i Marcina; porucznik siedział na
środku rozkraczony i z wyciągniętymi przed się rękami, czyniąc z
nich jakoby motowidło, osnute żółtą, jedwabną przędzą, którą
Terenia zwijała na kłębuszki.

– Proszę, waćpan przypomniał sobie o nas! – przycięła z miejsca. –
Nie tłumacz się, wiemy, jakżeś zatrudniony po balach i asamblach,
wiemy!...
– Mało jeszcze pułkownikównie mieć jednego porucznika w
załodze? Każdy szuka lepiej, gdzie mu się je widzi należć! Nie
płakała za mną waćpanna?
– Za to inne gorzkie łzy ronią, jeśli cię co dnia nie zobaczą –
trzepała nawijając nici z wielką biegłością. – Wszystkie damy
rozpowiadają sobie na ucho o twoich amuretkach, przygodach i
tryumfach! Marcin, bo dostaniesz po łapach – groziła za jakiś
niewinny zgoła rękoczyn Zakrzewskiego.
Zjawił się szambelan w zwykłej asyście Kubusia, leków, szalów i
jękliwych utyskiwań, witając go jednak z ostentacyjną
serdecznością. Wkrótce przyszła i kasztelanowa, smutniejsza niźli
zwykle, cichsza, bardziej zadumana i wpatrzona w jakieś
zaświatowe dalekoście, a za nią sunął biały cień Hiszpana,
straszącego twarzą bladą jak papier, przepaściami czarnych oczu i
pozorem wskrzeszonego Piotrowina. Za czym o samym zmierzchu,
gdy liberia pozapalała pająki, ukazała się dopiero Iza. Zaręba omal
nie krzyknął ze zdumienia, tak mu się wydała dziwnie
przemienioną – szła spowinięta w melancholiczne, tkliwe
uśmiechy i w powłóczyste, ciemne szaty, z oczyma mniszki w
godzinę niebiańskich widzeń, a tak cudna, wzniosła i po rywająca,
że wszystkie spojrzenia padły przed nią w niemym uwielbieniu.
   – Ty cudzie jarmarczny! Ty kłamne bóstwo! Ty żołnierska
Afrodyto! – mówił jej wzgardliwymi oczyma Zaręba, ale chociaż
mu było spieszno, pozostał u nich na cały wieczór. I z
niepomiernym zaciekawieniem przypatrywał się Izie oddającej się
teraz rzeczom wyższego rzędu, dysputom z mnichem i
kasztelanową, rozważającym zawiłe ustępy pism św. Teresy.
– Przeodziała się w teologię jak w modny strój – szepnął
Marcinowi, ale ten poza Terenią nie widział, co się dzieje dokoła.
Rozciekawiał go również szambelan, jego złośliwe spojrzenia
ciskane na żonę i mnicha i częste wybuchy dyskretnych śmiechów.
Snadź zabawiał się tą komedią, odgrywaną z niemałą sprawnością
i uroczystym przejęciem. Ale miarę jego dzisiejszych zdumień
wypełnił kasztelan, który przyszedłszy na wieczerzę podał mu
rękę, jakby pomiędzy nimi nic nie zaszło, nie dotykając nawet tej
materii, a dopiero wychodząc zwrócił się do niego:
– Matka molestowała w liście, bym cię przynaglał do opuszczenia
Grodna. Tęsknią za tobą w domu.

Słowa tak były wymówione, że musiał je zrozumieć jako ostrzeżenie przed jakimś niebezpieczeństwem. Wziął je pod głęboką rozwagę i zanurzywszy się znowu w miasto poczuł niechybnym instynktem spiskowca i żołnierza, jako włóczą się za nim jakieś podejrzane persony. I nie marszałkowska to była policja, gdyż awantura w Mereczu nie podlegała jej jurysdykcji, a przy tym już spadła z wokandy publicznej uwagi, pochłoniętej aktualnie stokroć ważniejszą kwestią traktatu z Prusami. Mogły więc tylko za nim tropić ambasadorskie ogary, to zaś groziło porwaniem i wywiezieniem Bóg wie gdzie. Że się nie mylił, przekonało go akuratnie zajście z von Blumem na wieczorze u hrabiego Ankwicza, gdzie się znalazł jeszcze tej nocy.

Przyszedł dosyć późno, gdy już grano we wszystkich salonach, i pierwszą osobą, jaką zobaczył, był von Blum, który zrazu jakby go nie spostrzegł, ale po jakiejś chwili zbliżył się z serdecznymi powitaniami, a odprowadziwszy na stronę zwierzył się ze swojej pogoni za zbiegami. Dawał rozumieć, jako nie nazbyt następował im na pięty i pozwolił ujść wynosząc przy tym dzielność i spryt Kaczanowskiego.

Zaręba nie dał się wziąć na plewy podstępnej indagacji i zaziewał, upewniając, że lepiej gonić za fortuną na zielonych stolikach, gdzie już faraon toczył się w najlepsze. Już teraz wiedział, że mają go w podejrzeniu. Mróz go przeniknął, ale zasiadł do kart i grał z niezmierną werwą i szczęściem, nie zważając na częste i badawcze spojrzenia von Bluma.

Wieczory u hrabiego Ankwicza odznaczały się dobraną kompanią najpierwszych biboszów i kosterów, wysoką grą i wspaniałym przyjęciem. Zebrania były męskie i honory domu czynił sam hrabia Ankwicz, póki nie zasiedli wszyscy do stolików. Zazwyczaj grywano do rana, czasami znacznie dłużej.

O dobrym dniu, kiedy podawano przekąskę, a wielu graczów już się rozjeżdżało, wymknął się i Zaręba, lecz dziwnym trafem wpadł przed pałacem na von Bluma, który z racji, że pomimo wczesnej pory zbierało się na burzę i błyskawice latały wskroś chmur groźnie skłębionych, uparł się go odwozić na kwaterę. W drodze gawędzili z sobą przyjacielsko i rozstali się w najlepszej komitywie.

– Nie bez kozery świadczył mi grzeczności. A może chciał spenetrować moją kwaterę! – rozmyślał podejrzliwie, wchodząc do mieszkania. I jakże się naraz rozradował! Kwestarz spał na jego łóżku, jak był przyjechał, w habicie i butach, ale na skrzyp drzwi porwał się na nogi. Wyjaśniły się zaraz okoliczności jego spóźnienia. Kacper dziw mu nie pomarł w drodze na trzęsącej bryce i musiał go złożyć u znajomego chłopa, zaś później, gdy Blumowi kozacy jęli przetrząsać okolice w szerokim promieniu Merecza, trzeba się było wymykać, kluczyć jak lisi po lasach a węglarskich budach chronić. Opowiadał wesoło, w oczach świeciła mu zuchwała przedsiębiorczość i niezmożona żadnymi przeciwnościami energia.

Zaręba już nie poszedł spać, a pieszo, żeby nie zwracać uwagi, przebrał się zaułkami do mieszkania podkomorzyny. Przypuszczony do sekretu Rustejko zaprowadził go do Kacpra. Trudno opowiedzieć, jak się ucieszył chłopak, jak się rwał do wyjazdu, jak chciał w tej minucie znaleźć się daleko za Grodnem. Ale sprowadzony doktor wyegzaminowawszy go należycie ani chciał o tym słyszeć.

– Za jakie dwie niedziele, nie prędzej! Inaczej nie ręczę za jego życie – upewniał. Kacper z płaczem suplikował, aby go natychmiast wywieźli. Był jednak tak wyczerpany przygodami i raną, iż podnieść się nie mógł o własnej mocy.

Więc bez oczywistego azardowania życiem niepodobna było go wywozić.

Po rozmowie z podkomorzyną stanęło na tym, że chory pozostanie pod jej opieką do czasu podzdrowienia, potem miał się już nim zająć ojciec Serafin, zaś Zaręba miał wyjechać nazajutrz rano, jak tylko podniosą rogatkowe szlabany.

Niemało łez popłynęło z pięknych oczu podkomorzyny, niemało tkliwych wyznań padło i westchnień gorących się wyrwało, gdy przyszła chwila pożegnań.

Krzepiła jeno udręczone serce nadzieja rychłego spotkania się z nim w Warszawie. On zaś był już owładnięty gorączką wyjazdu, pilno mu było z Grodna w szeroki świat, a jeszcze pilniej do swoich, do domu. Przykazał Pietrkowi, aby spakowawszy bagażc wyruszył jeszcze przed nocą za Niemen i zaczekał na niego w karczmie za Franciszkanami, gdzie mieściła się sekretna kwatera sprzysiężonych i poczta. Maciuś z bryką i parą koni miał pozostać. Wydawszy te rozporządzenia, pomimo burzy, jaka się rozpasała nad miastem, ciemnicy, wichru i piorunów bijących jeden po drugim, poleciał do kramów i handlów kupować gościńce. Srodze się wyekspensował, ale nie przepomniał o nikim, każdemu coś przeznaczając. Z dziecinnym prawie uniesieniem pakował te skarby w łuby ciesząc się z góry zdziwieniem i radością obdarowywanych.

Postanowił wyjechać bez pożegnań z nikim, a dopiero z Grabowa rozpisać usprawiedliwiające się listy, ale przed wieczorem przysłał po niego Prozor, który się był spóźnił na zjazd sprzysiężonych przez jakieś przygody, i zażądał mieć o nim relację. Na nieszczęście wszyscy wtajemniczeni już wyjechali, nawet Jasiński był się oddalił z Grodna, więc rad nierad musiał wypełnić powinność.

Bowiem Karol Prozor, wielki oboźny litewski, był filarem insurekcyjnych zamierzeń i najpierwszym inicjatorem zbrojnego powstania. Pan to był przy tym oświecony, możny, wielkiego serca i poważania w całej Litwie, o którego powolność zabiegała nawet imperatorowa, próżno nakłaniając go do siebie obietnicami łask i orderami, gdyż szczęście i wolność ojczyzny przekładał nad wszelkie honory, składając jej w ofierze całą duszę, wszystkie dni żywota i znaczną fortunę. W liczbie ówczesnych paniąt i wielmożów, co jak stado sępów, kruków i szakalów rozszarpywali powaloną Rzeczpospolitą, zdawał się jedynym orłem, broniącym jej istnienia.

Przepędził z nim parę godzin, dopiero o samym wieczorze powracając do mieszkania. Pietrka już nie było, Maciuś zaś podał mu jakiś liścik, patrzący na zwykły "billet doux", obficie przejęty wonnościami, ale treści zgoła nieoczekiwanej: "Uciekaj choćby zaraz, niebezpieczeństwo ci grozi." – "Ti voglio bene" było zamiast podpisu.

– Przyniósł go jakiś człowiek nie wyznając się od kogo i spiesznie odszedł – objaśniał Maciuś. Ostrzeżenie było tak wyraźne i przyjacielskie, że nie głowiąc się, od kogo pochodzi, dał .mu zupełną wiarę. Należało wyjeżdżać natychmiast, cóż, kiedy właśnie wybiła dziewiąta godzina, a o ósmej zamykano rogatki. Było już za późno dzisiaj. Poleciał zasięgnąć rady ojca Serafina.

Na dworze była ciemnica, deszcz lał jak z cebra, wichura szalała i co chwila błyskawice wyżerały oczy.

W celi było ciemno, mnich klęczał zatopiony w żarliwej modlitwie.

– Nie pozostaje nic nad ucieczkę – radził wysłuchawszy nowiny. – Uciekaj waść zaraz, w chałupie Trojakowskiego doczekasz się rana, przebierzesz się w jakie łachmany i swobodnie dosięgniesz swoich ludzi i koni. Mogą przyjść jeszcze tej nocy, wsadzą do kibitki i adiu Fruziu! Któż będzie mocen cię wydrzeć?...
Zaręba, promenujący się gorączkowo, przystanął nagle i rzekł porywczo:

– Otóż nie. Psiakrew, żebym ja był przymuszony we własnym kraju kryć się i uciekać jak złodziej! Niedoczekanie! Cóżem to banita, wywołaniec, zbój jaki?

– Bronić się przecie waść nie zamyśla? – strwożył się jego mową szaloną.

– A choćby – głos mu zgrzytnął w ciemności jak wyciągana szabla.

– Nie dam się! I niech się podniesie krzyk na całą Rzeczpospolitą, niech się dowie powszechność, jak sobie poczynają z wolnymi jej alianci! Jak mi ojczyzna miła, tak się nie dam wziąć żywym! A biada każdemu, kto śmie podnieść na mnie rękę – srożył się, porwany gniewem straszliwym obrażonej godności. – Jeślim winien, niechaj mnie sądzą trybunały i ukarzą, jestem powinien prawu, ale na gwałt miecza dobędę. Podłej przemocy nie poddam głowy w pokorze. Żołnierzem jestem i wstyd mnie pali, żebym uciekać miał przed zbójami. Właśnie powrócę do kwatery i czekał ich będę do białego dnia. A nie przyjdą, wyjadę rano, jakem postanowił! – Mówił z taką determinacją, że nie pomogły żadne perswazje ni prośby, aż po krótkiej przerwie ojciec Serafin wyrzekł znacząco:

– Kiedyś taki rezolut i chcesz się azardować, to i ja się przyłożę do tej potrzeby. W Bogu jednak nadzieja, iż dzisiaj jeszcze nie przyjdą...

Ale przyszli, właśnie jeszcze tej nocy, nad ranem.

Zaręba był już przygotowany należycie; pistolety i trzy pary krócic o podwójnych lufach sam opatrzył i nabił, szablę kazał Maciusiowi wytoczyć jak brzytwę i nauczywszy go, jak ma sobie poczynać w zdarzonych okolicznościach, wdział łosiowy spencer pod kurtę, ubrał się do drogi, a rzuciwszy się na łoże zasnął snem sprawiedliwego.

Dochodziła czwarta, gdy Maciuś szarpnął go za rękaw.

– Melduję pokornie: nadchodzą, już słychać tętenty... Podniósł się władnąc sobą jak nigdy i z twarzą zastygłą na kamień nasłuchiwał. Tylko deszcz trzepał po szybach i wiatr przegwizdywał w kominie, ale nie wyszło i Zdrowaś, na ganku zahuczały uderzenia kolb i gwałtowne kołatania.

– Otwórz! Umknij przed pierwszym impetem i powracaj mi do boku – zaszeptał, a przeniósłszy świecę na komin przeżegnał się i położył rękę na rękojeści.

Trzasnęły drzwi frontowe i od ciężkich kroków tłoczącego się żołnierstwa zadygotały dyle i ściany; potem otwarły się na rozcież drzwi do stancji, las pochylonych bagnetów zamigotał, walili całą hurmą, a na czele szedł von Blum z gołą szpadą w ręku.

– Oddaj waszmość szablę, jesteś aresztowany! – powiedział umykając z oczyma.

– Ach, to waść, panie kapitanie! Proszę, jakimże szczęśliwym okolicznościom zawdzięczam tę miłą wizytację? Co za szczególniejsza asysta! – drwił przysuwając się do stołu. – A jakimże to prawem śmiesz asan napadać po nocy wolnego obywatela? – Głos mu zadźwięczał spiżem gniewu i groźby.

– Każę cię brać w pęta, jeśli nie oddasz mi szabli.

– Weź ją sam, podły niewolniku! Podejdź i weź, rakarzu, zbóju i złodzieju! Weź!

– Brać go w postronki! Ruszaj! Prędko! – krzyknął ustępując żołnierzom, którzy z pochylonymi bagnetami ruszyli do ataku. Zaręba z błyskawiczną szybkością pchnął na nich długi stół, że się rozlecieli na wszystkie strony, a sam runął na Bluma. Zamigotały szable, zgrzytnęły ostrza i po trzecim złożeniu kapitan straszliwie cięty przez ucho i twarz zatoczył się na ścianę i padł.

 Zawrzała bezładna bitwa w ciasnej izbie i sieniach, huragan wrzasków wybuchnął. Zaręba strzelił w kupę i wydarłszy jakiemuś karabin rzucił się z furią w największy gąszcz. Maciuś rycząc wniebogłosy prał drągiem, aż wióry leciały ze łbów i karabinów. Wymietli żołnierstwo do sieni, tak sobie już folgując, że raz po raz wyrywał się nieludzki krzyk i ktoś walił się na ziemię.

 Żołnierze bez dowódcy, zaskoczeni nieoczekiwaną gwałtownością obrony, stłoczeni w ciemnej sieni, cofali się bezładnie na ganek, ledwie się odcinając straszliwym ciosom napastników, co spadały gradem piorunów. Zagrzmiały salwy karabinowe: to pozostali na dworze kozacy jęli strzelać w okna, ściany i gdzie popadło.

 Naraz uczyniło się widno, dach stanął w płomieniach i dziwnym trafem cała rudera buchnęła ogniem. Powstał nieopisany zgiełk. Klasztorne dzwony zahuczały na trwogę. Jacyś ludzie nadbiegali z widłami, kosami i czym kto miał pod ręką. Uderzono na żołnierzów w pomoc Zarębie.

 – Na pomoc! Rabusie! Na pomoc! Ratunku! – rwało się ze wszystkich.gardzieli. Nadbiegły marszałkowskie straże, alianckie warty, nawet kozackie patrole, bitwa się przerwała, gdyż który jeno z gemejnów mógł, uciekał, gdzie go poniosły oczy, przed wściekłością nadbiegającego pospólstwa, uciekła nawet kibitka z konwojowymi kozakami, pozostał jeno ciężko ranny, nieprzytomny von Blum i paru jego porąbanych socjuszów. Powiązano ich niby barany i wywłókłszy z płonącego domu porzucono w błoto pod wartę marszałkowskich.

Zaręba, zakrwawiony od licznych zadraśnięć, w porwanym odzieniu, lecz z piorunami w oczach, krzyczał do coraz większych tłumów, jako napadli na jego kwaterę rabować alianccy żołnierze, i to pod wodzą oficjera!

Świt się już robił zielonawy od deszczu, płaksiwy i zimny, gdy płonąca rudera zawaliła się z trzaskiem, wybuchając słupami iskier i płomieni. Już się było zbiegło pół miasta i taki gniew srożył się na rabusiów, że straże musiały bronić powiązanych, bo byliby ich rozerwali na sztuki.

Dopiero o dobrym dniu i przynagleni zaniepokojeniem, jakie powstało w całym mieście, nadjechali na miejsce zdarzenia: marszałek wielki Moszyński, regimentarz Ożarowski i Sieversowy komendant Grodna, generał Rautenfeld, który snadź już wiedział o nieudanej wyprawie, ale milczał zacinając jeno zęby i groźnie tocząc oczyma.

Zaręba z Maciusiem tak gdzieś przepadli jakby kamień w wodzie. Tłum się burzył i dawały się słyszeć głosy coraz liczniejsze i groźniej brzmiące, że ich porwano na kibitki i wywieziono...

XII

Niezdarzone porwanie Zaręby stało się dosyć głośnym, dla Sieversa i jego kompanionów nawet kłopotliwym, ale z tej racji nie podniósł się krzyk na wszystką Rzeczpospolitą, chociaż zelanci próbowali rozdmuchać zdarzenie grożąc jego wywleczeniem na sejmowe forum. Zieliński chciał nawet zapisywać w grodzie protestacje, zaś Woyna nie dowierzając zapewnieniom Rautenfelda długo się kłopotał niewiadomym losem przyjaciela.

Powszechność animowała się czymś zgoła ważniejszym.

Zaczęły się bowiem dni sejmowych deliberacji nad traktatem z Prusami, pochłaniające całą społeczność od króla do ostatniego mości dobrodzieja.

Owo ten król pruski, z którym były zawarte sojusze, który jeszcze niedawno skomlał o przyjaźń Rzeczypospolitej i przy zdarzonych okolicznościach zapewniał o niezmiennej wierności, ten król pruski, którego przodkowie, wywiedzeni z nicości przez Polskę, na kolanach w rynku krakowskim zaprzysięgali przed jej Majestatem poddaństwo i swoje wierne służby – podeptał przysięgi, zdradził nikczemnie położoną w nim wiarę i, podawszy hasło nowego rozbioru, po zbójecku napadł Wielkopolskę i zajął ogromny szmat kraju aż po Rawę, Pilicę i Sochaczew. Zagrabił prawem kaduka, jak najostatniejszy z łotrzyków! A teraz przez swego ministra śmie jeszcze nasyłać harde noty i żądać od zgromadzonych stanów dobrowolnego wyrzeczenia się ziem podstępnie zagrabionych! Chce prawnie władać odwieczną kolebką narodu i przymusza sejmujące stany, "żeby natychmiast deputację opatrzyły plenipotencją, potrzebną do ukończenia negocjacyj i do podpisania traktatu provisorie uprojektowanego, który był przedmiotem mianych z nim konferencji. Inaczej najjaśniejszy król jegomość pruski będzie się widział w konieczności rozkazania generałowi Möllendorfowi, ażeby do nieprzyjacielskich przystąpił kroków wkraczając do pozostałych krajów Rzeczypospolitej i takowe przedsięwziął miary, które jeszcze więcej los Polski ucisną i ściągną najokropniejsze skutki na tych, którym się podoba pomnażać przez ślepą opozycję klęski swej ojczyzny."

Tak przemawiał do wolnego narodu, imieniem swego pana, Buchholtz...

Taki głos podnosiła zuchwała nikczemność, dufająca jeno prawu pięści...

I przez takich wiarołomców i tyranów nauczyła się Polska nienawidzić i przeklinać. Więc kto jeno miał człowieczą duszę, w kim nie wytlało sumienie i żyło jeszcze czucie wolności, ten przeciwił się oddawaniu najmniejszej cząstki ziemi w moc podłego rabusia i ciemięzcy.

– Raczej nam oddać wszystką Rzeczpospolitą pod opiekę imperatorowej! – wołali stronnicy Kossakowskich, a wraz z nimi większość zrozpaczonych.

Drudzy zaś, z których głównie przyczyny kraj przyszedł do takiego upadku i poniżenia, jak bywszy hetman Rzewuski i część generalności targowickiej, z wojewodą sieradzkim, Walewskim, na czele, chcieli rozpisywać uniwersały na pospolite ruszenie i mieczem a ogniem zanieść odpowiedź królowi pruskiemu – ale Sievers czuwał i w porę a skutecznie takowe zamysły przygaśli grożąc malkontentom konfiskatą majętności i wysłaniem. Już bowiem zrzucił maskę życzliwości, coraz brutalniej naciskając sejm do przyjęcia pruskich żądań.

Najgłębsza, bo bezradna, rozpacz ogarnęła umysły cnotliwych i serca. Rzeczpospolita leciała w przepaść bez nadziei jakiego bądź ocalenia...

Nie zwątpiła tylko w jej podźwignięcie i żywot nieśmiertelny ta przyczajona do czasu garść sprzysiężonych i egzulów tułających się po obcych krajach, lecz tego ani się mogła domyślać powszechność, wystawiona na wszystkie udręczenia niepokojów, żałości i najczarniejszych trwóg.

Przez te pamiętne dni, od 26 sierpnia do 2 września, Grodno dawało z siebie obraz zgoła niepowszedni, tak było do dna wzburzone i rozanimowane. Wszyscy i na każdym miejscu zajmowali się jeno sprawą traktatu, ważąc w nieskończonych deliberacjach widoki jej przyjęcia lub odrzucenia przez sejm. Nawet pospólstwo, ku niemałemu zdumieniu, dawało wyraz swej nienawiści do Prus. Którejś nocy wybito szyby Buchholtzowi, że musieli jego kwaterę opasać kordonami grenadierzy Cycjanowa. Jakichś Niemców ledwie wyrwano z pazurów rozjuszonego tłumu. A co już dawało do myślenia, że w biały dzień pod Jezuitami spalono konterfekt króla pruskiego, a imiona jego sejmowych jurgieltników powieszono, przy czym uczynił się taki tumult i zbiegowisko, aż kozacy musieli się wdać z nahajkami.

Nienawiść powszechna wyrastała z dnia na dzień i każdego z podejrzanych o życzliwość do Prus, a w szczególności posłów, prześladowano wzgardą, iż chyłkiem, zaułkami przekradali się na sejm, poniektórzy nawet pod eskortą. Poruszenie umysłów zdało się grozić jakimś powszechnym wybuchem zemsty, podsycanej nieustannie przez gazetki krążące z rąk do rąk i wierszyki. Codziennie znajdowano na murach ponalepiane karteluszki, pełne gróźb pod adresem sejmowej większości. Podrzucano je nawet w pojazdach i kościołach. Na próżno zatrwożony marszałek Moszyński kazał wyłapać podżegaczów, tyle się jeno dowiadując od Boscampa, że to jakiś mnich podjudza tłumy, jątrzy i do wszystkich ekscesów ręki przykłada.

Snadniej jednak pochwyciłby w locie jaskółkę, niżli jego złowił spośród oddanego mu pospólstwa.

Rozgorączkowanie umysłów dosięgło już takiego napięcia, że zabawy i hulanki przestawały mieć amatorów; teatralne reprezentacje i koncerty odprawiały się przy pustych ławach, nawet zielone pola faraona ugorowały, zaś lękliwsi obywatele, znaczniejsi kupcy i modne gamratki zaczynali opuszczać miasto w przewidywaniu rozruchów i zamieszek. Ulice pustoszały, zbrakło pod kafenhauzami próżniaków wystających całe dnie, nie doliczył się też ani połowy pojazdów, strojnych dam i hucznych kawalkad; wszystko się gdzieś poprzytajało nasłuchując jeno wieści z coraz burzliwszych obrad sejmowych.

Wtedy zniecierpliwiony Sievers, celem odwrócenia publicznej uwagi od materii politycznych, nakazał swoim socjuszom

urządzanie przyjęć i balów, nie żałując ekspensów dla mniej
zasobnych lub ociągających się.

Pierwszy wystąpił Nowakowski – i wytłuczono mu szyby, a
nazajutrz ledwie się salwował z rąk jakichś oberwańców.

Więc pani Ożarowska i cała wybrana socjeta wznowiła przerwane
zabawy pod opieką Gwardii Litewskiej, bowiem hetman nie
dowierzał koronnej. Codziennych obiadów Sieversowych dla
posłów i stronników strzegła cala kompania jegrów. Pomniejszych
zebrań pilnowali marszałkowscy lub miejskie pachoły, ale pomimo
tego powracających z owych przyjęć często spotykały siurpryzy, że
ich obrzucano błotem i kamieniami.

Skorzystał z tych okoliczności ambasador i pod pozorem
bezpieczeństwa kazał dać stałe straże dygnitarzom, wybitnym
posłom, ważniejszym personom, a miasto zalał wojskiem i wziął
pod taki nadzór, że bez przepustki, wydanej przez komendanta,
nikt się nie ważył pokazywać na ulicach ni wyjeżdżać.

Wpłynęło to cale skutecznie na animusz pospólstwa, lecz nie
uspokoiło wzburzenia powszechności.

Bowiem sejm dawał obraz codziennej bitwy, staczanej przez garść
bohaterów z falangą chwiejnych, głupich i zaprzedanych oraz z
całą potęgą skoalizowanej nikczemności sąsiednich potencji.

Na próżno król, Ankwicz, Ożarowski, biskup Kossakowski,
Miączyński i tylu podłych i tchórzliwych usiłowało wszystkimi
sposoby przemóc opozycjonistów i skłonić do powolności, na
próżno i Sievers groził im Sybirem, obstawiał wartami, a
niektórych siłą zatrzymywał na kwaterach.

Nie ustąpili żadnym groźbom ni perswazjom.

Szydłowski, Skarzyński, Mikorski, Krasnodębski, Kimbar, Karski,
Gosławski i reszta tych niewielu cnotliwych stała nieustraszenie
przy swoim, nie dopuszczając deliberacyj nad traktatem z
Prusami.

Stali jakby na podminowanym szańcu, walcząc do ostatniego tchu
za całość i wolność Rzeczypospolitej, jak byli walczyli w przeklętej
pamięci dniach, 17 lipca i 17 sierpnia, tak samo przeciw
skonfederowanej zdradzie i przemocy.

Grzmiały więc ciągłe mowy, protestacje, głosowania; nieustannie
wybuchały kłótnie, przewlekłe rokowania, długie ceremonie
przeprosin obrażanego co chwilę Majestatu, kończące się
gremialnym ucałowaniem królewskiej ręki – byle jeno przewlec
choćby dzień jeden, byle tym oporem rozbudzić sumienia i
krzykami rozpaczy wstrząsnąć opieszałych. Już większość

sejmowa poczynała się skłaniać za ojczyzną, już 27 sierpnia przeszedł wniosek Szydłowskiego odrzucający ze wzgardą wszelkie traktowania z Prusami, już otucha napełniała serca obrońców, świtały nadzieje i pomnażały się siły...

Ale zbyt rychło musiały rozwiać się wszelkie rachuby i nadzieje, bo za notami króla pruskiego stały tajne układy z imperatorową, podyktowane nienawiścią do Polski, a co najgroźniejsze, jej armie wyczekujące tylko rozkazów.

Jakoż zaraz nazajutrz, 28 sierpnia, na sejmie odczytano długą i wykrętną notę Sieversa, nakłaniającą stany do bezzwłocznego zakończenia sprawy z Prusami. Jeszcze nie ochłoniętо z ciosu, zadanego pięścią obwiniętą aksamitem, gdy Adam Podhorski, poseł wołyński, zażądał głosu, ale nie mogąc przemówić z powodu nagle powstałych wrzasków, podał jakiś papier marszałkowi sejmowemu żądając jego odczytania. Poparli to żądanie jego talarowi socjusze.

Znano Podhorskiego zaprzedanym Prusom nikczemnikiem i wiedziano, co zawiera jego projekt, układany ostatniej nocy wespół z Buchholtzem.

Cała więc opozycja jak jeden mąż porwała się z ław, wybuchając huraganem złorzeczeń i protestacji przeciw odczytywaniu. Zatłoczone galerie zawtórowały tupotem i wrzaskami, dziw, że się cały Zamek nie zawalił.

Zelanci w słowach gwałtownych i już niepohamowanych, w słowach gniewu i wzgardy piętnowali Podhorskiego jako zdrajcę kraju, a Szydłowski, uniesiony cnotliwym oburzeniem, wzniosły w bólu nad ojczyzną i zrozpaczony, wołał ogromnym głosem w końcu przemówienia:

– "Idę pod laskę zadając Podhorskiemu zdradziectwo ojczyzny i oczywiste złamanie przysięgi! Sądu żądam na zdrajcę i nie ustąpię, aż się doczekam tej dla ojczyzny pociechy, iż ziemia nasza krwią tego zdrajcy oblana zostanie." – I stanął pod laską marszałkowską cały w ogniach piorunów.

– Podhorski na sąd! Pod laskę! Na sąd! – zawrzała izba i sto pięści wyciągnęło się ku nikczemnikowi, który ogromny, brzuchaty i jakby spęczniały judaszowymi talerami, siedział spokojnie, obcierając jeno twarz sczerwienioną.

Miączyński, Józefowicz, Wilamowski, Włodek i Zaleski trzymali przy nim straże ochraniając go przed rozwścieczonymi pięściami. Nie poruszyły go nawet krzyki arbitrów, padające z galerii jakby nieustającym gradem kamieni.

– Zdrajca! Łotr! Na szubienicę! Pruski parob! Judasz! Rakarz! Zdrajca! Nad wszystkimi górował bas ojca Serafina i zapalczywy głos podkomorzyny. W okienku nad tronem, spoza kartunowej zasłony, błyskały przyczajone oczy Sieversa. Kilka godzin jeszcze trwały tumulty i wrzawy nie milknące ani na chwilę, gdyż zelanci nie dopuszczali do żadnych czynności, dopóki zdrajca nie będzie oddany sądowi.

Król, znużony śmiertelnie, solwował wreszcie posiedzenie do jutra.

Zaś nazajutrz, 29 sierpnia, powtórzyły się sceny jeszcze burzliwsze i gwałtowniejsze. Złe się zaczęło od początku, bo przed otwarciem sesji marszałek wielki litewski, Tyszkiewicz, sam chodził po galeriach i wszystką postronną publiczność kazał wypędzać z sejmu. Szpetnie mu za to przymówił Gosławski. Marszałek usprawiedliwiał się gorąco, obiecując przeczytać posłom list Sieversa, przymuszający go do takich czynności oczyszczania izby z żywiołów niepożądanych, gdy otwarły się podwoje i śmiałym, bezczelnym krokiem wszedł Podhorski i zajął swoje miejsce.

– Precz z nim! Za drzwi! Za drzwi! – runęły namiętne wrzaski. Kilkunastu zelantów rzuciło się ku niemu, wyrwali go z miejsca niby chwast podły, podnieśli na rękach, wyrzucili na korytarz i zatrzasnęli drzwi. Poleciał na skargę do Sieversa.

W izbie nieco przycichło i rozpoczęły się debaty względem czytania projektu złożonego do laski przez Podhorskiego, za czym już obstawała większość nastraszona przez ambasadora. Najgwałtowniej dopominali się tego partyzanci i jurgieltnicy pruscy z Miączyńskim na czele. Król również się skłaniał dając powody tchórzostwem nacechowane, jak i nikczemnie wykrętne.

Noc zapadła, zapalono światła i pomimo powszechnego znużenia sesja ciągnęła się bez przerwy, a wśród nieustannego zamieszania i nieopisanych zgiełków.

Opozycja chwytała się każdej okazji, byle jeno nie dopuścić do czytania projektu. Większość zaś, wspierana przez króla, starała się ów projekt przeforsować. Dochodziło przeto do scen gwałtownych i zgoła nieprzystojnych sejmowi, były chwile, że zdało się, jako zabłysną szable i krew się poleje. Rwał się porządek obrad, nikt już nie słuchał marszałka, nie zważał na króla, jakby opętanie ogarnęło wielu, że z zaciśniętymi pięściami, ochrypli, prawie nieprzytomni, skakali sobie do oczów.

Galerie znowu, pełne arbitrów, niemało przyczyniały się do

podniecenia umysłów, gdyż trzymając stronę zelantów, przeciwników traktowały śmiechem i drwinami. Przed końcem sesji powrócił Podhorski, ale go momentalnie wyrzucono za drzwi. Naraz Karski spostrzega, że projekt Podhorskiego bez podpisu, korzysta z tego opozycja, i stąd nowa zwłoka, nowe sceny i nowe utarczki.

Król rozkazał go przywołać. Wszedł lękliwie i przeprowadzony krzykami zbliżył się do tronu, a że dziwnym trafem nie było na stole marszałkowskim piór ni inkaustu, król podając mu własny ołówek zachęcał do podpisania.

Wahał się chwilę, potoczył przekrwionymi oczyma po rozsrożonych twarzach, nasłuchując z widocznym niepokojem straszliwej burzy przekleństw i złorzeczeń, ale podpisał i zawrócił ku swojej ławie. Musiał przeciskać się przez stojących w przejściu zelantów, a każdy odpychał go ze wzgardą, pluł i obrzucał obelgami, a galerie wtórowały rycząc wniebogłosy:

– Precz z nikczemnikiem! Zdrajca! Nie ma posiedzenia ze zdrajcą!

Nieważne! W obraźliwym tonie zażądał od marszałka obrony i wypędzenia publiczności.

– To waćpan nie powinieneś tu się znajdować! – krzyknął urażony Tyszkiewicz. Pozostał jednak na przekór burzy, jaka się wciąż srożyła nad jego głową, na przekór powszechnym żądaniom wydalenia go z sali. Dopiero na rozkaz króla ustąpił, przy czym tak mu żarliwie pomagano, że wypoliczkowany i w poszarpanym odzieniu znalazł się w korytarzu, gdzie nawet służba nie szczędziła mu dotkliwych oznak pogardy.

Sesja skończyła się o północy i na niczym.

Na niczym również przeszła następna 30 sierpnia, więc aby ukartować skuteczniejsze sposoby zniewolenia opozycjonistów, król solwował posiedzenie na dwa dni, do poniedziałku.

Ankwicz wykoncypował plantę kampanii przeciwko zelantom i przez całe dwa dni prowadziły się wzmożone porozumiewania z Buchholtzem i Sieversem. Zaś już w nocy z niedzieli na poniedziałek, 2 września, czuć się dawał na mieście gorączkowy niepokój; mało kto spał, okna świeciły gęsto, ustawicznie przelatywały powozy i konni z posyłkami; w ciemnych ulicach rozlegały się głuche turkoty prowadzonych armat, od wszystkich rogatek następowały wojska, polśniewały bagnety, zrywały się krótkie warkoty bębnów, ściszone głosy komend i ciężkie kroki rot maszerujących ściśniętymi szeregami...

Jakoż rano, gdy słońce się podniosło, Grodno dawało widok

miasta zdobytego przez nieprzyjaciela. Wszystkie bowiem wojska rosyjskie obozujące w okolicy obsadziły place, ulice, przejścia i gmachy publiczne, a Zamek królewski wziął postać warowni, w której czyniono przygotowania jakby do odparcia szturmów. Wszelkie przystępy do niego, fosy, mosty, dziedzińce, drzwi, a nawet okna zajęli grenadierzy. Na placu stanęła bateria harmat, wyrychtowanych w gmachy sejmowe, przy niej kanonierzy z zapalonymi lontami, wozy amunicyjne i cugi w powinnej odległości, dragoni na flankach, a w odwodzie kozactwo.

Harmaty wyciągały groźne gardziele ze wzgórz otaczających Grodno, harmaty leżały u wylotów znaczniejszych ulic i harmaty zamykały wszystkie rogatki.

Tak się zaczynał ów pamiętny 2 września 1793 roku.

Dzień się był zapowiadał cudny, ciepły i cichy; ptaki radośnie świergotały, zawiewał wietrzyk, przejęty zapachami pierwszej jesieni, weselnie polśniewało błękitne niebo, zarzucone białymi wełnami chmur; aura tchnęła lubą rześwością; słońce wynosiło się promieniste niby oblicze szczęściem nawiedzone, ale mało kto wiedział o tym, bo ludność przebudziła się w żelaznych pętach przemocy: żołnierze stali pod domami wzbraniając otwierania sklepów, bram i drzwi, zakazując nawet pokazywania się na ulicach bez biletów komendantury, a kto nie posłuchał żołnierskich racji, szedł pokutować na odwachach lub kolby i nahaje zawracały go z powrotem do domów...

Grodno przyjęło te zarządzenia w najwyższym zdumieniu.

Powstało tysiące najdziwaczniejszych domysłów i pogłosek, zgodnych jeno w zawziętej nienawiści do Prus, gdyż tylko Buchholtz mógł się przyczynić do tego niesłychanego terroryzmu, obrażającego nawet najpowolniejszych Sieversowi.

Dopiero koło południa gruchnęła wieść zgoła już nie do wiary – że opozycjoniści uknowali spisek na życie króla, który miał być wykonany podczas dzisiejszej sesji, więc Sievers był przymuszony do zarządzenia środków zabezpieczających osobę Najjaśniejszego Pana!

Królobójstwo! Jakobini! Praktyki francuskiej rewolucji!

Powszechność zatrzęsła się zgrozą i oburzeniem. Blady strach zatargał wielmożami. Wszelka nikczemność stanęła w śmiertelnych potach przerażenia, lecz wrychle uspokojona zbrojnymi ciżbami obcego żołdactwa, tym zaciekłej rzuciła się na mniemanych spiskowców, których imiona skwapliwie szeptali Boscamp z pruskimi jurgieltnikami każdemu, kto się nawinął.

Wymysł był piekielny, mający na względzie zohydzenie opozycjonistów.

Zelanci przyjęli go spokojnie, gotując się do dzisiejszej walki na sejmie z tym samym męstwem i stałością jak codziennie. Dobrze jednak rozumiejąc wagę tej potwarzy, zgromadzili się, pomimo przeszkód, na obiad i narady do Zielińskiego.

W pokoju jadalnym, wychodzącym na jakąś cichą uliczkę, panowało posępne milczenie. Skarzyński, przygarbiony ciężarem trosk, chodził gorączkowo od okna do okna, Krasnodębski coś pilnie konotował; Mikorski palił lulkę ukrywając w kłębach dymów twarz rozognioną, Szydłowski czytał najnowszy numer "Gazety Hamburskiej", zaś reszta, kilkunastu, siedziała przy stole jeszcze nieuprzątniętym, pociągając węgrzyna i szepcąc między sobą. Naraz Kim– bar odezwał się żartobliwie:

– Mogą nas jeszcze pobrać pod straże i nie dopuścić na sejm.

– Tego nie uczynią: brakowałoby potrzebnego kompletu do głosowania. Może się nam wydarzyć coś gorszego, jeśli jakiś Podhorski albo i sam hrabia Ankwicz ogłosi nas na sejmie za królobójców i zażąda sądu...

– Gdzież dowody? Gdzież choćby cień prawdy? – rzucił się niespokojnie Gosławski.

– Buchholtz może w potrzebie zaprzysięgnąć. Cóż znaczy dla Prusaków krzywoprzysięstwo! Zali w tym nie wypraktykowani? Zali nie gotowi na każdą podłość?

– Do tego nie przyjdzie, bo dzisiaj bagnety wymogą na sejmie każdą uchwałę, jaka tylko będzie potrzebna Buchholtzowi – zauważył smutnie Ciemniewski.

Za oknami zabrzęczała lira i jakiś dziadowski głos płaczliwie lamentował:

Ach ty Potocki, wojewódzki synu,
Prodałeś Polszu i wsiu Ukrainu.

– Szczęsny doczekał się rychłej sławy! – zauważył Skarzyński zwracając uwagę towarzystwa na śpiew. – Szczególne, jak pospólstwo ma czucie słuszności.

Zasłuchali się w słowach piętnujących zdrajcę, gdy wszedł Prozor, oboźny litewski.

– Wiecie – zaczął od progu – nuncjusza zawrócili spod Dominikanów, bo nie miał karty. Zrobiła się chryja, sam Sievers pojechał go przepraszać.

– Kruk krukowi oka nie wykole! – szepnął Szydłowski.

– Cóżeście waszmość panowie uradzili? – zagadnął Prozor.

– Programat zwykły: oponować, zatrudniać i nie dopuścić uchwalenia plenipotencji.

– A jeśli większość postawi na swoim i traktat z Prusami stanie? Po krótkim milczeniu podniósł się Mikorski i rzekł:

– Będziemy stawać w opozycji względem każdej materii deliberowanej, byle jeno sejm przewlec jak najdłużej.

– A uchwalenie redukcji wojsk odwlec choćby do Nowego Roku – Szydłowski dodał.

– Nasze zbawienie widzę tylko w przeczekaniu Katarzyny. Nie znam innego sposobu ratunku. Jeśli przeczekamy, Polska się podniesie – twierdził Mikorski.

Zaczęli o tym traktować, lecz że pora nadchodziła na sejm, rozeszli się pokrótce, dążąc różnymi stronami do Zamku.

Prozor pozostawszy sam z Zielińskim zapytał go poufnie:

– Zaręba upewniał mnie, jako nie wszyscy opozycjoniści w sprzysiężeniu...

– Zaledwie pięci. Nie wszyscy bowiem zawierzają azardom insurekcji...

Pojechali na Zamek, lecz pomimo pustych ulic jechali wolno, gdyż prawie na każdym rogu trzeba się było legitymować biletami wolnego przejazdu.

Prozor ledwie zdołał hamować gniew obrażonego uczucia wolności.

– Boże, aby obcy żołdak prawa nam dyktował! – jęczał zaciskając pięści.

– Przysłowie powiada: "Jak się człowiek przyłoży, to mu i w piekle niezgorzej." Ale to nieprawda. Człowiek rodzi się do wolności, nie do kajdan – wyrzekł Zieliński. Musieli wysiąść i przez plac zamkowy defilować ulicą wyciągniętych grenadierów, bowiem w bramie oficjerowie czynili pierwszy przegląd nadjeżdżających. W progach sejmowej antyszambry stał generał Rautenfeld, a jego przyboczni sprawdzali najskrupulatniej bilety każdego z wchodzących. Całe również pomieszczenia sejmowe, przedsionki, bokówki, odwach, korytarze i galerie zajmowali grenadierzy z nasadzonymi bagnetami.

Mirowscy bez broni wałęsali się po kątach służąc jeno do posyłek z listami. Zakrzewski, któremu wypadała dzisiaj służba, pił z Woyną przy stole, gdzie zastawiano zimne dania, i rzucał głośno rozwścieczone uwagi o aliantach.

W przedsionku mimo znacznej liczby osób panowała przejmująca cichość, szeptano sobie na ucho, kręcił się Friese rozdając jakieś karteluszki, niekiedy zaglądał Boscamp i przepadał za drzwiami kancelarii sejmowych.

Zelanci przechodzili prosto do izby pod gradem nienawistnych spojrzeń i uśmiechów.

– Imaginuj sobie, że ten drągal – mówił Zakrzewski wskazując jakiegoś oficjerka sprężonego pod oknem – miesiąc temu wziął kije za kradzież i pijaństwo, a teraz już błyszczy adiutanckimi bulionami.

– Cicho waść, nie pora na burdy! – zgromił go Prozor podając mu rękę na powitanie. Marcin, snadź nieco napity, zaszeptał z gorączkową swadą i uporem:

– Nie wytrzymam długo takiej hańby... ja żołnierz... nie ścierpię... żołnierze pójdą za mną...

Ale zamilkł pod surowym wzrokiem Prozora, którego Woyna odwiódł nieco na stronę, by mu powiedzieć:

– Bajędy o spisku wykconcypował Ankwicz, wiem na pewno.

– Rzetelnie dorabia się hańby! – odszepnął porywczo.

Czwarta, na którą wyznaczono posiedzenie, wybijała właśnie na zamkowym zegarze i wszyscy ruszyli zabierać miejsca w sali. Izba sejmowa tonęła w złocistych brzaskach, zwłaszcza górna jej część zdała się być ogarnięta pożogą, tak słońce grało tęczami, w szkliwach pająków, w szybach i pozłotach, wydając zarazem zdumionym oczom tłumy rosyjskich oficjerów, rozpierających się po galeriach miasto publiczności.

Ławy poselskie wnet się zapełniły, senatorowie wzięli swoje krzesła bliżej tronu, Tyszkiewicz zasiadł przy stole marszałkowskim, sekretarze i skryby w powinnych miejscach, sejm już był zebrany w komplecie, gdy naraz wszystkie drzwi z hukiem się zawarły i stanęli w nich grenadierzy, nikogo z sali nie wypuszczając. Ten niesłychany gwałt poruszył wszystkich do żywego. Podniosły się szemrania i protestacje nawet spośród najtchórzliwszych.

Któryś z zelantów próbował wyjść, lecz bagnety z taką gwałtownością zaparły mu drogę, iż ledwie uskoczył w bok przed uderzeniem.

Oficjerowie na galeriach wybuchnęli szyderczym śmiechem.

Marszałek oznajmił wejście Majestatu. Wszyscy powstali, przycichło w sali.

Wszedł król w zwykłej asyście kadetów z obnażonymi szpadami, ale tuż za nim wkroczył generał Rautenfeld i zasiadł na krześle obok tronu.

Wszystkim odjęło mowę, spoglądano na siebie z zapartym tchem, zali ten obcy żołdak, rozpierający się przy tronie nie przywidzenie? nie stwór obłąkanej imaginacji? Ale nie, siedział z groźbą w kamiennej twarzy i zimnymi oczyma toczył po głowach. W orderach był, przy szpadzie, wyniosły, pyszny, władczy i każdemu sercu wolnemu obmierzły.

Ogromny krzyk protestacji wyrwał się z piersi opozycjonistów, a wraz i pruscy partyzanci jęli się wrzaskliwie domagać zagajenia sesji i przystąpienia do obrad.

Potężny jednak głos Szydłowskiego wyniósł się ponad wszystkie.

– "Nie mam tej świątyni za prawodawczą – wołał – gdy zbrojna ręka gwałciciela wewnątrz i zewnątrz ją otacza. Nie masz sejmu i obrad wolnych, gdzie gwałt i przemoc wywiera swoje siły, a miejsce należne reprezentantom wolnego narodu, obcy zajmuje żołnierz..." Tyle jeszcze zdziałała opozycja, że pod jej naporem wysłano delegację do Sieversa z żądaniem usunięcia wojsk z sejmu. Po dwugodzinnych pertraktacjach przynieśli .odpowiedź ambasadora – jako nikogo nie wypuści z Izby, dopóki traktat z Prusami nie zostanie uchwalony. I pogroził użyciem siły zbrojnej...

Rozpoczęła się więc ponura, beznadziejna walka z przemocą.

Godziny przechodziły w nieopisanych wysiłkach obrońców; dawno już dzień skonał; daw– no już noc szła w brzaskach srebrzystej luny; dawno już sen ogarnął wszystek świat, a bohaterski legion walczył wciąż ostatnimi siłami rozpaczy i szaleństwa.

Ale Rautenfeld z nieubłagalnością kata czuwał nad dobrem króla pruskiego. Dla króla pruskiego przewagi groziły u harmat zapalone lonty.

Dla króla pruskiego zbrojne roty gotowe były stratować opornych. Dla króla pruskiego pracowała przemoc, zdrada i nikczemność!

Aż uchwalono, co podyktowały bagnety. Posiedzenie skończyło się o czwartej rano.

KONIEC TOMU PIERWSZEGO.

Also Available from JiaHu Books

Chłopy

Ziemia obiecana

Faraon

Bunt

Ludzie bezdomni

Wampir

Quo vadis?

Pan Taduesz

Na wzgórzu róż

Kariera Nikodema Dyzmy

Utwory wybrane – Maria Konopnicka

Zemsta

Osudy dobrého vojáka Švejka za světové války

Válka s molky

R.U.R.

Hordubal

Krakatit

Továrna na absolutno

Povětroň

Obyčejný život

Babička

Hiša Marije Pomočnice

Judita

Dundo Maroje

Suze sina razmetnoga

Az arany ember

Szigeti veszedelem